Hubert Hundrieser

Grünes Herz zwischen Hoffnung und Abschied

WAGE- Verlag

Dieses Buch darf nicht ohne vorherige Genehmigung des
WAGE-Verlages ganz oder teilweise mechanisch oder elektronisch
reproduziert, vervielfältigt oder verbreitet werden.

Copyright © 2005 by WAGE-Verlag
1. Auflage, 2005

Autor: Hubert Hundrieser
Umschlagbearbeitung, Bildbearbeitung, Layout
und Satz: WAGE-Verlag
Titelfoto: Wolfgang Witt
Vertrieb: WAGE-Verlag
Am Tannenkopp 15
D-18195 Tessin
Email: info@wage-verlag.de
Internet: http://www.wage-verlag.de

ISBN: 3-937216-05-7

Meinen Kindern erzählt

~

Meiner tapferen Frau Annelotte gewidmet

Zum Geleit

Nach "Es begann in Masuren" und "Grünes Herz in Feldgrau - Kriegstagebuch eines ostpreußischen Forstmanns" erscheint nunmehr der dritte Teil der Lebenserinnerungen von Hubert Hundrieser "Grünes Herz zwischen Hoffnung und Abschied".

Hundrieser hat seine Trilogie vor 20 Jahren auf seiner Farm nahe Gananoque in Ontario/Kanada niedergeschrieben, in die zäher Lebenswille und der Hände Fleiß, sein eigener ebenso wie derjenige seiner Frau Annelotte und seiner vier Kinder, 15 Hektar Ödland in jahrzehntelanger Mühsal verwandelt hatte.

In Kanada? - Das vorliegende Buch schließt - vor einem auf Kanada bezogenen Stimmungsbild - mit der wenig verheißungsvollen Auskunft, die dem Autor Mitte 1952 für seine Aussichten und Erwartungen, seinen Beruf als Forstmann in Westdeutschland ausüben zu können, im Flüchtlingsdurchgangslager Uelzen/Niedersachsen zuteil wurde: „In der Bundesrepublik warten an die zweitausend Forstleute auf Anstellung ..."

Die vorangegangene nächtliche Flucht aus seiner Geburtsheimat am Arendsee/Altmark, deren dramatischer Verlauf Hundrieser im letzten Teil dieses Buches schildert, war für ihn und seine Familie nicht die erste gewesen. Ihr vorausgegangen war die Flucht des von seiner schweren Verwundung noch nicht genesenen Offiziers, die er bei den Abwehrkämpfen Ende Oktober 1944 in Ostpreußen erlitten hatte, vor der herannahenden Roten Armee Ende Januar 1945 aus dem zwischen Königsberg (Pr) und Pillau gelegenen Forstamt Neplecken, aus seiner Wahlheimat Ostpreußen. Über die Ostsee, an Bord des Kohlendampfers "Lappland", bis Hundrieser schließlich wieder in seiner Geburtsheimat am Arendsee anlangte, wo er das Kriegsende erlebte. Er hat hierüber in "Grünes Herz in Feldgrau" und einleitend im vorliegenden Buch berichtet.

Wie in dem überall heimatlos, ja namenlos gewordenen Flüchtling Hundrieser der Entschluß zur dritten, letzten und endgültigen Flucht aus einer als aussichtslos und entehrend empfundenen Lage reifte, der *„Abschied von Deutschland, Eltern und Geschwistern und allem, was uns lieb war, in eine doch ebenfalls ungewisse Zukunft"* - Worte seiner Ehefrau Annelotte über die Bedeutung dieser schweren Entscheidung in einem 1998 verfaßten Epilog -, das beschreibt er in einem unveröffentlichten Buchmanuskript über sein ostpreußisch-kanadisches Beziehungsgeflecht im Abschnitt "Das Neue Land" so: *„Es war schwer, sich aus dem Strom der Vertriebenen, die die Sieger auf die Landstraßen gezwungen hatten, zu lösen. So sind wir Jahr um Jahr von einem Platz zum anderen geworfen worden, bis es uns über die Grenze, die die Sieger durch das besiegte Land gezogen hatten, nach Westen vertrieben hat.*

Doch das überfüllte, zerstörte Land hatte keinen Platz für uns. Da haben wir Sehnsucht nach einem Land bekommen, wo - wie wir glaubten - es keine Sieger und Besiegten gäbe, wo der Horizont weit sei, in dem jeder Mann sich seinen Platz an der Sonne erarbeiten könne - und der große Ozean zwischen Rot und der Freiheit liege."

Um dann aber nicht zu verschweigen, sondern hinzufügen, welche Wirklichkeit das "Neue Land" gegenüber seinem Glauben an eine andere, bessere Zukunft anfangs bereithielt: *„Bescheiden habe ich ... auf der Suche nach Arbeit bei den kanadischen forstlichen Dienststellen angeklopft. Die Arroganz, mit der man mir die Tür wies, war unfaßbar. Drei Jahre lang gab ich die Hoffnung nicht auf, bis zu dem Tag, an dem ein 'Kollege' mich nicht einmal in sein Büro hineinließ, sondern den Rausschmiß zurück auf die Straße durch seine Vorzimmerdame ausführen ließ ...*

Der Grad der Armut, in die ich mit meiner Frau und unseren vier Kindern hinabglitt, ist schwer zu beschreiben. In der Hoffnung, uns auf einer kleinen Farm halten zu können, ar-

beiteten wir, bis wir abends die Arme sinken ließen. Viel zu oft mußten die Kinder den Schulunterricht versäumen, um die Farmarbeit zu schaffen. So arm waren wir, daß eines Tages der Traktor in der begonnen Pflugfurche stehen blieb ..."
Doch schließlich war es geschafft, hatten die Hundriesers mit Geflügel-, Kanarien-, Sittich-, Orchideen- und Bienenzucht sich ein Eldorado erarbeitet, das aufgeforstet war, dessen klare, saubere Gewässer abflußreguliert waren und ostpreußisch-vertraute Namen wie die des Königsberger Ober- und Schloßteiches oder des Grenzflüßchens Scheschuppe trugen, von dem Hubert Hundrieser in einem Weihnachtsbrief 1985 sagen konnte: *„Unser heutiges Grundstück wurde der Platz, an dem unser Vertriebenenschicksal sein Ende fand und an dem wir nun nach vielen Umzügen die längste Zeit unseres Lebens verbracht haben."*

Jetzt fand Hundrieser auch die innere Ruhe und Muße zu dem Lebenswerk, das er schriftlich für seine Nachwelt hinterlassen hat, das aus der gleichen Zielstrebigkeit, Unnachgiebigkeit und Schonungslosigkeit sich selbst gegenüber wie alles andere vorher entstanden ist. *„In den nächsten Jahren waren die langen Wintermonate mit dem Aufschreiben seiner Erinnerungen gefüllt. Jeden Tag verbrachte er mehrere Stunden an der Schreibmaschine und mit Lesen und Korrigieren!"* so sagt seine Ehefrau Annelotte in Ihrem Epilog aus dem Jahre 1998.

Für den jetzigen, letzten Band der Hundrieserschen Lebenserinnerungen gilt in gleicher Weise jene Inhaltsbeschreibung, die die Referentin für Öffentlichkeitsarbeit der Ost- und Westpreußenstiftung in Bayern, Dr. Dorothee Radke, dem von dieser Stiftung 1989 herausgegebenen ersten Band "Es begann in Masuren" vorangestellt hat: *„... eine auch für die breitere Öffentlichkeit und vor allem für die Nachfolgegenerationen bedeutsame Dokumentation, die weit* *über die Aufzeichnung selbsterlebten Schicksals hinausgeht ... Dem Verfasser, der seit Jahrzehnten in Kanada lebt(e) und demzufolge mit dem - wohl notwendigen - räumlichen und zeitlichen Abstand seine Erlebnisse unbelastet von Vor- und Nachurteilen aufzeichnen konnte, ist es gelungen, in einer die Vergangenheit nicht beschönigenden oder 'nevidierenden' Weise und ohne die heute in der Bundesrepublik Deutschland gängige Tendenz zur schuldkomplexhaften Vergangenheitsbewältigung in der schlichten Sprache des heimat- und naturverbundenen Erzählers festzuhalten, was damals geschah und wie es sich aus der Sicht des unbefangenen 'ehrlichen' Chronisten abspielte ... Darüber hinaus erscheint dieser Erlebnisbericht durch die Offenlegung ganz persönlicher Empfindungen, zwischenmenschlicher Beziehungen, Neigungen und Abneigungen sowie durch die häufige Anwendung des Stilmittels der direkten Rede spannend wie ein Roman."*

Vielleicht hält der Leser mit "Grünes Herz zwischen Hoffnung und Abschied" jetzt sogar den Teil der gedrittelten Lebenserinnerungen Hundriesers in den Händen, der am meisten "unter die Haut geht". Handelt er doch von der geschichtlich, kulturell, wirtschaftlich einstmals im Bewußtsein aller Deutschen eminent bedeutsamen und unverlierbaren Mitte Deutschlands, die, anders als die östlich und südlich anschließenden Gebiete des Deutschen Reiches, von Vertreibung und Annexion verschont blieben, gleichwohl aber totalitär und total einer Sowjetisierung aller Lebensbereiche unterworfen wurde. Die durch eine immer hermetischer verbarrikadierte und undurchdringlich gemachte "Staatsgrenze West" von den westlich und südlich gelegenen Deutschlandteilen abgeriegelt wurde, welche deshalb nicht nur vom Verfasser, sondern anfangs mehr oder weniger von allen Deutschen schmerzhaft als ein Stich mitten in unser Herz empfunden wurde - bevor von bestimmten politischen

Kräften leider auch im Westen geförderte Gewöhnung an diesen Tatbestand von Unrecht und Gewalt ihn aus der Wahrnehmung allzu vieler Deutscher verdrängte, ihn in den Zustand der "Normalität" beförderte und jedes Nachdenken über Teilung oder Wiederherstellung der Einheit und die nationale Verbundenheit aller Deutschen mit dem Makel der "Friedensgefährdung" zu verunglimpfen trachtete. "Die da drüben" wurden für viele - allzu viele! - im Westen zu einer aus Unwissenheit und Vorurteilen gering geachteten, verfremdeten Wesenheit.

Indem Hundriesers Buch lebensnah und unmittelbar in Erinnerung ruft, daß das in den ersten Jahren der Teilung und Trennung eben noch ganz anders war, macht es zugleich die tiefen Schatten jener Entwicklung deutlich, in der viele Deutsche sich von sich selbst und von ihrem eigenen Volk entfernt hatten.

Aber es ist nicht nur dies, was den Leser zu fesseln vermag. Viel Biographisches und Autobiographisches über Einzelschicksale und Gesamtabläufe der ersten Nachkriegsjahre ist bereits veröffentlicht worden, sei es über das Geschehen in Ost- oder Mittel- oder Westdeutschland bzw. in den dort von den Siegermächten etablierten Besatzungszonen. Was in "Grünes Herz zwischen Hoffnung und Abschied" aber, soweit ersichtlich, erstmals geschieht, ist die äußere und innere Auseinandersetzung des in seinen zivilen Beruf zurückgekehrten Wehrmachtsoffiziers mit einer weiterhin als feindselig und allüberall bedrohlich wahrgenommenen Sowjetmacht in ihrer persönlich oder staatlich-funktional offen gezeigten oder verdeckt-hinterhältigen Erscheinungsform.

Mit einer von Hundrieser immer wieder so benannten "bösen Zeit", verbunden mit dem Versuch, sich in ihr einzurichten, sich selbst und seiner Familie, allen Widerständen zum Trotz, eine Zukunft zu bauen, ohne sich jedoch der "bösen Zeit" zu ergeben, mit ihr zu paktieren oder bereit zu sein, in ihr am Ende sogar unterzugehen. Verbunden mit dem

Versuch, forstwirtschaftlich verantwortungsvoll zu handeln, aber nicht zum Vorteil und Nutzen der sowjetischen Besatzungsmacht, wie auch in steten Ausweichmanövern, ja in strikter Ablehnung vieler Repräsentanten der ihm besatzungshoheitlich verordneten, fachlich oftmals berufsfremden, politisch ebenso willfährigen wie willkürlichen Obrigkeit. Was ist recht, fragt Hundrieser immer wieder sich selbst, richtet diese Frage an eine Zeit und Machthaber, die das geltende Recht über Bord geworfen haben und das Festhalten an überkommenen Rechtsvorstellungen als "klassenfeindlich" brandmarken, ja sogar verfolgen. Und so findet sich Hundrieser nach des Tages Dienstausübung immer häufiger bei hereinbrechender Dämmerung auf Pirschgängen und bei Jagderfolgen wieder, mit einer verborgenen Jagdwaffe - auf deren Besitz in jener ersten Nachkriegszeit die Todesstrafe stand. Er ringt mit dem Wissen um das Unrecht eines Tuns, das er nach überkommenem Recht von Amts wegen als Wilderei verfolgen müßte. Aber er will mit seiner Familie in einer außer Rand und Band geratenen, der "bösen Zeit" überleben. Die Gefahr, die er mit seinem Handeln eingeht, das die Not seiner Familie lindern soll, kann der erfahrene Forstmann glückhaft immer überlisten.

Wie in den beiden vorausgegangenen "Erinnerungs"-Bänden, so begegnen wir auch diesmal vielen Menschen, zu denen Hundrieser ein Band des Vertrauens knüpft, die deshalb auch für die Nachwelt einen Namen behalten, darunter nicht wenigen "Landsleuten" aus seiner Wahlheimat Ostpreußen.

Und immer wieder hält er Zwiesprache mit seinem Wald und seinen Bäumen, kehrt er zu der Lebensphilosophie zurück, die ihn der alte Förster Schwarz im Sorquitter Forst (Ostpreußen) gelehrt hatte: *"Der Wald hat seine Sprache ... Du mußt aber immer leise sein, sonst verstehst du sie nie. Die Wipfel der Bäume sprechen. Heute so, morgen so. Nachts anders als bei Tage. Die Kiefern anders als die Fichten, die*

Eichen anders als die Erlen und Birken im Bruch." Seien es nun die Wälder seiner ostpreußischen Heimat oder solche, in die der Krieg ihn verschlagen hatte: Sie alle ließen ihn wissen, daß ihre "Sprache aus der Zeitlosigkeit kommt und keine Grenzen kennt".

"Grünes Herz zwischen Hoffnung und Abschied" erscheint in einem Jahr, in dem vielfach des Kriegsendes vor sechzig Jahren gedacht worden ist. War das Jahr 1945, war der Sieg über Deutschland "Befreiung", war es gar ein Sieg "für" Deutschland? Hat die um die ehemalige DDR vergrößerte Bundesrepublik hier die Sprachregelung und politische Praxis der DDR übernommen? Die Auseinandersetzung hierüber und ganz konkret Hundriesers Werk geben Antwort auf diese Fragen: Es gibt und gab keine "Straße der Befreiung" für alle. Es gibt objektive geschichtliche Fakten, die unverrückbar sind, die nicht geleugnet oder "geschichtspolitisch" verborgen werden dürfen. Ein jeder war persönlich mit einem oftmals ganz unterschiedlichen Schicksal in unerbittliche Abläufe hineingeworfen. Also muß und kann die Antwort auf die Frage, ob Befreiung oder nicht, nur jeder für sich selbst finden, auf Grund seines persönlichen Schicksals oder so, wie er glaubt, die Dinge später beurteilen zu müssen.

In diesem Sinne ist es ein bemerkenswertes Ereignis, daß der letzte Teil von Hundriesers Trilogie in einem Verlag erscheinen kann, der manches Werk von Angehörigen der "grünen Zunft" veröffentlicht hat, die die Erfüllung ihrer beruflichen Passion, der Hege und Pflege von Wald und Wild, in dem Teil Deutschlands gefunden haben, der für Hubert Hundrieser 1952 unausweichlich nur noch düstere Aussichten, mehr noch: Bedrohungen bereithielt, der die mühselig geschaffene Existenzgrundlage mit eigenem Haus, Hof und Land am Rande des Sperrgebiets zur "Staatsgrenze West" zerstörte, den Hubert Hundrieser deshalb unter Lebensgefahr für sich und die Seinigen verließ.

Durch Vermittlung des Kameraden von Hubert Hundrieser im Ortelsburger Jägerbataillon "Graf Yorck v. Wartenburg", des ihm auch beruflich und jagdlich nahestehenden Dr. Klaus Hesselbarth, konnte ich dazu beitragen, daß der Wunsch der Angehörigen des am 25. April 1991 in Gananoque/Ontario verstorbenen Autors nach der Veröffentlichung des Manuskripts "Grünes Herz in Feldgrau - Kriegstagebuch eines ostpreußischen Forstmanns" in Buchform 2000 Wirklichkeit wurde. Es ist für mich selbstverständlich und eine Auszeichnung, im Auftrag der Familie Hundrieser in gleicher Weise nunmehr auch bei der Vollendung des Gesamtwerkes durch die vorliegende Buchveröffentlichung mitzuwirken.

Dem WAGE-Verlag gebührt der Dank dafür, daß er "Grünes Herz zwischen Hoffnung und Abschied" in sein Verlagsprogramm aufgenommen hat, den ich hiermit im Namen der Familie Hundrieser und auch im eigenen Namen ausspreche.

Fritjof Berg

Kiel, den 22. Juni 2005

Die "Stunde Null" ereilte uns im Dorf Ziessau am Arendsee. Bauer Prehm - "Vadder Prehm" im Dorf genannt - hatte das "Altenteil" seines Hofes freigemacht und uns mit wohltuender Selbstverständlichkeit aufgenommen. Von sich aus hatte er uns dies Quartier angeboten, als er von meiner alten Nachbartante, Frau Beust, von unserer Ankunft in meiner Geburtsstadt vernommen hatte. Als wir im Einspänner nach Ziessau gefahren waren und gerade den Wald verlassen hatten, waren zwei britische Jagdbomber über unsere Köpfe gebraust. Wie irre hatten sie mit ihren Bordwaffen um sich geschossen. Aufstaubende Einschläge rechts und links neben uns. Dann waren sie über den See gefegt, um ihren Spaß an den aufspritzenden Fontainen zu haben. - Ja, es war schon eine Freude, über dem besiegten Land verrückt zu spielen, das seine letzte Granate verfeuert hatte! So hatten sie noch schnell einen Bogen über das Städtchen (Arendsee) gemacht und dabei eine Bombe fallen lassen. Sie war in der "Breiten Straße" detoniert und hatte sogar ein "kriegsgewichtiges" Ziel mit seinen Bewohnern zertrümmert, nämlich die Eisenwarenhandlung Adler, die auch Schrotflinten, Kleinkaliberbüchsen und Luftgewehre führte ...

In Arendsee waren wir erst im April eingetroffen. Von Swinemünde führte uns der Weg vorerst zu meinen Schwiegereltern in Leuna. Dort fungierte seinerzeit mein Schwiegervater als Leitender Ingenieur in den Leunawerken. Vollkommen mittellos, nur mit dem, was wir am Leibe trugen, traf unsere Familie in Sachsen/Anhalt ein. Unser Wäschekorb hatte in Pillau bleiben müssen, konnte nicht mehr auf die "Lappland" verladen werden. Die Leunawerke und die ringsherum befindlichen Wohnhäuser litten unter ständigen Luftangriffen. Nachdem ich mich ein wenig erholt hatte, brach ich nach Hannoversch-Münden auf, wohin meine Frau mit den Kindern bald gefolgt war. In den ersten Apriltagen fluteten die zerschlagenen deutschen Truppen zurück.

Mehrere Offiziere hatten mir geraten, den Amerikanern besser nicht in die Hände zu fallen, weil sie jeden Offizier, verwundet oder nicht, ins Gefangenenlager werfen würden. Wie diese Lager aussahen, hatte sich bereits herumgesprochen: Eine große Fläche wurde mit Stacheldrahtverhauen umzäunt. Für die ausgehungerten und heruntergekommenen deutschen Gefangenen wurden keinerlei Schutzdächer gebaut. Zu Zehntausenden wurden sie in diese "Lager" hineingetrieben. Verzweifelt versuchten sich die hier Eingepferchten mit bloßen Händen oder ihren Löffeln als Werkzeug Löcher zu graben, um in ihnen Schutz vor Regen und Wind zu finden. Trotz der erstaunlichen Disziplin, die die Gefangenen selbst in dieser schändlichen Umgebung zumindest zu Beginn ihrer Leidenszeit aufrecht erhalten hatten, kam es bei Ausgabe der Hungerrationen zu wildem Gedränge, bei denen Verwundete den kürzeren zogen. Sie starben "wie die Fliegen"! Ich hatte mir sagen müssen, daß ich in meinem Zustand bald zu denen gehören würde, die allmorgendlich zum Abtransport in ein Massengrab an den Lagertoren aufgeschichtet wurden. - General Laschs Schilderung vom "vollgefressenen Pack", das bei seinem Durchbruch zum Generaloberst Blaskowitz "nach allen Seiten davongespritzt war", klang noch in meinen Ohren. Ihnen nach all meinen Kriegsjahren in die Hände zu fallen, war nicht zuletzt gegen mein Ehrempfinden gegangen. So hatten wir uns erneut in das nun hoffnungslose Chaos von Ausgebombten und Flüchtlingen begeben mit dem Ziel, Arendsee zu erreichen.

Auf der Fahrt nach Hannover mußten wir mehrere Tiefliegerangriffe überstehen, warteten schließlich im überfüllten Wartesaal des zerstörten Bahnhofs auf einen Zug nach Stendal.
Es war der 9. April 1945. Aus einem Lautsprecher schrillten Tagesnachrichten in die apathisch wartende Menschenmenge. Bei der Meldung "Königsberg von General Lasch

feige übergeben!" fuhr ich zusammen, fassungslos darüber, daß General Lasch in absentia zum Tode verurteilt worden wäre und seine Familie sich in Sippenhaft befände! Spontan hatte ich mit meiner Faust auf die Tischplatte geschlagen: „Mein General!! Träger des Eichenlaubs! - Das ist ja unerhört!!" Rings um uns lag plötzlich lähmendes Schweigen, doch von den erwarteten Häschern keine Spur. In meiner maßlosen Erregung hätte ich zur Pistole gegriffen ...

In Hannoversch-Münden traf ich mit Erich Dörings Mutter zusammen. Sie hatte in einem Stift für alte Damen Unterkunft gefunden. Als ich mich vor ihr zum Handkuß beugte, umarmte sie mich in ihrer burschikosen Art, in der sie alle Dinge geradeheraus bei ihrem richtigen Namen zu nennen pflegte: „Ach, lieber Hunds, laß doch das mit der 'gnädigen Frau'! Nenn' mich Tante Lilli, oder ich rede dich mit Herr Forstassessor an!"

Ich war an ein Ölgemälde herangetreten, das ein bekannter Künstler in Königsberg kurz vor Erichs Tod fertiggestellt hatte. Während wir still das gelungene Bild betrachteten, ergriff "Tante Lilli" meine Hand: „Für dich muß es schrecklich sein, als Letzter übriggeblieben zu sein ... Ich trauere um ihn als seine Mutter. Aber ich bin ein altes Weib, das bald bei ihm sein wird. Du hast dein Leben noch vor dir. Du armer Kerl ..., zeitlebens wirst du dies Bild und die Erinnerung an euren Freundeskreis mit dir herumtragen ... Armer Hunds! Dir stehen Stunden bevor, in denen sie dir die Hände reichen wollen. Aber wenn du die Hände ergreifen willst, ist der Spuk verschwunden, und du bist mit deiner Vereinsamung allein. Da hilft das glücklichste Familienleben nichts. Für solch' Stunden, mein lieber Hunds, laß dir von seiner Mutter einen Rat geben. Schäme dich deiner Tränen nicht. Weine! Tränen befreien! Ich weiß es ...!"

Eine Schwester des Heims war mit einem Tablett eingetreten und hatte ein Kaffeekännchen mit zwei Tassen auf den Tisch gestellt.

„Sie sind alle rührend nett zu mir, und sie wissen doch, daß ich mich vor den Kirchgängen herumdrücke. Erich's Bild", fuhr die alte Dame fort, „hing erst an dieser Wand, gegenüber meinem Polstersessel. Da hatte ich es immer vor den Augen. Auf die Dauer gefiel mir das nicht. Er gehört ja auch Gisela! - Jetzt hängt es so, daß ich jederzeit herantreten kann, wenn ich mit ihm beisammen sein will."

Tante Lilli zündete mit einem Streichholz eine Kerze neben dem Gemälde an.

„Eine Kerze genügt. Würde ich zwei hinstellen, würde der Platz wie ein Altar aussehen. Von Altären herab haben Eiferer den Menschen viel Unheil gepredigt. Daran wollte ich nicht erinnert werden."

Danach wechselte die alte Dame das Thema. Wir sprachen vom Zusammenbruch Deutschlands, der uns nicht mehr bevorstand, sondern in dem wir uns bereits befanden. Erichs Eltern waren immer an unserer politischen Entwicklung interessiert gewesen und hatten sich nicht gescheut, ihre Ansichten offen auszusprechen. Mir war ihre Freundschaft mit dem Ehepaar Ludendorff bekannt. Doch als Erichs Mutter unvermittelt ausrief: „Die Mathilde hat recht behalten!", muß ihr wohl aufgefallen sein, daß ich die Augenbrauen hochzog. „Ich weiß ... ich weiß ..., ich werde ausgelacht. Aber, lieber Hunds, laß dir von mir altem Weib sagen: Den da ..." und sie wies auf Erichs Bild, „hat eine sowjetische Granate getroffen ... doch bezahlt wurde diese Granate von Wallstreet!"

Beim Abschied hatten wir uns umarmt, den Sinn ihrer Worte konnte ich damals nicht deuten.

„Armer Kerl ... du wirst einen weiten Weg zu gehen haben!" Auf meinen fragenden Blick hatte sie hinzugefügt: „Seit Jahr und Tag habe ich statt Goebbels die verbotenen ausländischen Sender gehört. Ich bin über das, was Deutschland bevorsteht, besser als die informiert, die mich auslachen ... In dem Fleckchen, das die Sieger von Deutschland übrig lassen werden, hast du keinen Platz mehr. Ihr geschlagenen

Soldaten werdet verhöhnt und getreten, von Deutschen werdet ihr Offiziere bespuckt werden, auch du; bis du eines Tages Schiffsplanken unter deinen Füßen haben wirst. Erst von dem Augenblick an wirst du kein Stück Treibholz mehr sein. Möge Gott, - mein Gott -, mit dir sein!"

***

Die von mir erwähnte Stunde Null gibt es nicht. Sie wurde uns von den Siegermächten als Vorgeschmack dessen, was den Besiegten bevorstand, sozusagen verordnet. Aber ich will den 14. April 1945 in meiner Erzählung als unsere persönliche Stunde Null deswegen so bezeichnen, weil am Vormittag meines Geburtstages amerikanische Panzer sich mit gebotener Vorsicht dem Dorf Ziessau näherten. Kurz vorher war ein abgehetzter Feldwebel mit einem nicht weniger erschöpften Obergefreiten an Prehms Haus vorbeigekommen. Vadder Prehm hatte sie ins Haus hereingewinkt. Dort schlangen sie heißhungrig ein paar Stullen herunter und tranken Gerstenkaffee. Kaum waren die beiden im anschließenden Wald verschwunden, da hielten zwei Panzer vorm Altenteil des Hauses an - womit wir nicht mehr als freie Deutsche betrachtet, sondern zu Untertanen der amerikanischen Besatzungsmacht gemacht wurden. Nach gebührender Pause öffneten sich die Luken der Panzertürme. Noch bevor die Köpfe ihrer Insassen zum Vorschein kommen konnten, zischten ein paar Karabinerschüsse aus Richtung Wald über die amerikanische Streitmacht hinweg. "Die letzten Wehrmachtsteile" schienen den Kampf wieder aufgenommen zu haben ...

Ich konnte von meinem Sessel, den Vadder Prehm aus seiner guten Stube eigens für mich rübergebracht hatte, den nun folgenden Verlauf des grimmigen Gefechts verfolgen. Er bestand in einer nicht enden wollenden Feuerfolge aus Panzerkanonaden in den Wald, der in ungefähr hundertfünfzig Metern entfernt begann.

In ihrer Bedrängnis ließen die Insassen des Tanks Artillerieunterstützung anfordern, so daß bald Granaten heranheulten, die die Kiefern des Waldrandes durcheinanderwirbelten. Das Artilleriefeuer ging in zusammengefaßtes Trommelfeuer über. Dem Ernst der Lage entsprechend waren die beiden Panzer ein wenig zurückgefahren, so daß jetzt der Druck ihrer Abschüsse unsere Fenster zu zersplittern drohte. Nach zwei Stunden legte man Feuerpause ein, hielt aber vorsichtshalber die deutsche Wehrmacht mit Maschinengewehrfeuer in Schach. Als eine Reaktion ausblieb, öffneten sich erneut die Deckel der Panzertürme. Wir sahen uns an: die Sieger die Besiegten, diese die Sieger. Unsere Nachbarn, die ebenfalls das Niederringen teutonischen Widerstandes hinter ihren Fenstern verfolgt hatten, traten hier und dort vor ihre Häuser. - Das waren also "the Huns" ... Prehms polnischer Landarbeiter, den die Prehms wie ihren eigenen Sohn, der in Rußland gefallen war, behandelt hatten, trat an seine Befreier heran, um sich als ein von den Deutschen unterdrückter Arbeitssklave zu erkennen zu geben.

Zwei Jeeps und ein Mannschaftstransportwagen trafen inzwischen mit Verstärkung ein. Ihre Besatzungen sprangen von den Fahrzeugen, um mit schußgerecht gehaltenen Maschinenpistolen zu beginnen, die Häuser zu durchsuchen. Es dauerte eine ganze Weile, bis sie hier und dort wieder auf der Dorfstraße erschienen. Prehms Pole führte drei Amerikaner in unsere Stube. Sie bauten sich vor mir auf, während der Pole ihnen erklärte, wer ich wäre. Ich drückte eine der drei auf mich gerichteten Maschinenpistolen-Mündungen herunter: „I am a German Army Officer, a captain. - I am wounded and have no weapons ..."

Erstaunt, in diesem Dorf jemanden gefunden zu haben, der in ihrer Sprache radebrechen konnte, senkten die Sieger ihre Waffen. Inzwischen machte sich der Pole am Kleiderschrank zu schaffen, in dem Kleidung der Prehms, nicht unsere - wir hatten ja keine - hing. Er wühlte darin herum und warf, was ihn nicht interessierte, auf den Boden. Die vor Angst zitternde alte Frau Prehm versuchte bittend, den Wüstling, der jahrelang am Tisch der Prehms seine Mahlzeiten serviert bekommen hatte, von ihrem Schrank abzudrängen. Einer der Amerikaner stieß sie zurück. Ich hatte nicht bemerkt, daß sich dieser Mann mit dem Polen auf polnisch verständigte. So beging ich eine fatale Unvorsichtigkeit: „Why do you soldiers help this fat fellow?"

Sofort spürte ich die Mündung einer Maschinenpistole an meiner Schläfe. „You bastard, you goddamned Nazi bastard ... I will kill you!"

Ich blickte an dem Mann vorbei in die entsetzten Augen meiner Frau, die sich vor unsere Kinder gestellt hatte. Mit der Vorstellung, nun doch noch am Ende des Krieges als wehrloser Verwundeter über den Haufen geknallt zu werden, - der Finger meines Gegners befand sich am Abzug - vor den Augen meiner Frau und unseren Kinder hier den Fangschuß zu bekommen, zwang ich meine Erregung nieder. Ich wandte mich an den großen Blonden, der gespannt seinen Kameraden beobachtete. „It is easy to kill a man, who cannot fight ..." Für einen Moment blickten wir einander an, dann stieß der Blonde die Mündung zur Seite. „Stop that!" Sein Kamerad protestierte. „This bastard is an intellectual, if he speaks our language. He is one of the Nazi criminals ... I am going to kill him!" Aber der große Blonde hielt ihn zurück. Beim Verlassen des Zimmers drehte sich der polnisch Sprechende an der Tür um, drohte mit seiner Waffe: „I will come back at night! Then I am going to kill you - I mean it!"

Draußen begann der Panzer erneut zu schießen. Als er innehielt, machte ich vorsichtig das Fenster auf. Ich winkte dem Blonden zu, der ans Fenster herantrat. Ihm erklärte ich, daß die deutsche Streitmacht drüben aus nur zwei Mann bestünde, die sich, sollten sie noch am Leben sein, liebend gern ergeben würden, was sie bei dieser Knallerei nicht könnten. Der Blonde sprach daraufhin zu einem der Amerikaner, der anscheinend hier als Befehlshaber fungierte. Der fragte mich, ob ich herauskommen könnte, um die "goddamned Huns" aufzufordern, sich zu ergeben. Ich sagte zu.

An meinen Krücken humpelnd, bahnte ich mir den Weg durch die Soldaten, die mich interessiert musterten. „A german captain!"

Es dauerte eine Weile, bis auf mein Rufen zwei Feldgraue mit erhobenen Händen aus dem Wald traten. Mir fiel schwer zu glauben, daß sie die Schießerei überlebt hatten.

„Ihr armen Hunde", begrüßte ich sie, „selbst die lausigste Gefangenschaft bei den Amis ist besser als der Heldentod beim Kriegsschluß."

Den armen Kerlen sah man die Stunden im Granatenhagel an. Sie befanden sich im Schock, den die Sprengwirkung von schweren Granaten auslöst. Ich kannte ihn selbst.

In der deutschen Sprache gibt es kein Wort dafür, im Englischen heißt es "shellshock!".

Unter siegestrunkenem Gebrüll wurden die beiden Feldgrauen umringt. Während zwei Mann ihre Taschen durchsuchten und sie allseits nach verborgenen Waffen abtasteten, richteten andere ihre Maschinenpistolen auf sie. „Trau keinem Hun ..."

Nachdem kein Zweifel mehr über die Wehrlosigkeit der Gefangenen bestand, wurden sie mit Hallo auf die Kühlerhaube eines Jeeps geworfen, der in scharfem Tempo anfuhr und die breite Dorfstraße entlangraste. Am Hof des Bauern Schulz, dem Bürgermeister Ziessaus, trat der Fahrer scharf auf die Bremsen. Unter Beifallsgejohle der amerikanischen Zuschauer flogen unsere Soldaten im hohen Bogen in den Straßenstaub. Bevor sie sich hochrappeln konnten, ergriff man sie unter Fußtritten und warf sie erneut auf die Kühlerhaube. Staubaufwirbelnd raste der Fahrer zurück, um das erhabene Schauspiel mit einer gekonnten kurzen Kurve vor unserem Haus zu wiederholen. Die Feldgrauen flogen diesmal seitwärts in den Straßendreck, wurden noch im Überschlagen ergriffen, erneut auf den Jeep zurückbefördert. - So schnell es meine Krücken gestatteten, bahnte ich mir den Weg zum Befehlshaber dieser Schweinebande: „Sir, these two men are prisoners of war!" Angeekelt wandte ich mich ab.

Die nächsten Tage verbrachten wir in ständiger Befürchtung, daß ich als Kriegsgefangener von einer amerikanischen Streife zum Abtransport in ein Gefangenenlager geschnappt werden würde. Doch dieser Kelch ging im nun folgenden allgemeinen Siegestaumel an uns vorüber. - Im Gegenteil, es trat ein, was ich um der Gerechtigkeit willen nicht unerwähnt lassen möchte.

Ein amerikanischer Soldat trat eines Tages in unser Zimmer. Er verlangte, meine Wunde zu sehen. Mir wurde unbehaglich. Nur zögernd wies ich auf meinen Verband, er war in den letzten Tagen nicht mehr erneuert worden, weil meine Frau trotz wiederholten Auswaschens kein Verbandsmaterial mehr besaß. Der Amerikaner kniete vor dem verwundeten Bein nieder und entfernte behutsam den durch und durch verschmutzten Verband. Aus seiner ledernen Umhängetasche holte er Salbe und schneeweißes Verbandszeug. Er trug am Ärmel keine Rot-Kreuz-Binde, aber er mußte ein Sanitätssoldat sein, der die Wunde und die Binde mit seinen Händen einrieb, um anschließend einen blitzsauberen Verband anzulegen.

Mein Mißtrauen, er könnte geschickt worden sein, um eine höhere Instanz von meiner Wehruntauglichkeit zu überzeugen, schwand jedoch, als er nach einigen Tagen wiederkam. Er blickte zufrieden auf die sichtlich besser gewordene Wunde, die er wieder einsalbte und verband. Diesmal war eine Unterhaltung in Gang gekommen, an der sich auch meine

Frau beteiligte. Bevor er uns verließ, gab er meiner Frau ein paar Rollen Verbandsstoff und holte für mich eine Flasche Whisky hervor. Beim Abschied gab er zu verstehen, daß er nicht mehr wiederkommen könnte. Unsern Dank wehrte er mit „Never mind" ab.

„Das soll einer verstehen", meinte Vadder Prehm kopfschüttelnd, den ich zum Entkorken der Flasche reingerufen hatte. „Erst die Schweinebande, die die Gefangenen mißhandelten, und dann dieser Mann."

Bald zogen die Amerikaner ab. Es kamen die Engländer, die zurückhaltender auftraten. Im Dörfchen Ziessau bemerkten wir sie kaum. Sie ließen einige Villen in Arendsee für ihre Angehörigen räumen. Das ließ darauf schließen, daß sie beabsichtigten, sich im hübsch gelegenen Städtchen für längere Zeit einzurichten.

Daß wir einem Täuschungsmanöver auf den Leim gegangen waren, erkannten wir erst, als eines Morgens mein Bruder in aller Herrgottsfrühe an unser Fenster trommelte: „Die Russen sind in die Altmark einmarschiert! - Ganz Arendsee ist voller Iwans!!!"

Man mußte es den Sowjets lassen, die Organisation ihrer "Militäradministration", der SMA, klappte wie am Schnürchen. Moskaus "schlafende Augen" krochen aus dem Verborgenen heraus. Sie konnten vor allem auf die Unterstützung deutscher Kommunisten, die lange vor dem Kriege nicht mehr für uns spürbar politisch in Erscheinung getreten waren, bauen. Ganz im Gegensatz zu westlichen Politikern schienen die roten Zaren langfristiger zu denken. Lenin ließ einmal offen verkünden, eines Tages würde das dekadente Europa am "Geist des unverdorbenen Ostens gesunden".

Die kommunistische Unterwanderung Deutschlands hatte Hitler vereitelt, Stalins deutsche Getreue rücksichtslos verfolgt. Doch die Sowjetunion versuchte mit allen Mitteln an

Einfluß zu gewinnen, schuf u. a. Handelseinrichtungen. So z. B. eine Tankstellenkette, die sowjetisches Benzin in ganz Deutschland verkaufte. Die deutsche Spionageabwehr sammelte emsig Beweismaterial, daß sich unter den Bedienungen dieser Tankstellen sowjetische Agenten befanden. Nach Hitlers Regierungsantritt fanden schlagartig Verhaftungen statt. Daraufhin wies Moskau seine verbliebenen Agenten an unterzutauchen und abzuwarten. Für den Kreml spielte ein Jahrzehnt keine Rolle. Aus aktiven Spionen wurden nun "schlafende Augen" ... Viele von ihnen fielen dennoch der verschärften deutschen Abwehr in die Hände.

Der Rest schien mit dem Einmarsch der Roten Armee wieder zu "erwachen". Mit roten Armbinden begrüßten sie ihre "Befreier", letzteres ein Wort, das seinerzeit auch die Westmächte für sich beanspruchten. Viele Deutsche sahen das anders, doch nicht wenige rollten den westlichen Siegern dienstbeflissen den roten Empfangsteppich aus.

Während die Alliierten nun daran gingen, Listen mit den Namen der nach ihren Vorstellungen politisch Belasteten aufzustellen, brauchten die Sowjets nur die fix und fertigen Personenlisten ihrer "schlafenden Augen" zu nutzen. Darüber hinaus entschied man oft willkürlich und großzügig, wer als Volksfeind zu betrachten sei. Innerhalb weniger Tage nach dem Einmarsch der Roten Armee füllten sich Gefängnisse und Keller der GPU bis zum Überlaufen.

Vor den Tagen meiner letzten Verwundung war im Abschnitt unserer Division ein sowjetischer Panzermajor gefangen genommen worden. Bei ihm fand man einen Aufruf Ilja Ehrenburgs, sowjetischer Autor und Faschisten- wie auch Deutschenhasser, in dem die Soldaten der Roten Armee offen aufgerufen wurden, beim Betreten ostpreußischen Bodens Zivilisten wahllos zu töten. Den Wortlaut dieses Befehls habe ich mir - vierzig Jahre nach dem Krieg - nicht mehr beschaffen können. Er dürfte von deutschen Nach-

kriegsregierungen taktvoll in Archiven verborgen worden sein. Ich entsinne mich aber noch deutlich an Sätze, die mich seinerzeit entsetzt hatten: "Brecht den Rassestolz der deutschen Frauen! ... Nehmt sie euch als eure verdiente Siegesbeute! ... Verschont niemanden, auch das ungeborene Leben nicht! ... Tötet! ... Tötet! ... Tötet!"
Getreu diesem Befehl sind unzählige deutsche Frauen und Mädchen geschändet und erschlagen worden - viele nahmen sich ihr Leben. Menschen beiderlei Geschlechts, in Güterzügen eingepfercht, transportierte man zu grausamer Zwangsarbeit in entlegene Landesteile der Sowjetunion. Viele kehrten nicht mehr in ihr Heimatland zurück.

Mein Onkel Erich gehörte zu ihnen. Er vertraute dem Rat der polnischen und russischen Arbeiter seiner Lederfabrik, nicht zu flüchten, sondern in Rastenburg zu bleiben. Sie würden ihn, der sie immer gut behandelt hatte, vor den Sowjets schützen. Doch keiner von ihnen konnte ahnen, selbst verhaftet und in "Umschulungslager" gesteckt zu werden. Hatten sie doch während ihres Aufenthalts in Deutschland höchst unerwünschte Vergleiche zwischen ihrem sowjetischen Arbeiterdasein und einem von Kapitalisten beherrschten Land ziehen können. Onkel Erich konnte sich - naiv wie "Kapitalisten" manchmal sind - nicht vorstellen, was da auf ihn zukommen sollte. Frei von jeder persönlichen Schuld und entschlossen, seine Fabrik, in der die Arbeit seines Lebens steckte, nicht im Stich zu lassen, glaubte er an Gerechtigkeit. Nicht zuletzt mag bei seinem Entschluß, zu bleiben, das Grab seiner im letzten Kriegsjahr verstorbenen Frau, meiner Tante Gustel, ebenfalls mitgespielt haben. Seine Tochter Eva wußte er im "Reich" in Sicherheit. Das gab ihm Trost, er fühlte sich für sich selbst und die Fabrik verantwortlich.
So stellte er sich, nachdem Rastenburg nicht nur von der Roten Armee, sondern auch von Polen als den künftigen Be-

sitzern der Stadt besetzt worden war, freiwillig. Da er weder der Nationalsozialistischen Partei angehörte, er außerdem mehrjährige Auseinandersetzungen mit Gauleiter Koch nachweisen konnte, der vergeblich versucht hatte, ihm als "Reaktionär" seine Fabrik abzuringen - mochte er sogar Aussicht gehabt haben, seine Lederfabrik und wenn auch nur zunächst als ihr Verwalter weiterhin betreuen zu können. Doch da existierte noch die schwarze Liste der "schlafenden Augen" Rastenburgs, und darauf stand sein Name.

Grund genug, meinen Onkel sofort zu verhaften und in einen der unzähligen Transportzüge zu werfen, die pausenlos Bewohner Ostpreußens nach Sowjetrußland verbrachten. - Erst mehrere Jahre nach dem Krieg erreichte meine Kusine Eva durch einen zurückgekehrten Rastenburger die erschütternde Nachricht, daß ihr Vater nach zweijähriger Zwangsarbeit in einem Steinbruch im Ural elend umgekommen war.

Zum Zeitpunkt, an dem den Sowjets neben Thüringen auch die Provinz Sachsen, einschließlich Altmark, von den Westmächten als zusätzliches Geschenk dargeboten wurde, hatte der makabre Aufruf Ilja Ehrenburgs während des sowjetischen Vormarsches bis zur Elbe zu solch unvorstellbaren Schreckenstaten geführt, die auf eine völlige Auflösung der militärischen Disziplin deuteten. Das Fallen aller Schranken mußte darüber hinaus die Soldaten der Roten Armee zwangsläufig zu Vergleichen zwischen ihrem Sowjetstaat und dem Land der Deutschen verleiten. Nach Maßstäben der meisten Russen waren sie in ein Schlaraffenland eingedrungen, in dem selbst der geringste Arbeiter eine Wohnung mit Möbeln, Fenstern mit Gardinen, elektrischem Strom und allen möglichen unbekannten Geräten besaß. Nicht nur das. Die Deutschen verfügten über Uhren, Taschenmesser, Radios und was noch alles unter der kapitalistischen Knechtschaft zum Vorschein kam. Das machte das Plündern lukrativ. "Wasser aus Wand", war eines der größten Wunder, noch dazu aus formschönen Wasserhähnen. Grund genug, die Dinger abzuschrauben und mitzunehmen. Neben Uhren, die den Deutschen mit der Aufforderung "Uri, Uri!" entrissen wurden, schien das Fahrrad eine besonders wertvolle Kriegsbeute zu sein. Es bedurfte für manche zwar seine Zeit, das unbekannte Gerät zu beherrschen, doch mit Ausdauer und einigen Stürzen führte der zähe Kampf mit diesem Wunder der Technik zum Erfolg. Sowjets auf ihren geraubten Drahteseln beherrschten das Straßenbild.

An dem Morgen, als mein Bruder uns aus den Betten getrommelt hatte, herrschte lähmendes Entsetzen über das den Sowjets ausgelieferte Land. Mein Bruder war, ohne sich bei uns aufzuhalten, auf dem Schletauer Weg zur bisher nie beachteten Grenze der Provinz Hannover gelaufen, die gerüchteweise jetzt zur Demarkationslinie zwischen den Engländern und den Russen geworden sein sollte. Dort stieß er auf britische Truppen. Sie sperrten nicht nur den Schletauer Weg zum Dorf Schmarsau im Hannoverschen, sondern auch das Waldgelände entlang der neuen Sperrlinie. Beim Versuch, diese Linie zu überschreiten, richteten sich Karabiner und Maschinenpistolen von Stalins treuen Verbündeten auf ihn. Seine englischen Sprachkenntnisse halfen ihm nichts. Mit brutaler Gewalt wurde er in das Imperium Moskaus zurückgestoßen. Damit war uns die Hoffnung, der Sowjetmacht angesichts der nahen "Grenze" in letzter Minute zu entrinnen, genommen.

Es begann ein Leben unter dem in Moskau jahrelang geschulten Genossen Walter Ulbricht, der die Interessen der Russen in der "Ostzone" durchzusetzen begann.

Nach Überschreiten der Elbe begannen die Sowjets, ihre disziplinlosen, streunenden, mordenden und schändenden Soldaten des militärischen Gehorsams willen zurückzupfeifen. Der völlige Zerfall hätte womöglich an den Grundfesten des kommunistischen Systems gerüttelt. Der bisherige Greuel fand nunmehr zumindest nicht mehr auf offener Straße statt, sondern im absinkenden Umfang im Verborgenen. Gellendes Hilferufen einer Frau in der Nacht wurde in Sekunden erstickt, Beerensucherinnen wurden überwältigt und entgingen nicht ihrem Schicksal. Frauen, die von streunenden Sowjetbanden abseits belebter Verkehrswege angetroffen wurden, waren ausnahmslos verloren.

Als in diesen ersten Wochen unter sowjetischer Besatzung die Ausschreitungen anhielten, begannen die Kommandanturen in besonders schweren Fällen durchzugreifen. Es sprach sich nicht nur bei der deutschen Bevölkerung, sondern auch bei den Sowjets herum, daß ein sowjetischer Kommandant kurzer Hand drei seiner Leute eigenhändig erschossen hatte, wegen eines zehnjährigen Mädchens, das vergewaltigt worden war und nach Einlieferung in das Stendaler Krankenhaus verstarb.

Der sowjetische Ortskommandant von Ziessau hausierte in der Gastwirtschaft Cordes. Seine unglaubliche Körperfülle deutete darauf hin, daß ihm der Einmarsch ins "Schlaraffenland" einen vollen Tisch beschert hatte. Er schätzte mich, als ich mich nach einem allgemein gültigen Befehl der SMA (Sowjetische Militär-Administration) bei ihm als Offizier meldete, mit haßerfülltem Blick ab und entließ mich mit der zynischen Bemerkung, alle deutschen Offiziere würden ohnehin erschossen werden.

Mir war die Ermordung der über 15.000 polnischen Offiziere auf Stalins Befehl bei Katyn in Ostpolen bekannt. Es fiel mir schwer, diese Androhung mit "Nichts wird so heiß gegessen, wie es gekocht wird" abzutun. Das einzige, was wir jetzt tun konnten, war, nicht aufzufallen.

Meine Frau vermied, sich auf der Dorfstraße sehen zu lassen. Zur Nacht verschlossen wir Fenster und Türen, verbarrikadierten unser kleines Schlafzimmer. Die Wochen vergingen, ohne daß wir überfallen worden wären.

Das Grauen vor dem unaussprechbar Entsetzlichen nahte eines Mittags. Fast alle Bewohner Ziessaus arbeiteten auf den Feldern. Vadder Prehms Hof lag von seinen Bewohnern verlassen in brütender Sommerhitze. Plötzlich rüttelte jemand am von innen geschlossenen Hoftor. Der Querbalken des Tors gab nicht nach. Daraufhin wurde mit einem schweren Gegenstand dagegen geschlagen. Zwei Soldaten in Uniform der Roten Armee traten ans Fenster, und wir sahen in ihre Gesichter, die sie dicht an die Fensterscheiben drückten. Bevor noch das Fensterglas zersplitterte, hatte ich zu meinen Krücken gegriffen, den Querbalken des Tores beiseitegeschoben und mich den beiden in den Weg gestellt. Die gegenseitige Verständigung ging damals in primitiver Infinitivsprache mit den erforderlichen Gesten vor sich.
„Was ihr wollen?"
„Frau komm!"
„Nix Frau komm ... ich gehen Kommandant!"
„Du weg! ... Wir schießen!"
„Nix ich weg!"
Damit schritt ich auf die beiden zu und wiederholte: „Nix Frau komm! - Ich zu Kommandant gehen. Kommandant euch erschießen!"
Zwei Maschinenpistolen richteten sich auf mich, aber die Eindringlinge waren bei ihrer Drohgebärde vor mir zurückgewichen. Ich lachte: „Ihr schießen ... Kommandant hier ... euch erschießen! ... nix mich schießen!"

Mir war in diesem Augenblick voll bewußt, welche Rolle ich hier spielte: Die eines deutschen Soldaten, erkenntlich als solcher an meinen Krücken. Jede ihrer Mienen und Bewegungen im Auge behaltend, setzte ich den nächsten Schritt vor, sie einen Schritt zurück. Auf der Mitte der Dorfstraße angelangt blieb ich stehen. Mir war nicht entgangen, wie einer der Banditen den Sicherungsflügel seiner Waffe verschoben hatte.

„Ihr weg hier! ... Ich schreien ... Kommandant hören ... Kommandant schießen!"

In diesem Augenblick erhielt ich Verstärkung. Ziessaus Fischerin, die handfeste "Höser-Mutter", trat aus ihrem Häuschen heraus, hinter ihr der baumlange ostpreußische Flüchtling, der bei ihr Aufnahme als Fischerknecht gefunden hatte. Beim Nahen unserer Höser-Mutter bemerkte ich, daß der Soldat mit der entsicherten Maschinenpistole seine Waffe wieder sicherte.

„Ich deutscher Hauptmann! - Ihr weg hier! ... Dawai ... dawai!" brüllte ich.

Die beiden Banditen warfen noch einen Blick zur Höser-Mutter, die sich breitbeinig in ihren hohen Stiefeln neben mich gestellt hatte. Es mit diesem handfesten Weibsbild aufzunehmen, erschien ihnen nicht ratsam. Sie traten den Rückzug an und verschwanden.

Der Fischerknecht kam heran. Er reichte mir seine Hand: „Meine Frau haben sie umgebracht ... mit dem Kind, das wir erwarteten."

Es waren die ersten Worte, die ich von diesem Mann hörte. Bisher war er allen Gesprächen mit mir und den anderen Dorfbewohnern ausgewichen. Und wer sich bei der Höser-Mutter erkundigte, warum dieser Ostpreuße seinen Mund nicht aufmache, dem hatte sie nur bedeutet, man sollte ihren stummen Knecht zufrieden lassen. Ihr genüge es, daß er ihr ein zuverlässiger Gehilfe sei, der das Hantieren mit Netzen bestens beherrsche. - Hatten wir es unserem schweigsamen Landsmann zu verdanken, daß die nach außen so rauhbeinig wirkende Höser-Mutter meine Frau in ihr Herz geschlossen zu haben schien, der sie immer ein paar Fische zusteckte, während andere Kunden mit leeren Händen davon ziehen mußten?

Hätte der russische Kommandant, wenn er tatsächlich in der Nähe gewesen wäre, geholfen? Dieser Typ wohl kaum.

In den Monaten nach dem Einmarsch der Roten Armee versuchten unzählige Kriegerwitwen oder Soldatenfrauen, deren Männer sich in westlichen oder sowjetischen Gefangenenlagern befanden, die inzwischen als "Zonengrenze" bezeichnete Demarkationslinie zu überschreiten. In ihrer Hilflosigkeit suchten sie sich wenigstens in die westlichen Besatzungszonen zu retten. Sie boten immer wieder das Bild verzweifelter Ratlosigkeit, wenn sie - meist ein Kind an der Hand oder auf dem Arm tragend - mit ihrem Flüchtlingsbündel auf dem Rücken bis zum Grenzgebiet gelangt waren, das von den Russen überwacht wurde. Als Ortsunkundige blieb ihnen nichts anderes übrig, als sich an Wege zu halten, die zu den Grenzdörfern führten. Dort gerieten sie unweigerlich in die Hände der sowjetischen Besatzer. Es gab Soldaten, die sie unangefochten passieren ließen, oder solche, die sie zum Ortskommandanten brachten. Andere stellten sie vor die Wahl, umzukehren oder eine "Zollgebühr" zu entrichten.

Der Kommandant von Ziessau, ein besonders übler Vertreter der Militärverwaltung, machte mit seinen Opfern kurzen Prozeß. Kein Hilferufen oder Kindergeschrei hielt diesen Mann davon ab, sich zusammen mit seiner Wachmannschaft an hilflosen Frauen zu vergehen, um sie danach mit zerzaustem Haar und zusammengeraffter Bekleidung laufen zu lassen. Sie boten immer wieder einen grauenhaften Anblick, den wir hilflos hinnehmen mußten. So atmeten die Ziessauer auf, als eines Tages die Kommandantur des Dorfes aufgelöst wurde und der Unmensch verschwand.

In der bäuerlich orientierten Bevölkerung der Altmark hatte es nur wenige für die Russen arbeitende Spione gegeben. Trotzdem fanden sich bald Gesinnungsgenossen, die von den Sowjets nach Verhaftung und Abtransport der bisherigen Bürgermeister als deren Nachfolger eingesetzt wurden.

Der Bürgermeister Ziessaus, der Bauer Schulz, nahm diese Aufgaben seit Jahrzehnten wahr und besaß neben Alvensleben den größten Hof des Dorfes. Schulz, inzwischen ein rüstiger Achtziger, hatte die Stellung als Bürgermeister von seinem Vater übernommen. Unter dem letzten Kaiser, später dann den Reichspräsidenten Ebert und Hindenburg übte letzterer bereits seine Amtsgeschäfte aus, erfüllte seine Pflicht und hatte die Ziessauer auf seiner Seite.

Bevor nun die neuen Herren der Altmark die festgefügte Ordnung des Dorfes zerstören konnten, kam ihnen der alte Bauer Schulz zuvor. Ihm war klar, daß Männer wie er nicht mehr in die Speichen der jetzt hereingebrochenen Zeit greifen konnten. Deshalb berief er eine Versammlung aller Ziessauer Bauern ein, zu der auch ich als geborener Arendseer geladen worden war. Ein ergreifender Augenblick, als der alte Landwirt in schlichten Worten seinen Rücktritt als Bürgermeister verkündete. Die Überraschung für uns kam, als der alte Herr Karl Mollenhauer, den Knecht vom Bauern Alvensleben, zu seinem Nachfolger vorschlug. Der schien sich ohnehin zu wundern, daß ausdrücklich er hierher bestellt worden war. Verständlicherweise wehrte er sich, in Zukunft die Pflichten des Bürgermeisters zu übernehmen, denn althergebracht durfte eigentlich nur ein Bauer in einem altmärkischen Dorf Bürgermeister werden. Es bedurfte langer Erklärungen nicht nur des zurückgetretenen Schulz, sondern auch aller anderen Bauern, bis Mollenhauer zustimmte.

Unter den Sowjets galten Privatbauern als kapitalistisches Gesindel. Selbst im eigenen Land wurden sie als Kulaken nach Sibirien verbannt. Die ersten Plakate drohten mit Enteignung aller Höfe von über einhundert Hektar Landbesitz. Eigentümer von größeren Höfen oder gar Gütern saßen bereits in Haft, wenn sie nicht rechtzeitig in den Westen flüchten konnten. Wenn es überhaupt möglich war, künftig die Belange der verbliebenen Bauern wahrzunehmen, dann allenfalls durch jemanden, der nicht den Makel eines Kapitalisten besaß. Nach noch eindringlicheren Vorstellungen der Bauern zeigte sich Mollenhauer sogar einverstanden, der Kommunistischen Partei beizutreten. Mit diesem zweiten Schachzug hatten die Ziessauer nun einen der ihren ans Ruder gebracht, der in Zukunft in bestimmten Dingen auf ihr Schicksal Einfluß nehmen konnte.

Verständlicherweise rief die Ankündigung einer Bodenreform unter der ländlichen Bevölkerung große Besorgnis hervor. Die Höfe der Bauern Schulz, Hörtelmann und Prehm lagen unter der Einhundert-Hektar-Grenze. Sie atmeten wie auch die Kleinbauern erleichtert auf.
    Schlimm stand es um Alvensleben. Dessen Besitz befand sich mit achtzig Hektar in der Altmark und mit weiteren fünfzig Hektar im Hannoverschen. Was tun? Alvenslebens Schicksal berührte alle Ziessauer. Sie machten es zu dem ihres ganzen Dorfes, redeten auf Alvensleben ein, bis er seinen gefaßten Vorsatz, zu seinen Freunden im Hannoverschen zu flüchten, aufgab. Kein Dörfler verriet ihn an die neuen Machthaber, u. a. deutsche Kommunisten, die ja nur die Grundbücher diesseits des künftigen Eisernen Vorhangs einsehen konnten. Die Alvenslebens blieben so lange auf ihrem Hof, bis später weitere Bodenreformen in der Ostzone ihnen die Lebensgrundlage endgültig entzogen.

Meine Frau und ich hatten die turbulenten Sommermonate zwar mit vielen Aufregungen, jedoch soweit unbeschadet überstanden.
    Meine Beinwunde hatte sich geschlossen. Ich tauschte meine Krücken mit zwei Stöcken, mit denen ich Gehversuche machte. Ich wagte mich sogar ans Radfahren, was zu meiner Überraschung gelang. Fahrräder zählten wegen der Räubereien der Sowjets zum kostbaren Besitz. Jederzeit konnte ein deutscher Radfahrer von russischen Soldaten von

seinem Rad gestoßen und seines fahrbaren Untersatzes beraubt werden. So rechnete ich es Vadder Prehm hoch an, als er mir eines Tages sein unter Heu verborgenes Rad zu einer Fahrt nach Lüchow zur Verfügung stellte.

Lüchow war die nächste Kreisstadt in der Provinz Hannover. Die Engländer hatten bald nach der Festigung der Zonengrenzen ihre Truppen abgezogen und die Sowjets ihre Bewachung aufgelockert. Die in der Sowjetzone lebende Grenzbevölkerung fand immer unbewachte Wege, auf denen sogar mit Fuhrwerken hin- und zurückgefahren werden konnte.

So radelte ich eines Tages unangefochten nach Lüchow, wo ich beim Forstmeister des dortigen Forstamtes vorsprach. Er erklärte mir bereitwillig die Personallage in der Provinz Hannover. Danach schien eine Bewerbung für einen jüngeren Beamten wie mich völlig aussichtslos. Infolge des Zustroms aus dem Osten warteten unzählige Dienstältere vergeblich auf Anstellung. Der von den Siegermächten geschaffene geopolitische Wahnsinn konnte nach unserer Auffassung unmöglich von Dauer sein. So entschied ich nach dieser Erkundungsfahrt, mich beim nächsten Regierungsforstamt der Ostzone in Magdeburg zu melden.

Ich fand die Stadt in Trümmern. Nur die Hauptstraßen waren so weit freigemacht, daß Fahrzeuge mit der nötigen Vorsicht vorankamen. Überall arbeiteten lange Kolonnen deutscher Frauen und Männer unter Aufsicht sowjetischer Uniformierter an Bausteinen und Schutt. Schweigend, mit langsamen Bewegungen und sichtlich heruntergekommen gaben die Arbeitenden Steine von Hand zu Hand, brachten sie mit Schubkarren zu großen Haufen. Hier wurden die Steine von einer anderen Kolonne einzeln gereinigt und aufgeschichtet. Unter ständigem "Dawai! ... Dawai! ... Roboti! ... Roboti!!!" trieben die Aufpasser die ausgemergelten Menschen an.

Das Regierungsgebäude ist mir als unbeschädigt in Erinnerung geblieben. Während ich in den Korridoren nach unserer forstlichen Abteilung suchte, begegnete ich einer älteren Dame, die ich um Auskunft bat. Nach einem Blick auf die Schulterstücke meiner Forstuniform gab sie sich als Frau des bisherigen Regierungspräsidenten v. Bonin zu erkennen. Sie bat mich in ihre Wohnung. Ich verstand. Mißtrauen schien angebracht. Die Korridortüren hatten Ohren bekommen ...

Ich war Frau v. Bonin sehr dankbar für die Information, die sie mir, als wir im Herrenzimmer Platz genommen hatten, geben konnte. Auf die Frage nach dem Schicksal ihres Mannes ließ sie mich erleichtert wissen, daß der Regierungspräsident von den Engländern verhaftet und von den abziehenden Truppen mitgenommen worden sei, jedoch wenigstens den Sowjets nicht in die Hände gefallen war. Die Engländer hatten ihren Mann nicht schlecht behandelt, sie aber nicht vor der Übergabe der Provinz Sachsen an Stalin gewarnt. Sonst wäre sie nicht hier zurückgeblieben.

Ein neuer "Landforstmeister" wäre kürzlich erschienen. Dieser Herr Kühn, vormals Malermeister, hatte es gewagt, eine abfällige Äußerung über den allgewaltigen Hermann Göring zu machen, was ihn kurz vorm Zusammenbruch ins Konzentrationslager brachte. Frau v. Bonin war ihm vor einigen Tagen begegnet. Er hatte sichtlich verlegen zugegeben, er wüßte selbst nicht, warum ausgerechnet er die Aufgaben eines Landforstmeisters übernehmen müsse. Seine Einwände wurden von den neuen Herren mit der Begründung beiseite geschoben, es käme jetzt darauf an, wichtige Ämter nur mit politisch Zuverlässigen, erwiesenen Antifaschisten, zu besetzen. Die sollten die ihnen untergeordneten Fachkräfte überwachen. Wir hatten in den vergangenen Monaten unser blaues Wunder erlebt, was für zweifelhafte, oft unqualifizierte Gestalten in freigewordenen Amtsstellen umherwandelten. Von diesen hob sich ein Malermeister mit Meisterprüfung wohltuend ab, immerhin ein solider Beruf. Er würde höchstwahrscheinlich seine Forstbeamten nach ihrem Ermessen walten lassen. Unter Hitler - so überlegte ich - hatten wir einen Juristen als Generalforstmeister verkraften müssen. Warum nun nicht zur Abwechslung einen Malermeister. Wenn man uns schon bei den Nationalsozialisten das Vertrauen versagt hatte und uns auch die Kommunisten nicht über den Weg trauten, dann mußten wir Forstleute eine höchst ehrenwerte Gilde verkörpern!

Im Vorzimmer des "Landforstmeisters", warteten mehrere Revierförster in Uniform. Da bisher kein gegenteiliges Verbot erlassen worden war, trugen wir noch unsere Schulterstücke. Wie ich meine Kollegen musterte, entfuhr mir: „Mensch, Goliath!!!", denn unter den Wartenden saß der kleine Revierförster Stamm, mit dem ich zusammen zwei Jahre im Ortelsburger Jägerbataillon gedient hatte!

Zuletzt waren wir uns in den Wochen vor Brody begegnet. Stamm, Hauptmann und Bataillonskommandeur wie ich, hatte ebenfalls das Deutsche Kreuz in Gold getragen. Ich hatte damals sein völlig abgekämpftes Bataillon zu einem Zeitpunkt vorübergehend abgelöst, in dem durch Versagen einer zusammengewürfelten deutschen Kampfgruppe die Lage höchst kritisch geworden war. Der kleine Stamm hatte mich bei unserm unvermuteten Wiedersehen umarmt und mir empfohlen, den Oberleutnant dieser Einheit über den Haufen zu schießen, sobald er wieder als erster ausreißen würde. Danach hatten wir uns eingedenk unserer gemeinsamen Dienstzeit mit dem im Jägerbataillon üblichen "Horrido!" getrennt. Den Spitznamen "Goliath" hatten wir ihm - wie solche oft zustande kommen - gegeben, weil er der kleinste unter uns Forstmännern gewesen war. "Klein, aber oho!", denn unser Goliath konnte als einziger von uns spielend am Reck in tadelloser Haltung die Riesenwelle drehen.

Wie ich in meiner aufwallenden Freude über unser Wiedersehen unsere letzte Begegnung erwähnte, stutzte ich:

mein Kamerad Stamm trug das Abzeichen der SED, der gerade kürzlich geschaffenen kommunistischen Partei! Ganz im Gegensatz zu mir schien ihm unsere Begegnung peinlich zu sein. „Mir ist alles scheißegal ... Ich habe eine Familie, die ich durchbringen muß. Meine, meinetwegen unsere Vergangenheit, die ist für mich gewesen ..." „Armer Goliath ...", wandte ich mich mit der Erkenntnis ab, daß dieses übergestülpte System selbst die aufrechtesten Kerle brechen kann.

Mit dem frischgebackenen "Landforstmeister" kam ich recht bald ins Gespräch, bei dem jeder von uns vermied, die Karte seiner politischen Einstellung aufzudecken. Ich legte Herrn Kühn mein Soldbuch, meine Ernennungsurkunde zum Forstreferendar mit dem Vermerk meiner Vereidigung durch Forstmeister Augstein in Puppen (Kr. Ortelsburg/Ostpr.) und die mir nach zwei Jahren zugestellte Ernennungsurkunde zum Forstassessor vor. Ich scheute mich nicht, auf meine Lücke, den Mangel an forstlicher Praxis, hinzuweisen, und bat deshalb, mich zunächst einem Forstmeister als dessen Assistent zuzuteilen. Herr Kühn hatte den alten Forstrentmeister Haun hereingerufen, der während des Krieges auf dem Regierungsforstamt Dienst versehen hatte und der die Personallage des Bezirks kannte.

Herr Haun wollte von meinem Vorschlag nichts wissen. Die Magdeburger Forstverwaltung verfügte über so wenig Forstbeamte, daß sie sich eine Assistentenstelle nicht leisten konnte. Ob's mir paßte oder nicht, ich müßte - und zwar so schnell wie möglich - ein verwaistes Forstamt übernehmen. Die beiden Herren gingen die Liste der freien Forstmeisterstellen durch, bis Herr Haun „Grünewalde, Herr Landforstmeister, Forstamt Grünewalde!" ausrief. Er fügte hinzu, daß diese Stelle mit seiner verkehrsgünstigen Lage am Stadtrand von Schönebeck an der Elbe für mich wie geschaffen wäre. Ich könnte mit der Straßenbahn Magdeburg erreichen, und dieses Forstamt sei auch mit Rücksicht auf meine Familie besonders zu empfehlen, weil die Schulverhältnisse dort kein Problem seien. Es wäre ein kleines Revier mit dreitausend Hektar Wald und etwa derselben Fläche Auewiesen, die zu verpachten seien. Mit Radfahrwegen wäre das Revier erschlossen. Zudem wäre es eben, und das sollte ich wegen meiner Gehbehinderung bedenken. - Dreitausend Hektar Wald, dreitausend Hektar zu verpachtende Wiesen, hatte ich mit Befremden registriert ... das soll ein Forstamt sein? - Der Herr Forstrentmeister erging sich in weiterer Schilderung aller Vorzüge, die ich dort vorfinden würde, während ich mir sagte, auf einem so kleinen Forstamt würde ich am ehesten Zeit finden, mich auf mein Staatsexamen vorzubereiten. So bedankte ich mich bei Herrn Haun für seinen Vorschlag, und Herr Kühn reichte mir seine Hand, in die ich einschlug.

Aber jetzt rückten die beiden Herren mit dem Pferdefuß heraus, mit dem - auf jeden Fall nur vorübergehend - Forstamt Grünewalde dummerweise noch behaftet war: Die Dienstwohnung, eine sehr stilvolle und geräumige, sei noch von sowjetischen Truppen bewohnt. Es gäbe aber einen Befehl der SMA, wonach sämtliche Dienstgebäude der Forstverwaltung in kürzester Frist zu räumen seien. Fürs erste brauchte ich für meine Familie nur eine Übergangsbleibe zu finden, doch wie gesagt, das sollte nur eine vorübergehende Notlösung sein. Herr Kühn empfahl mir, den Sowjets bezüglich meiner zünftigen Dienstwohnung mit Hinweis auf den Befehl der SMA klarzumachen, daß ich dort einzuziehen habe ...

Was blieb mir übrig? Mir war ein Forstamt angetragen worden, ich konnte solch Angebot nicht ausschlagen! In Gedanken versunken, stieg ich in die Elektrische nach Schönebeck. Der große Augenblick für einen jeden Forstmann schien gekommen zu sein. Wie oft hatte ich mir den Tag vorgestellt, an dem ich als Revierverwalter vor dem Gehöft stehen würde, in dem ich mit den Meinen Jahre, Jahrzehnte oder gar ein Leben lang verbringen würde - abseits von einem Dorf am nahen Waldrand mit herüber grüßenden himmelhohen Kiefern! Mit Sonnenaufgang des ersten Morgens würde ich, noch ganz unter dem Eindruck des Glücks stehend, meinen ersten Gang ins Revier tun. Ganz still würde es um mich sein, nur die Kronen der Kiefern würden mich wispernd grüßen und ich würde dem mir anvertrauten Forst geloben, nichts zu zerstören, in sein dem Auge nicht sichtbaren Gefüge nur behutsam eingreifen. Am Ufer eines verträumten Sees würde ich Pause machen, das "Quorren" der Haubentaucher vernehmen und von irgendwoher den Fanfarenruf eines Kranichpaares hören. Ein langhaariger Vorstehhund würde seinen Kopf auf meinen Schoß schieben, um mich daran zu erinnern, den Heimweg anzutreten. Vielleicht würde es um die Zeit sein, in der die blaue Akelei blüht. Ich würde nur eine einzige pflücken, um sie meiner Frau auf den Frühstückstisch zu stellen. Das Dudeln der Heidelerchen würde mich auf dem Rückweg begleiten, und in meinem Glücksgefühl würde ich die Welt umarmen wollen ...

Mit quietschenden Bremsen und einem jähen Ruck riß mich die Straßenbahn in die Wirklichkeit zurück. Die Endstation Schönebeck war erreicht. Ich sah mich ungläubig um. Während meiner Einweisung auf dem Regierungsforstamt hatte ich nicht nach der Größe der Stadt gefragt. Ich rechnete damit, eine Kreisstadt nach ostpreußischen Begriffen vorzufinden, mit einem Marktplatz und dem Rathaus, einigen Autos und zahlreichen Fuhrwerken, die ohne Hast ihrer Wege fuhren. Vor den Fenstern, die zur Straße zeigten, würden bunte Blumen aus den Kästen grüßen. Die Häuser wären sorgsam mit passenden Farben gestrichen. -

Nichts erinnerte mich hier an meine Vorstellung, die ich mir während meiner Glücksträumerei von Grünewalde gemacht hatte. Ringsherum bauten sich schmucklose hohe Hausfronten auf, Haus um Haus grau in grau. Ich befaßte mich mit dem Gedanken an ein Forsthaus, das am Stadtrand liegen würde, ja, die Elbe sollte dazwischen fließen. Ich brauchte nur die Stadt hinter mir zu lassen, am jenseitigen Ufer würde die Welt wieder in Ordnung sein. Ich wandte mich an zwei Männer mit der Bitte, mir die Straße zu benennen, die zum Forstamt führt.

„Da hat der Mann Forstuniform an und hat sich verlaufen", war die unfreundliche Antwort, die der Angesprochene weniger an mich als an seinen Begleiter gerichtet hatte. Ohne anzuhalten gingen die beiden ihres Weges. Ich betrachtete erneut die freudlos wirkenden Fensterfronten. Hinter diesen Fassaden mußten andere Menschen heranwachsen als die, unter denen ich bisher gelebt hatte. -

Die Sonne war hinter grauen Wolken hervorgekommen. Ich sah zu ihr auf und folgte einer Straße nach Osten. Sie öffnete sich in einen Platz mit dem Rathaus. Hier machten die Häuser einen freundlicheren Eindruck, und ich atmete freier. Doch die Menschen, die an mir vorübergingen, unterschieden sich nicht von den beiden, die mir auf meine höfliche Frage eine höhnische Abfuhr gegeben hatten. Ich stieß auf keine Gruppen, die plauderten oder lachten. Schönebecks Bewohner schienen alle aneinander vorbeizugehen. Über der Straße, der ich folgte, hingen breite Bänder mit marxistischen Parolen. An diese primitiven Irrsinnsbänder mußten wir uns in den Monaten der sowjetischen Besatzung gewöhnen. Jetzt grüßten hier von der beherrschenden Rathausfront überdimensionale Bilder von Marx, Lenin und Stalin herunter. Keiner konnte sie übersehen.

Die Ruinen der großen Brücke ragten aus der Elbe, gesprengt und teilweise in den Fluß hinuntergestürzt. Eine Motorfähre übernahm das Übersetzen zwischen der Stadt Schönebeck und dem Dorf Grünewalde. Sie wurde von einem älteren Mann und einem einarmigen Gehilfen bedient. Sie erwiderten meinen Gruß mit einem Wink, neben ihnen auf der Bank Platz zu nehmen.

„Es dauert noch eine Viertelstunde, bis wir absetzen ...", erklärte der Armamputierte und fügte nach einem Blick auf meine Stöcke, auf seinen Armstumpf weisend, „Marine ..." hinzu.

„Infanterie", erwiderte ich.

„Bin aus Pommern ..."

„Ich aus Ostpreußen."

„Dann sind wir ja unter uns ..."

„Ja - wir sind unter uns ... Als Kinder sangen wir 'Maikäfer flieg ... Mein Vater ist im Krieg, Mutter ist in Pommernland' ..."

„Pommernland ist abgebrannt ... Maikäfer flieg'", beendete der Marinesoldat den bekannten Kindervers.

„Maikäfer haben's besser als wir, die können abbrummen, wohin sie wollen ..."

„Sie haben recht, unsere Flügel wurden verdammt zurückgestutzt."

Auf meine "Sie"- Anrede musterte mich der Mann, der wohl das unter Kameraden übliche "Du" erwartet hatte.

„Offizier?"

„Der Reserve", bejahte ich.

„Ich war Obergefreiter, also etwas mehr als unser 'Gröfaz', der es nur zum Gefreiten gebracht hatte. Aber jetzt wurde ich Kapitän", dabei zeigte er auf ein kleines Motorboot, das neben der Anlegestelle festgemacht war. „Das fischte ich vor ein paar Wochen auf. Kein schönes Strandgut, das da flußabwärts trieb. Ein alter Mann, zwei Frauen und ein kleines Kind. Alle mit Schußwunden, seit Tagen tot. Das Kind in den erstarrten Armen seiner Mutter. Sie müssen aus der Tschechei gekommen sein. Mit dem Boot", fuhr der Obergefreite fort, „verdiene ich mir ein bißchen Geld, wenn ich Grünewalder übersetze, die die letzte Fähre verpaßt haben. Manchmal kommen noch immer arme Teufel, die sich besser nicht auf der Fähre sehen lassen. Die kriegen Freifahrt ..."

Ich stopfte mir meine Pfeife mit Tabak meiner ersten Nachkriegsernte und betrachtete die Fahrgäste, die begannen, die Fähre zu füllen. Nach ihrer Kleidung zu urteilen, mischten sich hier Stadt- und Landbevölkerung. Der Marinesoldat startete den Motor, und nach einem zweimaligen Glockensignal setzte sich die schwerfällige Fähre, mit zwei Fuhrwerken an Deck, in Bewegung. Ich staunte über die starke Strömung, die die Fähre bald ein gutes Stück stromab trieb. Vor den stehengebliebenen Brückenpfeilern ließ der Matrose den Motor aufheulen und erreichte wieder ruhiges Wasser, in dem er die Fähre mit gedrosseltem Motor zur Anlegestelle in Grünewalde treiben ließ.

„Dort drüben liegt das Forstamt, ein großes Haus mit einem hohen Bretterzaun", rief mir der "Kapitän" beim Verlassen der Fähre zu. „Sie können den Park nicht verfehlen!" hatte der alte Mann ergänzt.

Mit jedem Schritt, der mich über die Elbwiesen meinem Forstamt näher brachte, löste sich mein Traum von einem am Waldrand gelegenen Gehöft auf. Warum diese geschmacklose Umzäunung? Hatte es ein Forstmeister hier nötig, sich hinter solch einer Bretterwand zu verschanzen? Ich stand jetzt auf dem Elbdamm. Selbst von hier aus konnte niemand in den dahinterliegenden "Park" blicken.

Ein Park? - einen solchen hatte ich in ganz anderer Erinnerung. Der Park, der sich an die Freitreppe der landrätlichen Dienstwohnung meines Vaters in Sensburg anschloß, war über zwei Hektar groß gewesen. An diesen Park in Sensburg mußte ich jetzt denken.

Der "Park" des Grünewalder Forstmeisters umfaßte allenfalls einen Viertelhektar. Wenn darunter hierzulande ein Park verstanden wurde ..., wie mochte es um das "Forstrevier" stehen?

Vom Deich aus gesehen, schloß die Bretterwand an ein Hoftor mit einer Tür für Fußgänger an. Daneben erhob sich ein verputztes dreistöckiges Gebäude. Nach den großen Fenstern des Erdgeschosses zu urteilen, konnte hier das Büro untergebracht sein. Die Tür war verschlossen. Ich blickte von der Treppe über den gepflasterten Hof. Vor der Treppe zum Eingang der forstmeisterlichen Wohnung standen zwei hohe Linden. Auf den Stufen und der zementierten Fläche vor der Tür lagen Blechbüchsen, Papierfetzen und sonstiger Unrat herum, das auf den Müllhaufen gehörte. Weiterer Abfall war über den ganzen Hof verstreut.

Jetzt traten zwei Männer in Uniformen der Roten Armee heraus und setzten sich auf zwei gepolsterte Lehnstühle, die, nach ihrem Aussehen zu urteilen, bereits einige Wochen dort gestanden zu haben schienen.

Ich beschloß, nach den Parolen "Fortes fortuna adjuvat" und "Carpe diem" nicht weiter Zeit zu vertrödeln, sondern den Stier bei den Hörnern zu packen. Ich humpelte zu den beiden rüber und verlangte "Kommandant" zu sehen ... Einer von ihnen ging ins Haus, und tatsächlich trat bald der wohl hier Kommandierende heraus.
„Was du wollen?"
„Ich jetzt Chef von dies hier!" was ich mit weitausholenden Armbewegungen, die Hof-, Stall- und Bürogebäude und "meine" Dienstwohnung umschlossen, verständlich zu machen suchte.

Daraufhin folgten in ihrer Lautstärke ansteigende Infinitive zwischen uns, die ich wegen ihrer komplizierten Wiedergabe am besten mit meinem „Ich Chef, hier rein ... ihr alle raus!" und dem meines Gegenüber „Wir hier bleiben ... du raus!" zusammenfasse. Ich muß hinzufügen, daß ich mich nach dem letzten "Du raus!" meines Gesprächspartners nicht mehr auf der erhöhten Zementplatte, sondern lang hingestreckt auf dem Kopfsteinpflaster "meines Hofes" befand.

Nach dieser nicht gerade ermutigenden ersten Verhandlung mit den Herren unserer Besatzungsmacht sah ich mich nach einem Gasthof zur Übernachtung um. Ich fand die einzige

Gastwirtschaft des Ortes völlig zerstört vor. Nicht etwa durch Granaten oder Bomben, sondern offensichtlich von volltrunkenen Sowjets, die hier vor Monaten ein großes Siegesgelage gefeiert und dabei Stühle, Tische und alle Fenster zerschlagen hatten. Angesichts dieser Verwüstung fand ich es verständlich, daß sich bisher niemand gefunden hatte, um hier wieder Ordnung zu schaffen. Ich verspürte keine Lust, zur Übernachtung wieder nach Schönebeck überzusetzen, sondern fragte mich nach dem früheren Ortsbauernführer durch. Wie ich später erfuhr, gehörte er zu jenen, die die Sowjets offenbar wegen seines vorgeschrittenen Alters wieder laufen gelassen hatten.

Auf mein Klopfen wurde mir von einem Mann geöffnet, dessen Alter ich auf den ersten Blick nicht abzuschätzen vermochte. Sein kahlgeschorener Kopf glich dem eines Zuchthäuslers. Tiefe Falten in seinem Gesicht ließen unschwer erkennen, daß er sich in Gefangenschaft befunden haben mußte. Schnelles gegenseitiges Abschätzen war in der Zeit, in der ich mich jetzt in meiner Erzählung befinde, bezeichnend. Entweder schob sich mit zusammengekniffenen Augen und schmalen Lippen eine Wand des Mißtrauens zwischen zwei Unbekannte, oder sie reichten sich mit dem Gefühl gegenseitigen Vertrauens die Hände. Herr Schröder blickte auf meine Stöcke, ich auf seinen kahlgeschorenen Kopf. Danach folgte ein beiderseitiger fester Händedruck, und ich wurde ins "gute Zimmer" gebeten.

Es gibt im Leben eines Menschen große Geschehen und kleine Begebenheiten. Die ersteren treffen den Einzelnen selten allein. Er bewältigt sie Schulter an Schulter mit Schicksalsgenossen wie unsere Vertreibung oder bei unserem Rückzug den Hexenkessel von Brody. Den großen Rahmen der Ereignisse vor Brody hätte ich ohne einige Unterlagen, die mir zwei Kriegskameraden zuschickten, kaum authentisch nachvollziehen können. Dagegen ist mir das Bild des weltverloren an seinen Bienenkörben arbeitenden Imkers im Karpatenvorland so deutlich in der Erinnerung geblieben, daß ich von seinem schindelgedeckten Bienenstand noch heute eine Skizze anfertigen könnte. - Und von dem Klettenblatt, das mir Feldwebel Zimutta zuschob, weiß ich genau, daß er es von rechts tat und daß sich das frischrote Fohlenfleisch auf meinem Schoß herabsenkte, weil ihm das Blatt nicht wie auf einem Brett Halt gab. Solche Begebenheiten sind ganz persönliche. Sie haften bleibender als große Ereignisse in der Erinnerung, weil sich in ihnen oft ein tröstlicher Sinn birgt. "Es gibt noch eine heile Welt!" vermittelte mir der ungarische Imker an einem Tag, an dem sie uns zertrümmert schien. Zimuttas "Wir wollen es nicht allein essen" nahm mir nach all dem vergossenen Blut das Gefühl der Vereinsamung, gab mir wieder Zuversicht, weil ich nicht vergessen worden war.

In diesem Sinne blieb mir die Begrüßung durch Herrn Schröder in Erinnerung. Unsere Unterhaltung beschränkte sich auf meine Vorstellung als der künftige, jedoch noch unentschlossene Revierverwalter des Forstamts, die Herr Schröder mit dem Hinweis unterbrach, daß seine Frau nebenan gerade den Tisch fürs Abendbrot gerichtet hätte. Er nahm mich beim Arm und führte mich ins Eßzimmer.
„Wir haben einen Gast, Mutter!", wonach er mich mit seiner Familie bekannt machte. „Meine Frau, mein Vater, meine beiden Töchter Lisa und Inge und hier unser Junge Martin. - Nach Tisch setzen wir uns wieder nebenan hin, dann haben wir Zeit für unsere Unterhaltung."
Die Stühle der Tischrunde wurden ein wenig zusammengerückt. Lisa legte ein Gedeck für mich dazu. Damit war ich Gast auf einem Bauernhof, dem das Gefühl, ein umherirrender Vertriebener zu sein, ganz ungezwungen genommen worden war.

- Aus dieser ersten Begegnung mit der Familie Schröder sollte eine lebenslange Freundschaft werden, die wir noch nach unserer Auswanderung mit alljährlichen Briefen zur Weihnachtszeit pflegten. Nach Herrn Schröders Tod hielt Martin den Briefwechsel bis zum heutigen Tag aufrecht.

Als wir uns nach Tisch wieder zurückzogen und unsere Pfeifen in Brand setzten, berichtete Herr Schröder, wie er zu seinem kahl geschorenen Kopf gekommen war.

Zusammen mit den Männern, deren Namen auf einer schwarzen Liste standen, die der jetzige Bürgermeister von Schönebeck seinen Befreiern überreicht hatte, war er mit seinem Nachbarn Hilmer verhaftet worden. Nach einigen Tagen im Gefängnis, wo als erstes alle Verhafteten kahlgeschoren wurden, trieben die Sowjets sie in Waggons. Fest geschlossen mit unbekanntem Ziel rollten die in Richtung Osten. Noch vor der Oder hielt der Zug an. Der letzte Waggon, in dem sich Herr Schröder mit seinem Nachbarn befand, wurde abgekoppelt. Die Insassen dieses Waggons brauchte man zum Kohleverladen. In der folgenden Nacht hatte er mit Hilmer einen unbewachten Augenblick zur Flucht genutzt. Sie waren nur nachts immer in Richtung Westen gegangen und hatten sich tagsüber verborgen. Nach etwa vierzehn Tagen erreichten sie Grünewalde. Hier teilten sie dem Grünewalder Bürgermeister mit, die Sowjets hätten mehrere ältere Männer laufen lassen, weil der Transport unterwegs noch jüngere Männer mitnehmen mußte, für die kein Platz mehr vorhanden gewesen wäre. - Das schien wohl unverdächtig genug geklungen zu haben. Jedenfalls ließ man die beiden Rückkehrer in Ruhe. Denen wuchs das Haar inzwischen so weit nach, daß sie bald wieder normal aussahen und nicht auffielen.

Der Bürgermeister von Grünewalde wäre alter Kommunist. Weil er keinen Grünewalder nennen konnte, der ihm während der Hitlerjahre das Leben sauer gemacht hätte, verhielte er sich nicht übel. Seine Tätigkeit bestünde lediglich darin, Vieh und Geflügel zu zählen und die Plakate mit den Befehlen der SMA an Bäume und Hauswände zu kleben.

Herr Schröder konnte mir eine Menge Einzelheiten sowohl über das Revier als auch über die zum Forstamt gehörende Landwirtschaft erklären. Mein Vorgänger mußte ein sehr erfolgreicher Landwirt gewesen sein. Jedenfalls brachte ihm der gute Boden der Magdeburger Börde neben seinem Gehalt so viel ein, daß er sich in jedem zweiten Jahr einen funkelnagelneuen schweren Achtzylinder kaufen und alljährlich mit seiner Frau eine weite Urlaubsreise leisten konnte.

- Nun, mir war es gleichgültig, ob ich mit acht oder vier Zylindern herumfahren würde. Im Augenblick besaß ich nicht einmal ein Fahrrad. Sollten aber eines Tages goldene Zeiten kommen, wo ein Forstmeister wieder einen Wagen besitzen sollte, dann wollte ich mir meinen Vater zum Vorbild nehmen. Wenn er früher ohne Chauffeur manchmal selbst am Steuer saß, dann wählte er einen unauffälligen DKW mit vier Zylindern. Damit hinterließ er keinen schlechten Eindruck, wenn er als Landrat mit seinem bescheidenen Wagen neben dem schweren Achtzylinder des Kreisleiters geparkt hatte ...

Herr Schröder und ich lachten ob solcher Zukunftsvorstellungen, was mich mit dem Erfahrenen innerlich überzeugte, nun doch endgültig in Grünewalde zu bleiben.

Ich nahm die Einladung zur Übernachtung an und begab mich am nächsten Morgen zu "meinem" Bürgermeister.

„Ich nehme es Ihnen nicht krumm, wenn Sie mich für einen Nazi halten", begann ich. „Ein Flüchtling, der alles verloren hat, wäre verrückt, wenn er Ihnen jetzt sein Parteibuch auf den Tisch legen würde. Aber hier ist mein letzter Jagdschein. Er wurde 1939 ausgestellt. Können Sie an meiner Uniform das Parteiabzeichen sehen? Wenn jemand damals Parteigenosse war, hatte er es sich - und wäre es nur für diese Aufnahme gewesen - bestimmt angesteckt. Und hier ist noch eine Aufnahme von mir mit meiner Verlobten, meiner jetzigen Frau. Um diese Zeit war ich bereits Leutnant der Reserve und hatte den Polenfeldzug hinter mir. Zur Feier des Tages hatte ich mir meine Forstuniform angezogen, wiederum ohne das Abzeichen. Und für so blöde, noch schnell im April dieses Jahres in die Partei eingetreten zu sein, werden Sie mich hoffentlich nicht halten!"

Ich hatte Herrn Wrege gegenüber offensichtlich den richtigen Ton angeschlagen. Er reichte mir meinen Jagdschein und das Verlobungsbild mit den Worten zurück, das Forstamt brauchte nun mal einen Stelleninhaber, der im Revier, in dem seit dem Zusammenbruch ohne Erlaubnis oder Aufsicht Brennholz eingeschlagen wurde, wieder Ordnung schafft.

Das Problem der Wohnungsbeschaffung für meine Familie und meine Eltern, denen meine Frau und ich geraten hatten, bei uns zu bleiben, löste Herr Wrege nach meinem Geschmack ein wenig zu brutal, doch für jene Zeit typisch.

„Da lebt die Witwe Liebe noch immer ganz allein in ihrem Haus. Bis jetzt hat sie es verstanden, sich gegen Einquartierung von Umsiedlern oder Ausgebombten zu wehren. Der brumme ich jetzt Ihre ganze Familie auf, egal wie die Alte zetern wird ..."

Er schien nicht übertrieben zu haben. Die alte Dame vergaß, daß sie aus vornehmem Hause kam und zeterte, wie Wrege es vorhergesagt hatte. Ihr Mordsgeschrei half ihr nichts. Wrege wies mir die drei unbewohnten Zimmer des Dachgeschosses nebst einer Behelfsküche und für meine Eltern ein Zimmer im Erdgeschoß zu. Es schien seine erste durchgreifende Amtshandlung zu sein, die er mit der Bemerkung abschloß: „Wie Sie mit dem alten Aas zurechtkommen, ist Ihre Sache ..."

Die Bezeichnung "das alte Aas" entsprach dem verrohten Denken der damaligen Zeit und blieb im Sprachgebrauch meiner Familie hängen. Dieser Ausdruck gehörte zu den ersten Worten, die unser kleiner Jochen zustande brachte, als er ohne seinen Spielreifen, ein eiserner Handwagenbeschlag, weinend mit der Bemerkung in unsere Wohnung trat: „Altes Aas weggenommen."

Wieder in Ziessau angekommen, begrüßte mich meine Frau in höchster Aufregung. Morgen um zehn Uhr sollten sich alle Männer unter 35 Jahren der Dörfer Schrampe, Friedrichsmilde, Ziessau und Genzien beim sowjetischen Kommandanten in Genzien melden.

Die Männer, die sich in losen Gruppen am nächsten Morgen auf den Weg machten, schienen sich keine besonderen Gedanken über diesen Befehl zu machen. Ihre Unterhaltung stand unter der immer wiederholten Ansicht: Was können die jetzt von uns noch wollen, Arbeitskräfte fehlen überall auf dem Land.

Nur mein Bruder und ich hatten uns mit über die Schultern gerollten Wolldecken, Feldflaschen und etwas Verpflegung in der Tasche aufs Schlimmste gefaßt gemacht. Vorsorge traf auch Oberleutnant Bollmann aus Schrampe.

Bollmanns Eltern besaßen dort einen Gasthof mit einer Bauernwirtschaft und waren bisher der Bodenreform entgangen. Meine Frau und meine Schwägerin bestanden darauf, uns zu begleiten. Der sechs Kilometer lange Landweg bis Genzien fiel mir, der ich dazu meine Krücken benutzte, schwer. Ich traf zusammen mit meinem Bruder, der noch immer unter seiner vor drei Jahren erlittenen schweren Gehirnerschütterung durch einen Bombenabwurf litt, als Letzter ein. Die etwa dreißig Männer waren bereits neben einem LKW angetreten. Während sich mein Bruder neben Bollmann ins erste Glied stellte, setzte ich mich auf einen Stapel Eisenbahnschwellen. Unsere Frauen warteten besorgt in Sichtweite, was der Kommandant mit den Schulterstücken eines Majors, der links neben mir an einem Tisch saß, mit uns vorhatte. Hinter ihm standen sechs weitere Sowjetsoldaten. Der Major beugte sich über eine Liste, auf der offensichtlich die Namen der Männer standen. Rechts daneben lag eine Maschinenpistole auf der Tischplatte. Gespannte Stille hing über dieser Szene, die nicht zuletzt der bereitstehende Lastwagen unheimlich machte. Der Major sah von seiner Liste auf: „Hauptmann Hundrieser ..."

Ich erhob eine meiner Krücken, blieb aber sitzen. Wieder auf die Liste blickend, fragte er mich nach meiner letzten Dienststellung, der Nummer meiner Division, nach den Namen meines Divisions-Kommandeurs, dem Ort und dem Datum meiner Verwundung. Bei seinen Fragen in fließendem Deutsch blickte der Major nicht von seiner Liste auf. Ich durfte annehmen, daß meine Antworten mit dem übereinstimmten, was über mich auf der Liste vermerkt stand. Ich beantwortete seine Frage nach meinem Zivilberuf und verneinte, der Partei angehört zu haben. Ich trat an den Tisch heran und übergab ihm meinen 1939 abgestempelten Jahresjagdschein mit meinem Foto in Forstuniform ohne Parteiabzeichen. Er warf nur einen flüchtigen Blick auf die "Urkunde" und gab mir den Schein zurück, woraufhin ich mich wieder auf meinen Platz setzte ...

„Oberleutnant Hundrieser!"

Mein Bruder meldete sich, um dieselben Fragen zu beantworten. Die Frage nach seiner Zugehörigkeit zur Partei beantwortete er damit, daß er auf einer Werft in Danzig gearbeitet hätte und daß dort kein Zwang zum Beitritt auf ihn ausgeübt wurde.

Der Major nickte zustimmend und rief Bollmanns Namen, der sich darauf berief, als aktiver Offizier nicht Mitglied der Partei gewesen zu sein.

Der Major machte sich ein paar Notizen. Danach musterte er jeden von uns, die wir in höchster Spannung auf das warteten, was jetzt folgen würde. Dann erklangen die erlösenden Worte des Majors: „Die Herren können gehen!" ausgesprochen in akzentfreiem Deutsch ... Wir glaubten, uns verhört zu haben. Benommen, so unerwartet glimpflich davongekommen zu sein, gingen wir zu unseren Frauen zurück. Ich hielt das "Die Herren können gehen" für eine Finte, der jetzt eine Salve in unsere Rücken folgen könnte. "Trau keinem Iwan ..." Aber unsere Frauen, die ja ein Anlegen der Maschinenpistolen auf uns bemerkt hätten, sahen uns in freudiger Erregung zurückkommen. Meine Spannung wich, wir schienen tatsächlich ungeschoren davongekommen zu sein. Der Rest der Männer wurde nicht lange verhört. Man transportierte sie mit dem Lastwagen ab. Doch auch ihnen winkte das Glück. Als für die bevorstehende Ernte Arbeitskräfte fehlten, wurden sie eines Tages wieder in Genzien ausgeladen.

Kahlgeschoren und schweigsamer als am Verladetag traten sie den Heimweg an.

Der fließend Deutsch sprechende Major - so vermuteten wir später - dürfte kein Sowjet, sondern ein Deutscher gewesen sein, der nach seiner Gefangennahme durch die Sowjets auf deren Seite gekämpft hatte. Männer wie er verhielten sich beim Verhören von Deutschen erfahrungsgemäß strenger als Angehörige der Roten Armee, weil sie glaubten, sich in den Augen der Sowjets bewähren zu müssen. Wir hatten doppeltes Glück gehabt, daß man uns Offiziere hatte laufen lassen ...

In den letzten Septembertagen 1945 zogen wir nach Grünwalde um. Wer nichts besitzt, ist beweglich ...

Zu meiner Erleichterung fand ich alle Unterlagen für die Verwaltung eines Forstamts unversehrt vor. Akten und Bücher waren aus den Schränken und Schubladen rausgeworfen, der Papierberg aber zum Glück nicht angesteckt worden. In wenigen Tagen konnte der Büroangestellte Jakobs den ganzen Kram wieder einordnen und am rechten Platz verstauen. Herr Schröder hatte ihn als einen Mann beschrieben, dem ich voll vertrauen könnte. Seine ruhige Art, mit der er meine vielen Fragen beantwortete, bestätigte es.

Auf den künftigen Forstsekretär brauchte ich nicht lange zu warten. Forstrentmeister Haun rief eines Tages an, es hätte sich ein ehemaliger Forstsekretär aus dem Forstamt Rominten in Madeburg gemeldet. Hocherfreut bat ich um seine Vorstellung bei mir.

Herr Borchert, so stellte sich heraus, war ursprünglich Polizeibeamter gewesen. Bei einem Fußballspiel hatte er einen schweren Unfall erlitten, dem er sein steif gebliebenes Bein verdankte und dadurch die Anstellung in der Forstverwaltung als Büroangestellter. Als mit Kriegsbeginn der Forstsekretär des Forstamts eingezogen worden war, hatte Borchert dessen Dienst übernommen.

Borchert und ich verstanden uns sofort. Es gab gemeinsame Bekannte in der Grünen Farbe und viel von unserer Heimat, der Vertreibung und den Wochen nach dem Zusammenbruch zu erzählen. Ein Mann, der fünf Jahre Erfahrung als Forstsekretär besaß, konnte mir eine große Hilfe sein. Außerdem schien es damals wichtig, "unter uns" zu bleiben, noch offene Stellen mit in unserem Sinne vertrauenswürdigen Männern zu besetzen. Borchert war Vater von acht Kindern.

In der Dienstwohnung des vormaligen Forstsekretärs wohnten noch seine Witwe und Ausgebombte. Hier wollte ich keine Unruhe stiften. Aber es gelang uns mit Wreges Hilfe, eine Familie umzuquartieren, die die Räume über dem Büro belegt hatte, was ohne Reibereien gelang.

Ich konnte an die Arbeit gehen!

Forstamt Grünewalde setzte sich aus fünf Revierförstereien zusammen. Ranies, Elbenau und die fast zwanzig Kilometer entfernte Försterei Eichwalde im Süden zählten zu den Elbauerevieren mit den vorherrschenden Holzarten Eiche, Esche und Rüster. In den ostwärts davon liegenden Revieren Plötzki und Vogelsang dominierte die Kiefer von mäßiger bis schlechter Bonität, in keiner Hinsicht mit den mir vertrauten Kieferbeständen Ostpreußens vergleichbar. Außer in Elbenau, dessen früherer Stelleninhaber sich rechtzeitig vor dem Einmarsch der Russen als Ortsgruppenleiter der Partei abgesetzt hatte, waren die restlichen Revierförster trotz der turbulenten Monate auf ihren Stellen geblieben.

Für Elbenau hatte mir das Regierungsforstamt Halle einen Revierförster aus Schlesien zugeteilt. Bei seiner Vorstellung hinterließ er einen äußerst schlechten Eindruck, aber meine Einwände mit dem Hinweis, ihn woanders unterzubringen, fanden in Halle kein Gehör. Von allen Angestellten - wie jetzt auch wir Beamten genannt wurden - war ich mit meinen einunddreißig Jahren mit Abstand der jüngste, was Erinnerungen als Zugführer im Polenfeldzug wachrief.

Bei der ersten Dienstbesprechung mit meinen Revierförstern sprach ich offen aus, daß ich als ihr künftiger Chef von allen hier Anwesenden die geringste Erfahrung in der forstlichen Praxis besäße, ich darob aber keineswegs Minderwertigkeitskomplexe hegte. Meine acht Dienstjahre bei der Wehrmacht hatte ich nicht durch meine Schuld vertan, und ich teilte damit das Los, mit dem die Angehörigen meiner Jahrgänge jetzt fertig werden müßten. Ich bat um die Mithilfe der Revierförster bei meiner Einarbeitung, was mir die Herren einstimmig versprachen. Bevor ich die Dienstbesprechung beendete, gedachte ich der Gefallenen aus der Grünen Farbe. Meine Kollegen erhoben sich zu einer ernsten Schweigeminute, und beim Auseinandergehen hatte ich das Gefühl, in den Kreis meiner künftigen Mitarbeiter in positivem Sinn aufgenommen worden zu sein.

Weniger sicher war ich mir da nach meiner unumgänglichen Vorstellung beim Bürgermeister von Schönebeck geworden. Er gab sich zwar höflich, aber immer wieder fielen in unsere Unterhaltung Fangfragen oder versteckte Unterstellungen hinsichtlich meiner Stellung als ehemaliger Offizier. Mir lag daran, seine Unterstützung zu bekommen, die ich brauchte, wenn meine Revierförster jetzt darangehen sollten, der Waldverwüstung durch blindwütigen Brennholzeinschlag der Schönebecker Bevölkerung Einhalt zu gebieten.

Mit der Antwort des Stadtoberhauptes, für Ordnung im Forstamt wäre nicht er, sondern ich verantwortlich, wobei er die Bemerkung einflocht, als Offizier müßte ich doch wissen, wie man "mit Leuten fertig wird", konnte ich nichts anfangen. Erst nach einigem Hin und Her ließ Herr Meißner den Dezernenten für Kohleversorgung reinrufen. Bei ihm erreichte ich mehr Verständnis und vor allem die Glaubwürdigkeit meiner Überzeugung, daß ich sehr wohl wüßte, wie groß die Not in der Stadtbevölkerung durch Mangel an genügend Heizmaterial sei. Angesichts dieser Notlage müßte der Einschlag von Brennholz erhöht werden, auch über das hinaus, was normalerweise ein Wald hergeben könnte. Mir lag an einer offiziellen Holzverteilungsstelle in Schönebeck, die ich zu beliefern versprach. Eine Verteilung durch mich lehnte ich mit der Begründung ab, auf diese Weise würden nur Besitzer von Handwagen zu Brennholz kommen, die hätten im Gegensatz zu den Werktätigen außerdem genügend Zeit. Letztere, unwillkürlich meinem Munde entschlüpfte Bezeichnung, führte zu meiner Verblüffung zu einem Stimmungswechsel bei meinen Verhandlungspartnern.

„Genosse Karl", wandte sich der Kohlenfritze an den Bürgermeister, „der Mann hat recht! Die Holzverteilung müssen wir hier machen!"

"Karl" betrachtete mich ein wenig wohlwollender. Er schob mir meine persönlichen Unterlagen, unter denen sich wie-

derum mein kostbarer Jagdschein befand, zu.
„Na schön, machen wir's so. Es ist von Ihnen richtig, daß sie sich bei mir vorgestellt haben. Mal sehen, wie's mit Ihnen weitergehen wird …"

Bevor ich "Karls" Büro verließ, erfuhr ich noch etwas, was mich aufhorchen ließ.
„Sie haben da eine Dienstbesprechung ohne mein Wissen abgehalten. Am Schluß haben Sie mit 'Ihren Herren' sehr feierlich Ihrer gefallenen Kollegen, nicht aber der 'Opfer der Faschisten' gedacht ... Ihr alle habt für Hitler gegen den Sozialismus gekämpft. Gut, daß dabei ein paar Millionen von Euch draufgegangen sind! - Als Angestellter unserer Landesregierung sind Sie verpflichtet, nicht der verreckten Faschisten, sondern unserer umgebrachten Antifaschisten zu gedenken! Merken Sie sich das für die Zukunft, sonst könnte ich Sie schneller, als Sie vielleicht denken, an die frische Luft oder auch ganz woanders hin setzen!" Ich hielt es nicht für ratsam, mit "Genossen Karl" in eine Diskussion einzugehen ...

Von wem, überlegte ich während der Überfahrt auf der Fähre, konnte dieser Kerl Einzelheiten über meine Dienstbesprechung erfahren haben? Ich vertraute mich Herrn Jakobs an. Der beteuerte, keiner der alten Beamten käme da in Frage. Für jeden von ihnen würde er seine Hand ins Feuer legen. Selbstverständlich schied auch Borchert aus Rominten aus. „Kotzur! - es kann nur dieser Schlesier gewesen sein!" Ich sah ihn neulich auf der Fähre im Gespräch mit Wrege. Was hat er denn mit dem zu tun? Von Wrege bis zu dem Schwein im Rathaus ist es nicht weit! „Also Vorsicht, sobald Kotzur unser Büro betritt!"
Das Abzeichen der SED (Sozialistische Einheitspartei Deutschlands, 1946 aus der KPD und SPD gebildet) am grünen Rock meines früheren Kameraden Stamm hatte ich als

notgedrungen angesteckt abgetan. Daß aber ein Vertriebener im Grünen Rock die Rolle eines Spitzels übernehmen könnte, betraf mich sehr! Aus diesem Hieb mußte ich für die Zukunft meine Konsequenzen ziehen, mich dazu zwingen, in diesem neuen Staat grundsätzlich Mißtrauen voranzustellen. Es ist dies eine Einstellung, die uns Grünröcken nie zu eigen gewesen ist.

Zu einem meiner dringendsten Probleme gehörte die Beschaffung eines Kraftfahrzeugs, ohne das ich mein Revier nicht in Griff bekommen konnte. Unter einem Kraftfahrzeug im Besitz eines Deutschen wurde im Jahr 1945 bestenfalls ein gebrauchtes Motorrad mit höchstens 100 ccm verstanden, wenn man von den Limousinen absah, mit denen Regierungsgetreue jetzt auftraten. Es war in den Kreisstädten eine neue Dienststelle mit "Straßenverkehrsleitern" geschaffen worden. Deren erste Aufgabe bestand in der Beschlagnahme aller Autos und Motorräder, die sich nach den Kriegsjahren noch in Privatbesitz befanden. Beim Leiter der Schönebecker Dienststelle berief ich mich auf meine Aufgabe, der Stadt Brennholz zu liefern. Er bewilligte mir schließlich eines der besagten Kräder, sogar eines in gutem Zustand. Um dies Ding in Bewegung setzen zu können, erhielt ich auch ein paar Benzinmarken. All solche Kleinigkeiten erwähne ich, weil sie inzwischen längst vergessen wurden, aber gerade sie sich so bestimmend für unser Leben damals auswirkten.

Eine Schilderung der vielen Scherereien, in die meine Revierförster bei ihrem Bemühen, dem wilden Holzeinschlag ein Ende zu bereiten, hineingerieten, könnte Bände füllen. Erst als Polizeikontrollen auf der Fähre stattfanden, schienen wir gewonnen zu haben.

Wie zugesagt, belieferte ich die Verteilungsstelle in Schönebeck. Aber unter der Hand versuchte ich denen zu helfen, die dort aus durchsichtigen Gründen keine Berücksichtigung fanden. Dabei handelte es sich überwiegend um Kriegerwitwen und Frauen, deren Männer verschleppt worden waren oder sich noch in Kriegsgefangenschaft befanden.

Brennholz wird als "Kloben", "Knüppel" und "Reisig" aufgearbeitet. Mit dem Hintergedanken, über den Verkauf von Reisig selbst zu verfügen, hatte ich die Verteilungsstelle über diese Klassifizierung nicht weiter aufgeklärt, sondern nur Kloben und Knüppel zugesichert. Außer dem Spitzel Kotzur hatte ich den Revierförstern nahegelegt, Reisig möglichst großzügig, also untermischt mit Knüppeln, bereitzustellen. Außerdem konnte ich nach früheren, bisher nicht widerrufenen Bestimmungen in sozialen Notfällen Reisig in Selbstwerbung billig abgeben. Das heißt Reisig ohne Arbeitskosten der Forstverwaltung loszuwerden.

- Ich bin damals mit meiner Hilfe an die Ärmsten der Armen nicht aufgeflogen. Die Revierförster mit ihren alten Haumeistern schwiegen. Sie führten die quittierten Pfennigbeträge ans Forstamt ab. Wir wiederum deckten uns den Rücken mit der vorgeschriebenen Zahlung an unsere Forstkasse.

In diesen Herbstwochen begannen Borchert und ich, mit der gelungenen Rückkehr in unseren Beruf neuen Mut nach der Vertreibung und Zeiten größter Not zu fassen. Wir gewöhnten uns daran, über Maßnahmen der neuen Herren zu schweigen. Wir vermieden, uns auf gelegentliche Herausforderungen Blößen zu geben, und wir beriefen uns vor allem darauf, durch unsere dienstliche Überlastung an keinerlei politischen Versammlungen teilnehmen zu können. Kurzum, wir wollten nicht auffallen.

Eines Tages hielt mich der befehlshabende Sowjet, der noch immer mit seiner Mannschaft in meiner Dienstwohnung hauste, auf dem Hof an und schnitt mir meine Schulterstücke ab. Statt eines Zeichens von Protest lachte ich

„Nitschewo!", was wohl mit "Scheißegal!" wiedergegeben werden kann. Um von unserer Wohnung ins Büro zu gelangen, mußte ich an den herumlungernden Soldaten vorbeigehen. Der tägliche Anblick meiner Schulterstücke schien ihnen wohl zu mißfallen. Borchert meinte daraufhin, es wäre falsch, von nun ab wie ein "gewöhnlicher Sterblicher" den Besetzern gegenüber aufzutreten. Ich hätte der "Chef" zu bleiben. Es wurde beschlossen, mich ostentativ möglichst laut und ihnen vernehmbar mit "Chef" anzureden.

So mochte es geschehen, daß ich das Büro verließ, um auf der Mitte des Hofes angelangt von Jakobs oder Borchert mit lauter Stimme „Chef! ... Telefon! ... Kommandant Calbe!" zurückgerufen zu werden. Oder Borchert rief „Chef!" und schwang in seiner Hand ein offensichtlich wichtiges Aktenstück, das "Chef", ein wenig ärgerlich über die Unterbrechung, gekonnt unterschrieb. Ja, "Chef" konnte sogar höchst autoritär Borchert oder Jakobs anpfeifen, worauf sich die Herren sichtlich dienstbeflissen in Bewegung setzten. Es dauerte nicht lange, bis auch die Sowjets mich mit "Chäw" anredeten.

Amüsiert beobachteten wir die Bewirtschaftung meines Hofes. Inzwischen gesellten sich russische Damen zu den Männern. Sie trugen gerne weiße Krankenschwesternbekleidung. In ihr begaben sie sich blütenweiß mit Melkeimern in den Stall, wo die Sowjets ein paar Milchkühe untergebracht hatten. Sie erklärten Borchert, der mit ihnen einigermaßen zurecht kam, in der Sowjetunion ginge es hygienischer als bei den deutschen Barbaren zu. In ihrer Heimat würden Kühe so sauber gehalten, daß sie nur von schneeweiß gekleideten Melkerinnen gemolken werden durften. Ihnen gefiel Borcherts achtungsvolles Staunen, der die günstige Gelegenheit wahrnahm, sich ein Kochgeschirr frischer Milch für seine Kinder füllen zu lassen. In Zukunft richtete er es ein, daß bei seiner Bewunderung sowjetischer Hygiene eines seiner Kinder mit dem Kochgeschirr in der Hand zugegen war, das die Russinnen unaufgefordert mit der damals so kostbaren Milch anfüllten.

Diese Russinnen gaben sich als Zwangsarbeiterinnen aus, die von deutschen Truppen aus den besetzten Gebieten der Sowjetunion nach Deutschland verschleppt worden waren. In Wirklichkeit gehörten sie zu jenen, die einem Aufruf deutscher Divisionsstäbe gefolgt waren und sich freiwillig zum Arbeitseinsatz in Deutschland gemeldet hatten. Ich entsinne mich in diesem Zusammenhang an eine Umfrage unserer Division, nach der Landwirte ihren Bedarf an Fremdarbeiterinnen anmelden konnten. Ausdrücklich weise ich darauf hin, daß sich damals - es war im Sommer 1942 - viele Russinnen bei unserem Divisionsstab freiwillig gemeldet hatten. Sie wurden in Deutschland den Arbeitsämtern zugeteilt, die sie als Landarbeiterinnen unterbrachten. Ich kann aus eigener Erfahrung nur sagen, daß sie von den meisten Bauern und Gutsbesitzern menschlich behandelt wurden. In diesem Zusammenhang verweise ich auf die vielen Fälle, in denen sich diese Russinnen sogar unter eigener Lebensgefahr vor deutsche Frauen gestellt haben, um sie vor Vergewaltigungen sowjetischer Soldaten zu schützen. Ob sie das getan hätten, wenn ihnen in Deutschland nur Schlechtes widerfahren wäre?

Weil deutsche Industriearbeiter und -arbeiterinnen in der Kriegszeit Hunger litten, wird es den Russinnen nicht anders gegangen sein. Aber auf keinen Fall mußten sie wie die später gewaltsam nach Rußland verschleppten Deutschen unter dem Druck von Zwangsnormen arbeiten, um zu ihrem Teller Suppe zu gelangen. Allerdings wären diese Russinnen in Teufels Küche geraten, wenn sie den Sowjets von ihrem freiwilligen Arbeitseinsatz bei unserer Wehrmacht berichtet hätten. Mit ihrer Behauptung, gewaltsam nach Deutschland verschleppt worden zu sein, erbrachten sie ein Alibi und konnten in der Roten Armee untertauchen.

Diese weiß gekleideten Frauen mögen dazu beigetragen haben, daß sich ein "modus vivendi" zwischen "Chäw" und Hofbesetzern anzubahnen begann. Ein junger Deutscher hatte sich den Bewohnern meiner Dienstwohnung zugesellt. Mit ein wenig russischer Sprachkenntnis fungierte er als Dolmetscher. Ich begegnete diesem Burschen allerdings mit Vorsicht.

Wenn ich vorhin zum Ausdruck brachte, daß Borchert und ich mit dem Neubeginn in Grünewalde neuen Mut gefaßt hatten, dann muß ich in gleichem Atemzug erwähnen, daß wir, obwohl wir auf dem Lande wohnten, uns nicht in der Lage sahen, unsere Familien satt zu machen. Wir konnten kein eigenes Gemüse ernten, besaßen weder Vorratskammer noch irgendwelche Reserven für Notzeiten, kurzum - wir unterschieden uns nicht von Stadtbewohnern, für die die auf Marken zugeteilten Lebensmittelrationen ebenfalls nicht ausreichten. - Es klingt in der heutigen Wohlstandsgesellschaft unglaubwürdig, aber ich spreche es um der Wahrheit willen aus: wir hungerten. Wir schätzten uns glücklich über ein paar Kartoffeln, die wir uns irgendwie beschaffen konnten.

Sie wurden nicht etwa gleich gekocht, nein - meine Frau schälte einen Teil davon, und unsere Kinder aßen sie begierig in rohem Zustand. Wenn ich an dieses Geknabbere zurückdenke, dann frage ich mich, was ein Kind, das heute eine angebissene Banane in den Rinnstein wirft, wohl mit einer rohen Kartoffel anzufangen wüßte ...

Borchert und ich verdankten es Herrn Jakobs, der unter der Hand mit meinen Revierförstern eine Hilfsaktion einleitete: Ein paar Hühner trafen ein, für jeden von uns ein Sack Kartoffeln, dazu in buntem Durcheinander das jetzt anfallende Gemüse. Meine Frau erhielt von Frau Schröder einen Beutel Weizenmehl, Herr Hilmer nahm sich Borcherts an. Die Sorge um die Gesundheit meiner Frau war mir genommen und auch um das Wohlergehen des Kindes, das im Januar erwartet wurde. Wir wünschten uns - der bösen Zeit zum Trotz - dies Kind und hofften, es würde ein kleines Mädchen sein.

Mittlerweile schien die SMA ihre Verhaftungswellen abgeschlossen zu haben. Es wurde jetzt mit der Schaffung des sozialistischen Systems nach sowjetischem Vorbild begonnen. Nichts konnte die unterschiedliche Mentalität zwischen dem "Sowjetmenschen" und Deutschen deutlicher herausstellen als die unentwegt auf uns niedergehenden Befehle der SMA. Ich habe nur Befehle in Erinnerung, die die Landbevölkerung und die Forstverwaltung betrafen.

Da konnte beispielsweise der bisher nicht von der Bodenreform betroffene, angeblich "freie" Bauer in solch einem Befehl lesen, daß er seine Gerste am 15. Juli abgeerntet haben mußte. Da die Bauern in Mitteldeutschland die Einsaat von Wintergerste der der Sommergerste vorzogen, lagerte diese bereits unter Dach und Fach, bevor der Befehl überhaupt gedruckt worden war. Mit dem nächsten Befehl, der den Hafer betraf, geriet der Bauer in Schwierigkeiten, wenn Regenfälle dazwischen gekommen waren. Da halfen keine Einwände, daß Getreide bei Regen nicht geschnitten werden könne. Die von den Russen in den Beamtenstuben eingesetzten Helfer waren durchweg Städter, ohne eine Vorstellung davon, daß Bauern vom Wetter abhängig sind. „Sabotage!" schrieen sie und zwangen die Bauern unter üblen Bedrohungen, Sensen und Maschinen trotz Regenwetters in Aktion zu setzen. Die Tage, an denen der Hafer in Hocken dann bis zum Einfahren auf dem Feld stehen bleiben durfte, waren auf den Tag genau festgelegt. So kam es zu dem grotesken Bild, daß der Hafer geschnitten werden mußte, bevor der davor gehauene Roggen eingefahren war.

Dieser befohlene Unfug mußte zwangsläufig zu schweren Ernteverlusten führen. Sie wurden nun keineswegs auf die irren Befehle der SMA zurückgeführt, sondern in der Presse den Bauern angelastet, die sich als Überbleibsel des Kapitalismus gegen den Aufbau des Sozialismus und Fortschritt sträubten. Verhaftungen, Schauprozesse und Einkerkerungen, die in den Zeitungen den "Werktätigen" weis machten, daß es sich um "Saboteure" handle, führten zunehmend zur Resignation in den Privatwirtschaften. Das führte auf Grund der ihnen genommenen Eigeninitiative zum Absinken der früher erzielten Erträge.

Jetzt - im Herbst 1945 - konnte noch keiner der übriggebliebenen Bauern voraussehen, daß sie in den folgenden Jahren ihre Höfe loswerden und nach sowjetischem Denkschema zu Genossenschaftsarbeitern gemacht werden würden. Die Zerschlagung der Privatwirtschaften schien indessen schon längst beschlossen, und diesbezügliche Befehle lagerten in den Schubfächern der SMA. In der Sowjetunion gab es Zeiten, wo man, um ihren Widerstand zu brechen, die "Kulaken" kurzerhand verhungern ließ. Hier schien man weniger brutal, aber konsequent vorzugehen.

Um 1923/24 unternahm der britische, kommunistisch gesinnte Journalist Malcolme Muggeridge, den man heute einen "Linksintellektuellen" nennen würde, eine Studienreise ins sowjetische Arbeiter- und Bauernparadies. In der Ukraine ließ Stalin gerade nach einer Mißernte die wenigen Lebensmittelvorräte einziehen, um gleichzeitig den Widerstand der Bauern mit seinem bewährten Rezept des Verhungernlassens zu brechen. Er hatte sämtliches Getreide abtransportieren lassen, und seine Rechnung ging mit dem Sterben von mehreren Millionen Menschen - vorwiegend der ländlichen Bevölkerung - auf. Der grauenvolle Anblick der verhungernden Massen hatte dem Briten genügt, nach seiner Rückkehr in England erschütternde Berichte über das Gesehene zu veröffentlichen. Niemand wollte ihm glauben, seine Anhänger lachten ihn geradezu aus!

1945 muß der alternde Stalin milde Anwandlungen bekommen haben. Ihm lag daran, die Menschen seiner neuen Kolonie in Mitteldeutschland gefügig zu machen. Tote konnten das sowjetische Imperium nicht mit Gütern der Industrie und Landwirtschaft beliefern. Er handelte bekanntlich nach einer Empfehlung Lenins. Der hatte gesagt, man müsse sich aus dem Westen Kredite besorgen, um das sowjetische System zu stärken. Lenins Rechnung ging auf, auch wenn er nicht vorhersehen konnte, daß die Westmächte Stalin außerdem noch Millionen in Form von tüchtigen Kolonialarbeitern zubilligen würden.

Nach dem Fall von Riga hatte ich zusammen mit Helmut Strauch vor einer Gruppe ermordeter Letten gestanden. Darunter befanden sich auch Frauen. Angesichts des grauenhaften Anblicks urteilte mein Freund Helmut damals: „Der Sowjetmensch ist doch ein ekelerregendes Tier, dem der liebe Gott versehentlich das Aussehen eines Menschen gelassen hat!"
Er hat diesen so zügellosen Gefühlsausbruch sehr bald revidiert und den russischen Menschen, mit denen er es zu tun bekam, die ihnen gebührende Achtung und Verständnis entgegengebracht.

Etwa zwei Jahre später ritt ich zu einem Panjedorf in unserem rückwärtigen Gebiet, in dem der frisch beförderte Hauptmann Strauch sein Bataillon aufstellte. Das Dorf war von seinen Bewohnern nicht verlassen worden, und Strauch hatte als deutscher Offizier die Aufgaben eines Ortskommandanten übernommen. Auf meine Frage, wie er mit der Bevölkerung zurechtkomme, erklärte er, er wäre wider Erwarten über das gute Einvernehmen geradezu baff. Allerdings, fuhr er fort, würden von ihm Tag für Tag Anordnungen erwartet. Andernfalls würden die "Panjes" nur das tun, was zum Stillen des täglichen Hungers erforderlich sei.

„Komm mal mit, wir machen einen Rundgang durch 'mein Fürstentum'!"
Wir gelangten zu einer Gruppe Russen und Russinnen, die mit Sensen und Sicheln gerade Heu machten.
„Hätte ich ihnen nicht befohlen, das Gras zu schneiden, wäre es im Winter unter Schnee begraben worden und ihre paar kümmerlichen Ziegen wären verhungert. - Dort drüben hacken sie Kartoffeln, auch das mußte ich anordnen."
„Was tun denn dort die Frauen?" fragte ich.
„Ich fand hier erstaunlich große Erdbeerbeete vor. Die Stauden wachsen durcheinander wie Kraut und Rüben. Niemand dachte daran, um diese Jahreszeit mit den Staudenausläufern neue Beete anzulegen. - Nun, ich fand ein paar Männer, die dort das lange Beet umgruben. Ein paar meiner Männer halfen freiwillig. Ich ließ die Ställe ausmisten, wobei genug Mist zusammenkam zum Untergraben. Die Frauen wies ich an, in Körben junge Pflanzen zu sammeln. Morgen werden sie ins neue Beet gepflanzt."
Auf dem Rückweg kamen wir an einem Feld mit Kohlrüben vorbei.
„Ja", fuhr Helmut fort, „dies Feld steht unter meinem persönlichen Schutz. Ich habe meinen 'Untertanen' Himmel und Hölle angedroht, würden sie jetzt bereits die noch viel zu kleinen Rüben einander wegfressen. Zwanzig Pflanzen ließ ich mit Stöcken abstecken. Du siehst dort die Lappen gewissermaßen als ein Zaun. Denn diese Rüben sollen zur Samengewinnung auswachsen. - Das alles haben die Panjes durchaus eingesehen, aber man hat ihnen ja unter dem Sowjetsystem keinerlei Privatbesitz gestattet. Sie können nur noch in Gruppenarbeit denken, die ihnen von einem Tag zum andern befohlen wird. Anfangs schienen sie zu glauben, ich ließe sie für uns Deutsche arbeiten, denn bisher wurden diesen Menschen alle Ernteerträge durch den sozialistischen Staat abgenommen. Daraufhin habe ich einen alten Mann mit dem längsten Bart im Dorf als Bürgermeister eingesetzt. Ei-

ner meiner Männer spricht soweit Russisch, um zu dolmetschen. Dem Bürgermeister habe ich in die Hand versprochen, daß hier kein deutsches Raubkommando erscheinen werde. Sollte ich noch lange genug hier sein, dann beabsichtige ich, beide Augen zuzumachen, wo die Panjes ihre Kartoffel- und Rübenmieten anlegen."

Bevor ich zurückgeritten war, hatte uns Anton Anussek eine Fischmahlzeit aus zwei Hechten serviert. „Mit der Fischerei hat's leider nicht geklappt", erklärte Helmut. „Die vorhandenen Netze sind nicht mehr zu reparieren. Doch hin und wieder werden dem 'Landesfürsten' ein paar Hechte geliefert. Lass' sie dir gut schmecken. Ich nehme an, daß die Panjes genug Reusen aus Weidenruten im Fluß liegen haben, daß sie nicht leer ausgehen. Ich gefalle mir hier in der Rolle eines Landesherrn, und Herren haben nicht alles zu wissen ..."

So habe ich seiner Zeit "Deutsches Herrentum" erlebt, ausgeübt von demselben Helmut Strauch, für den der Sowjetmensch einst ein "ekelerregendes Tier" war. Mir sind aber auch andere, weniger gute Beispiele bekannt, außerhalb des Befehlsbereichs unserer Generäle, die nicht von einem v. Rhaden geprägt wurden - ich denke da an das Gebaren des Gauleiters Koch.

Ich erwähne diesen Tag mit Strauch, um damit die von der SMA befohlenen termingebundenen Arbeiten verständlich zu machen, die immer mehr in "Gruppenarbeiten" unter einem Aufsichtshabenden übergingen. Dieser hatte für die Aufbringung des "Solls" zu sorgen.

Was ist ein "Soll"?
In der westlichen Welt ist dieses Wort in keinem Lexikon zu finden. Im sozialistischen Wirtschaftssystem weiß ein jeder Mensch damit etwas anzufangen. Mit den auf uns nieder-

hagelnden Befehlen der SMA stand dieses "Soll" bald als drohender Schatten über der noch in Trümmern liegenden Industrie und der durch die immer noch nicht abgeschlossene Bodenreform schwer angeschlagenen Landwirtschaft. Die SMA setzte die einzubringenden Erntemengen genau fest. Sie standen eisern festgelegt auf dem Papier. Nur ein ganz geringer Anteil verblieb den Produzenten.

Ich kann in Verbindung mit dem Wort "Soll" nicht nur die Bauern als die allein Betroffenen nennen, die erzwungene Planerfüllung griff tiefer in unser Leben ein, denn der Bekanntgabe der Zwangsauflagen folgte eine nicht enden wollende Aufstellung all der Schätze, die ein Land gemeinhin seinen Bewohnern zur Verfügung stellt. Jede Kuh, jedes Schwein wurde ohne Unterschied, wem es gehörte, mit einem "Soll" bedacht. Neben der festgelegten Literzahl Milch mußte eine Kuh alljährlich ein Kalb, jede Sau eine genaue Anzahl Ferkel hervorbringen. Geflügel wurde bis zum letzten Hahn erfaßt, wonach jedes Huhn verpflichtet war, mindestens sechzig "Solleier" zu legen.

- Im Zusammenhang des "Solls" muß ich die Bezeichnung "Besitzer" nicht "Eigentümer" wählen. Nach sowjetischer Doktrin tritt letzten Endes nur der Staat als Eigentümer auf. Jener besaß die Macht, jederzeit zu beschlagnahmen, sei es eine Kuh, Schweine, einen Bauernhof, Kaufladen, handwerklichen Betrieb und so fort.

Das "Soll" erfaßte den Honig des letzten Bienenvolkes. Stieß die SMA auf Löcher im Netz, z. B. nicht erfaßte Produkte, so ging sie daran, sie möglichst schnell zu stopfen. Das geschah durch "freiwillige" Ablieferungen, begleitet von einem tönenden Propagandarummel im Geiste des Sozialismus. Dadurch konnten selbst Kleingärtner verpflichtet und ihren letzten Apfel los werden.

Wie nicht anders zu erwarten, stand auch ich bald unter dem Zwang eines "Solls". Genosse Karl bestellte mich aufs

Rathaus. Er übergab mir einen Befehl des Kreiskommandanten von Calbe, nach dem ich kurzfristig zweihundert Festmeter astfreies Schnittholz zu liefern hatte. Es war mit "Exportholz" unter Betonung genauer Qualitätsangaben bezeichnet. Wohin der Export gehen sollte, blieb unbekannt. Doch die Bezeichnung ließ auf ein "lukratives Geschäft" mit Sowjets schließen und für die uns bevorstehende Wirtschaftspolitik zukunftsweisend werden. - Mein Hinweis auf die geringe Qualität meiner Kiefernbestände ließ "Genossen Karl" kalt. „Das sei völlig egal!", klärte er mich auf, ob ich vier- oder sechshundert Kiefern fällten müßte. Hier wäre mein "Soll", und es gäbe keine Ausflüchte. Auch mein Einwand, dasselbe Holz könnte verkehrsgünstiger näher von Calbe anstatt in den dreißig Kilometer entfernten Revieren Plötzki und Vogelsang eingeschlagen werden, fiel auf taube Ohren. "Genosse Karl" verbat sich weitere Herumrederei und vergaß nicht, bei dieser Gelegenheit auf die ungenügende Menge des bisher angelieferten Brennholzes nach Schönebeck zu verweisen.

So begannen wir unverzüglich mit dem Einschlag des Exportholzes. Revierförster Rasmin von Vogelsang und der alte Herr Mächler von Plötzki sahen wenigstens ein, daß sie die hiermit eingeleitete Waldverwüstung nicht meiner Unerfahrenheit verdankten. Eine Waldverwüstung bedeutete dieser Einschlag insofern, als die geforderten Qualitätsbedingungen nur durch Ablängen eines geringen Teils jeden gefällten Stammes zu erreichen waren. Der Rest des gefällten Baumes erfüllte nicht mehr die Längenmaße für Bauholz, für das ich bereits ein weiteres "Soll" für Magdeburg aufgebrummt bekommen hatte. Ich machte aus der Not eine Tugend, indem ich das vergeudete Nutzholz zur Entlastung meines Brennholzsolls zu Kloben aufarbeiten ließ. Unter Mobilisierung aller greifbaren Arbeitskräfte begann ich den Einschlag von vier Hektar Kiefernaltholz. Ein Abgesandter der Kreiskommandantur erschien gelegentlich zur Kontrolle. Nachdem er lauthals die Qualität unseres Holzes bemängelt hatte, pflegte er mit „Roboti!!! ... Roboti!!!" wieder in seinen Wagen zu steigen. - Bald bot die Kahlschlagfläche mit all den so sinnlos abgelängten Stämmen ein Bild des Jammers. Hätte ich mir so etwas als Revierverwalter in vergangener Zeit geleistet, wären Disziplinarverfahren die Folge gewesen!

Inzwischen hörten wir, daß auch die westlichen Besatzungsmächte Einschläge tätigen ließen. Während die Demontagen der zerstörten deutschen Industrieanlagen letzten Endes einer gigantischen Schrottsammlung gleichkamen, konnten sich die Sieger an unserem Wald schadlos halten. Wir alle hatten uns dem "Vae victi!" zu beugen ... Ihre Waldverwüstung ging nicht nur genauso rücksichtslos wie unter den Sowjets, sondern noch zügiger voran, weil dort an Sägen und Beilen kein Mangel wie bei uns herrschte.

Auf Grund von fehlendem Arbeitswerkzeug konnte ich den gesetzten Termin nicht einhalten. Beim Verhandeln über die Abfuhr blieb ich dickfellig. Sie war niemals von der Forstverwaltung, sondern von unseren Holzkäufern durchgeführt worden. So blieb dies Problem schließlich beim Straßenverkehrsleiter hängen.

Was nach Beendigung der Nutzungsmaßnahmen eintrat, muß als bezeichnendes Ergebnis sowjetischer "Soll-Planung" angesehen werden. Das fertig zugeschnittene "Exportholz" blieb am Einschlagsort liegen. Dort befand es sich noch, als ich Ende März des kommenden Jahres Hals über Kopf versetzt werden mußte. - Anscheinend wurde auch unter der SMA "nichts so heiß gegessen, wie's gekocht wird", eine Lehre, die ich aus all der überstandenen Aufregung zog.

Der Befehl der SMA, alle Dienstgebäude der Forstverwaltung unverzüglich zu räumen, schien die Sowjets in "meinem" Forstamt nicht erreicht zu haben. Sie dachten nicht daran, ihr Prachtquartier aufzugeben. Sie hatten neben drei Milchkühen einige Schweine und Schafe im Stallgebäude untergebracht, und jede Woche fand ein Schlachtefest statt.

Aber auch Borchert und ich blieben nicht inaktiv. Hinter dem Stall befand sich der forstmeisterliche Gemüsegarten, in dem ich unter hochgewachsenem Unkraut ein Mohrrübenbeet entdeckt hatte, das wir hocherfreut abernteten. Mir war es gelungen, vom Sägewerk in Gommern Bretter zu kaufen, mit denen ich einen Schuppen für unsere Hühner bauen ließ. Bretter gab es nur auf Bezugsschein, eine Verteilungsstelle befand sich in Schönebeck. Der Sägewerksbesitzer, noch nicht enteignet, ließ stillschweigend einen Stapel für mich verschwinden. Ich zehrte gewissermaßen noch von dem Glanz meines Vorgängers, denn welcher Sägewerksbesitzer wollte sich mit einem künftigen Forstmeister nicht gut stellen.

Neben den Hühnern, die Borchert und ich gemeinsam hielten, hatten wir von Herrn Schröder ein Dutzend junger Brieftauben bekommen, von denen er einen großen Schwarm hielt und für den er wie ein Artillerist irgendwo eine "schwarze Kiste" zwar nicht mit Munition, sondern mit Futterweizen verborgen hielt.

In jenen Nachkriegsmonaten ausgerechnet Tauben zu halten, mußte allerdings als eine Verrücktheit gedeutet werden. Aber wir rechtfertigten uns vor uns selbst mit der Vorstellung eines Taubenschwarms, der uns im nächsten Frühjahr beständig ohne zusätzliches Futter junge Täubchen liefern würde.

Eines Tages winkte mich Herr Borchert beiseite. Er führte mich die Stiege zum Stallboden herauf, wo er einen Riesenberg besten Weizens, den er auf wenigstens zwei Tonnen schätzte, entdeckt hatte. Mit diesem Weizen schien seiner Meinung nach unser leidiges Futterproblem gelöst.
„Und wie gedenken Sie, Weizen von diesem Märchenhaufen in unseren Hühnerstall zu praktizieren?"

„Jeder Dieb denkt vorher nach, bevor er klaut. Man muß einen Plan entwerfen."

„Na, Sie haben mehr Erfahrung auf diesem Gebiet ... Schießen Sie los!"

Borchert verfügte über einen Plan.

Während ihrer ersten Freiflüge hatte sich eine unserer jungen Tauben irgendwie durch ein Loch, das durch eine fehlende Dachpfanne entstanden war, auf den Getreideboden verirrt. Borchert wandte sich daraufhin an eine der Melkerinnen, ob er sich seine Taube vom Boden einfangen dürfte, was ihm gestattet worden war. Nach Borcherts Meinung schien es ganz einfach, in Zukunft dort oben hin und wieder eine Taube "einzufangen".

„Und wie wollen Sie unsere Tauben veranlassen, wieder durch das Loch zu fliegen? Und sollen uns die Damen einen Sack aufhalten, den wir vollschippen und klauen wollen?"

Borchert lächelte und spann seinen Plan zu Ende.

„Das Reinfliegen nehme ich unsern Tauben ab. Wenn ich das nächste Mal raufgehe, werde ich zwei Tauben in meinen Hosentaschen haben."

„Und dann?"

„Aber Herr Assessor! Von da ab ist's doch ganz einfach. Sie warten mit leeren Säcken unten auf Ihrem Handwagen an dem kleinen vergitterten Fenster, das an der Hinterwand des Stalles auf unsern Garten zeigt! Neben dem Weizen oben liegt eine Schaufel. Wir brauchen also nicht einmal eigenes Diebeswerkzeug. Ich schaufele Weizen in einen Sack, den ich unter der Jacke mitgebracht habe. Den vollgeschippten Sack bringe ich ans Fenster. Ein Ende des Sackes zwänge ich durch die Gitterstäbe und lasse den Weizen in den Eimer rinnen, den Sie draußen ans Fenster gehoben haben. Sobald wir ein oder zwei Säcke auf dem Handwagen haben, hole ich meine Tauben aus der Tasche und ziehe fröhlich taubenschwenkend an den Damen vorbei. Einfacher geht's doch nicht!"

"Eine janz einfache Sache ..." hätte mein pfiffiger Brock (Kriegskamerad) beigepflichtet.

    Zur schnelleren Abwicklung unserer Klauerei brachte ich noch meine Schwester ins Spiel, die sich gerade für ein paar Wochen bei uns aufhielt. Sie übernahm die Komplizenrolle am Handwagen, wodurch ich als zweite Arbeitskraft auf dem Boden frei wurde. Borcherts Plan klappte großartig. Innerhalb weniger Tage gelang es uns, gut acht Zentner zu klauen, unbezahlbare acht Zentner besten Börde-Weizens. Meine Schwester zeigte sich geradezu enttäuscht, als wir das Unternehmen eingedenk des Kruges, der am Brunnen zerspringen kann, abbrachen. Wir teilten brüderlich, wie es in der besagten Branche üblich sein soll. Herr Schröder riet mir, den als Futter vorgesehenen Weizen grob schroten zu lassen. Damit würde er sein Aussehen hinreichend verändert haben, sollte ein Sowjetsoldat zufällig in unseren Hühnerstall geraten. Ein mit Herrn Schröder befreundeter Müller besorgte "unter der Hand" das Schroten und das Ausmahlen eines Teils zu bestem Weizenmehl. Auch der Transport zur Mühle fand unauffällig "unter der Hand" statt, wie so vieles, was sich in den kommenden Jahren unter Ulbricht selig noch abspielen sollte.

Mit den von Herrn Haun so gepriesenen Radfahrwegen konnte ich mein Forstamt tatsächlich bis zum entlegensten Winkel erschließen. Unter den gegeben Verhältnissen erwiesen sich aber die Wege geradezu als ein Fluch. Sie gestatteten den sowjetischen Soldaten müheloses Herumstromern, das mit wilder Schießerei und Gegröle dem Rehwild galt.
    Das Forstamt hatte bis zum Einzug der Roten Armee über einen ansehnlichen Rehwildbestand verfügt. Dieser war bei meiner Übernahme bereits auf nur wenige Stücke zusammengeschossen. Es schien mir aussichtslos, wenigstens einen Restbestand zu retten.

Oft genug mußte ich mit ansehen, wie die Sowjetsoldaten auf meinem Hof ein Stück Rehwild aus der Decke schlugen. Einmal wurde ich durch besonders lautes Grölen auf eine Gruppe aufmerksam, die einen Kreis um eine Ricke gebildet hatte, der beide Vorderläufe fehlten. Immer wieder versuchte die gequälte Kreatur, mit kurzen Fluchten ihren Peinigern zu entrinnen. Bei jedem Sprung grölten die Soldaten, versuchten, das Reh mit Fußtritten zu Fall zu bringen, und schienen sich über die entsetzlichen Qualen des Tiers noch zu amüsieren. Ich ergriff kurz entschlossen einen Feuerhaken, bahnte mir einen Weg durch die Russen und erlöste die Ricke mit ein paar Hieben von ihren Qualen, um mich angewidert wieder in mein Büro zu begeben. Niemand war "Chäw" in den Arm gefallen.

Als ich eines Tages um die Mittagszeit nach Hause ging, bemerkte ich drei Sowjetsoldaten, die gerade wieder einmal ein Stück Rehwild aus der Decke schlugen. Das Stück hing mit einem Hinterlauf an einem Haken, der mit einem Seil vom Ast einer der beiden Linden heruntherhing. Ich beachtete sie nicht weiter. Doch Gehrke, der Dolmetscher, rief mir zu, ich möchte mir mal dieses Reh ansehen.
„Warum denn?"
„Das hat Maden im Rücken!"
Mir genügte ein kurzer Blick, um über die "Maden" im Bilde zu sein. Es handelte sich um die jedem Jäger bekannten Larven einer Bremse, die sich im Bindegewebe unter der Decke des Wildes entwickeln. Rehwild wird oft davon geplagt. Die Larven können die Schwächung des Stückes verursachen, die schließlich im Verlauf des Winters zum Verenden führen kann. Bei leichtem Befall wird das Wildbret nicht berührt; es kann ohne Bedenken gegessen werden.
„Nix gut!" sagte ich. „Nix gut!"
Im Fortgehen wandte ich mich an Gehrke.

„Essen Sie um Himmels willen nicht einen Happen von diesem Rehbock!"
Nach wenigen Schritten rief mich einer der Soldaten mit „Chäw!" zurück.
„Du sagen 'nix gut!' ... Warum nix gut?"
„Wenn du dies essen, hast du Made in Bauch ... Made kaputt ... Aber Made hat Eier ... Eier nicht kaputt! ... Kommen aus Eier ganz kleine Maden."
Ich wies auf den herunterhängenden Aufbruch. Mit kundiger Hand erklärte ich für jeden verständlich nun den Weg, den "ganz kleine Maden" aus dem Magen entlang den Rippen bis hin zum Rücken machen.
„Hier werden kleine Maden große Maden ... Große Maden immer höher, immer höher ... bis Maden in Kopf ... du Maden in Kopf ... du tot!"
Kein Professor hätte ein eindrucksvolleres Kolleg vortragen können. Meine Gegenüber waren ein wenig auf Abstand gegangen, und ich demonstrierte mit Kribbel-Krabbel meiner Finger nochmal die Madenwanderung, die mit: „Du Maden in Kopf ... du tot!" endete und sichtliches Grauen in den Mienen meiner Zuhörer auslöste.

„Wie kriege ich nur diesen Rehbock vom Haken in meinen Rucksack?" überlegte ich im Fortgehen. Da fiel mein Blick auf den Kadaver eines Schafes, das die Sowjetsoldaten im Zuge ihrer Musterwirtschaft vor ein paar Tagen auf den Misthaufen geworfen hatten.
„Gehrke! ... Fragen Sie bitte die Russen, ob ich dieses Schaf haben kann!"
„Chef, das können Sie nicht mehr essen, das stinkt doch schon!"
„Nein, ich will's natürlich nicht essen. Aber ich kann's in den Wald schaffen und am Luder Füchse fangen."
Die Sowjets lachten, als Gehrke es ihnen zu erklären versuchte. Selbstverständlich konnte "Chäw" den Kadaver haben.

„Dann ist es doch am besten, wenn Sie den lausigen Madenbock dazuschmeißen. Auf diese Weise verschwindet die ganze Schweinerei vom Hof!"

Am selben Abend beschäftigte ich mich sehr eifrig damit, in unserer Küche einen leckeren Rehrücken zu reinigen, genüßlich die Keulen und Vorderblätter in Schüsseln zu legen. Die Hälfte des Wildbrets ging an Familie Borchert. So kam es, daß für etliche Tage lang entbehrte Bratendüfte durch die Wohnungen zweier hungriger Vertriebenenfamilien zogen ...

Im Herbst 1945 war die sozialistische Bodenreform insofern abgeschlossen, als die Betroffenen von ihrem Grundbesitz gejagt worden waren. Die Durchführung der Enteignung fand Unterstützung durch Handlanger der SMA, von denen die Sowjets kein verwaltungstechnisches Können, sondern bedenkenlose Rücksichtslosigkeit und Klassenhaß gegen die Besitzenden voraussetzten.

Mir sind keine Befehle der Sowjets in Erinnerung, nach welchen Gesichtspunkten die Enteignung vonstatten gehen sollte. So schien es den "Bannerträgern des Sozialismus" anheimgestellt, ob sie die Enteigneten nur von ihrem Eigentum oder bis über die Kreisgrenze trieben, sie verhafteten oder gegen sie einen spektakulären Schauprozeß anstrengten. Auf jeden Fall erhielt der noch immer aus den deutschen Ostgebieten anhaltende Vertriebenenstrom durch die in der Sowjetzone Enteigneten zusätzlichen Elendsdruck, von dem im Westen kaum Kenntnis genommen wurde. Die von der Bodenreform Betroffenen gaben bald ihre Hoffnung auf, wenigstens einen geringen Teil ihres Besitzes behalten zu dürfen. Darüber hinaus fühlten sie sich hilflos dem Haß Einheimischer ausgesetzt, die unter dem Schutz der Sowjets dafür sorgten, selbst den heimatlos gewordenen Menschen die Existenzmöglichkeit in der Ostzone zu nehmen. Erst wenn es ihnen gelang, über die Zonengrenze zu flüchten, konnten sie ihre Bündel in einem Vertriebenenlager absetzen.

Im Raum von Schönebeck standen die Vertreter der Bodenreform vor dem Problem, die dreitausend Hektar Elbwiesen des Forstamts an "Neubauern" zu vergeben. Diese unermeßlich weiten Wiesen stellten in der Tat einen fetten Happen dar. Der für die Bodenreform zuständige Genosse erschien eines Tages in meinem Büro und verlangte diesbezügliche Unterlagen. Ich machte es mir einfach, indem ich ihm die Aktenhefter mit den letzten Pachtverträgen durch Herrn Jakobs übergeben ließ. Es mochten darin über tausend Pächter aufgeführt gewesen sein. Umfang und Gewicht schienen bei dem Genossen soweit Eindruck zu machen, daß er, ohne weitere Fragen zu stellen, damit abzog.

An sich konnte es mir gleichgültig sein, in wieviel Parzellen die Wiesen nun zerschnitten werden würden. Ich war die Wiesen los und glaubte, damit Zeit gewonnen und die Brüder vom Wald abgelenkt zu haben. - Aber dann fielen mir unsere Dränagepläne ein. In diesen konnte man über Jahrzehnte zurückgehend sämtliche vom Forstamt durchgeführten Entwässerungsmaßnahmen bis zur Reinigung des kleinsten Grabens ersehen. Vor allem gaben einige Übersichtskarten einen klaren Überblick über die größeren Abzugsgräben, die nach Hochwasser der Elbe in jedem Frühjahr von besonderer Wichtigkeit waren. Die kleinste Vernachlässigung in diesem Grabensystem, zu dem noch lange Strecken unter der Erde verlegter Tonröhren hinzukamen, würde in kürzester Zeit zur Versäuerung der Wiesen führen, sie wertlos machen. Nun, ich hatte nicht so sehr die Unterstützung der Genossen der Bodenreform im Sinn, als ich mich ins Rathaus begab, sondern ich dachte an die vielen kleinen Besitzer, denen jetzt die Wiesen "übereignet" werden würden. Sie mußten mit dem System und der notwendigen Pflege anhand meiner Karten ins Bild gesetzt werden, sollte ihnen nicht in wenigen Jahren Seggegras über die Köpfe wachsen.

Ich rechnete mit einem kühlen Empfang durch den zuständigen Genossen. Trotzdem lag mir daran, meine Karten nicht zurückzuhalten. Kaum hatte ich ihm meine Dränagepläne gezeigt und auf ihre Bedeutung hingewiesen, fuhr er mich an, daß ich ihn nicht für dämlich halten solle. Er brauche sich nicht von mir sagen zu lassen, daß Wasser bergabwärts fließt. „Die Zeiten sind vorbei, in denen wir uns von 'hohen Herren' Belehrungen gefallen lassen müssen. Wasser fließt bergab, jedes Kind, jeder Neubauer weiß das! Das brauchen Sie uns nicht mit Ihren idiotischen Karten zu erklären!"

In ehrlichem Zorn eines beleidigten Sozialisten zerknüllte dieser ungebildete Mensch die Karten, um sie mit den Worten „Dort gehört der Quatsch hin!" in den Papierkorb zu werfen.

Die den Genossen der Bodenreform gewissermaßen zum Fraß vorgeworfenen Wiesen erfüllten meine Hoffnung, zunächst in Ruhe gelassen zu werden.

In den letzten Wochen hatten viele ehemalige Kriegsgefangene oder verschollen Geglaubte zu ihren Heimatorten zurückgefunden. Dadurch fehlte es nicht mehr an Arbeitskräften und uns gelang, die verschiedenen "Soll-Auflagen" von Bau- und Brennholz zu erfüllen. Der bisherige Druck wich nicht zuletzt auch durch unsere zunehmende Fähigkeit, mit Gewandtheit, Dickfelligkeit und spontanen Winkelzügen die gelegentlich erscheinenden Vertreter der SMA davon zu überzeugen, daß bei uns jede Holzlieferung klappte.

In meinem Betrieb selbst konnte ich ein gutes Verhältnis zu den Haumeistern und ihren Rotten herstellen.
In Gommern, einem größeren Dorf, arbeitete noch eine Schuhfabrik. Zwar verfügte sie über keine Ledervorräte mehr, aber ihr früherer Besitzer, den man nach Enteignung als Verwalter belassen hatte, stellte Holzschuhe mit Hilfe eines Kunststoffes her. Es gelang mir, die Arbeiter des Forstamts damit zu versorgen. Außerdem ließ ich für jedes Revier

Arbeiterschutzhütten zimmern. Solche Schutzhütten hatte Forstmeister Augstein in Puppen mit Erfolg eingeführt. Sie konnten je nach Windrichtung in der Nähe des üblichen Feuers aufgestellt werden und gaben den Waldarbeitern besonders an naßkalten Tagen Schutz.

All diese Maßnahmen ergriff ich aus Eigeninitiative, ohne daß sie mir jemand aufzuerlegen brauchte. Fürsorge für die Arbeiter und später für unsere Truppe waren Angehörigen meiner Generation als eine der guten Seiten unter der Regierung Hitlers anerzogen worden. Ich durfte über die Auskünfte beruhigt sein, die Spitzel von meinen Waldarbeitern bekommen würden, sollten sie hinter meinem Rücken Erkundigungen über meine Person einziehen.

Weniger sicher war ich mir dem sowjetischen Kommandanten von Grünewalde gegenüber. Die SMA in Halle hatte einen Befehl erlassen, nach dem Vertreter deutscher Behörden jeden Übergriff von Angehörigen der Roten Armee dem örtlichen Kommandanten melden sollten. Nun, diese kamen noch immer oft genug vor. Die abseits von Ortschaften liegenden Förstereien blieben bevorzugte Ziele von Überfällen.

Als erster meldete Revierförster Wendt einen nächtlichen Überfall. Nur dem Umstand, daß er sich auf einen solchen mit einem Versteck für seine Frau vorbereitet hatte, entging sie den sechs Kerlen. In ihrer Wut hatten sie sämtliches Geschirr zerschlagen, Möbel zertrümmert und Herrn Wendt übel zugerichtet.

Ich verfaßte eine schriftliche Meldung, die ich dem Kommandanten übergab. Aus meiner Meldung konnte dieser entnehmen, daß ich eine Durchschrift an die SMA in Halle zur Kenntnisnahme geschickt hatte.

Es dauerte nicht lange, bis Revierförster Rasmin mit seinem von Fausthieben geschwollenen Gesicht auf dem Forstamt erschien. Bei dem nächtlichen Überfall durch vier Sowjetsoldaten hatte seine Frau entkommen können. Seine beiden Nichten, Vertriebene aus Schlesien, waren den Banditen in die Hände gefallen und befanden sich im Zustand eines Schocks.

Noch in Herrn Rasmins Anwesenheit setzte ich meine Meldung auf und bat ihn, mich zum Kommandanten zu begleiten. Jener, ein wahrer Riesenkerl von fülliger Gestalt, so daß er seine Uniform nur noch mit Mühe zuknöpfen konnte, empfing mich sehr unfreundlich. - Mein gewichtiger Kommandant geriet in einen Wutanfall, der sich einmal gegen mich wegen meiner Meldungen, doch in höchster Erregung seinen eigenen Soldaten galt. Er versicherte uns, sofort eine Untersuchung einzuleiten. Unmißverständlich brachte er zum Ausdruck, er würde die Banditen mit eigener Hand über den Haufen knallen, sollte er ihrer habhaft werden. Seiner Absicht, überzeugend vorgebracht, schenkten wir Glauben.

Ich hielt die Gelegenheit für günstig, um auf die Soldaten hinzuweisen, die immer noch das letzte Rehwild abzuknallen versuchten. Damit löste ich einen erneuten Wutanfall des Majors aus: „Immer du melden! ... Immer du! ... Du mir bringen eine meine Soldat! Bring mir Soldat mit Gewehr! Verstehen?"

Dem armen Herrn Rasmin war mit diesem Auftritt nicht geholfen worden. Bedrückt verließen wir die Kommandantur in der Gewißheit, daß sich solch Überfall jederzeit wiederholen könnte.

Ich fühlte mich elend und hilflos, an unserem Schicksal nichts ändern zu können. Wenn Herr Rasmin weiterhin auf seiner Försterei blieb, dann nur, weil er nicht wußte, wo er ein sichereres Dach über dem Kopf für seine Angehörigen finden konnte.

In den ersten Dezembertagen kam Haumeister Albrecht von meiner Försterei Eichwalde, die - wie schon erwähnt -

als Exklave abgetrennt vom Forstamtsbezirk im Süden lag. Nachdem er mit Borchert die Verlohnung seiner Waldarbeiter erledigt hatte, klopfte er an die Tür meines Dienstzimmers. Er berichtete von einem Rudel Rotwild, das durch die Knallerei der Russen aus dem anhaltischen Gebiet nach Eichwalde übergewechselt war. Er schien enttäuscht über mein Achselzucken zu sein, mit dem ich seine Meldung abtat.
„Lieber Albrecht, die Zeiten sind vorbei, in denen wir jagen konnten ..."
Aber ich versprach, morgen vormittag rüber zu fahren, damit er mir "seine" Hirsche vorführen konnte.

Bei meiner ersten Revierbesichtigung Eichwaldes im September hatten mir die Haare über das Ausmaß der Verkommenheit dieser Försterei zu Berge gestanden. Der Revierförster hatte während des Krieges sein Pensionsalter erreicht. Wie bei allen Kollegen in seinem Alter war eine Pensionierung förmlich unterblieben. Es blieb ihm daher nichts anderes übrig als den Dienst fortzusetzen. Er schien aber schon ein Jahrzehnt davor die Zügel aus der Hand gegeben zu haben. Seine Dienstwohnung, Stallgebäude, der Garten und das zur Försterei gehörende Ackerland machten einen verwahrlosten Eindruck.
In unserer Forstverwaltung pflegten Inspektionsbeamte bei ihren Besuchen nach Besichtigung der Försterei ihre Beurteilung über den jeweiligen Beamten zu treffen, bevor sie anschließend durch das Revier fuhren. Wer seine Zäune, den Hof, die Stallgebäude und auch seine Wohnung in Schuß hatte, hinterließ beim Inspektionsbeamten bereits seine Visitenkarte als ordentlicher Beamter. Dann mußte sein Revier genauso gepflegt sei.
Nach Besichtigung der Revierförsterei hatte mir besagter Förster sein kleines Auewaldrevier gezeigt. Er tat es unwillig und kehrte unverhohlen unseren Altersunterschied her-

aus. Brummig gab er mir unbefriedigende Antworten. Ich war äußerst zurückhaltend aufgetreten, weil ich mir bei meinem ersten Dienstantritt vorgenommen hatte, auf keinen Fall als "neuer Besen" oder gar mit Kritik an meinem Vorgänger frischen Wind wehen zu lassen.

Beim Anblick der Obstbäume, die jahrelang nicht verschnitten worden waren, hatte ich meinen Ärger heruntergeschluckt, wie ich auch das Hoftor nicht bemängelt hatte, das halb verfallen in rostigen Scharnieren erbärmlich aussah. Ich hatte mich auf mein Befremden über die seit Jahren nicht gehackten Eichenkulturen mit der Antwort zufrieden gegeben, von meinem Herrn Vorgänger nie die angeforderten Arbeitskräfte bekommen zu haben. Doch als wir damals an den Einschlagsort mehrerer bester Furnierholzeichen gelangt waren, da war mir schließlich der Kragen geplatzt. Sie waren im vergangenen Jahr eingeschlagen worden. Haumeister Albrecht hatte die wertvollen Stämme mit seinem Gespann zur Abfuhr an ein Gestell gebracht und sie auf Rollen hochgelagert. Selbstverständlich hätte mich der Revierförster bei meiner ersten Dienstbesprechung auf dieses hochwertige Eichenholz aufmerksam machen müssen; denn mit jedem Tag, den das Holz weiterhin am Einschlagsort verblieb, wuchs die Gefahr des Schwammbefalls.

- So hatte mein erster Besuch in Eichwalde in einem deftigen Anpfiff geendet. Mir war gelungen, das Furnierholz sofort an ein Werk in Leipzig zu einem ansehnlichen Preis zu verkaufen.

Doch seither zog es mich nicht mehr in dieses verlotterte Revier. Statt dessen bat ich Herrn Haun, Eichwalde baldmöglichst mit einem anderen Revierförster zu besetzen.

So verabredete ich mit dem Haumeister einen Treffpunkt, wobei ich durchblicken ließ, keinen Wert auf die Anwesenheit des von mir nicht mehr akzeptierten Revierförsters zu legen. „Den sehen wir sowieso nicht im Revier", antwortete Albrecht.

Pünktlich um neun Uhr des folgenden Tages traf ich am Jagenstein 13 meinen Haumeister. Wenig später standen wir vor dem Fährtenbild von sechs Geweihten und fanden ein Stückchen weiter die Fährten von Kahlwild. Beide Rudel hatten, von der Feldmark im Osten kommend, die dichte Eichendickung angenommen. Wir blickten einander ein wenig ratlos an.

Es widerstrebte mir, Albrecht die Dickung durchdrücken zu lassen, um mir "seine" Hirsche "vorzuführen". Wir würden das ohnehin unstete Wild nur nach Süden treiben. Unweigerlich würden sie vom Posten der Barbyer Elbebrücke beschossen werden. Das Jagen 13 gab dem Wild genügend Deckung als Tageseinstand, solange kein Sowjetsoldat auf die Fährten aufmerksam wurde. Albrecht schien enttäuscht, mir nach meiner langen Anfahrt nun nichts als die Fährten gezeigt zu haben. Ich hatte mich auf den Jagenstein gesetzt, Albrecht hatte auf einem Baumstumpf Platz genommen. Wir beide blickten unseren Tabakswolken nach. Unausgesprochen beherrschte uns derselbe Gedanke: Hätten wir doch nur eine Waffe ... Wie leicht wäre es dann, einen Jäger hier zu Schuß zu bringen ...

„Sollen die Russen dieses Rotwild mit Maschinenpistolen umbringen?"

„Darauf wird's wohl hinauskommen, Albrecht."

„Muß das sein, Herr Assessor?"

„Wie meinen Sie das?"

Albrecht musterte mich mit einem abschätzenden Blick.

„Haben Sie als Offizier Ihr Leben oft riskieren müssen?"

„Öfter als es mir lieb war, Albrecht."

„Nehmen wir mal an, Sie hätten jetzt eine Büchse in der Hand und ich würde das Jagen ganz vorsichtig durchdrücken. Dort drüben könnte das Rotwild kommen. Ein Schuß ... Wem würde das auffallen?"

„Bei der ständigen Knallerei der Russen niemandem ..."

„Also würden Sie Ihr Leben nicht riskiert haben ..."

„Kaum!"
„Herr Assessor, ich bin wie auch die drei alten Kerle meiner Rotte hier aufgewachsen. Wir sind einfache Arbeiter. Unser Leben lang gab uns der Wald Arbeit. Die Forstverwaltung hat uns immer anständig bezahlt. Bei Akkordarbeit erreichten wir den Lohn eines Industriearbeiters. Sie können uns vertrauen ..."
„Selbstverständlich habe ich Vertrauen in euch, Albrecht."
Schweigen. Wieder sah mich mein Haumeister prüfend an. Dann rückte er mit seinem Vorschlag heraus, der nun bereits in der Luft lag.
„Herr Assessor, versuchen Sie, sich eine Büchse zu beschaffen. Ich kann sie mit dem Fuhrwerk unauffällig bei Ihnen abholen ... Vor neun Uhr ist noch nie ein Iwan hier aufgetaucht ..."
„Ich als Wilddieb?""
„Den Russen einen Hirsch vor der Nase wegschießen ist keine Wilddieberei! Wir eingesessene Waldarbeiter brauchen nicht zu hungern. Wir haben alle unser Schwein zu schlachten. Aber wie sieht das bei Ihnen aus?"
Schweigen. Dann reichte ich Albrecht meine Hand, in die er einschlug.
„Nur das Verblasen des Hirsches werden wir uns verkneifen müssen ... Aber kommen Sie jetzt, wenn schon, denn schon, dann will ich auf Nummer sicher gehen!"
Ich ging mit dem Haumeister zu einer Eichenschonung. Sie war von Disteln, die die Höhe von Sonnenblumen hatten, bedeckt. Die Fläche befand sich in der Mitte des schmalen Reviers. In dreihundert Metern nach Osten begann die Feldmark. In derselben Entfernung nach Westen öffnete es sich zu den Elbwiesen.
„Hier, Albrecht, an genau dieser Stelle bauen Sie einen Hochsitz. Der Kreiskommandant von Calbe hat bereits Wind vom Rotwild bekommen. Hier werde ich ihn zu Schuß bringen, auf dem Hochsitz! Noch heute fangen Sie mit der Arbeit

an. Wie lange brauchen Sie?"
„Der Hochsitz für den Herrn Kommandanten ist morgen fertig."
„Der Revierförster bekommt von mir die schriftliche Anweisung, die Arbeit offiziell aus dem Fond für Wegebau zu verlohnen."
„Das teilen Sie ihm besser erst mit, wenn der Herr Kommandant seinen Hirsch geschossen hat. Er entdeckt den Hochsitz sowieso nicht ..."

Beim Einschlag des "Exportholzes" war ich zufällig auf einen Karabiner gestoßen, den ein deutscher Landser fortgeworfen haben mußte. Ich hatte mir die Waffe nicht lange betrachtet. Aber sie war kaum verrostet. Im Magazin fanden sich noch zwei Patronen. Ich hatte den Karabiner nicht fortgeworfen, sondern ihn in die Röhre eines Karnickelbaues geschoben, ohne eigentlich zu wissen, wozu ich das nutzlose Eisen verwenden würde. Auf diesen Karabiner mit seinen zwei Patronen setzte ich meine Karte ... denn mir gelang nicht, mehr Munition zu finden, die ein paar Monate vorher noch überall samt Magazinen herumgelegen hatte.

An meinem Plan gefiel mir nicht Albrechts Angebot, die Waffe mit seinem Fuhrwerk nach Eichwalde zu schaffen. Zu leicht konnte er auf Sowjets stoßen, die jedes Fahrzeug zu filzen pflegten. Ich zog den "Kapitän" ins Vertrauen, der sofort Feuer und Flamme bei der Aussicht auf einen Weihnachtsbraten wurde. Nichts war nach seiner Meinung einfacher, als die knapp fünfzehn Kilometer stromauf zu fahren, um mich auf einem toten Arm der Elbe fast bis an den Hochsitz für den Herrn Kommandanten ranzubringen.

Ich verlor keine Zeit, denn das Rotwild war hier unstetes Wechselwild, das bei der geringsten Störung seinen Einstand auf Nimmerwiedersehen verlassen würde.

Drei Tage nach meiner Begegnung mit Albrecht erklärte ich meiner Frau, ich müßte am Morgen in aller Frühe bereits in Eichwalde sein. Dafür benötigte ich ihr klappriges Fahrrad, weil mein Motorrad eine Reparatur nötig hätte.

Um drei Uhr früh stand ich am Elbufer und blinkte mit der Taschenlampe das verabredete Zeichen. Drüben sprang ein Motor an. Das Geräusch verlor sich elbabwärts, bis es sich kaum hörbar näherte und mich der "Kapitän" mit einem leisen „Ahoi! Wie befohlen zur Stelle!" begrüßte. Wir brauchten fast drei Stunden, bis ich dem "Kapitän" in der beginnenden Morgendämmerung das ruhige Wasser des Elbarmes zeigen konnte. Ein leises „Mensch, das klappte wie in alten Zeiten" und des Kapitäns „Hals- und Beinbruch!" Dann stand ich im Revier Eichwalde, und das Motorboot trieb mit abgestelltem Motor stromab.

Mit geschulterter Waffe, Wilderer im eigenen Revier, folgte ich einem vergrasten Holzabfuhrweg. Mein Pfeifenrauch zeigte leichten Wind aus Südosten an. Ungünstiger konnte er nicht stehen. Wenn das Rotwild nicht gerade eingewechselt war, konnte ich es vergrämen, bevor Albrecht mit seiner Rotte das Drücken begonnen hatte. Leichter Brandgeruch wies mir den Weg zur Stelle, an der Albrecht jetzt das übliche Feuer entfacht hatte. Beim Anblick der Flammen stellte ich meinen Karabiner an einen Baum und stand wie aus dem Boden gewachsen bei meinen Waldarbeitern.

„Schön guten Morgen, ihr alten Knaben ... Guten Morgen, Albrecht!"

Ich weidete mich an der gelungenen Überraschung und hielt meine Hände über das Feuer.

„So'n Feuer ist schön und gut, es wärmt wenigstens außen."

Damit zog ich meine für diese Begrüßung vorgesehene Flasche Schnaps aus der Tasche.

„Prost, meine Herren, zur inneren Erwärmung und ein Prost auf die alten Zeiten!"

Die Flasche machte die Runde und erfüllte ihren Zweck ...

„Los, Albrecht, der Herr Kreiskommandant sitzt womöglich bereits auf dem Hochsitz ... Aber machen Sie bei dem verdammten Südostwind einen weiten Bogen um Jagen dreizehn, bevor Sie mit dem Drücken anfangen. Dreizehn ist meine Glückszahl!"

Nur langsam wich die Dämmerung einem trüben, wolkenverhangenen Morgen. Lautlos hatte ich den Hochsitz erreicht, meinen Karabiner in einer Ecke entsichert abgestellt. Mein Platz bot gute Sicht über die hohen Disteln, zwischen denen die Eichenheister nicht mehr zu erkennen waren. Ein Schuß auf flüchtiges Wild war in diesem Gewirr allerdings kaum möglich, zumal ich nur über zwei Patronen verfügte. Trotz seiner fünf Meter Höhe gab mir der Hochsitz kaum eine Chance, sollte das Wild links von mir flüchtig kommen.

Albrecht betrat inzwischen wie besprochen die Dickung, um leise und ganz langsam anzustoßen. Nur so konnte man erwarten, daß das Wild in Abständen sichernd und verhaltend schußgerecht an mir vorbeiziehen würde. Unter Berücksichtigung des dichten Auewaldes schien mir dieser Platz besonders geeignet und gestattete, wenigstens die Kulturfläche zu übersehen.

Zwanzig Minuten vergingen im Fluge, seit Albrecht mit der Umgehung des Jagens begonnen hatte. Kein Wild war bisher auf die Feldmark ausgewichen, an der einer der Waldarbeiter entlanggehen sollte. Dabei würde er über Wind bleiben, das Wild hoffentlich vom Ausbrechen abhalten. - Ein Schrotschuß aus Richtung der Feldmark ließ mich herumfahren. Im Glas erkannte ich zwei russische Soldaten, die sich in weitem Abstand von einander offensichtlich auf Hasenjagd befanden. Sie hatten mir den Rücken zugekehrt und entfernten sich in Richtung Nordosten. Das stimmte mich ruhig. Die schienen hinreichend beschäftigt und weit genug von mir weg, daß sie Schüsse von mir nicht beachten würden. Sollten sie ihre Richtung ändern, dann könnte ich es rechtzeitig erkennen.

Im Schweigen, wie es nur solch trüber Wintertag über den feuchtkalten Forst legen kann, ohne Vogelruf, ohne hörbaren

Tritt eines Wildes, rückte der Zeiger meiner Uhr unendlich langsam vor. Vierzig Minuten ... Die beiden Soldaten waren inzwischen brav in ihrer bisherigen Richtung weitergegangen und gaben als kleiner gewordene Gestalten keinerlei Grund zur Beunruhigung. Mit Spannung, jedoch keineswegs ungeduldig, lauschte ich in die Richtung, aus der das Rotwild, sollte es wie in den Tagen vorher in denselben Tageseinstand gewechselt sein, kommen müßte. Unverkennbares Brechen links vor mir ließ mich zum Karabiner greifen. Undeutlich sah ich Geweihe über dichtes Unterholz ragen, hatte sekundenlang Wildkörper auf etwa siebzig Meter frei und setzte meinen Karabiner enttäuscht ab, nachdem der Spuk in Windeseile vorbei war. Unmöglich, einen sicheren Schuß loszuwerden! Unmittelbar darauf folgte das Kahlwild und verschwand mit hohen Fluchten wie die Geweihten davor im Unterholz.

Enttäuscht stellte ich den Karabiner wieder auf seinen Platz. Schade, all meine Mühe der Beschaffung meiner Waffe, die nächtliche Fahrt auf der Elbe waren vergeblich gewesen. Selbst der Morgentrunk mit Albrechts Leuten hatte nicht geholfen. Dreizehn soll man nicht übermütig eine Glückszahl nennen ... Meine Pfeife war ausgegangen. Ihr heißer Kopf, der die Finger meiner rechten Hand erwärmt hatte, war erkaltet. Ich zögerte, mir eine neue zu stopfen. Ich hatte nach alter Regel hier bis zum Erscheinen der Treiber schußbereit zu sein.

Das Stück Kahlwild, das unversehens hundert Meter vor mir in langen Fluchten durch die Disteln prasselte, hatte ich überhaupt nicht kommen sehen. Dicht dahinter folgte ein Kalb. Beide Stücken wechselten auf die Feldmark aus, zu weit und zu flüchtig für einen Schuß. Plötzlich verharrte das Alttier. Es hatte Wind von den beiden Soldaten bekommen, die sich unverdrossen in derselben Richtung vom Waldrand entfernt und das Rotwild nicht bemerkt hatten. Das Alttier wendete mit einer weiten Flucht, hielt durch die Disteln brechend genau Richtung auf den Hochsitz. Vierzig Meter von mir entfernt brachte ich es mit einem durchdringenden Fingerpfiff zu jähem Verhalten. Im selben Augenblick riß es mein Blattschuß zusammen. Mit nachgeladenem Lauf folgte ich über Kimme und Korn blickend dem Kalb. Als es verhielt, um zum Muttertier zurückzuäugen, faßte es die Kugel meiner letzten Patrone. Keine fünfzig Meter vom Hochsitz entfernt lagen beide Stücke verendet vor mir. Bevor ich die Leiter herabstieg, schleuderte ich den Karabiner mit einem weiten Bogen ins Distelgestrüpp hinein.

Noch benommen von dem unerwarteten Ausgang der bereits mißglückt geglaubten Jagd, sah ich Albrecht mit seiner Rotte auf mich zukommen. Beim Anblick der beiden gestreckten Stücke entfuhr ihm „Weidmanns Heil, Herr Kommandant!" Er brach einen Eichenbruch zurecht, strich damit über die Einschüsse und übergab ihn mir auf seinem Hut: „So wird's doch unter Jägern gemacht!"

„Danke, Albrecht. Ja, so wurde es in vergangener Zeit gemacht! Daß Sie jetzt daran denken ... Danke, Albrecht."

Die Spannung der letzten Stunde war gewichen. Zwei Männer zogen das Kalb heran, während ich mir den roten Bruch an meinen Hut steckte. Mit Albrechts Hilfe machte ich mich ans Aufbrechen.

„Das ist des Jägers Recht", erklärte ich, als ich beide Lebern, Herzen und Lungen in meinem Rucksack barg und fuhr fort: „Das Kalb teilt ihr euch. Wenn ich das Alttier beanspruche, dann bedenkt, daß ich es mit der Familie meines Sekretärs und dem Mann, der mich mit seinem Motorboot bis hierher rausbrachte, teilen werde."

Jeder der Waldarbeiter war über sechzig Jahre alt, ihr Haumeister ein rüstiger Siebziger. In diesem Kreis konnte ich unbesorgt sagen, "wir waren unter uns". Kein Wort würde über unsere Drückjagd gesprochen werden ...

„So früh hatte ich dich nicht zurück erwartet", begrüßte mich meine Frau. „Es gibt Kohlsuppe zum Mittag."
„Schon wieder? - Vier Wochen vor deiner Niederkunft brauchst du endlich mal eine kräftige Mahlzeit!"
„Mach keine dummen Witze ..."
Ich griff zu einer großen Schüssel und ließ die Schätze meines Rucksacks hineingleiten.
„Mit der Empfehlung an die Frau Gemahlin vom Herrn Kreiskommandanten in Calbe ..."
Danach blieb ich wortkarg und befleißigte mich meines besten Jägerlateins, das ich mit dem Hinweis auf eine sehr nahrhafte Brennholzfuhre, die Haumeister Albrecht morgen anfahren würde, abschloß. Die danach einsetzende Geschäftigkeit, das Wildbret zu verarbeiten, enthob mich vorrübergehend weiterer peinlicher Fragen.

Gut siebzig Pfund schieres Wildbret waren uns verblieben! Schröders stellten uns einen Fleischwolf und eine Presse für Konservendosen zur Verfügung. Wir konnten sogar Dosen kaufen, weil sie kaum jemand brauchte. Während der kostbare Segen in Büchsen gefüllt wurde, gab's gebratene Leberschnitten, Klopse, Fleisch- und Knochenbrühe, delikate Suppe vom Knochenmark, Lungenhaschee und für meinen Vater und mich Röstbrotschnitten mit gebratenem Brägen, der nach Jägerart mit knusprig gebräunten Zwiebeln zubereitet war.

So perfekt ich es beherrschte, mein Jägerlatein von zwei ganz zufällig aufgefundenen, frisch von den Russen geschossenen Stücken Wild bröckelte unter den nicht enden wollenden Fragen Stück um Stück ab, bis ich nach den üppigen Weihnachtstagen in der freudigen Erregung, die am 7. Januar 1946 die glückliche Geburt unserer kleinen Tochter auslöste, ein harmlos klingendes Geständnis ablegte. Danach hatte sich alles ganz zufällig ergeben, nichts hätte schief gehen können, kurzum, es war eine "janz einfache Sache" gewesen!

Die Niederkunft meiner Frau wurde dagegen alles andere als das. Die Elbe war infolge Hochwassers aus ihren Ufern getreten, das den Fährbetrieb unterbrochen hatte. Beim Versuch des "Kapitäns", die Hebamme überzusetzen, hatte die Strömung das Motorboot weit stromab getrieben, bis der tüchtige Mann unser Ufer erreicht hatte. Die unerschrockene Frau traf nach stundenlanger Verspätung in wirklich letzter Minute ein. Als sie das kleine Mädchen gewaschen und gewickelt hatte, fiel ein Sonnenstrahl auf die Wickelkommode. „Kommen Sie, kommen Sie!" … Sehen Sie nur … die hat ja ganz rote Haare!"

In dieser glücklichen Stunde, in der ich nach dem großen Sterben des Krieges Zeuge vom Entstehen neuen, von mir gezeugten Lebens geworden war, rückten die unzähligen Gräber, an denen ich mit meinem Stahlhelm in den Händen gestanden hatte, in eine ferne, jetzt hinter mir liegende Vergangenheit. Die Erinnerung an meine gefallenen Kameraden würde mich mein Leben lang begleiten. Doch hier strampelte im Sonnenstrahl auf der Wickelkommode neues Leben. Es blieb nicht bei dem Säuglingsstrampeln. Als unsere kleine Gundel zum ersten Mal einen Finger meiner Hand erfaßt hatte, ließ sie ihn nicht mehr los. So zog mich eine winzige Kinderhand hinein in die Zukunft. Mochte sie noch so ungewiß und ohne Hoffnung erscheinen, die kleine Hand kümmerte es nicht. Das Leben ging weiter! Und wenn Tage kamen, an denen die böse Zeit an mir gezerrt hatte, dann kniete ich neben dem Laufgitter nieder, in dem ein quicklebendiges Kind dem Leben entgegenlachte und keine sorgenvollen Gesichter um sich duldete.

Das erste Weihnachten nach unserem Zusammenbruch wird für immer das trostloseste in der deutschen Geschichte bleiben. Nie zuvor waren in Europa jemals ganze Armeen, die ihre Waffen niedergelegt hatten, von ihren Siegern in Bausch und Bogen in die Gefangenschaft getrieben worden.

Die Deutsche Wehrmacht hatte für das zahlenmäßig stärkste Reich in Europa gekämpft. Sie war nicht von Polen, Frankreich und England - die zusammengenommen stärker als wir gewesen waren - und selbst durch die dann in den Krieg getretene Sowjetunion geschlagen worden. Unsere Niederlage verdanken die europäischen Völker dem unermeßlichen Industriepotential der USA, die Stalin nach seinen vernichtenden Niederlagen zu Hilfe eilten. Stalin konnte mit Recht sagen, große Blutopfer gebracht zu haben. Tausende russischer Kriegsgefangener verhungerten in deutschen Lagern, Millionen fielen im Kampf. Nicht zuletzt aus dem Gefühl heraus, im Grunde genommen unterlegen gewesen zu sein, waren wiederum Millionen deutscher Soldaten in alliierte Gefangenenlager gepfercht worden, während die Sowjets nun Rache übten und Millionen in der Weite ihres Landes hatten versinken lassen.

Winston Churchill ließ 1936 verlauten: „Deutschland wird zu stark, und wir müssen es zerschlagen!" und hatte 1939 hinzugefügt: „Dieser Krieg ist ein englischer Krieg, und sein Ziel ist die Vernichtung Deutschlands!"
Er hatte es geschafft!!!

Es gab damals in Deutschland kaum eine Familie, bei der im Kerzenschein des Tannenbaums - wenn überhaupt eine Kerze brannte - nicht unter Tränen derer gedacht wurde, die in Feindesland in einem Soldatengrab ruhten, die vermißt waren oder die gnadenloser Stacheldraht von ihren Lieben trennte.
In unserer Familie trauerten wir um meinen Vetter Karl-Heinz Hundrieser, der in Berlin in allerletzter Stunde im Volkssturm sein Leben ließ. Er war nie Soldat gewesen, weil er die Altersgrenze der militärischen Dienstpflicht überschritten und sehr jung bei der Deutschen Industrie-Kreditbank als Jurist eine hohe Position innegehabt hatte. Er hin-

terließ meine Kusine Henny mit drei Kindern. - Als gefallen oder den Sowjets ausgeliefert blieb mein Onkel Hans vermißt, den ich am Beginn meiner Erzählung als den Mann meiner Tante Friedel Küster auf Gut Langenberg erwähnt habe. Er hatte zuletzt als Major in einer Wehrmachtseinheit in Norwegen gekämpft, deren Schicksal nie geklärt wurde. Um ihn bangten meine Tante Friedel mit meiner Kusine Dorothee. - Von meinem Onkel Erich Hundrieser wußten wir nur, daß er zu den Unglücklichen gehört hatte, die die Sowjets mit unbekanntem Ziel als Zwangsarbeiter abtransportieren ließen. - Mein Vetter Jochen Kirchner war als Stabsarzt verwundet worden. Wir hatten uns mit ihm und seinen Eltern in Arendsee wiedergefunden. Mein Onkel Willi, dem ich meinen frühen Ruhm als Regenwurmschlucker des Gymnasiums in Salzwedel verdankt hatte, war als Oberst der Luftwaffe gegen Ende des Krieges pensioniert worden. Er hatte mit meiner Tante Käthe den Luftangriff überlebt, der sein Haus in Tempelhof in Schutt und Asche legte. Mein Bruder Ulrich war im vierten Kriegsjahr infolge einer schweren Gehirnerschütterung nach seiner Verwundung an der Ostfront als dienstuntauglich aus der Wehrmacht entlassen worden. In letzter Minute gelang es ihm, aus Danzig herauszukommen. Nach einer abenteuerlichen Flucht durch von den Russen besetztes Gebiet hatte er die Elbe erreicht und sie an einen Balken geklammert durchschwommen. Danach erreichte er Arendsee. - In den Wochen, in denen die Altmark von den Engländern beherrscht wurde, hatte uns eine Zettelnotiz meiner Schwester erreicht. Sie befand sich, von Salzwedel kommend, zu Fuß auf dem Weg nach Arendsee. Ich war ihr auf einem Fahrrad entgegengefahren und hatte sie erschöpft in tiefem Schlaf im Chausseegraben gefunden. Welch glückliches Wiedersehen!

Im Vergleich zu unseren unzähligen ostpreußischen Landsleuten, die sich in Flüchtlingslagern befanden, noch auf Straßen herumirrten, oder daheim überlebt hatten, konnten wir uns zu den wenigen Vertriebenen zählen, die nicht mehr hungerten, die eine Bleibe gefunden und sich im kleinen Familienkreis im Kerzenschein eines Weihnachtsbaums vereint sahen.

Am Weihnachtsabend der Tränen ...

Im März ließ Gehrke durchblicken, daß meine Hofbesetzer demnächst die für mich vorgesehene Dienstwohnung räumen würden. Die Aussicht, unsere Übergangswohnung bei "dem alten Aas" mit den Zimmern der forstmeisterlichen "Residenz" zu vertauschen, versetzte uns alle in Hochstimmung. Wir hatten uns Mühe gegeben, mit der alten Dame zu einem "modus vivendi" zu gelangen. Doch Tag für Tag kam es zu unnötigen Reibereien, unter denen vor allem meine Frau gelitten hatte. In der nun gehobenen Stimmung bat ich Herrn Schröder um seinen Einspänner. Ich wollte meiner Frau mein Revier zeigen, am frühen Nachmittag trabten wir los.

Der Elbdamm konnte an vielen Stellen mit einem Fuhrwerk befahren werden. Es war ein sonniger Frühlingstag, Kohlmeisen klingelten, Buchfinken hatten mit ihrem klangvollen Schlag begonnen, und Rotkehlchen huschten über den Weg. An einem Landweg bog ich vom Elbdamm ab, um abseits des Verkehrs an einem toten Elbarm entlang zu fahren. In diesem Gebiet hielten sich Deutschlands letzte Biber auf. Mein Vorgänger hatte sie sorgsam gehegt und keine Radfahrwege in diesem kleinen Naturschutzgebiet zugelassen.

„Dort drüben hatte sich noch im Herbst eine bewohnte Biberburg befunden. Davon ist nur der Haufen Knüppel übrig geblieben, der jetzt verstreut im Wasser schwimmt. Warum auch immer, die Russen haben den Bau im Winter gesprengt. Herr Wendt hat in letzter Zeit keine Biber beobachten können. Alles ist hin ..."

„Ob die Zeit auch solche Zerstörung heilen kann?"

„Wir können's nur hoffen. Vielleicht werden wir eines Tages die Bande doch mal los."

Ich brachte das Pferd zum Stehen.
„Hörst du sie? ... Die erste Singdrossel!"
„Wie kannst du ihren Gesang vom Amselflöten unterscheiden?"
„Ganz einfach. Die Amsel flötet, ohne ihre Strophen zu wiederholen. Die Singdrossel bringt ihre Touren unter mehrmaligem Absetzen, bei dem der verklungene Akkord wiederkehrt."
„Ganz einfach ... Bei dir ist alles immer so einfach ... Wie kann ich da mithalten?"
„Das bringt die Zeit von selbst. Wer sich im Wald befindet, soll nie Eile haben. Nur so wird er mit der Sprache des Waldes vertraut. Du bist nicht die erste, die es als eines Grünrocks Frau lernen wird. Wenn wir im nächsten Frühjahr hierher kommen, nun - dann wirst du es sein, die sagen wird ‚Hörst du die Singdrossel?' ..."
Danach verließen wir das Auerevier, um durch das Dorf Plötzki ins Kiefernrevier zu fahren.
„Ist es hier unter den Kiefern überall so kahl?"
„Leider ja."
„Nirgends Blaubeeren wie in Puppen oder Maiglöckchen in Neplecken (Forstamt am Ufer des Frischen Haffs/Ostpr.)? ... Als ich vor zwei Jahren am 13. Mai zu Mutti's Geburtstag fuhr, da pflückte ich auf dem Weg nach Peyse (Ort, ebendort) einen Riesenstrauß Maiglöckchen. Das ganze Zimmer duftete, kaum daß Mutti die Blumen in die Vase gestellt hatte ... und wer in Puppen zur Beerenzeit keinen blauen Mund hatte, fiel als Fremder auf. Jeden Tag verließ ein voll beladener Waggon mit Blaubeerkörben den Puppener Bahnhof ..."
„Auch das ist hin ..."
„Mir kommen die Kiefern hier kleiner vor."
„Sag' ruhig kümmerlich im Vergleich zu unseren ostpreußischen. Unter dem Sandboden daheim lag kräftiger Boden, und im Boden liegen die Musikanten!"

Als wir auf dem Rückweg wieder hinauf zum Elbdamm fuhren, wurden wir von zwei russischen Soldaten angehalten. Ich versuchte, das Pferd an ihnen vorbeizulenken, doch einer konnte die Zügel fassen. Zwei Maschinenpistolen richteten sich auf uns.

„Ganz ruhig bleiben", flüsterte ich meiner Frau zu.

Mein „Ich Kommandant melden!" und „Ich Chef von Borrek" machte auf sie keinen Eindruck. Ein wenig entfernt bemerkte ich einen weiteren Russen, der den Überfall mit schußbereiter Maschinenpistole absicherte. Wir hatten es mit Experten zu tun. Sie durchwühlten unsere Bekleidung, stellten enttäuscht fest, daß wir keine Ringe trugen oder sonstige Kostbarkeiten mitführten. Sie zwangen mich, meine Schnürstiefel auszuziehen, wobei ihnen meine Uhr in die Hände fiel, die ich bisher durch alle vorangegangenen Filzereien gerettet hatte. Beim Betrachten meiner Schuhe stellten sie fest, daß sie ihnen nicht paßten, weil dieser Germanski zwei verschiedene Füße haben mußte. Sie warfen sie fort. Ehe ich sie daran hindern konnte, war meine Frau vom Wagen gesprungen und hatte die beiden Schuhe aufgehoben. Im Nu saß sie wieder neben mir. Ich versetzte dem bereits unruhig gewordenen Pferd einen Peitschenhieb, den es mit Aufbäumen und in Galopp fallend quittierte. Ein paar elende Angstsekunden folgten, ob die Banditen schießen würden. Aber sie schienen mit dem Streit um die Uhr und sich selbst beschäftigt zu sein.

Zu Hause angekommen, ging ich schnurstracks zum Kommandanten. Noch in höchster Erregung meldete ich ihm den Vorfall. Er hatte mich nicht unterbrochen. Danach trat eisiges Schweigen ein. Ich bereitete mich auf den Wutanfall vor, den ich im Vertrauen auf den Befehl der SMA Halle als der im Recht Befindliche durchzustehen gedachte. Wie naiv ... Der Dicke trat auf mich zu, und seine Pranke ergriff mich an meinem Uniformkragen.

„Warum immer du melden? ... Immer du! ... Keine andere

Mensch melden ... immer du!!!"
Mit seiner ganzen Kraft schleuderte er mich zu Boden.
„Immer du! ... Immer du!!!"
Ich rappelte mich auf und versuchte die Tür zu erreichen. Dabei ergriff mich der Kerl nochmal, um mich, wieder am Kragen gepackt, zu schütteln.
„Du mir bringen eine meine Soldat was plündert! ... Du mir einen bringen mit Gewehr ... Du verstehen? ... Du mir einen bringen, ich will bestrafen! Du mir bringen hierher eine meine Soldat mit Gewehr!!!"
Das war meine zweite Bruchlandung als Verhandlungspartner mit der sowjetischen Besatzungsmacht, eine mehr als nur demütigende, die mir unsere völlige Hilflosigkeit demonstriert hatte.

Einige Tage später tuckerte ich auf meinem Krad (Motorfahrrad = Mofa) zur Försterei Ranies. Auf dem Elbdamm wurde ich von einem Soldaten mit schußbereitem Karabiner angehalten. Ich ließ die Filzerei gelassen über mich ergehen. Meine Uhr war ja bereits futsch, und andere Wertsachen besaß ich nicht mehr. Mein durch alle Fährnisse gerettetes Jagdmesser pflegte ich wohlweislich zu Hause zu lassen. Nachdem er in all meinen Taschen nichts gefunden hatte, zeigte er auf seine Papyrossi und verlangte Feuer.
„Nix ognisko", gab ich zur Antwort, trat mein Krad wieder an und fuhr weiter. "Ognisko" ist ein polnisches Wort, das von Russen verstanden wird.
In Ranies traf ich Revierförster Wendt nicht an, mit dem ich den Einschlag von Furniereichen an Ort und Stelle besprechen wollte. Er hatte irgendeinen Ärger mit seinem Bürgermeister und konnte unsere Verabredung nicht einhalten. Ich bat seine Frau um eine Schachtel Streichhölzer und fuhr zurück.
Beim sowjetischen Soldaten angekommen, legte ich das Krad auf den Weg und ging freudestrahlend mit der Streich-

holzschachtel schwenkend auf ihn zu. Er war mit seinem Karabiner auf dem Schoß auf der Dammböschung sitzen geblieben. Während er sich eine frische Papyrossi drehte, hatte ich mich neben ihn gesetzt und stopfte mir meine Pfeife.
Ich, auf den Karabiner zeigend: „Dies Gewehr nix gut für schießen Kosa (Reh) ..."
Er: „Dies sehr gut, ich schießen viel Kosa!"
„Aber nur einmal 'Bumm'", wonach ich ihm mit zwei nebeneinander gehaltenen Fingern die Läufe einer Schrotflinte demonstrierte, „Mit so was du zweimal 'Bumm/Bumm'. Und du haben viel Kosa!"
Mein Nebenmann lächelte nachsichtig:
„Ich mit dies fünfmal 'Bumm'!' Er spreizte seine Hand und demonstrierte die Schußfolge seiner Waffe, indem er seine Finger mit „Bumm ... Bumm ... Bumm ... Bumm ... Bumm" abzählte.
Mein ungläubiges Staunen ließ den Soldaten aufgeschlossen werden. Er öffnete das Schloß und ließ das Magazin herausspringen: „Hier du sehen vier, da in Karabiner eines, geht fünfmal 'Bumm'!"

Ganz in das Wunder der Waffe vertieft, hatte ich sie ihm aus der Hand genommen und auf meinen Schoß gleiten lassen. Wo sitzt hier die Sicherung? Zum Teufel, ich fand sie nicht. Bismarck hat einmal gesagt, daß ein Raucher einem Verhandlungspartner gegenüber seine Gedanken mit einer Tabakswolke verschleiern kann. So zog ich tüchtig an meiner Pfeife, und aus meiner Wolke heraus sagte ich: „Ha, ich gedrückt ... kein 'Bumm'!"
Der Soldat schob entgegenkommenderweise den Sicherungsflügel zurück: „Jetzt 'Bumm'!"
Ich nahm ihm geflissentlich das Magazin aus seiner Hand, drückte es ins Gewehrschloß und glitt ein wenig die Böschung herunter. Mich aufrichtend brüllte ich: „Ruki wjerch!!!" (Hände hoch)

Da blickte er, die Welt nicht mehr verstehend, in die Mündung seiner eigenen Waffe, dessen Abzug mein Finger berührte. Verdattert hob er nach meinem zweiten „Ruki wjerch" die Hände.

„Zu Kommandant! ... Dawai ... Dawai!"

Ich stand jetzt auf dem Damm neben meinem Krad, jeder Bewegung meines Gefangenen mit der Mündung der entsicherten Waffe folgend. Als er oben auf dem Weg angekommen war, zögerte er, als ich ihm mit dem Karabinerlauf die Richtung wies, wohin er sich auf mein „Dawai!" in Trab zu setzen hatte. Ich stützte mich auf die Lenkstange meines Mofas und versetzte ihm einen Fußtritt in seinen Hintern, in dem meine aufgespeicherte Wut über die nicht nur mir, sondern uns allen zugefügten Schandtaten und Demütigungen explodierte. Für mich war es nicht ganz leicht, Pedale tretend mit abgestelltem Motor das Tempo zwischen uns beiden abzustimmen. Mit höchster Konzentration paßte ich mich seinem Tempo an, dem ich mit gelegentlichem „Dawai!" nachhalf.

Erst als eine gewisse Geschwindigkeitsharmonie hergestellt schien, ging mir der Wahnsinn auf, den ich betrieb. Was tun, wenn uns einige seiner Kameraden begegnen würden? Was wird geschehen, wenn ich mit meinem entwaffneten Gefangenen vor der Kommandantur angelangte? Aber ich unterdrückte meinen Impuls, ihn lieber laufen zu lassen. Ich gestehe, mich hatte Besitzerstolz erfaßt ... Nur weiter, keine Pause zulassen!

Wir erreichten Grünewalde. Jemand klatschte in die Hände und rief „Bravo"! Herr Schröder stand mit seinem Nachbarn Hilmer am Scheunentor: „Sind Sie wahnsinnig?" Aber jetzt starteten wir zum Endspurt, vorbei an Häusern und Dorfbewohnern, weiter, nur weiter! Mein „Dawai!" ließ die Posten gar nicht zur Besinnung kommen. Ich ließ das Krad fallen und bugsierte meinen Gefangenen an seinem Kameraden vorbei vor die Tür des Kommandanten. Er drückte von selbst auf die Klinke, ich stieß die Tür auf.

„Hier, Kommandant, ist Karabiner!" Geräuschvoller als von mir beabsichtigt, landete die Waffe auf seiner Schreibtischplatte. „Und dies hier ist dein Soldat! Du mir gesagt: ‚Bring mir Soldat mit Karabiner!' ... Dieser Soldat mich plündern und Kosa schießen! Hier habe ich gebracht, wie du mir gesagt!"

Ein lähmendes Schweigen wird damit beschrieben, daß man den Aufschlag einer heruntergefallenen Stecknadel hätte hören können. In der Stille, die nach meinen letzten Worten eingetreten war, befürchtete ich, der Kommandant könnte mein Herzklopfen und den hämmernden Pulsschlag meiner Schlagadern vernehmen. Hinter mir verspürte ich den Atem des Postens, der die Tür geschlossen hatte. Ich saß in der Falle ...

Der Kommandant sah von der vor ihm liegenden Waffe auf und musterte mich mit einem mehr erstaunten als wütenden Blick. Danach erhob er sich und stellte sich drohend vor seinem Soldaten auf. Wutschnaubend brüllte er ihn an, holte mit seinem rechten Arm weit aus und schlug ihm seine geballte Faust ins Gesicht. Noch mal und noch mal schlug er zu, brüllte wie ein Tier und schlug ins Blut, das seinem Unterstellten aus der Nase spritzte.

Ich wandte mich ab, um mich zu verkrümeln, und prallte vor dem Posten zurück, der mir den Weg vertrat. Hinter mir brüllte der Major ein Kommando. Der Posten sprang zur Seite und riß die Tür auf. Kaum hatte ich die Tür hinter mir, hörte ich nochmal den Kommandanten brüllen. Alle Soldaten, die im Flur versammelt die Szene im Kommandantenzimmer verfolgt hatten, gaben mir den Weg frei. Draußen angelangt, stellte einer mein Krad auf. Benommen trat ich den Starthebel ... und war frei!

„Herr Assessor", begrüßte mich Borchert, „das war zuviel ..."
„Schade", fügte Jakobs dazu.

„Was heißt 'schade'?"
„Es ließ sich alles so gut an …"
Ich verstand.

Am nächsten Morgen ließ ich mir von meiner Frau die Feldflasche mit Gerstenkaffee füllen und ein paar Brote einpacken.
„Es mag sein", log ich, „daß ich zu einer Besprechung zum Kreiskommandanten nach Calbe muß. Vielleicht bin ich erst abends zurück!"
Als bis neun Uhr der Kommandant oder sein Kommando zu meiner Verhaftung noch immer nicht erschienen waren, ging ich mit dem Bestandslagerbuch rüber in mein Chefzimmer. In diesem Buch sind auf jedem Forstamt die einzelnen Jagen mit ihren Abteilungen, den Holzarten, ihrem Alter und einer kurzen Bodenbeschreibung eingezeichnet. Mein Bemühen, mich mit dieser Einsicht in mein Revier abzulenken, wollte nicht gelingen. Immer wieder ertappte ich mich dabei, den Zeiger der Uhr zu verfolgen, die Herr Jakobs mir nach Verlust meiner eigenen zugesteckt hatte.
Aus dieser nervensägenden Beschäftigung fuhr ich hoch, als der Kommandant plötzlich im Türrahmen stand. Ich hatte ihn nicht kommen hören. Ich blieb auf meinem Platz sitzen, um meine Rolle als "Chäw" bis zur letzten Minute durchzuspielen.
Der Kommandant hatte die Tür hinter sich geschlossen. -
„Draußen wartet sein Kommando", sagte ich mir. „Bleib oder erscheine wenigstens gefaßt", resignierte ich. „Dort liegt die zusammengerollte Decke und die Feldflasche mit dem Brot …"
Schweigen … und dann in spannungsgeladener Stille des Kommandanten Stimme: „Du gut! … Du sehr gut! Du mit keine Karabiner bringt Soldat mit Karabiner! Ich gesagt: ‚Du bring mir …', ich wissen, du deutscher Offizier, du Hauptmann … du sehr gut!"

Nur langsam begriff ich das Unglaubliche. Der Kommandant war ohne Begleitung gekommen. Draußen wartete kein Kommando auf mich!
„Dieser Soldat dich nicht schießen", fuhr der Major fort. Mit gespreizten Fingern vor seinem Gesicht machte er mir klar, daß jener hinter Gittern saß ... „Aber andere meine Soldat dich schießen wollen ... Du weg! ... Nicht mehr in deine Wald gehen ... Du weg! ... verstehn?"
Mein Gott, gibt es sowas? ... Jubelnder Triumph wallte in mir über meinen Sieg nach all den Demütigungen auf, doch gleichzeitig hatte ich das Bedürfnis, diesem Offizier gegenüber meinen Dank nicht zurückzuhalten. Ich stand auf und sah ihm ins Auge. Mit einer angedeuteten Verbeugung erwiderte ich: „Danke, Kommandant ... ich danke!" - Ich sagte es in seiner Sprache.

Ich wurde sofort von Grünewalde versetzt.

Im Zuge der Zentralisierung der Regierungsgewalt - eine grundsätzliche Maßnahme in einem sozialistischen System - waren die bisherigen Regierungsbezirke mit der Stellung eines Landforstmeisters aufgelöst worden. Danach unterstanden die Forstämter der Landesregierung in Halle direkt. Malermeister-Landforstmeister Kühn war sang- und klanglos abgetreten. Er war ein vernünftiger Mann gewesen, der uns Forstmänner nicht in unser Fachgebiet hineingeredet hatte.

Die Stelle eines Oberlandforstmeisters in Halle war nach einigen Wechseln, ebenfalls für die damalige rote Verwaltungspraxis bezeichnend, einem ehemaligen Hilfsförster namens Ulrich übertragen worden.

Wie dieser junge Mann sich dem Wehrdienst entziehen konnte, erschien mir schleierhaft. Er entstammte einer Fleischerfamilie. Es lag der Verdacht nahe, daß sein Vater es verstanden haben mußte, das Wehrbezirkskommando mit nahrhaften Lieferungen bestochen zu haben, so daß der Name seines Herrn Sohnes von der Liste der wehrtauglichen Männer getilgt wurde. "Oberlandforstmeister" Ulrich war ein gut gewachsener kerngesunder Mann. Auffallend kerngesund, muß ich im Vergleich zu meinen gleichaltrigen Kollegen hinzufügen, denn fast jeden von uns, der nicht gefallen war, hatte der Krieg mit einer Verwundung gezeichnet.

Sofort nach Einmarsch der Roten Armee suchte der Hilfsförster die Freundschaft zu den Sowjets, wurde Mitglied der Kommunistischen Partei. Viele Deutsche hielten es ähnlich, machten damals "Raketenkarrieren". Ihnen wurden ohne Erfüllung fachlicher Voraussetzungen höchste Verwaltungsämter übertragen. Allerdings pflegten die meisten sehr bald nach dem Vorbild einer Rakete nach dem steilen Aufstieg aufzuplatzen. Doch bis es dazu kam, hatten sie viel Unheil angerichtet.

Der junge Herr "Oberlandforstmeister" Ulrich war gerissen und mit allen Wassern gewaschen. Er gehörte zu den wenigen, die sich verhältnismäßig lange hielten.

Zu der Zeit - im März 1946 -, als ich mich mit meiner Bitte um sofortige Versetzung nach Halle begab, schien unsere Forstverwaltung, abgesehen von unserm "Oberlandforstmeister", noch halbwegs sauber.

Es bestimmten weitestgehend Herren wie der ostpreußische Oberforstmeister Schüler und Forstrat Westhus, der aus Mitteldeutschland stammte. Sie gehörten zu denen, die sich nicht sofort nach dem Westen abgesetzt hatten, weil sie nicht an eine Verewigung des über uns hereingebrochenen geopolitischen Wahnsinns glaubten. Politisch konnte man ihnen nichts vorwerfen. Sie verhielten sich allseits zurückhaltend und taten, was in ihren Dienststellungen als Inspektionsbeamte bzw. Angestellte für möglich erschien, die Forstverwaltung in Ordnung zu halten. Vor allem waren sie in der Lage, unserm "Oberlandforstmeister" Zügel anzulegen, wenn dieser bedenkenlos darangehen wollte, Forstleute zu entlassen, die sich bei den örtlichen Kommunisten unbeliebt gemacht hatten. Er wiederum war auf ihre Fachkenntnisse angewiesen und klug genug, das einzukalkulieren.

Mein Inspektionsbeamter, Herr Schüler, gab mir zu verstehen, daß er nicht gerade über meine Auseinandersetzung mit dem Kommandanten in Grünewalde entzückt war.

„Wie konnten Sie sich nur dazu hinreißen lassen?!"

Es muß hier erwähnt werden, daß er einmal in seiner Wohnung in Schweinitz von Russen überfallen und verprügelt worden war, so daß er mir unausgesprochen Verständnis entgegenbrachte.

„Was machen wir jetzt nur mit Ihnen?"

„Bitte versetzen Sie mich in die entfernteste Ecke der Provinz, so weit weg wie nur möglich von Städten, Bürgermeistern und Kreiskommandanten!"

Herr Schüler überlegte eine Weile, um dann mit mir an eine Wandkarte zu treten.

„Hier oben, im Raum südlich von Havelberg, liegt das 'Land Schollene' zwischen Elbe und Havel. Grob geschätzt 20 tausend Hektar ehemaliger Privatwald. Die Bodenreform hat dort übel gehaust und ist immer noch dabei, den Wald zu stürmen. Es handelt sich um Besitz bekannter Familien, wie v. Bismarck in Schönhausen oder v. Katte, v. Zieten, v. Gontard usw. ... Ich bin nur einmal dort hingekommen - sinnlos zerstörte Herrensitze, viele Brandflächen und kein Vertreter der staatlichen Forstverwaltung. Ein solcher ist dringend nötig, denn uns geht es darum, von der Bodenreform soviel Waldflächen wie nur möglich für die Provinz zu erhalten. Der Wald würde nicht zwischen Neubauern aufgesplittet werden. Sollte dieser ganze Wahnsinn mal rückgängig gemacht werden, dann würde dieser in Staatsbesitz übergegangene Forst am reibungslosesten wieder an die rechtmäßigen Eigentümer zurückgegeben werden können. -Aber meine letzte Bemerkung bleibt unter uns ...! Nun, wäre Ihnen ein Forstamt, das Sie sich allerdings selbst zusammenstellen müßten, über 200 km von Halle entfernt, weit genug weg gelegen?"

Ich las sorgfältig die Karte, folgte dem Lauf der Havel bis zum Schollener See und zur Mündung in die Elbe.

„Schollener See ... ist das der See mit dem Brutvorkommen der Graugänse?"

„Das kann ich Ihnen nicht sagen, wie kommen Sie darauf?"

„In Werbelinsee unterhielt ich mich mal mit Forstmeister Sievert über Graugänse, und dabei erwähnte er den Schollener See als einen der am weitesten nach Westen reichenden Brutplätze der Gänse."

„Ich würde Ihnen die Gelegenheit geben, das selbst herauszufinden. Ich kann außer dem, was ich Ihnen über das Gebiet gesagt habe, wenig hinzufügen."

„Wie entstanden die Brandflächen?"

„Eine Division der Waffen-SS hat dort noch im Mai letzten Widerstand geleistet. Die Kiefernbestände müssen wie Zunder gebrannt haben, vor allem die Stangenhölzer. Diese Flächen waren vor etwa zwanzig Jahren nach verheerendem Spinnerfraß wieder aufgeforstet worden."

Herr Schüler ließ mir Zeit, um mir anhand der Karte eine Vorstellung von dem Gebiet machen zu können. Im Osten grenzte der Forst an die Havel. Im Westen zog sich entlang des ganzen Reviers ein kleiner Fluß, der "Trübengraben", der südlich der Ortschaft Klietz in einen schmalen See überging, um danach seinen Lauf nach Norden fortzusetzen, bis er sich schließlich in der Nähe des Dorfes Kamern in einem kleinen See verlor. Bei Schollene schob sich der Schollener See als größeres Gewässer in das Revier hinein. Nach dem Kartenbild, das im Nordteil einige Höhen aufwies, handelte es sich um ein landschaftlich ansprechendes Gebiet.

„Hier sind viele Dinge noch zu ungeklärt, als daß ich eine feste Zusage machen möchte. Aber darf ich erstmal hinfahren, um mir die Dinge dort selbst anzusehen?"

Natürlich durfte ich das ...

Frühmorgens brach ich mit meinem Krad über Magdeburg in Richtung der Kreisstädte Burg und Genthin auf. Gleich hinter Genthin, verdammt nochmal, eine Reifenpanne und bald darauf ein Kettenriß. Die letzte Panne hatte mich stundenlang aufgehalten. Statt um die Mittagszeit war es fast achtzehn Uhr geworden, als ich mich dem Waldrand des "Land Schollene" näherte. Ich folgte dem schmalen Radfahrweg, der entlang eines sandigen Landweges führte. Ich hatte an die hundert Kilometer hinter mich gebracht und nur noch drei Kilometer bis zum Gehöft vor mir, wo nach Auskunft von Oberforstmeister Schüler ein Forstwart Hoffmann wohnte. Von ihm würde ich Auskunft über die örtlichen Verhältnisse bekommen. Ich hatte mir vorgenommen, unterwegs keine Pausen zu machen, sondern meinen Rucksack erst am Ziel auszupacken.

Der Forstwart Hoffmann war mir nicht bekannt. Mir widerstrebte es, mich mit ihm sofort an seinen gedeckten Tisch zu setzen. So stellte ich den Motor ab und zog das Krad auf seinen Ständer. Ich nahm die Schutzbrille ab, klopfte mir den Straßenstaub aus der Uniform und löste die Riemen, mit denen mein Rucksack und meine beiden Stöcke am Krad angeschnallt waren. Dann humpelte ich mit steif gewordenen Beinen ein Stück in den Kiefern-Altholzbestand hinein, bis ich mich auf einem Moospolster niederließ. Für ein Weilchen streckte ich mich lang aus und genoß die Stille ringsherum. Danach zog ich mein Stullenpäckchen aus dem Rucksack, nahm ein paar Schluck Gerstenkaffee aus meiner Feldflasche und begann, mich über mein Abendbrot herzumachen.

- Endlich befand ich mich wieder unter meinen geliebten Kiefern und auf duftendem Waldboden! Die Bestände machten einen besseren Eindruck als in Plötzki und Vogelsang. Hier war nicht jeder Ast aufgesammelt worden, so daß nur mit Nadeln bedeckter kahler Boden zurückgeblieben war. Ich hob eine Bärlappranke hoch. Schon lange hielt ich dieses Moos nicht mehr in der Hand! ... „Ach, kehr doch nicht schon wieder zurück ins verlorene Land! Freu dich statt dessen beim Wiedersehen mit alten Bekannten. Horch, da versucht sich ein Rotkehlchen ganz leise an seinem ersten Frühlingsgesang! Hör zu und denk nicht gleich wieder an Förster Ting und den Schnepfenstrich!" - Ich hatte die restlichen Stullen eingepackt und mich wieder aufs Moos ausgestreckt. Es eilte nicht. In einer Viertelstunde würde ich die Strecke bis zur Wohnung des Forstwarts zurücklegen.

Stimmen nahten. Jäh fuhr ich hoch, als ich sie als russische erkannte. Ich nahm mir nicht Zeit, meinen Rucksack zu schultern, ließ auch die Stöcke liegen, um zu meinem Krad zu hasten. Zu spät und auch grundsätzlich falsch, das Krad zu wenden. So trat ich den Starthebel, ließ den Motor aufheulen und versuchte, an den beiden vorbeizufahren. Fast glaubte ich davonzukommen, doch da wurde das Krad zur Seite gerissen. Ein schwerer Kolbenschlag traf meinen linken Oberarm, und beim Fall hauten die Pedale in meine Narbe. Unter dem stechenden Schmerz schrie ich unterdrückt auf, das Gewicht des Krades kam über mich zu liegen. Beim Versuch, mich hochzurappeln, blickte ich in die Mündung einer Maschinenpistole. Ich schloß die Augen und ließ mich zurücksinken, vor Schmerz und Hilflosigkeit, ja auch vor Schande stöhnend, wieder einmal Banditen in die Hände gefallen zu sein. Ich hielt die Augen geschlossen, als das Krad angehoben wurde. Das mehrmals wiederholte Startgeklapper schien aus weiter Ferne zu kommen, wie auch das Motorengeräusch, das sich in ihr verlor. Als ich wieder aufblickte, waren die Mündung der Waffe und der Uniformierte dahinter verschwunden. Ich verharrte regungslos und sah in das vertraute Kronendach der Kiefern.

Nur allmählich löste sich die Starre, die von mir Besitz ergriffen hatte. Zuckender Schmerz riß wie glühendes Eisen in meiner Narbe. Mit zitternden Fingern löste ich die Verschnürung meiner Stiefel. Als ich die Wollsocke vom Fuß zog, war sie blutgetränkt. Auf Knien und auf meine Hände gestützt kroch ich zum Rucksack. In eine Außentasche hatte meine Frau einen Beutel mit Verbandsstoff "für alle Fälle" hineingesteckt. Ich hatte dabei "was soll mir schon passieren" bemerkt, doch jetzt war ich für ihre Fürsorge um mich dankbar. Mir gelang, die aufgestoßene Stelle der Narbe zu verbinden und den Verband mit der hochgezogenen Socke zusammenzuhalten. Mit dem schmerzenden Arm konnte ich mich nicht mit dem Stock abstützen. Welch elendes Krüppelgefühl, nicht einmal weiterhumpeln zu können! Mit Hilfe der Säge meines Jagdmessers schnitt ich mir eine kleine Birke mit einer Astgabel als Krücke zurecht. Ich schob sie unter meine linke Schulter, klemmte den überflüssig gewordenen Stock zwischen die Riemen des Rucksacks und begann, mein Reiseziel anzustreben. Als ich die Weggabelung erreicht hatte, ein Drittel des Weges, an der ich rechts abbiegen mußte, war es dunkel geworden.

So sah also mein zweiter Anlauf zu "meinem Forstamt" aus! Als mich im Herbst vergangenen Jahres quietschende Bremsen und ein Ruck der Straßenbahn aus meinen Träumereien gerissen hatten, ließen mich graue Häuserfronten ernüchtern. Heute erledigten das zwei Banditen in einem Augenblick, als meine Hand eine Bärlappranke gehalten und ein unsichtbares Rotkehlchen einen Willkommensgruß gezwitschert hatte. Es war schon eine böse Zeit, die einem Vertriebenen nicht den Frieden seines Herzens gönnte ...

Mit Mühe und langsamer geworden, schaffte ich den nächsten Kilometer. Völlige Dunkelheit, mich fröstelte, nicht nur, weil sich die kalte Nacht über den Forst gesenkt hatte, sondern weil mich die Gewißheit niederdrückte, hier in der Fremde hilflos umherzuirren. Vor mir knackten Äste. Der Wind trug mir eine Witterung zu, die ich seit vielen Jahren nicht mehr wahrgenommen hatte. Angespannt lauschte ich in die Dunkelheit hinein. Kein Zweifel, immer dichter herankommend brach dort eine Rotte Sauen. Ich verhielt mich regungslos, bis Schatten von Schwarzwild wenige Meter vor mir den Weg kreuzten. Fast schrak ich auf, als eine Sau aus der Rotte warnend blies. Prasselnd ging das Schwarzwild ab. Ich atmete tief. Also es gibt Sauen hier in der Fremde! Ich horchte in den Forst hinein und vernahm das leise Wispern der Kieferkronen, das ein Windhauch zu mir herunter trug. Erst jetzt bemerkte ich den Waldkauz, der sich gegen den schwach aufgehellten Nachthimmel abzeichnete, als er über mir hinweghuschte. Ich legte meine Hände an den Mund und lockte den Vogel mit seinem Ruf. Geisterhaft lautlos schwenkte der Kauz zurück, um über mir kurz zu rütteln.

Da durchströmte mich eine neue Gewißheit. Meine Heimat war versunken, Städte lagen in Ruinen, Wälder waren niedergebrannt, und der Brandgeruch des Krieges schien noch immer nicht gewichen. Aber Kieferkronen wisperten, Sauen brachen im Forst, aus dem klaren Nachthimmel riefen Zugvögel wie aus ewigen Zeiten, und dicht über mir huschte der genarrte Kauz. Sollte die Zeit, die keine Gewalt zurückdrehen kann, tatsächlich weiterschreiten, mit der Sprache der Schöpfung uns Menschlein wieder Hoffnung geben? Sollte sie eines Tages die noch offenen Wunden gnädig heilen? Ich fand keine erlösende Antwort!

Aber mein Gang war trotzt Schmerz und Ermüdung aufrechter, als vor mir der Umriß eines Gehöftes auftauchte. Aus einem der Fenster schimmerte das schwache Licht einer Petroleumlampe.

Ich trat durch den Vorgarten, und auf mein Klopfen an der Haustür erscholl drinnen Hundegebell. Eine männliche Stimme fragte durch die geschlossene Tür, wer Einlaß begehrte. Ich nannte meinen Namen, worauf ein Riegel beiseite geschoben und die Tür geöffnet wurde. Im spärlichen Licht der Lampe erkannte ich einen untersetzten, stämmigen Mann, der sich als Forstwart Hoffmann vorstellte. Hinzu traten seine rundliche Frau und ein großer junger Mann, der Sohn des Ehepaares.

Frau Hoffmanns Aufforderung, am noch gedeckten Tisch einen Happen zu mir zu nehmen, konnte ich schlecht abschlagen. Noch unter dem Eindruck des Überfalls stehend, berichtete ich vom Verlust meines Motorrades. Hoffmanns Sohn unterbrach mich. Zu meinem Erstaunen erklärte er, er kenne den sowjetischen Kreiskommandanten in Genthin persönlich. Der wäre ein großartiger Kerl, der endlich hier Ordnung schaffte. Gleich morgen früh würde er zur Kommandantur fahren, um den Vorfall zu melden. Zweifellos würde der Kommandant die Täter ausfindig machen und ich mein Krad zurückbekommen. Solche Musik hatte ich bisher nur von Genossen der SED vernommen. Richtig! Der junge Mann trug das Abzeichen der Kommunisten ...

Auf einer Kommode stand ein Bild von August Hoffmann als Soldat der Luftwaffe. Es zeigte ihn in Extrauniform mit weißen Handschuhen - ein wahres Prunkstück. Ich mußte an meinen Anton und Schmidtchen zurückdenken, ob diese biederen Frontsoldaten wohl zu Hause ein gleichermaßen prächtiges Bild zurückgelassen hatten? Sie besaßen weder eine Galauniform, statt weißer Handschuhe trugen sie ihr sauer verdientes Eisernes Kreuz; Schmidtchen das Erster Klasse, Kriegsauszeichnungen, die dem Mann mit den weißen Handschuhen fehlten. Es fiel mir nicht schwer, beim Betrachten dieser Fotografie meine ganz persönlichen Rückschlüsse über den Mann zu ziehen, der einen sowjetischen Kreiskommandanten als "großartigen Kerl" bezeichnet hatte, der nicht nur Ordnung schaffte, sondern der mir bestimmt wieder zu meinem Krad verhelfen würde.

Vater Hoffmann drängte mir einen Vergleich mit Herrn Jakobs in Grünewalde auf. Jakobs hatte vom ersten Augenblick an zurückhaltend und gerade damit vertrauenerweckend auf mich gewirkt. Ganz anders dieser Forstwart. Seine Frau und er gaben der Gastfreundschaft mit ihrer Geschäftigkeit den Anstrich einer Dienerei, die mir zunehmend unangenehm wurde. Das Abzeichen am Rock des Sohnes trug nicht gerade dazu bei, mich in diesem Haus wohl zu fühlen. Immerhin konnte der Forstwart aber viele meiner Fragen beantworten. Neben meiner Orientierung über das Revier stand ich vor der Aufgabe, für das geplante Forstamt überhaupt erst mal ein geeignetes Gehöft ausfindig zu machen. Hoffmann zeigte mir auf seiner Revierkarte das "Sommerhaus" des Industriellen aus Westfalen, für den er den zweihundert Hektar umfassenden Wald betreut hatte. Der Besitz war durch die Bodenreform enteignet worden. Das Haus stand abgelegen mitten im Revier und war nur knapp zwei Kilometer entfernt.

Am nächsten Morgen fuhr mich Herr Hoffmann mit seinem Einspänner rüber. Ich rechnete mit einer Jagdhütte oder einem kleineren Ferienhaus. Wie groß war mein Erstaunen beim Anblick einer großen Villa, die sich auf einer mindestens zwei Hektar umfassenden Blöße erhob. An der Ostseite war eine lange, überdachte Veranda mit offenen Seiten angebaut. Das Fundament einschließlich dem der Veranda wie auch das Erdgeschoß bestanden aus solidem Steinbau mit hellem Verputz. Darüber erhob sich ein Obergeschoß im Holzverbau, dessen beide Längsseiten vom hoch umfassenden Dach mit roten Dachziegeln umschlossen wurden.
Die Vorderfront wies mit ihrer Eingangstür und einer breiten mehrstufigen Steintreppe nach Süden. Nicht weniger als sechs in dieser Richtung liegende Fenster zeugten von der Größe des Hauses, bevor wir es betreten hatten. Im Gegensatz zu allen anderen Wohnstätten der enteigneten "Kapitalisten" schien dieses Gebäude auf Grund seiner einsamen Lage die wilden Monate ohne den geringsten Schaden überstanden zu haben. Ich zählte insgesamt elf geräumige Zimmer, dazu eine Küche und einen Kellerraum unter dem Erdgeschoß. Bis auf einen schweren Schreibtisch war das gesamte Mobiliar gestohlen, doch nicht eine einzige Fensterscheibe eingeschlagen worden. Ein wenig nach Norden abgesetzt stand ein solide gebauter Stall. Er war groß genug für

zwei Pferde, Schweine und Geflügel. Darüber lag der Heuboden. Allerdings fehlte bei all der Pracht eine Hauswasserversorgung. Eine Pumpe befand sich dicht neben dem Kellerausgang nach Norden, vor dem noch im Keller zwei Plumpsklos mit Holzsitzen einluden ... Unter den gegebenen Umständen hatte ich über diesen Mangel hinwegzusehen, wie auch über das Fehlen einer elektrischen Leitung. Unweit der Südfront befand sich ein Obstgarten mit gepflegten Apfel- und Birnbäumen, die mit ihren etwa fünfzehn Jahren vielversprechende Trachten in Aussicht stellten.

Ich hatte auf Anhieb ein ansehnliches Forstamtsgebäude gefunden! Kein Genosse der Bodenreform hatte bisher einen Besitzanspruch angemeldet. Nach dem Vorbild eines Entdeckers beschrieb ich statt der Anbringung einer Flagge einen Pappdeckel "Eigentum der Landesregierung Halle - Forstverwaltung", den ich an der Haustür anbrachte.

Als wir danach nochmal durchs Erdgeschoß gingen, um die zwei erforderlichen Bürozimmer festzulegen, sah ich ein Telefon unterm Schreibtisch stehen. Die Verbindungsdrähte waren nicht durchschnitten. Herr Hoffmann stellte den Apparat auf den Schreibtisch und spaßeshalber drehte ich die Kurbel in der Annahme, daß die Verbindung selbstverständlich unterbrochen sein würde. Zu unser beider Verblüffung meldete sich die Vermittlung Groß-Wudicke! Auf mein Befragen erklärte das diensthabende Fräulein, sie könnte mit den Förstereien Mahlitz und Karlstal Verbindung herstellen. Dies Wunder versetzte mich in eine völlig unerwartete Lage. Mahlitz und Karlstal lagen dreizehn und zehn Kilometer von hier nördlich der Bahnlinie, die das Waldgebiet von Stendal nach Rathenow durchschnitt.

Tatsächlich meldete sich in Mahlitz ein Revierförster Helmke in unverkennbarem Ostpreußisch. Von sich aus erbot er sich, sofort auf seinem Motorrad rüberzukommen, um sich persönlich vorzustellen.

Gleich bei unserer Begrüßung zeigte er entschuldigend auf sein Parteiabzeichen. Er wäre, erklärte er, sogar ein "Opfer des Faschismus", weil er vor dem Krieg mit einem Kreisleiter der NSDAP aneinandergeraten war. Es sei zu einer Schlägerei gekommen, bei der der Kreisleiter unterlag. Das brachte Helmke nicht nur ein Disziplinarverfahren ein, sondern führte zu seiner Entlassung aus dem Staatsdienst. Danach hatte er eine Anstellung im Privatdienst in Pommern gefunden. Als "Opfer des Faschismus" konnte er sich der SED nicht verweigern, und außerdem wollte er verständlicherweise zurück in den Staatsdienst. Nach seiner Vertreibung war er mit seiner Frau nach Schollene verschlagen worden. Weil die Försterei Mahlitz vom früheren Stelleninhaber verlassen worden war, nistete Helmke sich dort kurzerhand ein.

Ich ließ während unserer Unterhaltung unauffällig die Namen einiger ostpreußischer Kollegen fallen. Dabei stellte sich heraus, daß Helmke zusammen mit dem Forstsekretär Tlusti aus Kruttinnen die Forstschule in Steinbusch besucht hatte. Ihm war unter anderen auch die Familie Titel bekannt. Demnach handelte es sich nicht um einen Aufschneider - wir befanden uns "unter uns".

Weil Herr Helmke mich mit seinem Krad schneller, als es mit dem Einspänner möglich gewesen wäre, im Revier herumfahren konnte, entließ ich den Forstwart Hoffmann mit dem Auftrag, den Vertreter der Bodenreform in Vieritz von der Einrichtung meines Forstamts ins Bild zu setzen.

Helmke hatte sich ein schweres Wehrmachtskrad fahrbereit machen können, das er irgendwo im Wald gefunden hatte. Wir fuhren erst nach Groß-Wudicke, wo ich das Telefon als Diensttelefon des Forstamts anmeldete. Dann ging's in Ermanglung eines anderen Arztes zum Tierarzt in Schollene, der mir einen neuen Verband anlegte. Auf der Försterei Mahlitz setzte uns Frau Helmke eine Rehkeule vor.

„Gelegentlich", erklärte Herr Helmke, „finde ich Wild, das die Russen krankgeschossen, aber nicht nachgesucht haben ..."

Ich fragte nicht nach Einzelheiten, sondern ließ es mir gut schmecken.

Als wir nochmal auf den gestrigen Überfall zu sprechen kamen, trumpfte Helmke mit seiner Bekanntschaft mit dem Fahrdienstleiter in Genthin auf. Der war wie wir Ostpreuße. Als Kraftfahrzeugmechaniker hatte er seine jetzige Stellung ergattern können. Er würde mir sicher bei Beschaffung eines Ersatzkrades behilflich sein. Herr Helmke stellte Telefonverbindung zu unserem Landsmann her und schilderte meine aufgeschmissene Lage. Er übergab mir den Hörer. In bestem Ostpreußisch versicherte mir Herr Görke, er würde für mich einen fahrbaren Untersatz beschaffen. Es waren gerade in diesen Tagen einige Kräder beschlagnahmt worden, von denen er für mich was Passendes heraussuchen werde. Morgen um fünfzehn Uhr sollte ich bei ihm vorsprechen. Bis dahin wäre ein Krad mit Fahrgenehmigung nach Schönebeck und zurück, nebst Zulassungspapieren und ein paar Benzinmarken fahrbereit.

Beschlagnahme von Kraftfahrzeugen war damals eine unvermeidbare Maßnahme, die kaum etwas mit der politischen Einstellung der Eigentümer zu tun hatte. Privatfahrten waren angesichts des Fahrzeug- wie auch Benzinmangels nicht denkbar. Die ostzonale Verwaltung mußte auf Kraftfahrzeuge von Privatbesitzern zurückgreifen, Beschlagnahmen waren unumgänglich. Ich brauchte keinerlei Gewissensbisse zu empfinden, wenn ich nächsten Tags mit einem Krad unbekannter Herkunft als Angestellter der Landesregierung nach Grünewalde zurückfahren würde.

Das Gebiet des "Land Schollene" war zu groß, als daß wir es an einem Tag erkunden konnten. So fuhr mich Herr Helmke zum Nordzipfel des Waldgebietes, wo sich die "Kamerner

Berge" mit der Höhe 99 hoch über die Landschaft erheben. Von hier hatten wir nach allen Himmelsrichtungen freien Blick.

Auf der Fahrt hierher waren wir an vielen verkohlten Brandflächen vorbeigekommen. Zwischen ihnen hatten sich aber immer wieder vom Feuer nicht angegriffene Altholzbestände befunden, unter denen ein schnelles Bodenfeuer keine Schäden hinterlassen hatte. Erst hier von der Höhe aus war der Umfang der Brandschäden im Gesamtbild des Reviers zu übersehen. Er war weit größer, als ich es mir seinerzeit vorstellen konnte. Nach Osten blickend sahen wir das schimmernde Band der Havel, das sich durch flache Wiesen schlängelte. Es ließ den Gülper See zur Rechten liegen, um sich nach Norden zu verlieren. Wie von unsichtbaren Händen gezogen, trieben ungefüge Frachtkähne stromab, während andere sich mit ihren für uns nicht hörbaren Motoren stromauf mühten. Das war ein Landschaftsbild tiefsten Friedens, ganz im Gegensatz zu den verkohlten Brandflächen, die noch lange Spuren des Krieges zeigen würden.
„Kennen Sie die Geschichte des Forstmeisters Splettstößer?" begann ich.
Helmke verneinte.
„Nun, Sie kennen aber den 'splettstößerschen Pflanzspaten'. Ihn hat dieser Splettstößer erfunden, der sich durch seine erfolgreichen Zapfensaaten in der Grünen Farbe einen Namen machte. An Splettstößer muß ich jetzt beim Anblick dieser Verwüstung denken. Er muß ein wilder Kerl gewesen sein. Als Forstassessor machte er eine Übung als Reserveoffizier. Während dieser Übung beleidigte ihn sein Kompaniechef, und Splettstößer forderte ihn zum Duell. Sein Kontrahent wählte die Pistole. Jeder hatte einen Schuß. Nachdem es geknallt hatte, lag der Hauptmann angebleit am Boden, Splettstößer war heil davongekommen. Aber er erhielt ein Jahr Festung und seine Entlassung aus dem Staatsdienst. Irgendwie war eine hübsche Prinzessin im Hintergrund nicht unbe-

teiligt gewesen, die Zugang zum Hof hatte. Ihr verdankte Splettstößer nach Verbüßung seiner Festungshaft eine Audienz beim letzten Kaiser. Der Kaiser begnadigte ihn zwar nicht, sondern erteilte ihm den Auftrag, im kaiserlichen Jagdrevier Rominten die Wege zu verbessern und auszubauen. Wie befohlen, erstattete Splettstößer nach einem Jahr Meldung vom Abschluß seiner "Strafarbeit". Da hat ihn der Kaiser begnadigt. Den Herren in Berlin schien das nicht gefallen zu haben. Jedenfalls übertrugen sie Splettstößer die Verwaltung eines Reviers im Raum der Kaschubei, das wegen ungewöhnlicher örtlicher Schwierigkeiten seit Jahrzehnten nur immer vertretungsweise bewirtschaftet worden war. Splettstößer vergewisserte sich auf der Karte, daß dieses Gebiet weit genug von Berlin entfernt und auch nur schwer mit der Eisenbahn zu erreichen war. Dann packte er seine Aufgabe mit ungewöhnlicher Tatkraft an. Um weitestgehend unabhängig zu sein, brachte er erst die total verlotterte Landwirtschaft seiner Dienststelle in Ordnung. Der Umfang des Reviers mag dem "Land Schollene" entsprochen haben. Sandiger, aber für Kiefern guter Boden. Davon zeugten Altholzbestände zweiter Bonitierung. Er muß sich vor Besuchern aus Berlin sicher gefühlt haben, denn er wischte alle Professorenweisheit über Bestandsbegründung vom Tisch. - Ganz unkonventionell ging er seinen eigenen Weg mit der längst veralteten Zapfensaat. Allerdings führte er erst mit selbstkonstruierten pferdebespannten Grubbern eine Bodenverwundung durch. Erst danach ließ er die mit großem Arbeitsaufwand aufgebrachten Zapfen auswerfen. Nur mit diesem groben Verfahren konnte er auf einigen Tausend Hektar bisher kulturfeindlicher Flächen seine Kiefernsaaten einbringen. Und siehe da ... die Saaten kamen hoch. Nicht in Reih und Glied, sondern in wildem Durcheinander. Aus diesem wurden aber entgegen allen klugen Vorhersagen Dickungen, Stangenhölzer, und nach tüchtiger Entnahme von Grubenholz stehen heute dort ansehnliche Kiefernbestände, in denen die Polen eines Tages Schnittholz einschlagen werden. Splettstößer hat das im Alleingang nur in Kenntnis eines ganz natürlichen Vorgangs geschafft. Ich habe es leichter, weil ich mich an Splettstößers Vorbild halten werde. - Also, Herr Helmke, das wird meine immer wiederholte Forderung bleiben: Zapfen gewinnen, Zapfen und nichts als Zapfengewinnung soll unsere Parole sein. Wenn wir uns hier nach zehn Jahren wiedertreffen sollten, dann werden wir auf grüne Flächen herunterblicken. Dann werden wir die Folgen des Krieges überwunden haben! - Aber erst muß all das tote Zeugs verschwinden, sonst fressen uns die Borkenkäfer auf. Das werden wir in Selbstwerbung hinbekommen."

Wie ein Hans im Glück verließ ich am nächsten Nachmittag meinen ostpreußischen Landsmann in Genthin auf einem fast neuen Krad desselben Modells, das mir die uniformierten Banditen geraubt hatten. Beim Abschied hatte der Straßenverkehrsleiter durchblicken lassen, meine Kradzuweisung hätte er gerade noch rechtzeitig vor seinem bevorstehenden Rausschmiß bewerkstelligen können. Landrat Albrecht wäre ein ganz übles Individuum. Von Anfang an sei ihm seine militärische Vergangenheit als Oberfeldwebel einer 14. Kompanie ein Dorn im Auge gewesen.
„Dem zuliebe stecke ich mir nicht das neueste Parteiabzeichen an. Lieber trete ich ab, versuch's im Westen noch mal ..."

Anfang April 1946 hatten wir unseren Umzug geschafft. Ich hatte dem neuen Forstamt den Namen "Hohenheide" gegeben, der von Halle übernommen worden war. Auch Herr Borchert war umgezogen, dem die Grünewalder Verhältnisse nicht gefallen hatten. Er zog es vor, in ein leerstehendes Waldarbeitergehöft bei Böhne, einem Dorf drei Kilometer entfernt, einzuziehen. Wir hatten inzwischen von meinen Schwiegereltern in Leuna Möbel bekommen, mit denen wir einen Teil der vielen Zimmer einrichten konnten. Für meine Eltern boten sich zwei Zimmer mit einer Kammer an, so daß sie ihr kleines Reich für sich hatten. Mein Zimmer mit dem vorgefundenen Schreibtisch und einer Klubzimmergarnitur meiner Schwiegereltern wurde mein Dienst- und Herrenzimmer zugleich. Daneben wurde das Büro eingerichtet. Es dauerte nicht lange, bis Herr Borchert seinen Schwager, einen ehemaligen Oberzahlmeister, nachgeholt hatte. Mit Oberforstmeister Schülers Unterstützung konnte ich seine Anstellung durchdrücken. Mit seinen zwanzigtausend Hektar besaß das Forstamt Hohenheide den Umfang zweier Forstämter. Als sich eines Tages ein Herr aus Groß-Wudicke vorstellte, der vor der Bodenreform im Holzhandel tätig gewesen war, erreichte ich auch seine Anstellung und die seiner Tochter als Schreibhilfe an der Schreibmaschine, die ich mir stillschweigend aus meinem Büro in Grünewalde mitgenommen hatte. Innerhalb kurzer Zeit war auf diese Weise eine vollständige Bürobesetzung zusammengekommen.

Herr Borchert strahlte. - Ich sah angesichts der Reviergröße und der auf mich zukommenden Aufgaben keinen Grund, gegenüber der Landesregierung allzu bescheiden aufzutreten. Ich hatte nicht vor, selbst im Schreibkram zu versinken. Schließlich hatte ich meine ersten Schritte im Grünen Rock unter Forstmeister Böhms Vorbild keineswegs vergessen …

Inzwischen versuchte ich, mit dem Landrat in Genthin und den Bürgermeistern all der Dörfer, die mein Forstamt umgaben, die unumgängliche Verbindung zur künftigen Zusammenarbeit herzustellen. Landrat Albrecht widmete mir nur wenige Minuten. Zehntausend Hektar Brandflächen im Norden seines Landkreises machten auf ihn keinen Eindruck. Dagegen schnitt ich bei den örtlichen Bürgermeistern bis auf die der Dörfer Zollchow und Vieritz besser ab. Ausgerechnet diese beiden waren für mich am wichtigsten. Mein Forsthaus lag im Gemeindebezirk Vieritz, während die zehn Hektar

Ackerland, die ich verstanden hatte, mir im Rahmen der Bodenreform zusprechen zu lassen, zur Gemeinde Zollchow gehörten.

Während meiner täglichen Fahrten betrachtete ich die zerstörten Gutshäuser der Großgrundbesitzer, die der Bodenreform zum Opfer gefallen waren. Das Ausmaß der Verwüstungen war unvorstellbar.

Ich will mich nur auf die Beschreibung des neu gebauten Hauses der Familie v. Gontard nördlich vor Groß-Wudicke beschränken. Es handelte sich um ein weit ausladendes Gebäude in modernem Holzverbau. Es befand sich am Ufer eines kleinen Sees, ringsherum von Wald umgeben. Allerdings war es nicht in dem Maße wie mein Forstamt vom Verkehr abgelegen. Der See grenzte an die viel befahrene Chaussee von Rathenow in Richtung Schollene, Kamern, Sandau und Havelberg. Von der Chaussee aus hatte man einen Durchblick über den See. Vandalen mußten dort wochenlang auf der Suche nach verborgenen Schätzen ihre Zerstörungswut ausgetobt haben. Wände und Fußböden waren aufgebrochen, Isoliermaterial herausgerissen und wertvolle Jagdtrophäen in den See geworfen worden. In ihrer Wut, keine verborgenen Schätze ans Tageslicht gebracht zu haben, hatten sie sämtliche Fensterscheiben zerschlagen. In einem Kellerraum hatte sich eine elektrische Versorgungsanlage mit einer Unmenge Batterien befunden; auch diese war bis zum letzten Glasbehälter zertrümmert. Angesichts dieser Zerstörung beschloß ich, die geschmackvollen Kachelöfen abzureißen, um sie in meinem Forstamt, in dem sich nur eiserne Öfen befanden, von einem Töpfermeister wieder aufsetzen zu lassen.

Eines Tages standen zwei junge Mädchen vor unserer Tür. Elli, die Tochter von Forstmeister Augsteins Kutscher Symanzik mit ihrer Freundin Traute Schröder aus Rehfelde, einem Dorf, das zwischen dem Warnold und Beldahnsee (Masuren) lag. Mit ihrem masurischen Dialekt wehte ein Hauch heimatlicher Luft in unseren Haushalt. Es erschien uns zwar ein wenig kühn, gleich zwei Hausgehilfinnen einzustellen, doch lag uns fern, eine von ihnen wieder in die Fremde zu schicken. Elli brachte die traurige Nachricht mit, daß Forstmeister Augstein als Führer des Puppener Volkssturms gefallen war. So wie ich Augstein kannte, war ihm das Soldatengrab im heimatlichen Revier lieber gewesen als der Weg in die Vertreibung ...

Meine Frau war gerade mit einer schweren Halsentzündung erkrankt. Hilfe im Haushalt wurde dringend benötigt. So kamen die beiden Mädels, die zufällig meinen Namen aufgeschnappt und sich auf gut Glück zu uns aufgemacht hatten, wie gerufen.

Mir war inzwischen mit dem Kauf eines "Kutschpferdes", eines heruntergekommenen Schinders, dessen Alter kein Pferdehändler mehr bestimmen konnte, und mit Einstellung eines Vertriebenen aus dem Sudetenland als "Kutscher" der Nachweis auf Anspruch des forstmeisterlichen Dienstaufwandes gelungen. Dem Inhaber einer Forstmeisterstelle wurde eine Pauschalsumme für die Haltung eines Gespannes mit Kutscher neben seinem Gehalt bezahlt. Weil unter dem Gespann eines Forstmeisters immer zwei Pferde verstanden wurden, erhielt ich anstandslos den vollen Dienstaufwand. Trotz meines geringen Dienstalters stand ich mich finanziell gut. Während dieser ersten Zeit auf meinem Forstamt waren meine Frau wie auch ich bis zur letzten Stunde des Tages eingespannt. Meine Frau stand neben der Einrichtung der Wohnung, Anlage eines Gemüsegartens und der Betreuung unserer drei kleinen Kinder Tag für Tag erneut vor der Aufgabe, all die vielen Mäuler an der großen Tafel des Eßzimmers satt zu machen. Nur zu schnell waren die mitgebrachten Vorräte aus Grünewalde aufgebraucht. Bis zur Gemüseernte war es noch weit hin. Von meinen vierzig Morgen Ackerland und Wiesen hatte ich nach zu spätem Pflügen nur drei Morgen Hafer und Roggen einsäen können. Unser Geflügel mußte in unbeschränktem Auslauf zusehen, bis zum Herbst durchzukommen. Wir Menschen schnitten am schlechtesten ab. Unser Brot wurde auf der Herdplatte geröstet, weil es so auch ohne Aufschnitt schmeckt. Gelegentlich brachte ich von meinen Fahrten Kartoffeln mit. Sie wurden wie heute nicht einmal Südfrüchte genossen. Gab's mal eine richtige Kartoffelmahlzeit, dann schlang unser baumlanger Kutscher Kienscher zum Entsetzen meiner Frau Unmengen in sich hinein.

Ich nannte ihn den "Zigeuner", nachdem er sich einmal einen Fuchs ausgebeten hatte, der mit allen Anzeichen fortgeschrittener Tollwut im Obstgarten hin und her getorkelt war und den ich mit einem Knüppel totgeschlagen hatte. Auf meine Frage, was er denn mit diesem elenden Viech anfangen wollte, hatte mir Kienscher versichert: Füchse schmeckten gebraten ausgezeichnet! Am nächsten Tag hatte ich ihn gefragt, wie das Festessen gemundet hätte. Kienschers Antwort: „Fast so gut wie Hund ..." Seine Haut war braun wie Leder. Doch nach der Duftwolke, die ihn umgab, war die Farbe weniger auf Sonnenbrand als auf mangelnde Berührung mit Wasser zurückzuführen.

Mit dem Ziel, eine Zersplitterung der Reviere zu verhindern, ja den örtlichen Vertretern der Bodenreform insgeheim Schwierigkeiten zu bereiten, hatte ich mich bei meinen Förstern gut eingeführt. Sie hielten fortan ihre Revierkarten zurück oder gaben denjenigen "Neubauern", die sich bereits an den Einschlag alter Bestände herangemacht hatten, keine Fingerzeige, nach welchem System sie die starken Stämme zu fällen hätten. Die Altbestände waren überhaupt ein Zankapfel zwischen denen geworden, die sich als erste auf diese gestürzt hatten. Es waren nicht Neubauern, die ungewollt

Landbesitzer geworden waren, sondern ausnahmslos solche, die unter Mithilfe der SED dabei waren, sich die Rosinen aus dem Kuchen - sei es der beste Acker oder wertvolles Schnittholz - herauszusuchen. Nun gab es bei jeder Forstverwaltung eine seit eh und je streng eingehaltene Regelung, nach der spätestens bis Mitte Mai jegliches eingeschlagene Holz wegen der Borkenkäfergefahr aus dem Wald abgefahren sein mußte. Mit dieser Bestimmung konnte ich den Hebel ansetzen und, weil ich als Vertreter der Landesforstverwaltung am längeren Ende des Hebels saß, rücksichtslos vorgehen. Ich stellte jeder örtlichen Bodenreformkommission ein Schreiben zu, nach dem alles eingeschlagene Holz bis zum fünfzehnten Mai aus den Revieren entfernt sein mußte. Zum Beweis meines fortschrittlichen Denkens räumte ich für besonders schwierig gelagerte Fälle eine zehntägige Fristverlängerung ein. Wie vorherzusehen war, konnte sie kaum jemand einhalten.

Das Dilemma der eifrigen Raffer bestand aus dem einmaligen Durcheinander, genauer gesagt Übereinander, in dem die planlos im Geschwindigkeitswettbewerb gefällten Nutzholzstämme auf den Einschlagsflächen lagen. Mit grimmiger Genugtuung wurden wir Zeugen von Schlägereien, die unter den Übereifrigen ausbrachen, wenn sie vergeblich versuchten, ihre Stämme aus dem selbst verursachten Tohuwabohu mit Gespannen, in manchen Fällen sogar mit von Genossen der Bodenreform zur Verfügung gestellten Traktoren in Sicherheit zu bringen. Daß es so kommen mußte, war von uns Forstleuten unschwer vorauszusehen gewesen.

Ich hatte genug Zeit gehabt, zu meinem zweiten Schlag auszuholen. Weil mein Forstamt wie alle Reviere hohe Lieferungen des bereits erwähnten ominösen "Exportholzes" an die SMA zu liefern hatte, begab ich mich noch vor Ablauf der gesetzten Frist zur Kreiskommandantur Genthin. Dort gelang mir, einen für die Holzlieferungen zuständigen Sowjetmenschen zu einer Fahrt nach Hohenheide zu bewegen.

Tatsächlich erschien dieser am 25. Mai bei mir auf dem Forstamt. Wir fuhren mit seinem Wagen ins Revier, wo ich ihn bis an die Einschlagsflächen heranbrachte. Ich wies mit dem Ausdruck der Verzweiflung auf die geschlagenen Stämme und wiederholte nur immer: „Ich wollen liefern ... aber da siehst du 'Sabotage'!"

Dies Wort hat in jedem bolschewistischen System durchschlagende Wirkung. Jeder, dem Sabotage vorgeworfen wird, sieht sich bereits im tiefen Keller. Mein heimtückischer Schlag zahlte sich aus. Mein Begleiter lief rot an. Wo wir Gespanne beim Rücken der Stämme antrafen, jagte er sie unter üblen Androhungen zum Teufel. So etwas spricht sich in Windeseile herum. In erfreulich kurzer Zeit verflüchtigten sich all die, die sich am praktisch gestohlenen Holz die Finger verbrannt hatten. Ich selbst konnte mich im Hintergrund halten. Kein Genosse konnte mir nun in den Arm fallen, als ich meine Revierförster anwies, unverzüglich die Stämme nach den Maßen für "Exportholz" abzulängen und zur Abfuhr mit Lastwagen, die uns der Straßenverkehrsleiter in Genthin zu stellen hatte, an die Abfahrwege herauszurücken. Die Revierförster reichten die Listen der als "Exportholz" verschwundenen Festmeter ans Forstamt. Wer die "Neubauern" bezahlte, interessierte mich nicht; das sollten die Genossen unter sich ausmachen.

- Ich hatte zwei Fliegen mit einer Klappe geschlagen, erstens das künftige Interesse an Waldbesitz bei den Vertretern der Bodenreform gedämpft, zweitens war ich meine Verpflichtung zur Lieferung von Exportholz losgeworden.

Eine andere Methode, unseren Wald zu retten, war zeitraubender. Ich nahm an möglichst vielen Versammlungen der Bodenreform-Kommissionen teil. Die Landverteilung war inzwischen mehr oder weniger abgeschlossen worden. Doch immer noch galt es, Streitereien zu schlichten, die sich durch Lage, unklare Grenzen oder sonstige Reibereien ergeben hatten. Ein und dieselbe Beschwerde wurde immer wieder vorgebracht: Die "Neubauern", deren Land an den Forst grenzten, klagten über den Schatten- oder Wurzeldruck, der angeblich den Wert ihrer Äcker minderte. Ich pflegte ruhig zuzuhören. Alsdann trat ich an die Schultafel, die gewöhnlich an der Wand hing - die Versammlungen fanden in der Dorfschule statt - und skizzierte mit Kreide die jeweilige Lage der Ackerfläche.

„Also gut, wir machen hier einen Kahlschlag. Dann ist der Schattendruck weg. --- Was soll mit dem Kahlschlag geschehen?"

„Da bauen wir Kartoffeln an!"

Ich strichelte willig Kartoffelland, dessen Rand wieder an den Wald anschloß und warf die Frage auf, ob nun dieser Acker keinen Schattendruck erleiden würde.

„Da muß eben noch mehr vom Wald verschwinden!"

Geduldig wischte ich erneut Wald von der Tafel und ließ den nächsten Acker an den Wald stoßen. Wieder wurde „Kartoffeln!" oder „Roggen!" gebrüllt. Ich wischte und wischte mit dem nassen Lappen Stück für Stück vom Wald fort. Der Abwechslung halber ging ich auch auf den Wurzeldruck ein, wobei ich den Acker von Osten nach Westen verlegte. Nachdem nun der Forst von West und Ost durch Kartoffel- oder Roggenfelder so weit auf der Tafel weggewischt war, daß sich bald Kartoffeln und Roggen aus beiden Richtungen trafen, machte ich darauf aufmerksam, daß nach diesem Verfahren jeder Wald zu verschwinden hätte. Meine Frage, woher nun Brenn- oder Nutzholz kommen sollte, begegnete betretenem Schweigen.

Ich nutzte die Pause, um meinem eigentlichen Ziel zuzusteuern, nämlich Zwietracht in der ganzen Gesellschaft zu entfachen. Den Beweis, daß es ohne Wald nun mal nicht gehe, hatte ich mit meinem nassen Lappen erbracht. Jetzt warf ich die Frage auf, wie der Forst überhaupt gerecht verteilt werden könnte, wenn ein "Neubauer" einen hiebsreifen Bestand, sein Nachbar eine Dickung erhielte. Während der erste Schnittholz verkaufen könnte, müßte der andere mit Gewinnung von Bohnenstangen zufrieden sein. - Den sofort einsetzenden Tumult hätte Wilhelm Busch anschaulicher skizziert, als ich es mit dürren Worten darstellen kann. Jeder zeigte auf jeden. Im Nu konnte keiner mehr sein eigenes Wort verstehen. Namen, auch die von Genossen der Bodenreform, wurden gebrüllt. Einer beschuldigte den anderen, ihm die besten Bäume vor der Nase weggeschnappt zu haben, wobei nun die Spott ernteten, die ich mit Hilfe der Besatzungsmacht um ihr Schnittholz gebracht hatte.

Zufrieden mit dem Radau verabschiedete ich mich von den Genossen mit der Bemerkung, der ganze Krach wäre zu vermeiden, wenn sie den Wald lieber dem Staat überlassen würden. Nur aus einem geschlossenen Forst im Staatsbesitz könnte jeder auf gerechtem Wege seinen Holzbedarf decken.

In der Annahme, daß in absehbarer Zeit wieder normale Zustände eintreten würden, und weil ich einen Hund an meiner Seite vermißte, hatte ich mir bereits in Grünewalde einen langhaarigen Vorstehhund beschafft. Er kam aus dem in den dreißiger Jahren bekannten Zwinger "vom Mönchsgrund". Als Student hatte ich von Oberforstmeister Hagemann in Wilhelmshöhe bei Kassel einen Welpen erworben, der von dem Reichssieger der Jagd-Gebrauchshunde "Kuno vom Mönchsgrund" abstammte. Mein Langhaar hatte sich zu einem hervorragenden Gebrauchshund entwickelt, aber ich hatte ihn damals unter tragischen Umständen verloren. Es erschien aussichtslos, daß dieser Zwinger im Vorland des Harzes den Einmarsch der Sowjets überstanden haben konnte. Doch meine Nachfrage wurde von der Frau des Zwingerbesitzers beantwortet. Ihr Mann war von den Sowjets verschleppt worden. Bis auf einen halbjährigen Rüden hatten die Russen sämtliche Hunde erschossen. Diesen verbliebenen Rüden könnte ich unter der Bedingung bekommen, daß ich ihn ihrem Mann, falls er je wiederkäme, auf Wunsch zurückgeben würde. Darauf hatte ich mein Wort gegeben und einen Waldarbeiter hingeschickt, der den Rüden für mich in Empfang genommen hatte.

Die Futterbeschaffung für einen heranwachsenden großen Hund war damals nicht einfach. Unter solchen Umständen ist solch Tier nicht wählerisch. Er schlingt selbst gekochte Kartoffelschalen herunter und gedeiht. Meine Zuneigung, die ich immer gerade den ruhigen langhaarigen Vorstehhunden mit ihrer Naturschärfe entgegengebracht habe, wurde von meinem "Etzel" bald mit großer Anhänglichkeit belohnt. Bereits im Alter von zehn Monaten fiel er eines Tages, als er neben mir dem Motorrad folgte, eine frische Wundfährte an. Der völlig unerfahrene Hund arbeitete sie bis zu einem verendeten Damwildschaufler aus, den aber die Sauen schon übel zugerichtet hatten. Ich konnte ein Stück vom Rücken bergen und damit einen Festbraten nach Hause bringen.

Im August verweigerte mir der Bürgermeister von Vieritz unsere Lebensmittelmarken, weil ich Besitzer von Ackerland war und ich in Zukunft von meinen Ernten zu leben hätte. Weil mein Land nicht zu seiner Gemeinde, sondern zur Ortschaft Zollchow gehörte, hätte er ohnehin nichts mit mir zu tun. Der Bürgermeister in Zollchow verweigerte sie mir, weil wir mit dem Forsthaus zu Vieritz gehörten ... Es war von vornherein sinnlos, diesen Burschen mit Vernunftsgründen zu kommen.

Schon gar nicht im Fall des Vieritzer Bürgermeisters, der mir von Anfang an mit dem örtlichen Polizeigewaltigen nur Schwierigkeiten bereitet hatte. Jedes Mal, wenn ich durchs Dorf fahren mußte, pflegte mich dieser Vopo (Volkspolizist) anzuhalten, um meine Papiere zu überprüfen. Meiner Schwester, die mit dem Krad zum Kaufladen gefahren war, hatte er in der Annahme, daß sie keinen Führerschein besitzen werde, einfach das Krad abgenommen. Zu seiner Enttäuschung zog meine Schwester ihren Führerschein hervor, und Herrn Madrian war nichts anderes übrig geblieben, als ihr das Krad zurückzugeben. Der Bauer Bading mit dem größten Hof des Dorfes hatte mich vor diesem Kerl gewarnt. Letzterem hatten etliche Männer ihre Verhaftung durch die Häscher der Sowjets zu verdanken.

Mir blieb in dieser Lage nichts weiter übrig, als mir bei gelegentlichen Bauholzlieferungen an Bauern "unter der Hand" Mehl, Butter oder Schmalz zustecken zu lassen. Ich fühlte mich noch immer unter dem moralischen Zwang meines Beamteneides stehend, wenngleich Sinn und Wert eines Eides unter der Herrschaft der deutschen Kommunisten längst keine Bedeutung mehr besaßen.

Die Bauern, denen ich mein Vertrauen schenkte, waren hilflose Gegner des uns aufgezwungenen Systems. Wo sie es konnten, machten ihnen die Genossen der Bodenreform, sei es durch Verweigerung von Saatgut, Kunstdünger oder Zuteilung von Bauholz, Schwierigkeiten. Nun waren im Land Schollene in den letzten Tagen Krieges viele Ställe und Scheunen runtergebrannt. Es war eine bezeichnende Gemeinheit der Verwaltung, gerade diesen betroffenen Bauern jegliche Aufbauhilfe zu verweigern. Als Forstmeister besaß ich eine Möglichkeit, in solchen Fällen mit Verkauf sogenannten "Schadholzes" zu helfen.

Über Schadholz verfügten in der ganzen Sowjetzone alle Reviere. Es handelte sich um ursprünglich einwandfreies Schnittholz, das durch die Wirren der Kriegszeit nicht rechtzeitig abgefahren bzw. Holz mit leichten Brandschäden war oder inzwischen von Borkenkäfern oder Pilzbefall nach früheren Begriffen qualitätsmäßig gelitten hatte. Als Bauholz für landwirtschaftliche Gebäude war es immer noch zu gebrauchen. Über dieses Schadholz konnten wir Revierverwalter nach freiem Ermessen verfügen. Ich pflegte zu den Bauern, die sich ans Forstamt gewendet hatten, hinzufahren und die erforderliche Bauholzmenge selbst abzuschätzen. Keiner dieser Bauern ging leer aus. Weil die Wälder in allen Besatzungszonen Deutschlands von den Siegern bis zum Einschlag des letzten Nutzholzes ausgeplündert wurden, schien es mir geboten, soviel Bauholz wie nur möglich auf dem schnellsten Wege in deutsche Hände zu vergeben.

Neben dem bereits erwähnten Substantiv "Soll" bereichert ein kommunistisches Wirtschaftssystem das Vokabular der Volkswirtschaft noch um einen weiteren Begriff, die "Freie Spitze". Ihr begegnete ich bei dem Besuch eines Vertreters der Zuckerfabrik Tangermünde, der auf dem Forstamt wegen Brennholz vorstellig wurde. Ich machte ihm den Vorschlag, südlich Klietz eine Fläche mit brandgeschädigtem, abgestorbenem Stangenholz in Selbstwerbung mit seinen Arbeitern abzuräumen. Erfreut, überhaupt Brennholz zu bekommen, ging der Herr sofort auf meinen Vorschlag ein. Als er später zur Verrechnung meines Holzzettels auf dem Forstamt erschien - die Bezahlung selbst ließ ich grundsätzlich über unsere Forstkasse in Magdeburg abwickeln - bedeutete er mir, ihm zum Wagen zu folgen, wo er auf einen Zentnersack Zucker wies. So gern ich spontan zugegriffen hätte, mußte ich entschieden dies "Geschenk" ablehnen.

Daraufhin klärte mich der Herr über die "Freie Spitze" auf, die Industriebetrieben (später auch landwirtschaftlichen) offiziell dann eingeräumt wurde, wenn sie ihr auferlegtes "Soll" nicht nur erfüllt, sondern es im erwünschten Übereifer der Arbeiter "freiwillig" im sozialistischen Leistungswettbewerb überschritten hatten. Über die "Freie Spitze", in diesem Fall den Sack Zucker, konnte ein Betrieb frei verfügen; klarer ausgedrückt, den schwarzen Markt bereichern.

Ich sah die Unvollständigkeit meines auf der Hochschule erworbenen Wissens über "Volkswirtschaftslehre" ein. Allerdings versuchte ich zu vermeiden, Spitzeln Munition zu liefern. Ich rief meine Büro-Angestellten hinzu und bezahlte einen tragbaren Preis, den ich mir quittieren ließ. Alsdann teilten wir uns den unerwarteten Segen - ich war somit allseits abgesichert ...

Im Grunde genommen ist sowohl das "Soll" wie auch die "Freie Spitze" die niederträchtigste Schraube des damaligen sowjetischen Systems gewesen, mit dem Moskau seine Satelliten bis zum letzten Schweißtropfen auszupressen pflegte. - Kein anderes Regierungssystem beherrscht so vollendet den ständig wechselnden Gebrauch von "Zuckerbrot und Peitsche". Beides wird nicht etwa nur auf Arbeiter angewandt. Zuckerbrot erhält auch der Betriebsdirektor unter gleichzeitiger Androhung der Peitsche. Letztere in Form der Abberufung oder Aburteilung. Da wird mit Sonderzuteilungen von Lebensmitteln geködert, jedoch bei Leistungsabnahme der Brotkorb höher aufgehängt. Ist danach die Vorgabe wieder erreicht, wird die Versorgung scheibchenweise wieder angehoben. Damit Bewohner eines Arbeiter- und Bauernstaates in ihrer Freizeit nicht auf unerwünschte Gedanken kommen, werden sie mit langem Schlangestehen vor den Geschäften hinreichend abgelenkt.

Mein Schwiegervater war auf die Versprechungen der deutschen Genossen gutgläubig hereingefallen, als sie ihn nach seinem Abtransport durch die Amerikaner in den Westen zurück nach Leuna lockten. Er sollte angeblich wieder in seine frühere Position als Leitender Ingenieur in den Leunawerken einsteigen. Doch diese Stelle blieb durch einen fachlich mittelmäßigen, jedoch politisch zuverlässigen Ingenieur besetzt. Trotzdem zählte mein Schwiegervater offensichtlich zur unentbehrlichen "Intelligentia". Denn zu seinem Erstaunen legte ihm eines Tages der sowjetische Betriebsdirektor völlig unbefangen und höchst persönlich ein Pfund Butter als Anerkennung seiner Tätigkeit auf seinen Schreibtisch. Mit ähnlichen sich von Zeit zu Zeit ergebenden "Belohnungen" konnte er bis zu seinem baldigen Tod allergrößten Mangel an Lebensmitteln zu Hause abwenden. So sehr er unter dieser Demütigung litt, in den Hungerjahren konnte er es sich nicht leisten, Gaben von Lebensmitteln vom Tisch zu weisen. Die Russen sahen darin tatsächlich eine Anerkennung, denn in der Sowjetunion wurde auf diese Weise häufig ausgezeichnet.

Der Forst des "Land Schollene" war vor der Bodenreform ausschließlich Privatbesitz gewesen. Rein wirtschaftlich gesehen, warf er geringe Erträge ab, deshalb hatte auch seine jagdliche Nutzung nahe gelegen. Demzufolge trafen die Sowjets bei ihrem Einmarsch auf ein jagdliches Paradies mit Rot-, Dam- und Rehwild sowie Schwarzwild. Mit automatischen Waffen und erbeuteten Schrotflinten waren sie über das Wild hergefallen. Schon in wenigen Wochen waren die jahrzehntelang gehegten Bestände arg dezimiert oder vernichtet. Wenn ich gelegentlich auf Fährten stieß, dann stammten sie von flüchtigen Stücken, die, unstet geworden, nur nachts zur Äsung austraten. Sie zogen lange vor Tagesbeginn wieder in Dickungen zurück. Nur das Schwarzwild schien die wilde Knallerei überstanden zu haben. Doch noch immer durchstreiften sowjetische Soldaten den Forst. Ihnen fehlte die Erfahrung, wie dem Wild durch stilles Pirschen beizukommen war. Das laute Rumgeballere schien ihnen Spaß zu machen. Sie beschossen jeden Eichelhäher, jedes Karnickel, das vor ihnen locker wurde, kurzum, sie vollführten genug Radau, um dem Wild rechtzeitig die Gelegenheit zur Flucht zu geben. Auf diese Weise konnten sich wenigstens kleine Reste an Schalenwild erhalten.

Herr Borchert hatte mehrmals bei seinem langen Weg von seiner Wohnung zum Büro Schwarzwild beim Einwechseln gesichtet. Wir bekamen den Einfall, einen Saufang zu bauen. In der Nähe des Forstamts bot sich eine unversehrte Dickung als günstiger Platz an.

Unter einem Saufang ist ein kleines Gehege zu verstehen, dessen Wände mit widerstandsfähigen Stangen fest verbaut werden. Über der Einlaßöffnung wird eine starke Falltür angebracht, die von einer Vorrichtung an der Futterstelle von innen ausgelöst wird.

Prompt hatten wir bald nach Fertigstellung einen Überläufer gefangen, den ich mit einer selbstgebastelten Saufeder - einem Spieß mit angeschliffenem Bajonett - weidgerecht abfing.

Nur kurze Zeit nach diesem Jagdglück fingen sich vier Überläufer gleichzeitig. Angesichts der Anzahl dieses durchaus wehrhaften Wildes war guter Rat teuer. Von uns dreien besaß nur Schneider "gesunde Knochen". Borchert und ich schickten ihn zuerst mit der Saufeder bewaffnet in die "Löwengrube". Kaum stand Schneider im Saufang, als ihn die Sauen annahmen. Mit einem Riesensatz rettete er sich auf die höchsten Balken des Geheges und mußte sich einiges von der Kampfkraft eines Zahlmeisters von Borchert und mir anhören. Borchert nahm ihm die Saufeder ab, um mit „Jetzt sieh dir an, wie ein alter Polizist mit den lächerlichen Ferkeln fertig wird ..." in den Kral zu steigen. Ehe er sich's versah, befand er sich neben seinem Schwager in Sicherheit ...

„Nun kommt's tatsächlich so weit, daß der Chef euch Feiglingen zeigen muß, wie Sauen abgefangen werden", lachte ich und machte selbstbewußt einen Satz zu einer Ecke, wo ich mich sofort hinkniete, um nun einen Überläufer nach dem andern in die weit vorgestreckte Saufeder hineinlaufen zu lassen. Die Überläufer taten mir leider nicht den Gefallen, mich einzeln anzunehmen, sondern alle vier griffen gleichzeitig an. Ich war heilfroh, als ich in Sekundenschnelle den sicheren Platz neben Borchert und Schneider erreicht hatte.

Nach nicht gerade weidmännischem Stechen durch die Gehegewände und Axthieben blieben wir schließlich Sieger. Jeder von uns Ostpreußen präsentierte seiner Frau ein Wildschwein. Das vierte tauschte ich in Rathenow gegen ein 200 ccm schweres Motorrad ein. Sollte ich mein Krad eines Tages durch Banditen verlieren, war rechtzeitig für Ersatz gesorgt ...

Ein über hundert Pfund schweres Wildschwein müßte - so sollte man meinen - einer Familie monatelang Mahlzeiten liefern. Aber leider verfügten unsere Frauen weder über Salz zum Einpökeln noch eine Kühlmöglichkeit; denn selbst Salz war damals nur in kleinsten Mengen erhältlich. So ergab sich der groteske Zustand von einem kurzen Überfluß an Wildbret, der zu dem Ausspruch führte: „Eßt Fleisch ... Kartoffeln sind knapp!"

Wir benahmen uns damals wie afrikanische Buschmänner, die beim Anblick eines vom weißen Mann erlegten Elefanten mit Trommelwirbel alle erreichbaren Stammesgenossen herbeirufen, auf daß sie sich ihre Bäuche vollschlagen mögen. Wir mußten allerdings von Gästen absehen, weil unsere Fleischtöpfe "unter der Hand" gefüllt worden waren.

Wie erwartet, fiel meine Getreideernte schlecht aus. Zum Glück hatten es die Bürgermeister von Vieritz und Zollchow verabsäumt, mir ein Ablieferungssoll aufzuerlegen. Der erstere hatte sich für meinen im Zollchower Gemeindebezirk liegenden Acker nicht zuständig gefühlt, während der Zollchower wiederum glaubte, sein Genosse in Vieritz wäre für mich zuständig. Hier schien das sowjetisches System seine verwundbaren Seiten zu zeigen.

Meine Frau hatte mit den beiden Mädels einen ansehnlichen Wintervorrat an Gemüse eingebracht, während uns der Obstgarten wahre Massen an Äpfeln und Birnen lieferte. Mit dem Zucker aus Tangermünde konnte meine Frau Apfelmus einkochen, darüber hinaus wurden Äpfel in Scheiben getrocknet. Wir konnten also dem bevorstehenden Weihnachten und Winter trotz Fehlens von Hirschkeulen mit eigenen Vorräten im Keller beruhigt entgegensehen. Wir hatten für die Feiertage und für einige Winterwochen danach liebe Gäste aus Sensburg eingeladen. Frau Freymuth mit ihrer kleinen Tochter, deren Mann bei meinem Vater lange Jahre Oberinspektor (Leiter des Finanzamts Sensburg/Ostpr.) gewesen war.

Frau Freymuth stand noch völlig unter dem entsetzlichen Schicksal, das ihr Mann erlitten hatte. Herr Freymuth, niemals der nationalsozialistischen Partei beigetreten, war vor dem Krieg nach Berlin versetzt worden. Während der letzten Kämpfe in Berlin war er als ehemaliger Hauptfeldwebel des Ersten Weltkrieges zum Volkssturm eingezogen und mit der Aufgabe betraut worden, Listen über wehrfähige Männer aufzustellen. Nach dem Zusammenbruch wurde er von Kommunisten beschuldigt, verantwortlich für deren Erfassung gewesen zu sein. Mit der Erfassung selbst aber hatte Herr Freymuth jedoch nichts zu tun gehabt, doch nach Schuld oder Unschuld wurde nicht viel gefragt. So war Herr Freymuth nach dem Einmarsch der Sowjets verhaftet, wochenlang verhört und schließlich am Ende seiner Kräfte freigelassen worden. Völlig erschöpft war er zu seiner Frau im Stadtteil Adlershof zurückgekehrt. Frau Freymuth hatte den Schwerkranken sofort ins Bett gepackt und versucht, ihn mit dem wenigen Essen und mit Wärmflaschen wieder zu Kräften zu bringen. Am zweiten Tag drangen deutsche Kommunisten gewaltsam in die Wohnung ein und rissen den Kranken aus dem Bett, um ihn mit sich zu schleppen. Frau Freymuth folgte ihnen bis zu einem Haus, dessen Keller mit Verhafteten überfüllt war. Am nächsten Tag schaffte sie es, mit einem Tassenkopf Mehlsuppe ans Kellerfenster zu gelangen. Das war nicht nur mit Eisenstäben vergittert, sondern zusätzlich mit Maschendraht abgesichert.
„Mein Mann konnte drei Finger seiner Hand durch den Draht stecken. In diese drei Finger habe ich ein wenig Suppe hineintröpfeln lassen, und mein Mann hat dann immer die Finger zurückgezogen und die Suppe abgeleckt ..."
Nach einem Jahr erfuhr Frau Freymuth von einem Häftling, daß ihr Mann bald nach Empfang des letzten Liebesdienstes seiner Frau gestorben war.

Am Weihnachtstag 1946 ging feiner Sprühregen nieder. Meine Büroangestellten hatte ich bereits am Vormittag nach Hause geschickt. Meine Frau war dabei, mit meiner Schwester und Frau Freymuth unsern Weihnachtsbaum zu schmükken, während ich vor der offenen Ofentür versonnen ins Feuer blickte. Ein wenig ärgerlich rief ich „Herein!", als jemand an die Tür klopfte. Es trat ein schlicht gekleideter Herr ein, der sich entschuldigte, außerhalb der Bürozeit gekommen zu sein. Er bat, mich allein sprechen zu dürfen, woraufhin die Damen mein Zimmer verließen.

Er hätte sich, begann mein Besucher, der sich als Saßmannshausen vorgestellt hatte, noch keinen Weihnachtsbaum gekauft, und er bat mich um die Erlaubnis, sich eine Fichte aus der Dickung neben dem Kastaniendreieck holen zu dürfen. Auf meine Frage, warum er erst so spät am Tage gekommen wäre, ließ mich Herr Saßmannshausen wissen, er hätte als ehemaliger SS-Mann nicht zur Bürozeit kommen, sondern seinen Wunsch bei mir persönlich vorbringen wollen.

Wie grundehrlich mußte dieser Mann sein, wenn er den weiten Weg von Groß-Wudicke vorbei an den besagten Fichten zu mir angetreten hatte, um mit der Entrichtung einer Mark reinen Gewissens heute abend die Kerzen an seinem Weihnachtsbaum leuchten zu lassen!

„Aber selbstverständlich können Sie sich dort eine Fichte abhacken. Bitte achten Sie darauf, daß keine Lücke entsteht. Aber warum, das verstehe ich nicht, glauben Sie sich wegen eines Weihnachtsbaumes an mich persönlich wenden zu müssen?"

Zögernd erklärte mein Besucher, die Sowjets hätten ihn nach vielen Verhören und nach Rückfragen beim Bürgermeister von Groß-Wudicke als nicht belastet kürzlich entlassen. Seitdem hätte er vermieden, sich bei Behörden aus Furcht vor Schikanen oder womöglich einer erneuten Verhaftung sehen zu lassen.

„Selbst zu Ihnen - ich weiß, Sie waren Offizier - wollte ich erst gehen, wenn die Büroangestellten nach Hause gegangen sind."

„Auch bei mir ist's keine Empfehlung, wenn ein SS-Mann in mein Büro kommt ... Aber ich gehöre nicht zu denen, die heute die SS pauschal als Verbrecherbande abtun. - Wir vom Heer hatten unsere Gründe, uns von der SS zu distanzieren ... Wir neideten ihr die bessere Ausrüstung, das ständige Herausstellen im Wehrmachtsbericht. Doch das mag eine Ablehnung aus kleinlichen Gründen gewesen sein. Ich kann mich nicht entsinnen, jemals mit einem Angehörigen der Waffen-SS ein einziges Wort gewechselt zu haben. Der Abstand, den wir zu dieser Sondertruppe hielten, hatte auch tiefere Gründe. - Wo wir im Osten in Feindesland einmarschierten, wurden wir von der Bevölkerung oft begrüßt ... Es blieb der Waffen SS vorbehalten, dies Vertrauen zu zerstören, und das sollte schwere Folgen haben."

„Ich kann dazu nur sagen, daß ich keinen Kindern die Schädel eingeschlagen oder eine ähnliche Grausamkeit begangen habe ..."

„Herr Saßmannshausen, an eingeschlagene Kinderköpfe glaube auch ich nicht, so wenig wie an die abgehackten Kinderhände durch Truppen unseres kaiserlichen Heeres in Belgien. Mitgefangen, mitgehangen ... das, Herr Saßmannshausen, ist Ihr Schicksal. Ich glaube, Sie unter 'mitgefangen' einstufen zu können. Mitgehangen wurden viele Unschuldige. Sie hätten sich den Weihnachtsbaum stehlen können, niemandem wäre es aufgefallen. Mit Ihrem weiten Weg zu mir haben Sie sich mit der einen Mark in meinen Augen rehabilitiert. Ich freue mich, daß Sie gekommen sind."

Ich war aufgestanden und reichte Herrn Saßmannshausen die Hand, in die er sichtlich befreit einschlug. - Ich blickte ihm nach, wie er über den Hof schritt. Plötzlich verhielt Saßmannshausen und schien zu überlegen. Dann wandte er sich um und klopfte erneut an die Tür.

„Herr Forstassessor, nein, Herr Hauptmann, ... ich, ... ich möchte Ihnen etwas zeigen."
Auf meinen erstaunten Blick fuhr Herr Saßmannshausen fort: „Bitte nehmen Sie einen Spaten zur Hand. Bitte, folgen Sie mir …"
Ich folgte Saßmannshausen in den angrenzenden lichten Bestand, bis er an einigen Stämmen nach Zeichen suchte.
„Hier" ... wies er auf einen Axthieb in der Borke, „ja, und hier dieser Stamm ebenfalls ... dort der dritte ... das Dreieck …"

In der Mitte zwischen den bezeichneten Stämmen stieß Saßmannshausen den Spaten in den Boden, hob ein paar Spatenstiche aus, bis er auf einen harten Gegenstand traf. Saßmannshausen richtete sich auf.
„Ich lasse Sie jetzt allein. Niemand, auch ich nicht, darf Sie mit der Büchse sehen, die sich in dieser Kiste befindet. Ein Jagdgast des früheren Besitzers hat sie mit mir vor zwei Jahren vergraben. Es handelt sich um einen umgearbeiteten Karabiner mit Zielfernrohr. Wir haben alles gut eingeölt und in Lappen gewickelt, sogar eine Reinigungskette wurde nicht vergessen. Hüten Sie sich vor Hoffmann. Schwer zu sagen, wer von den beiden gefährlicher ist, der Alte oder sein Sohn ... Der Jagdgast war ein guter Freund von mir, er ist gefallen ... Hals- und Beinbruch!"

Nach einigen Spatenstichen konnte ich die Kiste herausheben. Ich brach behutsam den Deckel auf und nahm die Waffe in die Hand. Ein Prachtstück mit gut gelungener Schaftverarbeitung, handlich, mir beim Anschlag wie nach Maß gearbeitet in der Schulter liegend. Das Zielfernrohr hatte wie auch die Waffe nicht den geringsten Rostfleck, es glitt wie von selbst in die Halteschiene. Der Abzugshahn besaß sogar einen Stecher. „Eine Büchse ... du hast wieder eine Büchse, eine Waffe!" rauschte es in meinen Ohren …

Ich barg die Büchse unterm Lodenmantel und stellte sie in den Stall. Aus dem Keller holte ich mir einen Lappen, mit dem ich das Öl abwischte. Mit dem Wollbündel an der Reinigungskette säuberte ich den Lauf. Als ich hindurchblickte, waren die Züge blank wie beim Waffenappell. „Du hast eine Waffe!"

Ich ging ins Haus, um meine Frau ganz harmlos wissen zu lassen, daß ich beim Schmücken des Christbaums nur im Wege wäre. Ich möchte nur einen kurzen Spaziergang machen. Bis Einbruch der Dunkelheit wäre ich zurück. Ich liebelte "Etzel" ab und legte ihn an seine Kette.

An einem Panzer, der nicht weit vom Haus ausgebrannt war, verhielt ich. Als hätte er sich in seinem Todeskampf noch einmal aufgebäumt, hatten seine Ketten den Boden tief aufgewühlt. Sein emporragendes Geschützrohr wies erstarrt nach Osten. Unter dem Koloß fand ich unter den Magazinen mit Infanteriemunition einen gut erhaltenen Rahmen mit fünf Schuß. Ich säuberte die Patronen und drückte sie ins Magazin. Dämmerung begann sich über den Forst zu senken, als ich dem Rand einer Dickung folgend die Blöße erreichte, auf der ich mehrmals die Fährte eines Stückes Rehwild bemerkt hatte. Ich prüfte den Wind, der meine Tabakswolke kaum bewegte und verschmolz als "Jäger im Schatten" mit den mannshohen Kiefern.

- Vor einem Jahr hatte ich fast um die gleiche Zeit mit einem Karabiner in der Hand von meinem Hochsitz in Eichwalde auf eine distelbedeckte Schonung geblickt. Damals war ich mir sicher, das Rotwild zu Gesicht zu bekommen, und Diana hatte mir unverhofftes Jagdglück geschenkt, das ich mit zwei Patronen herausgefordert hatte. Jetzt vertraute ich dem Zielfernrohr, das einem Jäger den Schuß noch bei schwindendem Büchsenlicht gestattet, und meiner Geduld, die ich mir in meinem Jägerleben erworben hatte. Ein Hase hoppelte dicht neben mir aus der Dickung. Mit bloßem Auge war er nur noch in seiner Bewegung zu erkennen, während das Zielfernrohr ihn klar ins Fadenkreuz nahm. Sollte ich abdrücken? Besser den Spatz in der Tasche als die Taube auf dem Dach ... Mit einem womöglich noch vom Kugelschuß zerrissenen Hasen heimkommen, um - ich zählte schnell unsere Tafelrunde - acht Erwachsenen und den Kindern mit dem Wildbret eines Hasen einen Weihnachtsbraten zu präsentieren? Ich setzte die Büchse ab und ließ den Hasen in der Dämmerung untertauchen. Ich wischte einen Wassertropfen vom Glas und versuchte, mit bloßem Auge die Baumstubben zu erkennen, deren Entfernung ich für einen Schuß abgeschätzt hatte. Nur noch den ersten, vierzig Meter entfernt, konnte ich ausmachen. Da durchfuhr mich ein freudiger Schreck. Kaum noch sichtbar war ein Stück Rehwild ausgetreten. Auf seinem vertrauten Wechsel zog es zügig in Richtung des Stubbens. Auf ihn hielt ich mein Fadenkreuz, als jetzt das Wild daran vorbeiwechselte. Der dunkle Hintergrund verschmolz sekundenlang mit dem Wildkörper, ohne mir Zeit zu geben, das Fadenkreuz aufs Blatt zu setzen. Ich schwang die Mündung nach links, hatte das Blatt der Ricke im Fadenkreuz und zog den Stecher.

Ich hatte nach dem Schuß, der im naßkalten Forst gedämpft verhallt war, kein Schlegeln vernommen, war mir aber sicher, tief Blatt abgekommen zu sein. Ich zwang mich, an meinem Platz zu verharren, um nach der Zeitspanne, die von Jägern mit einer "Zigarettenlänge" bezeichnet wird, auf den Anschuß zuzugehen. Links neben dem Stubben lag die Ricke, die im Feuer zusammengebrochen war.

Von nun an gehörten die Mondnächte mir. Es war schwer zu entscheiden, welche Jagdart die sicherere war. Auf keinen Fall durfte ich pirschen. Nur ein Jäger im Ansitz konnte im Forst stromende Personen zuerst erkennen und sich ungesehen von der Dickung dahinter aufnehmen lassen. Der Ansitz abends bot Sicherheit durch die Dunkelheit nach einem Schuß, während ich beim Ansitz des Morgens gewiß sein konnte, niemand sonst zu begegnen. Ob vor Sonnenaufgang oder des Abends, nie durfte ich den Rand einer Dickung mit meiner Büchse unterm Lodenmantel verlassen. Niemals durfte ich meine Waffe ins Haus nehmen oder sie gar dort verwahren. Ich pflegte sie in einer kleinen Dickung neben unserm Obstgarten zu verbergen.

Daß selbst dieser Ort nicht sicher war, zeigten mir im Sommer die beiden Ziegenlämmer an, die Herr Saßmannshausen meinen Eltern beschafft hatte. Ganz zufällig fiel mir auf, wie sie mit hochstehenden Ohren mißtrauisch in die Dickung neben dem Obstgarten äugten. Gespannt schob ich mich an den Rand heran. Man kann, wenn man seinen Kopf dicht an den Boden drückt, selbst die dichteste Dickung unmittelbar unter den Bäumchen ein gutes Stück einsehen. Was ich entdeckte, ließ mich durch die Zähne pfeifen: August Hoffmann kroch auf allen Vieren durch die Reihen und durchwühlte dabei mit den Händen den Boden. Über kurz oder lang mußte er nach diesem Verfahren auf meine Waffe stoßen. Er hatte mich nicht bemerkt. Ich schob mich geräuschlos bis zum Ende der Reihe, auf der er nach seiner nächsten Wendung mir entgegenkommen würde. Als er nur wenige Meter von mir entfernt war, ließ ich ihn aufschrecken.

„Was treiben denn Sie da, Hoffmann?"

Entgeistert stammelte er etwas von „Pfifferlinge suchen ..."

„Für Pfifferlinge wächst hier zu wenig Moos, und sollten hier wirklich welche zu finden sein, dann überlassen Sie Pilze an meinem Garten in Zukunft uns ... Und wenn Sie wieder auf Pilzsuche gehen, dann vergessen Sie nicht, einen Korb mitzunehmen!"

Demnach waren den Hoffmanns die beiden Schüsse im Abstand von mehreren Wochen nicht entgangen, mit denen ich nach etlichen Ansitzen im Morgengrauen je einen Überläufer gestreckt hatte. Aber auch ich hatte dabei einen Schuß aus der Richtung gehört, wo mir ein Einwechsel von Schwarzwild bekannt war, den ich den Hoffmanns zugeschrieben hatte; denn die wildernden Russen pflegten immer mehrere Patronen zu verballern.

Nun konnte ich mir auch zusammenreimen, wer früher als Herr Borchert unsern Saufang überprüft hatte, wobei in zwei Fällen Schwarzwild abgefangen und fortgetragen worden war. Herr Borchert kam auf seinem Weg zum Büro erst kurz vor acht Uhr am Saufang vorbei. Wer schon morgens um fünf Uhr dort war, hatte reichlich Zeit, sich zu bedienen. Ich pflegte nur laufend für Köder zu sorgen, die allmorgendliche Kontrolle besorgte Herr Borchert mit seinem Schwager.

Als Herr Borchert die Hoffmanns verdächtigt hatte, schien mir das mehr eine Vermutung zu sein. Der Saufang war sinnlos geworden. Wir rissen ihn ab.

Hoffmann besaß allen Grund, mir dankbar zu sein, denn Oberforstmeister Schüler wollte die Forstwartstelle von nur zweihundert Hektar der nächsten Revierförsterei zuschlagen. Ich hatte auf Weiterbestehen der Stelle bestanden, was Hoffmann wußte.

Von jetzt ab mußte ich noch vorsichtiger sein, immer wieder daran denken, daß Mißtrauen - ganz abgesehen von meinem Waffenbesitz - jedem "Untertan von Ulbricht" gegenüber oberstes Gebot zu bleiben hatte!

Fortan barg ich meine Büchse in einem älteren Bestand, den ich durch eine Dickung erreichen konnte. Nach jeder Pirsch wählte ich dort unter Farnkraut und Moos einen anderen Platz.

Forderte ich mit meinem Waffenbesitz das Schicksal heraus? Diese Frage habe ich mir damals oft gestellt, denn von mir hing auch das meiner Familie ab. Ich habe derartige Bedenken immer zurückgewiesen. Nicht nur, weil wir alle uns im Wald Häschern überlegen fühlten. Wie schwierig ist es immer selbst für einen Forstbeamten gewesen, einen mit allen Wassern gewaschenen Wilddieb zu fassen. Sollten je Häscher auf mich angesetzt werden, dann waren sie die ungeschulten "Volkspolizisten". Ihnen dürfte es unmöglich sein, einen Forstmann zu überrumpeln. Nur ein Mann wie

Hoffmann schien mir hingegen gefährlich, da er mich mit der Waffe sehen könnte und an die Sowjets verraten würde. In einer Zeit, in der wir Forstmänner unter der roten Regierung pauschal als reaktionäre Überbleibsel behandelt wurden, die beim geringsten Anlaß oder auch ohne einen solchen von heute auf morgen entlassen wurden, schieden moralische Bedenken aus. Solange wir unter sowjetischer Besatzung zu leben hatten, schien mir das Wild bis auf die Sauen verloren. So brauchten wir auch vom weaidmännischen Standpunkt aus keine Skrupel zu haben. Selbstverständlich wurden von uns keine führenden Stücke erlegt. Sollte bei uns ein Stück Wild gefunden werden, konnte ich mich auf eine Verfügung der Landesregierung berufen, nach der Angestellte der Forstverwaltung im Wald aufgefundenes Wild für sich beanspruchen durften. Laut dieser Verfügung mußte das Wild im Wildhandbuch des Forstamts mit Gewicht eingetragen und bei unserer Forstkasse verrechnet werden.

So wurde ich in dieser Notzeit zum "Jäger im Schatten", der nie einen unsicheren Schuß riskierte. Ein einzelner plötzlich im Forst gefallener Schuß gibt nur sehr ungenau die Richtung an, doch ein dann folgender kann zum Verräter werden.

Mit dem, was im Verlauf des ersten Jahres an Einrichtung des Forstamts geschafft worden war, konnte ich zufrieden sein. Viele Neubauern hatten eingesehen, daß ihnen ein Kleinbesitz an Wald nichts einbringt, und gaben den Wald freiwillig ans staatliche Forstamt zurück. Die Räumung des abgestorbenen Holzes hatte den Förstern zwar eine Menge Ärger gebracht, weil dabei immer versucht wurde, auch einwandfreie Stämme mitgehen zu lassen, aber im ganzen Revier war sichtbar aufgeräumt worden.

Ich beschäftigte mich damit, eine zusammenhängende Revierkarte zu erstellen, die es bisher nicht gegeben hatte. Dazu hatte ich einen technischen Zeichner aus Ostberlin eingestellt, der im Sommer 1946 und 47 bei uns als Gast aufgenommen wurde. Der Anfang für Kulturpläne war im Entstehen. Einschlagspläne zu erstellen, erschien mir noch sinnlos, weil allen Forstämtern von heute auf morgen von der SMA ohne Rücksicht auf vorhandene oder nicht vorhandene Bestände Holzlieferungen auferlegt wurden.

Da, nach der Karte beurteilt, Forstamt Hohenheide die doppelte Fläche der sonst üblichen Forstamtsgröße umschloß, erhielt ich eine entsprechend höhere Lieferung aufgebrummt, bei der nicht berücksichtig wurde, daß in Hohenheide nicht genügend hiebsreife Bestände existierten.

War es mir gelungen, einen Vertreter der Kreiskommandantur Genthin in mein Revier zu bringen, mußte ich geschickt die hiebsreifen Bestände umfahren, da ich sie für die Zapfengewinnung zu erhalten gedachte. Mit dieser Taktik erreichte ich eine Herabsenkung oder gar Streichung meines "Solls", denn die verkohlten Stangenhölzer machten selbst einem Laien klar, daß hier nichts zu holen sei.

Im Februar 1947 war ich unweit des Forstamts mit meinem Krad in eine Wegesperre gefahren, neben der mich ein russischer Soldat mit schußbereiter Maschinenpistole erwartete. Widerstand war nicht nur sinnlos, sondern lebensgefährlich. Kein Hahn hätte danach gekräht, wenn mitten im Wald ein Deutscher erschossen worden wäre. Der Bandit hatte mich vom Krad gestoßen, mir war nichts anderes übrig geblieben, als zurück in Richtung des Forstamts zu gehen. Während der "Neubesitzer" sich mehrmals erfolglos mit dem Starthebel beschäftigte, fiel mein Blick auf ein kurzes Metallrohr, das rechts vor mir ein wenig in den Boden eingesunken lag.

Noch heute läuft's mir kalt über den Rücken, wenn ich an den Moment zurückdenke, der mir die Idee eingab, schnell das Rohr zu ergreifen und dem Dieb seinen Schädel einzuschlagen, der mir ja mit beiden Händen an der Lenkstange und einem Fuß auf dem Starthebel den Rücken zugewandt haben mußte. Wer hätte ihn schon gesucht in einer Zeit, in der sich viele Soldaten von ihrer Truppe entfernt hatten und sich über die Grüne Grenze in den Westen davon machten.

Gott sei Dank, ist dies nicht geschehen! In Vorbereitung meines Sprungs hatte ich noch schnell zurück geblickt, und mein Blut war erstarrt ... Ein zweiter Uniformierter, der den Überfall abgesichert hatte, war aus seiner Deckung herausgetreten und ging freudestrahlend auf seinen Kumpan zu ...

Nur wenig später verlor ich auf dieselbe Weise mein wohlverwahrt gehaltenes Reservekrad. Durch den neuen Straßenverkehrsleiter würde ich kein anderes Fahrzeug mehr bekommen, guter Rat war teuer.

Ich sprach beim Bürgermeister in Groß-Wudicke vor, mit dem ich mich bisher gut verstanden hatte. Er deutete an, einen Ausweg zu wissen, wollte sich aber in das "unter der Hand" vielleicht machbare Geschäft nicht einmischen. Bald darauf meldete sich bei mir ein Mann in meinem Alter, der sein Geheimnis nur unter der Bedingung preisgeben wollte, wenn ich ihm eine Anstellung zusichern würde.

„Als was denn?"

„Als Ihr Fahrer ..."

Danach gab er sich einen Ruck und deckte seine Karten auf. Er wäre Angehöriger der "Blauen Division" gewesen und hätte in Spanien gegen die Kommunisten gekämpft. Mir als ehemaligem Offizier schenkte er sein Vertrauen. Niemand der Dorfbewohner würde ihn jemals verraten, auch der Bürgermeister nicht. Der hätte eine russische Mutter gehabt und verstände, seine russische Sprachkenntnis den Besatzern gegenüber zum Vorteil seines Dorfes ins Gefecht zu werfen.

„Ich habe mir", fuhr Schröder fort, „gleich nach dem Zusammenbruch einen intakten Kübelwagen (Kriegsversion des VW) beiseite geschafft, dazu noch einige gute Reifen und einen Reservemotor. Der Wagen steht seitdem irgendwo unterm Heu versteckt. Kein Genosse in Genthin hat eine

Ahnung von dem guten Stück. Würde ich versuchen, ihn für mich anzumelden, bin ich ihn sofort los. Sie können ihn vermutlich als Dienstwagen frei bekommen. - Würden Sie mich dann als Fahrer übernehmen? Ich bin gelernter Automechaniker!"

Schröder machte auf mich einen ausgezeichneten Eindruck. Auf jeden Fall mußte er über gute Nerven verfügen, wenn er als Spanienkämpfer in der Sowjetzone geblieben war. - Mir gelang es, mit Oberforstmeister Schüler eine Telefonverbindung herzustellen. Er war nun der einzige Forstakademiker in Halle, der sich noch immer nicht nach dem Westen abgesetzt hatte. Bisher habe ich immer mit seiner Unterstützung bei meiner nicht gerade leichten Aufgabe rechnen können. Ihm verdankte ich, daß Landrat Albrecht einen Wink von der Landesregierung bekommen haben mußte, mich in Hohenheide zufrieden zu lassen.

Herrn Schüler brauchte ich nicht viel zu erklären. Er hatte kürzlich beim Anblick meines "forstmeisterlichen Gespannes", mit dem der "Zigeuner", der gerade mit meiner "Kutsche" - einem klapprigen Mistwagen - vom Feld gekommen war, die Hände gerungen und mir ein wenig Mut gemacht, daß dies Gefährt hoffentlich eines Tages durch ein brauchbareres ersetzt werden würde. Herr Schüler sicherte zu, die Freigabe des bisher nirgends erfaßten Geländewagens direkt von Halle aus zu erreichen.

Nach nur wenigen Tagen erhielt ich die erforderlichen Papiere, und Schröder brauste freudestrahlend mit seinem Kübelwagen heran.

Im März 1947 strahlte eines Abends aus allen Fenstern des Hauses eine noch nie dagewesene Festbeleuchtung: die elektrische Leitung war fertiggestellt worden! Um dies zur damaligen Zeit, in der Sowjetzone gab es ja keinerlei Material für einen derartigen Luxus, zu schaffen, hatte ich mich auf dunkle Pfade des Schwarzen Marktes begeben müssen. Bereits im vergangenen Sommer hatte ich, um überhaupt einen Anfang zu machen, eine breite Schneise in Richtung Vieritz zum Aufrichten der Masten schlagen lassen. Als die Masten ohne Isolatoren und Draht gen Himmel ragten, schien jeder einzige von ihnen "was nun?" zu fragen, und manch Zeitgenosse mochte damals an meinem Verstand gezweifelt haben. Aber dann prangten bald Isolatoren an den kahlen Masten, und eines Tages lud ein LKW aus Westberlin zentnerschwere Rollen blanken Kupferdrahtes beim Forstamt ab, um mit hochbeladenem Brennholz seinen Rückweg anzutreten.

- Auf welche Weise ich das Material aus Westberlin durch sämtliche Straßenkontrollen, mit denen inzwischen West-Berlin abgeriegelt worden war, durchbekommen hatte, war für die damalige Zeit zwar einmalig, doch bezeichnend: Bei den Siemens-Werken in West-Berlin arbeitete mein Vetter Walter Kirchner, der Bruder des am Beginn meiner Erzählung erwähnten Ornithologievetters Heinz, als Diplomingenieur in leitender Position. Mit ihm führte ich damals ein tiefschürfendes Gespräch, bei dem es um Isolatoren und Zentner des weit und breit nicht erhältlichen Kupferdrahts gegangen war. Forstamt Hohenheide mußte zu dieser Zeit wegen seiner günstigen Bahnverbindung nach Ostberlin, aber auch Westberlin, große Brennholzlieferungen aufbringen. Durch Oberforstmeister Schüler seitens der Landesregierung den Rücken gedeckt, gelang es mir, eine ansehnliche Lieferung an die Siemens-Werke abzuzweigen, die als Gegenleistung dem Forstamt das erforderliche Material für die elektrische Leitung zusicherten. Auf verschlungenen Wegen wurden "unter der Hand" korrekt abgestempelte Papiere beschafft, mit denen Siemens die Hürden der Absperrung sogar mit westlichen Lastwagen nehmen konnte.

Ähnliche Geschäfte wurden damals trotz offiziellen Verbots überall gemacht. Man nannte sie "Kompensationsgeschäfte", womit das Vokabular der Volkswirtschaftslehre erneut mit einem bisher nicht üblichen Wort bereichert worden war. Statt Bezahlung mit Geld wechselte Ware gegen Ware seinen Besitzer, und die Beteiligten hofften, die Zeit würde Gras über den Handel wachsen lassen ...

Erleichtert übergaben wir unsere bis dahin verwandten Petroleum- und die ständig versagenden Karbidlampen der Mülltonne.

Diesmal verlief meine Frühjahrsbestellung mit Hilfe des Bauern Bading zufriedenstellend. Zwar hatte ich weder von Vieritz noch Zollchow Saatgut erhalten, mir aber "unter der Hand" Hafer und Saatkartoffeln beschafft.

Der Bürgermeister von Vieritz überließ mir, als er einen Posten Futterrübensaat übrig behalten hatte, einen Beutel Runkelrübensamen. Später stellte sich heraus, daß es Zukkerrübensaat gewesen war, was uns zum Herbst in die Lage versetzte, unglaubliche Mengen Zuckerrüben für den nirgends erhältlichen Sirup auszukochen. Selbst das war der sowjetzonalen Bevölkerung streng verboten worden, aber in unserer abgelegenen Lage schien uns der Zar weit genug entfernt, um die aus der Waschküche dringenden süßlichen Nebelschwaden nicht erschnuppern zu können.

Als eines Sonntagmorgens Schröder wegen eines Ersatzteiles nach Zollchow fahren wollte, fuhren meine Frau und ich bis zu unserm Feld am Königsgraben mit. An der Brücke stiegen wir aus und machten einen Bummel über unsere Felder. Danach setzte ich mich mit meinem Langhaarrüden am Rand des Königsgrabens unter einen hohen Faulbaum, dessen abertausend Blüten weiß leuchteten. Im Astgewirr sang unermüdlich ein Schwarzplättchen. Über uns jubilierten Lerchen, und vom Waldrand riefen Kuckuck und Pirol. Es war ein herrlich sonniger Maientag. Ich sah meiner Frau zu, wie sie aus dem bunten Blumenschmuck unserer Heuwiese einen farbenfrohen Blumenstrauß pflückte. Sie trug ihr leuchtendes Dirndl mit einer weißbestickten Bluse und paßte damit in die

Farbenpracht, durch die sie behutsam ihre Füße setzte, um nichts von den Blumen zu zertreten, über denen Zitronenfalter, Pfauenaugen und kleine blaue Falter mit ihrem Gaukelflug das Bild belebten. - Näher kommendes Motorengeräusch aus Richtung des Waldes ließ mich aufhorchen.

Drüben am Waldrand hielt ein Personenwagen. Zwei sowjetische Offiziere stiegen aus und gingen schnurstracks auf meine Frau zu. Sie traten mit den Asiaten eigenen kurzen Schritten durch die Wiese auf der gegenüberliegenden Seite des Grabens. Mir schien, als würden ihre eilenden Teufelsfüße Gras und Blumen versengen. Sie bemerkten mich nicht. Sie sahen nur gierig auf ihre Beute, meine Frau inmitten der Blumen.

„Geh' ganz ruhig von der Brücke weg, bleib' am Graben, nimm Richtung Vieritz, nicht fortlaufen ...", rief ich meiner Frau leise zu.

Die Russen stutzten am Graben, den sie erst jetzt sahen.

„Frau komm!"

Ich sah, wie der Blumenstrauß aus der Hand meiner Frau glitt. Sie hatte sich nicht umgesehen, war langsam weiter von der Brücke weggegangen. Jetzt schätzte einer der Banditen die Breite des Grabens ab, ging hastig ein paar Schritte zurück, um mit Anlauf zum Sprung anzusetzen.

„Frau komm!"

Etzels Kopf hatte ich mit leisem „ssst" heruntergedrückt, als er beim Nahen der Offiziere geknurrt hatte. Jetzt sprang ich aus dem Schatten des Faulbaums hervor: „FASS! ... Etzel! FASS! ... Ran, Etzel ... FASS!!"

Mit zwei wasseraufspritzenden Sätzen nahm mein Langhaar den Graben. Mit dem nächsten Satz sprang er den Anrennenden an und grub seine Fänge in dessen rechten Arm. Aufbrüllend fiel dieser zurück. Im selben Augenblick riß der andere der beiden seine Maschinenpistole in Anschlag und jagte aus nächster Nähe eine ganze Salve seines Magazins in den Hund hinein. Kurz aufjaulend rollte der Hund leblos zurück ins Wasser, das ihn sofort blutrot gefärbt umspülte. - In diesem Augenblick ertönte hinter uns näher kommendes durchdringendes Hupen. Schröder raste mit dem Kübelwagen querfeldein durch die Roggensaat, brachte ihn dicht hinter mir zum Halt.

„Beinahe zu spät gekommen ... Mit diesen Brüdern werden wir fertig ...!"

Hier standen wir, zwei unbewaffnete Männer, hinter uns meine Frau. Im Wasser des Königsgrabens schwamm mein Etzel. Nur wenige Meter von uns durch den Graben getrennt, wagten diese mir verhaßten Sowjets keinen zweiten Sprung. Ich trat ein wenig vor:

„Ich euch bei Kommandant in Rathenow melden. Ich 'Chef', dabei wies ich auf meine Schulterstücke, die mich immerhin als eine Amtsperson kenntlich machten. Zögernd machten die beiden kehrt. Wie gekommen, eilten sie zurück zu ihrem Wagen und verschwanden.

Ich sammelte die Blumen auf, die meine Frau fallen gelassen hatte. Vom Wagen holte ich unseren Handspaten, den ich Schröder gab.

„Bitte, Schröder", wies ich auf meinen Hund, „bitte nehmen Sie mir das ab ... Vergraben Sie ihn hier, wo ich zuletzt mit ihm gesessen habe. Tief genug, daß die Sauen ihn zufrieden lassen."

Ich setzte mich hinter das Steuerrad, Schröder warf den Motor mit der Handkurbel an. Ich ergriff die Hand meiner Frau. „Wenn doch die Lerchen schweigen würden ..."

Den Schreibtisch in meinem Büro hatte ich so aufgestellt, daß ich von meinem Arbeitsplatz den Landweg von Zollchow nach Groß-Wudicke und unseren Hof mit der Stallfront übersehen konnte.

An einem heißen Julitag rollte aus der Zollchower Richtung ein PKW vor unsere Tür, dessen Karosserie sich bedenklich nach links herunterneigte. Dienstbeflissen öffnete ein Chauffeur seinem Chef die Tür. Aus dem Polstersitz bemühte sich schwerfällig ein sowjetischer Offizier im Rang eines Oberleutnants. In einer Hand hielt er eine halbgeleerte Flasche Wodka, die er beim Anblick der Treppenstufen, die ihm wohl angesichts seiner zwei Zentner Eigengewicht ein bedeutsames Hindernis zu sein schienen, zur Stärkung ansetzte. Nach einem tüchtigen Schluck wischte er sich schnaufend mit dem Handrücken den Mund ab. An der Haustür angelangt, hielt er mir die Flasche hin, die ich auf keinen Fall zurückschieben konnte. Mit: „Meine Major Kommandantura Stendal wütend, ... sehr wütend ...", ließ sich der Wodka-Offizier in einen Klubsessel sinken. „Warten auf Brennholz ... du nicht liefern ... du haben Soll fünfhundert Meter ... meine Major keine Meter bekommen. Major sehr wütend. Wenn morgen kein Brennholz ... dich verhaften ... verstehen?"

Ich hatte die Lieferung an Stendal ausgerechnet im heißesten Sommer nicht allzu ernst genommen. Aber grundsätzlich hielten wir einen Posten aufgesetzter Kloben für eine unerwartete Aufforderung durch die SMA bereit. Wenn Kommandant "sehr wütend", so machte sein Adjutant keineswegs einen erbosten Eindruck. Allein seine Körperfülle wirkte beruhigend. "Laßt dicke Männer um mich sein", hatte schon Gajus Julius Cäsar erkannt. Also ließ auch ich mich in die Polster sinken und nahm zum Zeichen, daß mir die Lieferung am Herzen lag, einen Schluck aus seiner Pulle. - Hier muß ich einflechten, daß Borchert und ich in Fällen, in denen ich den Sowjets gegenüber unbedingt der "Chäw" zu bleiben hatte, ein beeindruckendes Schauspiel aufzuführen pflegten.

Ich stellte die Flasche wieder auf den Tisch und brüllte: „Borchert!"

„Chef!" - und schon stand mein guter lieber Sekretär in strammer Haltung vor uns, um sich von mir auf die unflätigste Art anfahren zu lassen, wobei "Kommandant Stendal" ... "Brennholz ... Warum nicht in Stendal! ... Sofort ... auf der

Stelle!" und ähnlicher Blödsinn auf den Ärmsten niederging, den ich mit Stichwort "Benzin" abschloß. Borchert zündete und stammelte:
„Chef, ... Brennholz ist da, aber kein Benzin!"
Mein ungebetener Besuch mischte sich ein:
„Du haben kein Benzin?"
„Nein, Oberleutnant, kein Benzin!"
Er nahm einen langen Zug aus seiner Pulle und reichte sie mir mit der Geste rüber, klar Schiff zu machen, was ich mit zwei Schlucken schaffte. Gern hätte ich den Rest Borchert gegönnt, doch solche Großzügigkeit hätte meinen "Chäw-Nimbus" erschüttert.
„Wenn Benzin ... du liefern?"
„Ja, wenn Benzin ... wir sofort liefern."
„Wieviel Benzin du haben müssen?"
„Komplizierten Algebrarechnungen bin ich nicht gewachsen."
Ich blickte Borchert an, lehnte mich angestrengt nachdenkend ins Polster zurück.
„Meter ... ein Liter ... fünfhundert Liter ..."
„Jawohl, Chef, fünfhundert Liter", wiederholte Borchert.
„Fünfhundert Liter ... warum du nicht gleich sagen?" Ganz freundlich hatte es der Offizier gesagt. „Fünfhundert Liter, du kannst haben zwei ganzes Faß! Du haben eine Auto? ... Ja? ... dann du mit mir kommen nach Stendal."
„Schröder soll kommen! Sofort kommen!"
„Jawohl Chef."
„Ich sofort zu Brennholz gehen, nicht ich mitkommen, ich mein Auto mit meinem Mann mitfahren lassen."
„Schröder", wandte ich mich an meinen Spanienkämpfer, der jetzt an Borcherts Platz ebenfalls in strammster Haltung auf meinen Befehl wartete, „Sie folgen dem Herrn Oberleutnant zur Kommandantur Stendal. Dort werden Ihnen zwei Faß Benzin aufgeladen ..."
„Mensch, halt's Maul!" fuhr ich Schröder an, als er mir ver-

sicherte, er würde unsere beiden Reservetanks mitnehmen und sich bei der guten Gelegenheit auch den fast leeren Tank füllen lassen.

„Schade, nix zweite Flasche ..." schloß mein Besuch unsere Unterhaltung ab. Ich entsann mich einer angefangenen Flasche, die hinterm Sofa stand.

„Du sehr guter Chäw", bemerkte er, als ich sie auf den Tisch stellte.

„Du sehr gut!"

Nicht umsonst wollte ich meinen Wodka - das einzige damals gelegentlich erhältliche Getränk - opfern. Ich brachte unser Gespräch auf die Jagd.

Wir Forstmänner mußten manchmal bei uns auftauchende sowjetische Offiziere auf ihren Jagden führen. Meistens gaben sie uns ebenfalls einen Karabiner, weil wir behaupteten, uns gegen angreifende Sauen wehren zu müssen. Nun kam es darauf an, die Offiziere vor einem Drücken so anzustellen, daß die Sauen von ihnen Witterung bekamen. Dann brachen sie auf dem Rückwechsel dort aus, wo sie dem pfiffigen Weidmann zu kommen pflegten. Brach das Stück im Feuer zusammen, wurde es schnell mit Zweigen verblendet. War es krank geschossen worden, dann wurde es später auf der Nachsuche mit einem Hund gefunden. Meistens gingen die Russen leer aus. Das fiel nicht weiter auf; es genügte ihnen der mit der Knallerei verbundene Lärm, oder wenn sie überhaupt ein Stück Wild gesichtet hatten, was unverzüglich verfolgt wurde. Diesen Unsinn machten wir mit der gleichen Begeisterung mit, bis die Soldaten schließlich abzogen.

Wie ich daran ging, dem Benzinspendierer eine Drückjagd auf Sauen mit seinem Kommandanten schmackhaft zu machen, schüttelte er abwehrend seinen Kopf:

„Meine Major haben Angst vor wilde Schwein ... wilde schwarze Schwein kommen ... meine Major auf Baum ... unter Baum wilde Schwein ..." Er demonstrierte die Wildschweinszene mit einem aufgestellten Lineal.

„Unten wilde Schwein ... oben auf Baum mein Major ... nie mehr schießen schwarze Schwein ... Meine Major nur schießen ganz kleine Tier, was ...", damit ahmte er mit seiner feisten Pranke das Hoppeln eines Hasen oder Karnickels nach, „was springt ...!"

Wie es sich gehört, begleitete ich meinen Gast zum Wagen, dessen Federn beim Hineinwälzen unter der Belastung schmerzlich quietschten. Seine Mütze schwingend, grüßte Schröder zurück, als er sich dem abfahrenden DKW anschloß.

Ins Büro zurückgekehrt, ließ ich mir von Herrn Borchert den Straßenverkehrsleiter in Genthin geben.

„Nun ist's so gekommen, wie ich es Ihnen vorausgesagt habe. Der Kommandant aus Stendal hat seinen Adjutanten hierher geschickt wegen der Holzlieferung. Der hat vielleicht getobt und wollte mich verhaften. --- Aber schließlich habe ich ihm klarmachen können, daß ich für den Einschlag, Sie aber für die Abfuhr verantwortlich sind. Da habe ich, Herr Lembke, dem Oberleutnant Ihren Namen aufschreiben müssen. Vor ein paar Minuten ist er Richtung Genthin abgefahren. Bitte verstehen Sie, was sollte ich machen? Sollte ich mich einsperren lassen, weil Sie bis heute keine Anstalten gemacht haben, Holz nach Stendal abfahren zu lassen? Tut mir leid, Herr Lembke, das müssen Sie ausbaden ...!"

Welch erhebendes Gefühl, mal einen Genossen in der Zange zu haben! Mein Gesprächspartner stotterte und redete hörbar ratlos herum, bis ich ihm empfahl, er täte am besten, aus irgendeinem Grund sofort sein Büro zu verlassen und seiner Sekretärin einen Packen Benzinmarken zu hinterlassen. Mit den Marken könnte sie vielleicht den erbosten Offizier mit dem Hinweis beschwichtigen, daß morgen früh bereits Lastwagen nach Hohenheide fahren würden. Auf keinen Fall, riet ich ihm, sollte er selbst mit dem Oberleutnant verhandeln. Wenn dieser morgen ein paar Fuhren Brennholz in Stendal hätte, würde er sich von selbst beruhigen.

„Nichts zu danken, Herr Lembke, nichts zu danken", wehrte ich ab. „Aber bestimmt werden Sie so freundlich sein, mir für die nächsten Monate ein paar zusätzliche Benzinmarken zu bewilligen ... schönen Dank im voraus ...!"

Am späten Nachmittag schwankte Schröder mit unserm schwer beladenen Kübelwagen auf den Hof. Mit vereinten Kräften wurden die zwei Benzinfässer mit Hilfe von Balkenhölzern heruntergerollt und in die Waschküche in Sicherheit gebracht.
„Fünfhundert Liter in den Fässern, je fünfundzwanzig Liter in den beiden Reservetanks und an die zwanzig Liter im Tank aufgefüllt", rechnete Schröder zusammen, „macht alles zusammen 575 Liter ... Chef, ... dem Dicken haben wir ganz schön das Fell über die Ohren gezogen!"
Dem konnte ich nur beipflichten. Meine bisherige Benzinzuteilung auf Marken waren höchstens dreißig Liter im Monat. Mit ihnen mußte ich so haushalten, daß ich mir kaum Fahrten ins Revier leisten konnte, denn Fahrten zur Kreisstadt gingen leider vor. Jetzt konnte ich buchstäblich aus dem Vollen schöpfen.

Systematisch ging ich daran, mit weiten Fahrten mein Revier Jagen um Jagen zu erkunden. Wir begannen im Norden bei den Kamerner Höhen. Während Schröder die einzelnen Jagen umfuhr, machte ich mir auf der Karte meine Notizen. In wenigen Wochen war ich mit dem jedem Winkel meines Forstamts vertraut, kannte jedes Gestell und alle Abfuhrwege. Neben dem forstwirtschaftlichen Überblick hatte ich viele landschaftlich reizvolle Stellen kennengelernt. Es handelte sich meist um niedrig gelegene Senken, die mit einigen Eichen und eingebrachten Kastanien bestockt waren. Hier befanden sich auch Suhlen, die nach den Fährtenbildern vorwiegend von Schwarzwild und sogar von Rotwild aufgesucht wurden. Mit dem Vertrautwerden meines Reviers war mir die innere Verbundenheit mit ihm vielleicht noch unbewußt erwachsen. Der Forst, meine Kiefern, hatten mir ihre Hände gereicht. Ich war kein umherirrender Fremdling mehr, ich glaubte, in dieser ansprechenden Landschaft "mein" Revier gefunden zu haben. Welch' einer befriedigenden Lebensaufgabe sah ich entgegen, wenn unter meiner Leitung aus heute noch verkohlten Brandflächen grüne Schonungen erwachsen und mit ihnen die Spuren sowie die Erinnerung an den Krieg verdrängt werden würden!

Doch noch immer lebten wir in einer bösen Zeit. Nicht genug, daß wir mit den Überfällen der Sowjetsoldaten daran erinnert wurden, es trieben sich noch immer Polen herum. Sie nannten sich "staatenlos" und "Opfer des Faschismus". Es handelte sich um teils ehemalige Kriegsgefangene oder polnische Arbeiter, die nicht daran dachten, in ihr Heimatland zurückzukehren. Selten wagten sie offene Überfälle. Vereinigt zu kleinen Banden, hatten sie sich auf Diebstähle spezialisiert. Bei Tage pflegten sie einzeln um Arbeit zu bitten. Sie hackten willig Holz oder halfen vorübergehend bei Erntearbeiten. Bei solcher Gelegenheit erkundeten sie die jeweiligen Örtlichkeiten, um nachts zusammen mit ihren Kumpanen fremdes Eigentum zu stehlen - oft bei jenen Leuten, die ihnen Lohn und Essen gegeben hatten. Wurden sie dabei gefaßt, gaben sie sich als "Opfer des Faschismus" aus und wurden so von der Volkspolizei nicht zur Rechenschaft gezogen. Sie wußten sehr wohl, daß sie von den Sowjets hart angefaßt wurden. Deshalb hielten sie Abstand von den Kommandanturen, arbeiteten im Zwielicht zweier Fronten.

Aus unserem Kreis wurde Herr Borchert ihr erstes Opfer. Eines Nachts wurden ihm sämtliche Kaninchen gestohlen. Er fand keinerlei Spuren, um den Diebstahl aufzuklären. Der herbeigerufene Volkspolizist meinte lediglich, Borchert hätte die Karnickelställe auf seinem Hof abschließen müssen, er hätte den Diebstahl selbst herausgefordert.

Ein paar Wochen später fand mein Vater seine beiden Ziegen nicht mehr auf ihrer Weide vor. Sie waren am hellichten Tag spurlos verschwunden. Es war dies ein harter Schlag für den alten Herrn; er wollte so gern seinen Beitrag zur Milchversorgung unseres Haushaltes leisten und hatte die Lämmer mit viel Liebe aufgezogen. Über ihren Verlust untröstlich, konnte er vor allem nicht verstehen, daß trotz einer schriftlichen Anzeige meinerseits gegen Unbekannt beim Polizisten in Groß-Wudicke auf dessen persönliches Erscheinen am Tatort verzichtet wurde.

Noch schlimmer kam es bald darauf mit dem nächtlichen Diebstahl unserer beiden Schweine im Läuferalter und aller unserer Legehennen, zehn an der Zahl. Nach Herrn Borcherts Meinung konnte nur eine Bande mit einem Handwagen am Werk gewesen sein. Die Diebe hatten die verschlossenen Türen zur Hofseite hin nicht aufbrechen können und waren durch ein kleines Fenster an der Rückseite eingestiegen. Unsere Schweine und Hühner schlachteten sie im Stall, ohne daß wir es gehört hatten. Nach dem Verlust meines Langhaarrüden hatte ich mich nicht zur Anschaffung eines anderen Hundes entschließen können. Dies Meisterstück konnte nur von mehreren Personen vollbracht worden sein. Ich fand neun abgehackte Hühnerköpfe, die ich dem herbeigerufenen Volkspolizisten aus Groß-Wudicke als Beweis vorlegte, daß meine mit einem "Eier-Soll" belegten Hühner gestohlen und damit nicht mehr in der Lage waren, die von der SMA verlangten Eier zu legen ... Der Polizist bestätigte amtlich, daß ein Diebstahl stattgefunden habe. Verdachtspersonen konnte ich nicht nennen. Damit schien für ihn der Fall erledigt. Wie ich das "Fleischabgabe-Soll" und das "Eier-Soll" meiner Hühner nun erfüllen konnte, war nicht sein, sondern mein Problem.

Nachdem der Polizist sich wieder auf sein Fahrrad gesetzt hatte, gab Herr Borchert keine Ruhe. „Da muß dieser Pole

Len seine Hand im Spiel haben. Ein paar Tage, nachdem er bei mir Kloben zerhackt hatte, waren meine Karnickel geklaut worden ... Bei Ihnen hat er bei der Heuernte geholfen; bald darauf verschwanden die beiden Ziegen. Er kennt Ihren Stall, und heute nacht hat er mit seinen Sinnesgenossen aufgeräumt ..."

Wir machten uns auf die Suche nach Spuren, wobei Herr Borchert immer wieder versicherte, wir würden auf die Radspuren eines Handwagens stoßen. Bald hinter dem "Kastaniendreieck" fand Borchert eine deutlich sichtbare Räderspur, die jetzt auf den Landweg in Richtung Böhne abbog. Der einmal erkannten Räderspur war jetzt so deutlich zu folgen, daß wir nicht mehr zu Fuß zu gehen brauchten. Die Täter hatten jede Vorsicht fallen gelassen und gebührend selbstbewußt ihren Heimweg fortgesetzt, ohne sich die Mühe zu machen, um Herrn Borcherts Gehöft einen Bogen zu schlagen. Die Spuren führten unmittelbar am Wohnhaus vorbei.

„So, Herr Assessor, jetzt brauchen wir uns nicht mehr länger mit den Spuren aufzuhalten. Ich weiß, wo der Len in Böhne wohnt."

„Los, Schröder, mit Vollgas nichts wie dorthin!"

In wenigen Minuten erreichten wir unser Ziel. Wir hielten uns nicht mit höflichem Anklopfen an Türen auf und kamen gerade zurecht, als die "Dame des Hauses", eine Deutsche, dem Polen Len in trauter Familienrunde gebratene Hühner servierte. Ich zog dem Dieb buchstäblich ein Hühnerbein aus den Zähnen und schickte Schröder zum nächsten Polizisten, dessen Eintreffen ich nicht abwartete. Sehr eigenmächtig begann ich eine sofortige Hausdurchsuchung. Dabei fanden wir einige bereits gerupfte Hühner und eine Menge Weckgläser, in denen sich unsere Ziegen befanden. - Gerade als Herr Borchert vom Boden runterrief, er hätte alle seine Karnickel mit inzwischen zur Welt gebrachten Jungen gefunden, trafen drei Volkspolizisten ein. Sie begrüßten ihren Freund Len und nahmen sichtlich Anteil an seinem Unglück, in das Borchert und ich ihn gestürzt hatten. Sie geboten energisch unserem unbefugten Tun Einhalt. Ich verbat mir mit dem Hinweis, ich wäre unter gegebenen Umständen "Hilfsbeamter der Staatsanwaltschaft", ihren Verbrecherschutz. In ihrer Unkenntnis über die Wege der Gerichtsbarkeit gelang es mir, sie erst mal in Unsicherheit zu versetzten. Wir nutzten den günstigen Augenblick, um den Herren mit gerupften und gebratenen Hühnern, den gefüllten Weckgläsern und dem Sack mit Borcherts Karnickeln unser Beweismaterial vorzuzeigen.

Die Beweise schienen eindeutig, waren beim besten Willen nicht aus der Welt zu schaffen. Wohl oder übel mußte der Pole vernommen werden. Der besaß sofort die Unverschämtheit und beteuerte zusammen mit dem deutschen Frauenzimmer, all unsere Anschuldigungen nicht zu verstehen, er wüßte nichts von einem Einbruch. Die Hühner, die Karnickel, das eingemachte Fleisch hätte er sich als ehrlicher Mann gekauft. Der das Protokoll führende Polizist nickte dazu verständnisvoll, um uns schließlich wissen zu lassen, besonders ich hätte mich mit meinem brutalen Vorgehen der Nichtachtung gegenüber den ehemaligen "Zwangsarbeitern" schuldig gemacht. Den Polen würde das Gericht in Genthin rehabilitieren. Aber Borchert und ich würden in Teufels Küche kommen.

Herr Borchert holte eines seiner Karnickel aus dem Sack und fragte den Polen, mit welchem Kennzeichen am Ohr das Karnickel gekennzeichnet wäre. Len spielte seine Rolle des Gekränkten vollendet.
„Kein Zeichen nicht im Ohr!"
Borchert hielt den Polizisten das Karnickelohr vor die Augen und wies auf zwei kleine Einschnitte, die deutlich unter der Behaarung zu sehen waren. Daraufhin gestatteten ihm die Hüter von Recht und Ordnung, die mit diesem Zeichen versehenen Tiere zurückzunehmen. Die Herkunft all der jungen Karnickel könnte Borchert nicht nachweisen, sie hätten im Besitz des Polen hier zu bleiben. - Was die gefüllten Weck-

gläser beträfe, könnte ich nicht nachweisen, daß das Fleisch von unseren Ziegen stammte. Da Ziegen weder ein "Milch-" noch ein "Fleischsoll" hatten, wäre der Pole nicht zum Nachweis der Herkunft verpflichtet. Da wir kein Schweinefleisch gefunden hatten und von angeblich zehn gestohlenen Hühnern nur neun Köpfe vorweisen konnten, wäre Len hinreichend entlastet und seine Aussage glaubwürdig.

Ein Gerichtsverfahren gegen den Polen in Genthin schien mir nach diesem Protokoll zwar von vornherein aussichtslos, doch wollte ich nicht über meinen Schatten springen und strengte es trotzdem an. Weil der Einbruch in einem Gebäude der Landesregierung stattgefunden hatte, zeichnete ich die Anzeige als "Der Forstmeister Forstamt Hohenheide" ab. So konnte ich auf Borcherts Rat der Verhandlung fernbleiben und mich von ihm vertreten lassen.

Die damaligen Zeitverhältnisse können nicht drastischer als mit dem Gerichtsurteil beschrieben werden: Der Pole Len wurde wegen erwiesener Unschuld freigesprochen. Borchert mußte die an den Ohren gekennzeichneten Kaninchen zurückgeben. Die Forstverwaltung wurde neben Erstattung der Gerichtskosten dazu verurteilt, dem Polen Lohnausfall eines Arbeitstages mit Reisekosten nach Genthin zu erstatten.

Auf Grund dieses Vorfalls betrat bald danach ein Abgesandter der SED mein Büro, den Landrat Albrecht zur Überprüfung meiner politischen Zuverlässigkeit geschickt hatte. Er machte auf den ersten Blick den herkömmlichen Eindruck eines roten Kommissars mit Lederjacke. An Hand von Notizen begann er zunächst mit den üblichen Fragen wie Mitgliedschaft in der NSDAP, Zeit und Orte früherer Arbeitsplätze, Benennung von Leumundszeugen, um dann in meiner militärischen Vergangenheit herumzustochern. Mit betonter Gelassenheit beantwortete ich ihm mit angezündeter Pfeife alle Fragen. In den Sessel zurückgelehnt, entgegnete ich gelangweilt, er hätte es einfacher haben können, wenn er in

Halle in meinen Personalakten geblättert hätte. Da er sich aber die Mühe gemacht habe, bis nach Hohenheide zu fahren, würde ich seine Fragen nun zum soundsovielten Male beantworten. Der Genosse kritzelte meine Antworten neben seine Notizen. Als er bei meiner militärischen Laufbahn an meiner Stellung als Bataillonskommandeur angelangt war, bemerkte er in zynischem Ton:
„Und da haben der Herr Kommandeur seine Soldaten immer tüchtig ins Feuer geschickt. Herr Hauptmann selbst blieben im Kommandeursbunker, weil's da nicht so zischte ..."
Statt einer Antwort zog ich mir meinen rechten Stiefel vom Fuß:
„So sicher, wie Sie es sich vorstellen, war's leider nicht in diesem Traumbunker ... sonst hätte mich der Granatsplitter kaum erwischt. Außer dieser Narbe sehen Sie noch diese am Hals. So etwas kommt davon, wenn unsereiner immer schön hinten blieb, während wir unsere Männer in die MG-Garben schickten ..."
„Danach sind der Herr Hauptmann Hitler zuliebe immer vorangestürmt ...?"
„Auch diese Ihre Vorstellung ist falsch. Wir haben weder Männer in die Maschinengewehre gejagt, noch sind wir dem Adolf zuliebe vorangestürmt. Wir pflegten beim Angriff inmitten unserer Männer zu sein, je nach Dienststellung durchaus nicht unter den Vordersten. Aber wir waren dabei. Die Granate war nicht wählerisch, sie traf den Gefreiten oder den Kommandeur. Würde ich meine Person geschont haben, dann hätten sich kaum Kameraden gefunden, die mich aus dem Feuer getragen haben. Ob Offizier oder Mann, draußen an der Front waren wir Kameraden, sonst hätten wir der Übermacht nicht sechs Jahre standhalten können. Hitler hat dabei eine sehr kleine Rolle gespielt!"
Nachdenklich geworden, wechselte mein Gegenüber das Thema.

Mit meiner unbefugten Haussuchung bei einem "Opfer des Faschismus" hätte ich die Maske meiner wahren Gesinnung fallen gelassen.
Um nach dieser unerhörten Beschuldigung Zeit zu gewinnen, rief ich Herrn Borchert herein.
„Herr Borchert, ich muß nur schnell mal aufs Klo. Bitte berichten Sie dem Herrn hier, was Sie als Familienvater von acht Kindern empfinden, wenn sich alle Karnickel, die ja eines Tages als Sonntagsbraten für Ihre Tischrunde gedacht waren, bei Herrn Len finden, Sie sie aber trotz Herkunftsnachweises an den Dieb zurückgeben mußten!"
Herr Borchert mußte meine Pause gut wahrgenommen haben, denn als ich zurückkam, hörte ich den Lederjacken-Genossen ausrufen:
„Das ist ja ein ganz tolles Ding!"
„Allerdings", schaltete ich mich ein. „Nicht einfach ein tolles Ding, sondern eine ganz große Schweinerei! ... Aber", fuhr ich fort, „sollten wir nicht besser mit dieser sinnlosen Fragerei aufhören, meinetwegen auch die Klauerei auf sich beruhen lassen, sondern besser mal einen Blick auf meine Revierkarte werfen? Soweit ich es bis heute übersehen kann, sind zwischen neun- bis zehntausend Hektar meines Reviers abgebrannt oder so geschädigt, daß sie über kurz oder lang abgeräumt werden müssen. Das heißt, runde zehntausend Hektar Land liegen brach. Der Boden ist zu arm, um eine landwirtschaftliche Nutzung zu erwägen. Also kommt nur Aufforstung in Frage. Die fällt uns Forstleuten hier nicht einfach in den Schoß. Jahrzehntelang werden wir nach Plänen, für die ich verantwortlich bin, an der Wiederaufforstung zu arbeiten haben. Nun sagen Sie mir, Herr Keßler, wie ich mich auf diese Aufgabe konzentrieren kann, wenn da in Genthin ein Herr Albrecht regiert, dem kein besserer Beitrag für den allgemeinen Wiederaufbau einfällt, als mir Knüppel zwischen die Beine zu werfen. ‚Wie Rommel fährt er in seinem Kübelwagen durch die Gegend! Aber ich werde ihn aus sei-

nem Hauptquartier ausheben!' Das hat Ihr Herr Landrat neulich auf einer Versammlung in Schollene ausgerufen. Wenn Sie es genau wissen wollen: Ich habe langsam die Schnauze voll, von jedem Lümmel in Polizeiuniform zur Überprüfung meiner Papiere angehalten zu werden, sowie ich durch ein Dorf zu fahren habe. Ihr Herr Abrecht sitzt ja am längeren Hebel. Warum fährt er nicht gleich nach Halle und verlangt meine Versetzung oder meinetwegen auch sofortige Entlassung, weil ihm der Gedanke unerträglich zu sein scheint, daß in seinem Kreis ein ehemaliger Offizier zu Amt und Würden gekommen ist?"
„Sie riskieren eine ziemlich große Klappe ..."
„Ich habe in meinem Leben mehr als nur eine große Klappe riskiert."
Der Genosse erhob sich, und zu meiner Verblüffung reichte er mir seine Hand.
„Endlich hat mir mal jemand das gesagt, was er denkt! - Mann, Sie haben ja recht! Zehntausend Hektar Brachland aufforsten, sowas schafft nur jemand vom Fach. Ich habe davon keine Ahnung, aber daß Sie hier arbeiten und sich nicht ducken, wenn einer wie ich den Auftrag hat, Ihnen auf den hohlen Zahn zu fühlen, das imponiert mir. Das werde ich auch meinem Genossen Albrecht sagen ... Ach was, was heißt werde ... Ich sag's ihm gleich! ... Und Sie alle hier sollen dabei sein, sollen mithören, was ich dem Albrecht sofort am Telefon klar mache ..."
Wir gingen rüber ins Büro, und Borchert stellte die Verbindung zum Herrn Landrat her. Es folgte ein für uns äußerst aufschlußreiches Gespräch, bei dem der Lederjackenmann kein Blatt vor den Mund nahm und mit Sätzen wie „Der Mann hier in Hohenheide ist in Ordnung! ... Den läßt du mir in Zukunft zufrieden ... Daß er Offizier war, kann dir scheißegal sein, solange er hier seinen Laden in Ordnung hält!" seinem Genossen die Leviten las.

„Wenn Sie wieder mal der Schuh drückt, dann kommen Sie zu mir nach Genthin, Zimmer 11. Der Karl Keßler wird hinter Ihnen stehen", verabschiedete sich der Genosse, der ausgeschickt worden war, mir "auf den hohlen Zahn" zu fühlen.

Als ich bald darauf in Genthin zu tun hatte, wollte ich bei dieser Gelegenheit meinem Schutzpatron nur mal schnell "Guten Tag" sagen. Das Zimmer 11 war leer. Meine Nachfrage nach Karl Keßler stieß auf ausweichende Antworten. Ich verstand: Ein frühsozialistisches System duldet keine Genossen, die mal mit der Faust auf den Tisch des Hauses schlagen, es frißt seine eigenen Kinder ...

In den Sommermonaten unseres zweiten Jahres in Hohenheide hatten meine Frau und ich Verwandten und guten Bekannten unsere Türen weit geöffnet. Die Bevölkerung der Sowjetzone, besonders in Ostberlin, hungerte. Zwar litten auch wir auf dem Lande unter vielen Mängeln, doch hungern taten wir "nur", wenn ich mit leeren Händen von meinen nächtlichen Ansitzen heimgekommen war. Nach wie vor verweigerte uns der Bürgermeister von Vieritz Lebensmittelmarken, doch diese Gemeinheit machte ich als "Jäger im Schatten" während der mondhellen Nächte wett.

In diesem Sommer hatten sich bei uns folgende Gäste eingefunden: Meine gute alte Tante Lotte, der ich den Fotoapparat verdankte, mit dessen Adleraufnahmen ich meine Annahme in den Höheren Forstdienst erreicht hatte; Herbert Robitzschs Schwester Ursel, deren Mann sich noch in englischer Kriegsgefangenschaft befand, mit ihren drei Kindern; mein Neffe Martin, der Sohn meines gefallenen Vetters Karl-Heinz; Dietlind, die Tochter einer Schulfreundin aus Sensburg, deren Mann ebenfalls noch in Gefangenschaft war; Frau Freymuth mit ihrer Tochter und mein Schulfreund Werner Schlichting, der noch schwer unter seinem Lungenschuß und einer Splitterverletzung seiner Augen litt. Vorübergehend wohnte noch mein Bruder mit seiner Frau und ihrem Sohn in unserer Nähe. Meine Schwester hatte noch nicht Fuß fassen können und hielt sich dann und wann bei uns auf. Bei seinen Hamsterfahrten stellte sich mein Vetter Walther aus Westberlin in Hohenheide ein. So gab es Wochen, an denen meine Frau für zwanzig Personen den Tisch decken mußte! Immer wieder machte sie sich große Sorge, wenn ich mich zum Ansitz aufmachte. Es war kein Leichtsinn, der mich hinaus ins Revier trieb, ich handelte aus bitterer Not.

Seit ich mir über meinen Benzinverbrauch keine Kopfschmerzen mehr zu machen brauchte, hatte ich mein nächtliches Jagen in den Norden meines Reviers verlegt, wo ich auch meine Büchse sicher versteckt hielt. Der Wagen gab mir mehr Sicherheit als die Motorräder, denn er wäre den raubenden Soldaten von ihren Offizieren sofort zum eigenen Gebrauch abgenommen worden. An gelegentlich am Weg stehenden Russen fuhr ich mit Vollgas vorbei ...

Eines Tages stand meine Frau wieder einmal vor leeren Fleischtöpfen. Ich wollte die Vollmondnacht nutzen und machte mich zum Ansitz in die Försterei Karlstal auf. An einer weiten Brandfläche hatte ich vom Förster Kutschke einen Hochsitz "für den Herrn Kommandanten" in Genthin bauen lassen, der durch eine Dickung gehend erreicht werden konnte. Weit genug vom Hochsitz entfernt ließ ich meinen Wagen in Deckung zurück.

Bevor ich mich dem Hochsitz näherte, beobachtete ich ihn und die Umgebung. Erst als Dämmerung einzusetzen begann, stieg ich die Leiter hinauf. Regungslos lauschte ich in die beginnende Nacht hinein. Ich übersah von hier die teilweise bereits abgeräumte Fläche, über die spät abends oder auch erst in der Nacht fünf oder sechs Feisthirsche wechselten, bevor sie zur Äsung auf die Feldmark von Schollene austraten, wenn sie vorher nicht durch herumstromernde Sowjetsoldaten in ihren Einständen gestört worden waren. Um diese Jahreszeit befanden sich ihre Geweihe noch im Bast. Darüber hatte ich mich hinwegzusetzen. Mein Ansitz galt keiner Trophäe, sondern dem Wildbret. Daheim erwarteten mich viele hungrige Mägen, für sie, nicht den Geboten des Weidwerks fühlte ich mich in den Hungerjahren verantwortlich.

Das Büchsenlicht schwand, ohne daß von den Hirschen etwas zu hören oder zu sehen gewesen war. Rechts neben dem Hochsitz vernahm ich kaum hörbar Brechen von trockenen Ästen, das sich langsam in Richtung der Feldmark entfernte. Nur undeutlich hatte ich im Fernglas die Umrisse eines einzelnen Stücks Schwarzwild erkennen können, das ich für einen sicheren Schuß nicht ins Fadenkreuz bekam. Mit fortschreitender Nacht stieg ein klarer Vollmond höher. An Stellen, wo noch abgestorbenes Stangenholz stand, zeichnete er langgestreckte schmale Schatten, die im Fernglas gut sichtbar waren. Der Zeiger meiner Uhr näherte sich der Elf, als weit in westlicher Richtung ein einzelner trockener Ast deutlich hörbar brach. Rotwild! Ich setzte das Fernglas ab und griff zur Büchse. Gebannt blickte ich in die Richtung, in der ich in den Tagen zuvor das klar im Sandboden stehende Fährtenbild ausgemacht hatte. Geräuschlos, ohne Brechen des dünnsten Ästchens, schoben sich jetzt die Schatten von zwei ...vier ... fünf großen Wildkörpern durch das aufgelichtete Stangenholz. Vergeblich versuchte ich, einen der Hirsche frei ins Fadenkreuz zu bekommen. Tief ausatmend setzte ich die Büchse wieder ab. Die ersten beiden Stücke näherten sich bereits dem hundert Meter entfernten Sandweg, hinter dem höherer Bestand begann. Dort hellte das Mondlicht den Boden nicht mehr auf. Es ging jetzt um Sekunden! Ich erkannte im Zielfernrohr eine kleine freie Sandfläche, vergewisserte mich mit einem kurzen Blick am Zielfernrohr vorbei, daß ein starker Hirsch darauf zuzog. Kaum hatte ich das Fadenkreuz auf den hellen Sand gesetzt, als der Hirsch das Gesichtsfeld der Optik verdunkelte. Für den Bruchteil einer Sekunde stand das Fadenkreuz klar auf dem Blatt. Noch im Knall meines Schusses sah ich, wie sich ein zweiter Hirsch dicht hinter den beschossenen geschoben hatte. Deutlich vernahm ich den Kugelschlag, glaubte noch durch die Optik blickend, das hohe Aufbäumen des Hirsches erkannt zu haben. Es folgte lautes Brechen durch trockenes Holz, jetzt das erwartete Aufschlagen des Wildes auf dem Boden, dem unverkennbares Schlegeln folgte. Mechanisch lud ich nach und lehnte mich, erleichtert aufatmend, auf meinen Sitz zurück. „Drüben ist dein Hirsch verendet zusammengebrochen!"

Meine Hände zitterten wohl etwas, als ich mir meine Pfeife stopfte. Zum Zünden des Streichholzes beugte ich mich in die Deckung des Hochsitzes hinunter, um von einem stöhnenden, röchelnden Geräusch hochzufahren. Aus der Richtung des Anschusses drang erneut ein qualvolles Röcheln zu mir herüber. Im Glas erkannte ich einen zusammengebrochenen Hirsch, dessen Haupt mit dem Geweih hin und her schlug und der sich vergeblich bemühte hochzuwerden. Ich barg das Zielfernrohr in meiner Tasche und näherte mich mit schußbereiter Büchse dem Anschuß. Ich erkannte einen geringen Hirsch, der krankgeschossen zusammengebrochen war und nun bei meinem Nahen mit gurgelndem Stöhnen hochwurde. „Kein Fangschuß ... Nie einen zweiten Schuß!" Mit dem Gedanken sprang ich ihn mit meinem Jagdmesser an. Es gelang mir, das Haupt herunterzudrücken und mein Messer mit aller Kraft zwischen Haupt und Träger hineinzustoßen. Im Handgriff fühlte ich ein ersterbendes Zittern, der Körper erschlaffte unter meinem Gewicht ... der Hirsch war verendet.

Was war geschehen?, hatte mich mein Jagdfieber genarrt? Ein Jäger, der über hundert Stück Schalenwild zur Strecke gebracht hat, kennt den Kugelschlag und täuscht sich nicht, wenn ihm die weit aufbäumende Flucht des Wildes seinen gut angetragenen Schuß bestätigt. Zu oft hatte ich das wilde Fortstürmen eines zu Tode getroffenen Stückes, das Aufschlagen auf dem Boden und das darauf folgende Schlegeln vernommen, als daß mich Jagdfieber hätte täuschen können. - Dieser von mir abgefangene Hirsch war nicht der, auf dessen Blatt ich das Fadenkreuz gesetzt hatte!

Ich zog mein Jagdmesser zurück, griff erneut zur Büchse und pirschte in die Richtung, in der ich das Schlegeln des beschossenen starken Hirsches vernommen hatte. Ich gelangte in den Bestand, den Kieferkronen verdunkelten. Geräuschlos setzte ich Schritt um Schritt, bis ich unvermittelt vor einem dunklen Wildkörper stand. Hier war der Hirsch zusammengebrochen! Genau hochblatt fand ich tastend den noch schweißenden Einschuß.

Mir wurde unheimlich ... Welch furchtbare Waffe ist eine Büchse, die mit dem Zielfernrohr im bleichen Mondlicht einen derartig abgezirkelten Treffer erzielen kann! Benommen ging ich zum abgefangenen Stück zurück ... Kein Spuk hatte mir einen Streich gespielt, meine eine Kugel hatte zwei Hirsche gestreckt!

Ich hing meine Uniformjacke an einen Baum, krempelte mir die Ärmel hoch und machte mich an das Aufbrechen des geringen Sechsers. Soweit ich es in der Dunkelheit erkennen konnte, mußte die Kugel den starken Hirsch hochblatt getroffen haben. Nach dem glatten Durchschuß war sie auf dem Knochen des linken Vorderblatts des unmittelbar dahinter befindlichen Hirsches aufgeschlagen, und die Splitter des Mantelgeschosses hatten den größten Teil der Lunge zerrissen. Beim Aufbrechen des starken Hirsches stellte ich einen Durchschuß durch den oberen Teil des Herzens fest, den der Hirsch mit seiner hohen Flucht bestätigt hatte. Die Kugel hatte mit unverminderter Wucht den zweiten Hirsch niedergerissen. Wie erwartet, befanden sich beide Geweihe noch im Bast. Der geringe Hirsch hatte ein Sechsergeweih geschoben, den starken schätzte ich vierjährig mit einem vielversprechenden Zehnergeweih. Bei seinem Anblick wurde mir speiübel ...

War ich angesichts zweier Hirsche im Bast, die ich sofort zu bergen hatte, zu einem Aasjäger geworden?

Der Gedanke machte mir während der blutigen Arbeit zu schaffen. Doch dann behielt die Vorstellung unserer Tischrunde die Oberhand. Ohne es ausgesprochen zu haben, hatten all die Gäste unsere Einladung in der stillen Hoffnung angenommen, sich in dieser Hungerzeit am voll gedeckten Tisch eines Forsthauses erholen zu können. Sie sollten nach Herzenslust zulangen!

Mit dem Aufbrechen war ich schnell fertig geworden. Doch wie sollte ich jetzt das Wild abtransportieren? Den Wagen konnte ich nicht dichter heranfahren. Selbst wenn mir das gelingen würde, würde ich Spuren hinterlassen, die sich ein "Jäger im Schatten" nicht leisten konnte. Mir blieb nichts anderes übrig, als die Hirsche aus der Decke zu schlagen, zu zerwirken und danach das Wildbret in Stücken zum Wagen zu tragen. Das war lediglich mit dem Jagdmesser und der Knochensäge schwere Arbeit. Ich durfte keine Zeit verlieren, Mitternacht nahte.

Nach über zwei Stunden schwerer Arbeit hatte ich es geschafft. Mit vollbeladenem Wagen, leise arbeitendem Motor und abgestellter Beleuchtung näherte ich mich dem Bahnübergang, neben dem ein Streckenwärter in einem turmähnlichen Ziegelbau Dienst versah. Ich durfte annehmen, daß der Mann nicht die ganze Nacht wach blieb. Um ihm nicht aufzufallen, pflegte ich vor dem Übergang den Motor abzustellen. Eine langgestreckte Neigung gab dem Wagen genügend Geschwindigkeit, um geräuschlos über die Schienen zu rollen. Unmittelbar hinter ihnen mußte ich Gas geben, um nun eine leichte Steigung zu überwinden und weiterzufahren. Lautlos rollte ich auf die Schienen zu, ließ sie hinter mir und gab Gas. Im selben Augenblick leuchteten vor mir zwei Zigaretten auf. Noch im Schock trat ich den Gashebel tief durch, in der Absicht, den überzufahren, der sich mir in den Weg stellen würde. Biegen oder Brechen! Noch während der Schreck nach mir griff, erkannte ich meinen Irrtum. Glühwürmchen waren es, die mit ihren Lichtlein hin und her tanzten!

Auf der napoleanischen Heerstraße, die parallel zur Bahn durch mein Revier führte, bremste ich zum Halt. Ich stellte den Motor ab, lehnte mich in den Sitz zurück und lauschte in die Stille der Nacht hinein. Das Streichholz zitterte in meiner Hand, als ich mir meine Pfeife anzündete.

„Ist's so weit, daß dich der nächtliche Forst narrt? Seit wann zittern deine Hände? ... Ist die böse Zeit dabei, dich nach fünf Kriegsjahren zur Strecke zu bringen? Lächerlich! ... Glühwürmchen kann man schon mal mit einer Zigarette verwechseln ... Nun ja ... ich bekam einen Schreck. Der ist ausgestanden ... alles ist gut verlaufen ... mach' daß du heimkommst!"

Todmüde war ich geworden. Während ich langsamer fahrend das letzte Wegestück zurücklegte, wollten Bilder der bösen Zeit nicht weichen. *Da lag ich unter meinem Motorrad und blickte in die Mündung einer Maschinenpistole, die mir zum zweiten Überfall folgte. Zwei Asiaten schritten durch die Wiese ... „Frau komm!" ... „Faß Etzel, faß ..." und das Wasser des Königsgrabens färbte sich rot. Ich stand vor dem ausgeräumten Stall, und der Pole Len lachte und lachte ...*

Fast schrak ich auf, als sich vor mir unsere Stallfront erhob. Leise stieg ich aus dem Wagen und schwang geräuschlos den Pumpenschwengel, ließ Wasser in den

daneben stehenden Eimer laufen. Ich wusch meine schweißverkrusteten Hände und füllte den Eimer nochmal. Begierig trank ich ein paar Schluck und warf mit hohler Hand Wasser in mein Gesicht. Wie ich mich danach aufrichtete, stand meine Frau neben mir, die keinen Schlaf gefunden hatte.
„Zum Frühstück gibt's Röstbrot mit Leberschnittchen ...", erklärte ich leichthin, als ich die beiden Lebern in den Eimer tat.
Meine Frau war an den Wagen herangetreten.
„Um Himmels Willen ... zwei ... hast du zwei Stück geschossen? Wie soll ich mit diesem Berg Fleisch fertigwerden?"
„Wildbret bitte ... ich bin kein Fleischer ..."
Meine Frau weckte Traute und Elli. Die Küchenfenster wurden mit Tüchern verhangen. Auf dem Küchentisch und einer Zeltbahn türmten sich über drei Zentner Wildbret!
Während ich draußen den Wagen wusch, brutzelten bereits Leberschnitten auf der Pfanne. Meine Schwester und mein Bruder waren wach geworden. Mein Bruder half mir, die Spuren meiner Last zu tilgen. Danach setzten wir uns alle um den Küchentisch und stillten unsern Hunger mit dick belegten Röstbrotschnitten, meinen Eltern wurde gebratene Leber ans Bett gebracht.
Wir stillten unsern Hunger, wiederhole ich. Wir befanden uns im Jahr 1947. Doch wir gehörten zu den ganz Wenigen, nein zu den Glücklichen, die sich um vier Uhr früh satt essen konnten.
Der Fleischwolf wurde an die Tischplatte geschraubt. Während mein Bruder unentwegt die Handkurbel bediente, wanderte das Wildbret Stück um Stück hinein,

um als Klopsfleisch in einer Schüssel aufgefangen zu werden. Keiner dachte an Schlaf. Noch bevor die Büroangestellten ihren Dienst begannen, war ein Teil des nahrhaften Berges bereits verarbeitet. Die Portionen, die wir abgeben würden, lagen in Haufen aufgeschichtet auf der Zeltbahn.

Herr Borchert trug einen von mir südlich der Bahnlinie aufgefundenen bereits leicht anrüchigen Hirsch ins Wildhandbuch ein. Gewissenhaft wurden Pfunde mit herabgesetztem Preis, so, wie es mir meine Dienstanweisung in mein Ermessen stellte, eingetragen, der Erlös an die Forstkasse abgeführt. Schwerbladen traten meine Büroangestellten nach Dienstschluß ihren Heimweg an. Doch noch immer war viel zu viel übrig geblieben.
Ohne Salz würde das Wildbret selbst im Keller innerhalb einer Woche verderben. Da winkte ich am nächsten Nachmittag den Waldarbeiter Schimpf herein, als er nach der Arbeit mit seiner Rotte von drei Mann auf dem Heimweg nach Vieritz am Forstamt vorbeikam. Ich erzählte ihm die Geschichte vom zufällig aufgefundenen Hirsch, den vermutlich die Sowjets krank geschossen hatten. Das Fleisch wäre zwar nicht mehr ganz frisch, aber noch genießbar. Hocherfreut füllten sich die Waldarbeiter zwei Säcke und zogen damit ab.
„Das hätten Sie nicht tun dürfen", gab Borchert zu bedenken.
„Wenn die Männer den Mund halten sollten, dann klatschen ihre Weiber ..."
„'Ehrlich erworben, ehrlich bezahlt' ... wer kann mir da an den Wagen fahren?"

Für den bevorstehenden Sonntag hatte meine Frau eine ganze Hirschkeule als Braten vorbereitet. Bereits in aller Frühe war die Riesenportion in den Bratofen geschoben worden. Vom Keller aus zogen Bratendüfte durchs ganze Haus. Pünktlich um zwölf Uhr wurde der knusprig braune Braten unserer zwanzigköpfigen Tischrunde aufgetragen.

„Bitte eßt Fleisch ... Kartoffeln sind knapp", bemerkte meine Frau, als ich mich erhoben hatte, um mit einem langen Messer den Braten in eindrucksvolle Scheiben zu zerschneiden.

Mitten in dieser erbaulichen Tätigkeit klopfte es an die Tür. Ehe ich einem Besucher entgegengehen konnte, trat der Bürgermeister von Vieritz ein. Hinter ihm wollten mein Freund, der Volkspolizist Madrian, und noch zwei Genossen ebenfalls ins Zimmer kommen. Es gelang mir, den Bürgermeister mit einer entschuldigenden Geste, "wir wären gerade beim Essen" auf den Flur zurückzudrängen und die Tür hinter mir zu schließen.

Ob wir denn nicht wüßten, begann der Bürgermeister, daß heute Wahltag wäre. Er hätte sich verpflichtet, bis 16 Uhr die ausgefüllten Stimmzettel seiner Gemeinde nach Genthin weiterzugeben. Weil von Hohenheide noch niemand im Wahllokal erschienen wäre, wäre er mit Stimmzetteln rausgekommen. Ich bedankte mich sehr für seine Mühe, denn für eine Fahrt nach Vieritz besäße ich leider kein Benzin. Ich selbst hätte daher nicht kommen können, aber gleich nach dem Essen hätten meine Frau, meine Eltern und unsere beiden Mädchen vorgehabt, ihrer Wahlpflicht nachzukommen.

Genosse Bürgermeister zog einen Packen Stimmzettel heraus, während ich die Genossen ins Büro dirigierte.

„Das ist wirklich nett von Ihnen, daß wir unsere Stimmen gleich hier abgeben können ..."
Ich hielt mich nicht weiter damit auf, Text oder Namen von Kandidaten zu lesen, sondern machte mein Kreuz in den Kreis, den der freundliche Bürgermeister mir zeigte.
„Bitte, einen Moment ... Ich hole alle Stimmberechtigten ran."
„Hier hab' ich mein Kreuz gemacht", zeigte ich den Meinen den Kreis, in dem nach dem Wunsch der uns umstehenden Genossen in "geheimer" Wahl die politische Einstellung der sowjetzonalen Bevölkerung ihren Ausdruck zu finden hatte. In ihrem Bedürfnis, auf keinen Fall die Wahl zu verabsäumen, drängten sich Frau Freymuth, Frau Ursel und mein Freund Werner durch die Genossen, um ihr Kreuz anzuzeichnen. Mein Vater stutzte bei der Rubrik "Beruf"; auf keinen Fall durfte er sich mit der Angabe "Landrat a. D." bloßstellen. Er schrieb kurz entschlossen "Großvater" hin. Kein Genosse zweifelte das an ... Ich holte noch die alte Tante Lotte und Vetter Walther ins "Wahllokal".
„Ihr seid zwar westliche 'Ausländer', aber macht bitte diesen Spaß mit. Er ist kostenlos und hebt mein Ansehen ..."
Als sich die Genossen nach diesem gelungenen Stimmenfang wieder trollten, konnte sich der Volkspolizist Madrian die Bemerkung nicht verkneifen, einen so riesigen Braten wie er auf unserem Tisch stand, hätte er in seinem ganzen Leben nicht gesehen. Ich empfahl ihm, bei Schimpf und seiner Rotte zu schnuppern. Jeder von ihnen hätte von mir eine ähnlich umfangreiche Portion bekommen.

„So etwas fällt schon mal bei uns an, wenn wir auf den Schwung aufpassen ..."
Damit hatte ich jedem Verdacht, der damals mit Besitz von Wildbret in der Luft hing, den Wind aus den Segeln genommen.

Das erste Herbstlaub begann sich zu färben, als ich mit Oberforstmeister Schüler zu den Kamerner Bergen fuhr. Herr Schüler hatte meine fast fertiggestellte Karte des Forstamts lange betrachtet und den Wunsch geäußert, eine Revierfahrt bis dorthin zu machen. Er war sehr erstaunt, als ich ihm die Marken für zehn Liter Benzin, mit denen er mich überraschen wollte, mit dem Bemerken zurückgab, daß mir meine Benzinsorgen entgegenkommenderweise von der sowjetischen Kommandantur abgenommen worden wären.

Südlich der Bahnlinie wählte ich einen Weg, auf dem wir an einigen Kastanien, die zur Hege des Damwilds eingebracht worden und die jetzt zu weit ausladenden Bäumen herangewachsen waren, vorbeikommen würden. Wenn das noch vorhandene Damwild nicht gestört worden war, nahmen einige Stücke um diese Jahreszeit dort sogar am Tage Kastanien auf. Ich gab bewußt ein wenig an, als ich meinen Chef darauf aufmerksam machte, bitte nach links zu blicken, wohin ich mein Damwild anläßlich seines hohen Besuches hinbeordert hätte. Mein Jägerlatein wurde mit dem Anblick zweier Schaufler, eines Spießers und drei Damtieren, von denen eines ein Kalb führte, bestätigt. Weil Damwild - ich hatte es erst in Hohenheide herausgefunden - erstaunlich gut äugen kann, brachte ich weit genug entfernt den Wagen zum Halt. Das Wild hatte uns nicht wahrgenommen und gab uns Zeit, dies in der bösen Zeit so seltene Bild in uns aufzunehmen.

„Zum ersten Mal nach dem Krieg sehe ich vertraut äsendes Wild ... als befänden wir uns wieder in vergangener Zeit ... im Frieden. Auf wie hoch schätzen Sie Ihren Bestand an Damwild?"

„Der ursprünglich gehegte Bestand ist hin ... Soweit ich im Bilde bin, könnten dies die letzten Stücke Kahlwild sein. Einzelne Damhirsche sehe ich noch dann und wann. Sie scheinen die Knallerei der Russen besser als das Mutterwild überstanden zu haben. Im kommenden Winter wird's um die letzten geschehen sein. Die Russen haben inzwischen gelernt, in Horden Fährten im Schnee zu folgen. Dabei wird überall Wild flüchtig. Früher oder später gerät es unter Feuer aller möglichen Waffen."

„Wie steht's mit dem Rehwild?"

„Den Förstern mag dann und wann mal ein Bock begegnen, Ricken mit Kitzen hat niemand mehr ausmachen können."

„Und Rotwild?"

„Dem scheint's ähnlich wie dem Damwild ergangen zu sein. Führende Tiere sind leichter als männliches Rotwild umzubringen. Es ist nur noch eine Frage der Zeit, bis in Hohenheide nur noch Schwarzwild auf die Felder austreten wird ... Mit Rücksicht auf meine Aufforstungen könnte der Niedergang des Rot- und Damwildes hingenommen werden. Sind eines Tages meine Kieferndickungen hoch und bis dahin die Sowjets abgezogen, dann bin ich zuversichtlich, daß sich wieder Wild einfinden wird."

„Nach dem Ersten Weltkrieg", erklärte mir Herr Schü-

ler, „hatten Wilderer unter unserm Rotwild in Ostpreußen grausam aufgeräumt. Litauische Wilderer hatten unser Elchwild so gut wie restlos abgeschossen. Nach zwei Jahrzehnten, nachdem diesem Unwesen ein Ende bereitet worden war, war der Bestand an Rotwild in den Forstämtern zahlenmäßig fast zu hoch geworden, und im Elchwald wurden eintausendfünfhundert Stück Elchwild festgestellt. Vielleicht werden Sie noch die Zeit erleben, in der Jagdhörner 'Aufbruch zur Jagd' blasen werden. Bis dahin bin ich längst abgetreten ..."
Herr Schüler wies zum Damwild herüber. „Daher bin ich dankbar, noch einmal dort drüben das Damwild beobachten zu können ... Außerdem", lächelte er, „haben Sie mit der genauen Ansage, hier auf Damwild zu stoßen, einen guten Eindruck gemacht ... Möge die böse Zeit Sie hier in Frieden lassen; mögen Ihnen, selbst wenn ich Ihrer geplanten Zapfensaat skeptisch gegenüberstehe, Ihre Kulturen gelingen. Aber wie gesagt, ich werde es nicht mehr erleben ..."

An dem trigonometrischen Punkt der Höhe 99 kamen wir angesichts der Brandflächen nochmal in ein Gespräch, in dem Herrn Schülers Pessimismus durchklang. Weil er nicht älter als fünfzig Jahre war, gab ich meine Verwunderung darüber zu verstehen. Wenn wir in fünf oder sechs Jahren wieder auf diesem Platz sitzen würden, hoffte ich, ihm inzwischen hochkommende Kulturflächen vorweisen zu können.

„In fünf Jahren kann unter den gegebenen Verhältnissen viel geschehen. Wir Forstmänner sind gewohnt, in Jahreszeiten zu denken. Die Genossen in Halle oder Potsdam mögen Fünf-Jahres-Pläne aufstellen, aber während sie sie verwirklichen, werfen sie heute um, was sie gestern als 'Stein der Weisen' verkündet haben. In den zwei Jahren, in denen ich in Halle tätig bin, haben die sogenannten Regierungsdirektoren oder Ministerialräte unserer Forstverwaltung vier- oder fünfmal gewechselt. In maßgebender Position hat sich nur der aalglatte Ulrich halten können. Ihnen", lächelte Herr Schüler, "konnte ich den Wunsch erfüllen, den am weitesten von Halle entfernten Forstamtsbezirk anzuvertrauen. Auf Ihre Anwesenheit bei Dienstbesprechungen der Revierverwalter habe ich nicht bestanden. Ich habe Sie sozusagen bis jetzt verstecken können, was bei den ständigen Wechseln der höchsten Kader nicht auffiel. - Seit ein paar Wochen", fuhr mein Schutzpatron fort, „haben wir wieder einmal einen neuen Herrn vorgesetzt bekommen ... Wissen Sie, was dieser Genosse vorm Krieg gewesen ist? --- Käsehändler! --- Nicht etwa ein Inhaber eines Geschäfts, sondern so ein Kerl, der mit seinem Einspänner von Dorf zu Dorf fuhr und dabei Käse vertrieb. Bei seiner ersten Dienstbesprechung hat er beim Anblick unserer Schulterstücke wie ein Wilder getobt. Wenn eine Schere greifbar gewesen wäre, hätte er sie uns allen höchstpersönlich abgeschnitten ... Daraufhin sind die letzten Forstakademiker von der Landesregierung, die bis jetzt durchhielten, ab nach dem Westen gegangen; bis auf Forstmeister Pietsch der Forsteinrichtungsabteilung, denn seine Abteilung kann nun beim besten Willen nicht von einem Genossen des Herrn Käsehändlers geleitet werden. - Natürlich habe auch ich die Nase voll. Ich bin geblieben, weil unser Herr Ulrich vor mir zu Kreuze kroch. Ich bin der einzige, der diesem aufgeblasenen Hilfsförster seine fachlich bezogenen Schreiben ausarbeiten kann."

Herr Schüler zählte die Namen einiger Revierverwalter und Revierförster auf, die kürzlich in aller Stille verschwunden waren.

„Meine Tätigkeit als Inspektionsbeamter besteht nicht mehr in einer Aufsichtspflicht. Ich bin geblieben, weil ich Ulrich beeinflussen kann, gegen die nun laufend ausgesprochenen Entlassungen, seien es Revierförster oder Forstmeister, anzutreten. Ich bin gewissermaßen eine Graue Eminenz im Hintergrund geworden ... Sollte der Käsehändler den Ulrich an die Luft setzen, gehe auch ich, ... ein grotesker Zustand. - Ich war nach Hohenheide gekommen, um Ihnen Mut zu machen. Jetzt habe ich, was ich nicht vorhatte, das Gegenteil getan ... Aber, mein Lieber, werfen Sie die Flinte nicht ins Korn. Vergessen Sie Halle, denken Sie an Ihre Kulturen. Was soll aus der armen Sowjetzone werden, wenn wir Fachleute nur an uns denken, das Land im Stich lassen würden. Der Tag kann nicht mehr fern sein, an dem die Sowjets und die deutschen Genossen erkennen werden, daß sie mit Gestalten wie dem Käsehändler letzten Endes nicht vorankommen ..."

Im Verlauf der nächsten Tage vertraute ich Herrn Borchert mein Gespräch mit Herrn Schüler an. Wenn jetzt mit Entlassungen gerechnet werden mußte, dann war nicht nur ich, sondern auch sein Schwager als ehemaliger Offizier, zu denen Zahlmeister zählten, gefährdet. Wie so oft sah mein Sekretär einen Ausweg:
„Ich werde einen Antrag auf Aufnahme in die SED in Böhne stellen. Die Genossen haben bereits mehrmals bei mir auf den Busch geklopft. Vielleicht war meine Weigerung falsch. Bin ich erstmal Genosse, dann höre

ich mehr als jetzt. Ich könnte für meinen Schwager Bürgschaft leisten und ihn in die Partei nachholen. Als Mitglied der SED dürfte ich auch Wind bekommen, sollten Sie ins Gespräch gekommen sein ..."

Herr Kasprik, der Angestellte aus Groß-Wudicke, war bereits seit einem Jahr Parteimitglied geworden. Mit drei "Genossen" im Büro würde mein Ansehen wesentlich angehoben sein ... Also geschah es ...

In den letzten Oktobertagen war es wieder soweit, daß ich zur Büchse greifen mußte. Ich hatte meine Waffe gerade von Karlstal geholt, weil ich kaum während der Wintermonate erneut hinauffahren würde. Meine Frau sah im November ihrer Niederkunft unseres vierten Kindes entgegen. Bis dahin sollte sie nicht nur trockenes Röstbrot knabbern. Mein Bruder begleitete mich, als ich mich zum Kastaniendreieck nicht weit vom Forstamt aufmachte. Dort hatte ich ein einzelnes Stück Damwild, vermutlich einen Hirsch, gefährtet. Nicht weit von dem Platz, an dem unser Saufang gestanden hatte, setzten wir uns an. Ich hatte Schußfeld zu den Kastanien und Einblick ins anschließende Jagen, einen Mischbestand von Fichten, Eichen und Hainbuchen. Noch bei gutem Büchsenlicht trollte dort ein Damspießer durch den etwa dreißigjährigen Bestand. Nach Damwildart blieb er trollend in Bewegung, nur um hier und dort Eicheln aufzunehmen. Er schien nicht Kastanien im Sinn zu haben, sondern zog am Kastaniendreieck vorbei. In wenigen Minuten würde er außer Schußweite sein.

„Ich krieg' ihn nicht frei", flüstere ich meinem Bruder zu, während ich dem Spießer mit der Optik des Ziel-

fernrohres folgte. Dann stand mein Fadenkreuz vom Unterholz frei klar auf dem Träger (Hals), als der Hirsch sein Haupt heruntergebeugt hatte. Den Schuß auf den Träger hatte ich immer vermieden. Nur wenn die Kugel unmittelbar hinter dem Haupt trifft, bricht das beschossene Stück auf dem Anschuß zusammen, sonst pflegt einem solchen Schuß eine langwierige Nachsuche zu folgen. Seit dem glatten Durchschuß, mit dem zwei Hirsche auf der Strecke geblieben waren, hatte ich die spitzen Mantelgeschosse der Militärmunition zu Dum-dum-geschossen abgefeilt, die einen größeren Einschuß rissen. - Ich war bereits zu meinem bevorzugten Anschlag kniend heruntergegangen. Eine Astgabel gab mir Halt, das Fadenkreuz ruhig hinter das Haupt des Spießers zu setzen. Wie auf dem Schießstand atmete ich tief aus, behielt das Fadenkreuz auf der entscheidenden Stelle und berührte leicht den gespannten Stecher. Im Schuß brach der Spießer auf dem Anschuß wild schlegelnd zusammen. - Ich hielt meinen Bruder zurück, der sofort rüberlaufen wollte.
„Wart' ... ich hab's noch gesehen. Er hat die Kugel genau durch die Drossel, die Schlagader ist aufgerissen ... laß ihn ausschweißen ... Es war ein leichtsinniger Schuß, gottlob ging's gut ... Diese verdammte Jagd auf Fleisch!"
„So'n Zielfernrohr tut Wunder."
„Wunder?"
„Deine Hände zittern ..."
„Na ja, ich war ein bißchen aufgeregt, wir nennen es Jagdfieber."
Ich verschränkte meine Hände hinter dem Kopf und lehnte mich zurück.

„Diese verfluchte Fleischjagd", wiederholte ich. „Du spinnst", blickte ich durchs Fernglas. Der Hirsch ist verendet ... Ich seh' ihn ganz deutlich ... nichts 'zittert' ... komm jetzt!"
Wir bargen die Büchse und traten an das verendete Wild. Mit ein paar Handgriffen erledigte ich das Aufbrechen.
„Wär' ein schöner Köder für den Saufang gewesen, nun erledigen die Sauen die Schweinerei, ohne daß eine Falltür zuklappt."
Wir befestigten die Läufe des Hirsches an einer langen Stange und warteten bis zur Dunkelheit. Dann trugen wir unsere Beute nach Hause, wo das Stück am Haken an der Kellerdecke aufgehängt wurde.
In aller Frühe machte ich mich an das Herausschlagen aus der Decke. Unsere Schäferhündin, die mir Schröder als Wachhund beschafft hatte, verfolgte aufmerksam meine Hände, die ihr gelegentlich einen Bissen zuwarfen. Plötzlich sah ich blankgeputzte Schaftstiefel dicht am Kellerfenster vorbeilaufen.
„Volkspolizei! ... Haussuche!!!"
Meine Frau kam in den Keller heruntergestürzt, ergriff die Decke des Hirsches, die ich gerade abgetrennt hatte, um sie unter die Kellertreppe zu verstecken.
„Nicht wild werden!" rief ich ihr nach.
Mit einem kräftigen Stoß stieß ich mein Jagdmesser in den Halswirbel hinter dem Haupt des Hirsches, lief meiner Frau nach, um die Decke wieder hervorzuholen und unter den Wildkörper zu legen. Ich schnitt den zerrissenen Einschuß ab und warf ihn der Hündin zu, die das corpus delicti gierig herunterwürgte. Mit einem Lappen wischte ich meine Hände ab, zog meine grüne

Jacke an. Danach lief ich die Treppe rauf und schloß die Haustür auf, an die Volkspolizisten mit Fäusten schlugen und „Aufmachen!" brüllten.

„So früh, meine Herren? ... Und warum dieser Lärm?"

Vor mir standen der Oberwachtmeister aus Milow, daneben mein "Freund" Madrian, hinter ihnen eine Mannschaft von nicht weniger als zehn Uniformierten. Ich hatte mich an den Rahmen der Tür gelehnt und ließ mich nicht gleich zur Seite stoßen.

„Endlich haben wir den Herrn Hauptmann!", schrie mich Madrian schadenfroh an, „Heute bringen wir Sie hinter Gitter!"

„Und aus welchem Grund, darf ich fragen?"

„Waffenbesitz! ... Sie haben eine Waffe!"

„Landrat Albrecht hat uns zur Haussuche hierher geschickt!" schaltete sich der Oberwachtmeister ein.

„Dann zeigen Sie mir erst mal seine schriftliche Anweisung!"

Der Oberwachtmeister stutzte, doch sofort brüllte Madrian: „Die brauchen wir nicht, um Sie aufs Kreuz zu legen! Hier wird Wild gefressen! Das genügt, um Sie hinter Gitter zu bringen!"

„So, so, bei mir wird Wild 'gefressen'. Nun, meine Herren, bitte treten Sie ein. Ich schlage vor, im Keller zu beginnen."

„Wir suchen dort, wo wir wollen!" schrie Madrian und stürmte mit der Mannschaft die Treppe hoch.

„Wer, darf ich fragen, führt eigentlich das Kommando?" wandte ich mich an den Oberwachtmeister, der neben mir zurückgeblieben war. - Ich hatte ihn mal kennengelernt, als er in Milow meine Wagenpapiere überprüft hatte. Dabei hatte er sich korrekt verhalten und mir zu

verstehen gegeben, die Volkspolizei hätte den Befehl, jeden Wagen anzuhalten. Danach hatten wir noch ein paar belanglose Worte gewechselt, und er hatte mich mit den Worten „Na, dann bis zum nächsten Mal!" passieren lassen.
Der Oberwachtmeister zuckte mit den Schultern.
„Ich führe das Kommando, doch Madrian hat heute das große Wort."
„Das ist verfrüht", bemerkte ich.
„Nun ja, mal sehen, was dabei herauskommt ..."
Wir hatten uns in mein Zimmer begeben. Zur Feier des Tages langte ich eine Pappschachtel mit ein paar Zigarren hervor, die mir mein Vetter Walther aus Westberlin mitgebracht hatte. Der Oberwachtmeister lehnte dankend ab.
„Das war Ihre letzte Gelegenheit für eine gute Zigarre; wenn ich erst hinter Gittern sitze, werde ich selbst keine mehr haben."
Ich hatte mich an den Schreibtisch gesetzt und zog an meiner Zigarre ... „Nur Ruhe bewahren ... verrate dich nicht mit dem kleinsten Zucken der Wimpern ... deine Waffe ist wohl verborgen ... niemand hat dich je mit ihr in der Hand gesehen ... kein Mörder wird aufgehängt, wenn die Leiche fehlt ..."
Seit einer Stunde polterten die Nagelstiefel durch alle Räume des Hauses.
„Sagen Sie Ihren Männern", trat meine Frau ins Zimmer, „sie sollen gefälligst die Betten der Kinder zufrieden lassen. In ihren Matratzen befinden sich keine Kanonen oder wonach Sie sonst den ganzen Haushalt durchwühlen."

Der Oberwachtmeister rief zwei Polizisten herein, bevor er sich zu seinem Kommando begab, das tatsächlich alle Schubfächer mit Wäsche oder Geschirr herausgerissen hatte. Ich hörte, wie er Madrian zur Ordnung rief, der sich gerade über das Bett unserer kleinen Gundel hergemacht hatte. Traute und Elli schimpften mit schriller Stimme, es ging bei uns zweifellos hoch her ... Ich ließ die beiden Polizisten, die zögerten, mich daran zu hindern, stehen und rief dem Oberwachtmeister zu, er möge bitte runterkommen.

„Herr Graupner, der ganze Lärm da oben hätte vermieden werden können, wenn Sie, wie ich gleich riet, mit dem ganzen Quatsch unten im Keller angefangen hätten ... Wie Sie an der Haustür gebullert haben, war ich gerade dabei einem Damhirsch 'das Fell abzuziehen'."

Madrian hatte es von der Treppe herunterkommend vernommen. „Hurra, Jungens, --- wir haben ihn!"

Die Horde stürzte ihm nach. Aus dem Keller drang triumphierendes Gejohle. „Wir haben ihn ... Oberwachtmeister! ... Wir haben ihn!"

Graupner warf mir einen Blick zu, zuckte seine Schultern in einer Geste, die ich mit "was kann ich dafür" deuten konnte.

„Oberwachtmeister ... hier hängt der Beweis! ... Wir haben den Herrn Hauptmann!"

„Ich muß Sie auf der Stelle verhaften", wandte sich Graupner an mich.

„Sie halten Ihr Maul!" fuhr er Madrian an, der wieder „Wir haben ihn!" rief.

„Bitte nicht zu voreilig, Herr Oberwachtmeister. Welcher Beweis", zeigte ich auf meinen Spießer, „hängt hier?"

„Na, den haben Sie doch totgeschossen, sonst würde der doch nicht hier am Haken hängen!"
„Um hier vor aller Augen am Haken zu hängen, muß der Hirsch zwar mausetot, aber nicht unbedingt geschossen worden sein. Zeigen Sie mir Spuren eines Schusses ... Ich habe bisher keine gefunden."
Madrian drehte den Hirsch nach allen Seiten, ohne Spuren einer Kugel zu finden.
„Madrian, vorsichtig, stecken Sie Ihre Visage nicht zu tief zwischen die Rippen, es könnte Blut dran kleben bleiben. Das ist zwar nicht so schlimm wie Blut an den Händen ..."
Madrian warf mir einen giftigen Blick zu. „Im Verhör werden Sie auf allen Vieren kriechen!"
„Herr Graupner, nun lassen Sie mich in Ruhe erklären, warum der da am Haken hängt. --- Daß ich mich öfter im Wald befinde, dürfte unverdächtig genug sein. Als ich gestern an den Kastanien vorbei kam, ich meine die, die Sie auf dem Weg zum Forstamt sicher gesehen haben. Da sehe ich plötzlich, wie der Kopf eines Damspießers immer über dem Gras hin und her schwingt. Als ich darauf zuging, wollte der Hirsch hoch werden. Aber er schaffte es nicht, fiel wieder zurück. Ich sprang hinzu, bekam die Spieße zu fassen und haute ihm mein Jagdmesser ins Genick ... Sehen Sie", nahm ich das Messer zur Hand und schob es mühelos hinein. „Genau hier. Natürlich nicht so langsam, wie ich es Ihnen jetzt demonstriere, sondern ...", dabei zog ich mein Messer wieder heraus, „... so, mit diesem kräftigen Stoß", mit dem ich nun das Messer bis zum Handgriff erneut hineintrieb. „Jäger nennen diesen Hieb mit dem Jagdmesser 'abfangen'. Darin, gebe ich zu, habe ich Übung. Der

Hirsch war auf der Stelle tot. - Während ich ihm 'das Fell abzog'", fuhr ich fort, „habe ich weder eine Kugelspur noch den Grund herausgefunden, warum sich der Hirsch am Boden wälzte. Vielleicht hatte er Liebeskummer, denn die Brunftzeit beginnt bald ..."
Graupner drehte nochmal den Hirsch nach allen Seiten.
„Männer, ich kann keine Kugelspuren finden, den hat der Forstmeister tatsächlich mit seinem Messer kalt gemacht."
Inzwischen hatten sich meine Büroangestellten eingefunden.
„Nun laßt mal eure Finger von meiner Jagdbeute und kommt wieder nach oben."

Graupner bot ich einen Klubsessel zum Platznehmen an, ich selbst setzte mich an meinen Schreibtisch. Die Volkspolizisten blieben abwartend an den Wänden stehen.
„Borchert!"
„Herr Forstassessor!"
„Bringen Sie mir unser Wildhandbuch mit der Verfügung der Landesregierung!"
„Wildhandbuch und die Verfügung aus Halle", wiederholte mein Sekretär und trat mit einer gelungenen Kehrtwendung, der sein steifes Bein die persönliche Note gab, ab.
„So, Herr Graupner, hier ist die Verfügung unserer Regierung, nach der Forstmeister berechtigt sind, im Revier aufgefundenes Wild nach seinem Ermessen an die Belegschaft zu verteilen. Die Preise sind unterschiedlich festgesetzt. Meist hat das Fleisch bereits gelitten, wir nennen es anbrüchig. Entsprechend ist es billiger als frisches Fleisch. - Hier sehen Sie unsere Abrechnung

von zwei Wildschweinen. Wir fingen sie lebend im Saufang und bezahlten den entsprechenden Preis ... Hier ist ein Hirsch aufgeführt, der kaum noch zu genießen war, aber wie es sich gehört, haben wir auch ihn auf Heller und Pfennig bezahlt."

Stück für Stück wies ich die an die Forstkasse abgeführte Beträge für elf Stück aufgefundenes Wild nach. Dabei vergaß ich nicht die Portionen, die an Schimpf und die Waldarbeiter in Vieritz gegangen waren, die ich als sozial gesonnener Betriebschef aus eigener Tasche bezahlt hatte.

„Der Hirsch unten im Keller wird noch heute hier verteilt und korrekt bezahlt. Es handelt sich um eine von der Landesregierung ausdrücklich gebilligte Angelegenheit meines Betriebes. Den Hirsch können Sie nicht beschlagnahmen, noch werden Sie mich verhaften."

„Aber, ... Landrat Albrecht hat Ihre Verhaftung angeordnet!"

„In der Annahme, daß Sie mir Waffenbesitz nachweisen würden ... Wie Sie aus dem Wildhandbuch ersehen können, brauchen wir zum Auffinden von krank geschossenem Wild keine Waffen."

Die Genossen waren unsicher geworden. „Greif an!" schoß es mir durch den Kopf.

„Borchert!"

„Herr Forstassessor?"

„Verbinden Sie mich mit Landrat Albrecht!"

Es war eine Unverfrorenheit sondergleichen, den höchsten Vertreter der Landesregierung im Kreis, der ein Landrat nun mal ist, noch dazu in dieser Situation, von einem Forstamtsleiter ans Telefon rufen zu lassen. Ich konnte mich, jedenfalls in früherer Zeit, nur mit seiner Vorzimmerdame verbinden lassen, die "einen Moment, bitte" gerufen haben würde, um mich mit ihrem Chef zu verbinden. - Ich ließ den Genossen Albrecht gar nicht erst zu Wort kommen.

„Also das ist ja ganz unerhört, mir ein zwölfköpfiges Polizeikommando auf den Hals zu schicken und ohne eine schriftliche Anweisung meinen Haushalt auf den Kopf zu stellen ... Bitte unterbrechen Sie mich nicht ... Waffenbesitz? ... Mehr als lächerlich ... Nichts wurde gefunden, nichts ... Ich werde mich sofort in Halle über Sie beschweren ... Sie haben richtig verstanden ... beschweren. Ich übergebe an Oberwachtmeister Graupner!"

Ich setzte mich wieder an meinen Platz am Schreibtisch, während Graupner dem Landrat seinen Schlag ins Wasser beschrieb. Befriedigt verfolgte ich die Verwirrung, die dem Gespräch entnommen werden konnte, und zog - es war eine Verlegenheitsgeste - meine Schreibtischschublade auf. Keiner sah mein Erbleichen, als ich auf die blank eingeölte Reinigungskette mit ihrem Wolläppchen ein Löschblatt schob und das Schubfach geflissentlich wieder schloß.

Graupner legte den Hörer auf: „Genosse Albrecht hat seinen Verhaftungsbefehl aufgehoben. Morgen sollen Sie sich um elf Uhr beim Polizeichef Molkenthin zum Verhör stellen."

Auf der Treppe wandte sich Madrian noch mal zu mir um: „Sie kriege ich noch. Auf allen Vieren sollen Sie kriechen ..."

(Noch nach Jahren, in denen "die böse Zeit" längst der Vergangenheit angehörte, folgte sie mir in meine Träume. *Ich blickte in die Mündung einer Maschinenpistole, pirschte als "Jäger im Schatten" am Rand einer mondbeschienenen Dickung, barg hastig meine Büchse unterm Moos, oder barbarische Stimmen riefen: "Frau komm!"* ... Im Traum, der sich nicht auslöschen lassen wollte, *blitzte die verräterische Reinigungskette. Madrian hatte zugegriffen. Triumphierend hielt er mir ihr frisch eingeöltes Wollbündelchen hin. "Auf allen Vieren sollen Sie kriechen!"* In diesen drei Sekunden hatte mein Leben am seidenen Faden gehangen. Auf Waffenbesitz stand die Todesstrafe.)

Molkenthin war ein vernünftiger Mann. Ich nehme an, er war vor Ulbrichts Zeit bereits Polizeibeamter gewesen, dem es gelungen war, als politisch "nicht belastet" von den neuen Herren übernommen zu werden. Er sah interessiert ins Wildhandbuch, las die Verfügung aus Halle, klappte mein Entlastungsmaterial zusammen, um mich nach einigen belanglosen Fragen zu verabschieden.

Kurz vor Weihnachten kam ich mit meinem Wagen aus Genthin, wobei ich durch Vieritz fahren mußte. Mein Freund, der Bauer Bading, winkte mich in sein Haus. In seinem Guten Zimmer füllte er zwei Gläser.
„Darauf müssen wir einen heben!"
„Worauf denn?"
„Haben Sie nicht die Menschenansammlung vor Madrians Haus bemerkt?"
„Ich wunderte mich nicht weiter drüber."
„Vor einer Stunde hat sich dieser Schweinehund erschossen. Er hatte mal wieder seine Frau verprügelt. Da

hat sie ihn bei der Kommandantur angezeigt ... Stellen Sie sich vor, dieser Hund war SS-Führer gewesen! Als das Verhaftungskommando vorm Haus vorfuhr, erschoß er sich ... Schade", fuhr Herr Bading fort, „diesen Einfall hätte er besser früher bekommen sollen. Allein aus Vieritz hat er drei Männer auf dem Gewissen. Sie sind nicht mehr zurückgekehrt, nachdem sie abgeführt wurden. Dieser Lump hatte sie angezeigt."

Weil diese erlösende Nachricht ein guter Grund zum Feiern war, traf ich zu Hause mit Verspätung und schwerer Schlagseite ein ...

Am 11. November 1947 hatte meine Frau in dem kleinen Krankenhaus Klietz unser viertes Kind, unseren Helmuth, zur Welt gebracht. Am folgenden Tag fuhr ich mit Schröder rüber, um das Kind - es wog der bösen Zeit zum Trotz zehn Pfund - und seine glückliche Mutter zu begrüßen. Schwestern und Ärzte hatten den ungewöhnlichen Brocken allseits bewundert, und meine Frau wiederholte nur immer „Zehn Pfund ... und das in dieser Zeit!"

„Du vergißt mein 'Wildhandbuch' ...", war mein Kommentar.

Es war dunkel geworden, als Schröder und ich uns auf den Heimweg machten. Wir fuhren nicht auf der Chaussee zurück, sondern auf dem Landweg nach Wust. Förster Snehotta, der neben staatlichem Wald auch den Gemeindewald des Dorfes betreute, hatte Ärger mit seinem Bürgermeister bekommen. Ohne ein vorheriges Verfahren war er vor ein paar Tagen entlassen worden. Davon hatten weder Herr Schüler noch ich gewußt. Am Telefon hatte Schüler durchblicken lassen, daß wir dagegen etwas unternehmen sollten. Weil bei Telefongesprächen immer Abhörgefahr bestand, hatte ich bisher mit Herrn Snehotta noch keine Verbindung aufgenommen. So etwas geschah unter den damaligen Umständen tunlichst unauffällig. Der Novemberabend war dafür die beste Zeit.

Zwei Kilometer vor Snehottas Försterei blendete plötzlich vor uns Licht eines Beiwagenkrads auf. Es stand mitten auf dem Weg. Bevor Schröder daran vorbeifahren konnte, sprangen von rechts und links zwei sowjetische Soldaten auf den Wagen, und wir sahen in die Mündungen von Maschinenpistolen. Ich zog schnell den Zündschlüssel heraus und machte die Handbewegung des Fortwerfens, um ihn danach hinter meine Füße fallen zu lassen. Schröder schob mir die schwere Startkurbel rüber.

„Ich geh' 'meinem' an die Gurgel ..."
Ich also "meinem" mit der Kurbel ... hieß das.

Schröder war der Kerl, mit einem dieser Banditen mit bloßen Händen fertig zu werden, und mit der Kurbel würde mir ein Hieb über den Schädel meines Angreifers sicher gelingen, denn mit Widerstand rechneten sie nicht.

„Links neben dem Krad steht ein Dritter", konnte ich Schröder gerade noch rechtzeitig warnen.

Mit Stößen ihrer Waffen wurden wir gezwungen auszusteigen. Hände, die Übung im Filzen besaßen, rissen uns unsere Jacken ab, um Taschen und Futter zu durchwühlen und abzutasten. Unsere Personalausweise und was sonst an Papieren herausgerissen wurde, schmissen die Halunken ins Dunkle. Sie zwangen uns, die Schuhe auszuziehen, die ebenfalls im blendenden Licht des

Krades durchsucht und fortgeworfen wurden. Wütend fluchend, nichts gefunden zu haben, ging es nun an die Durchsuchung des Wagens. Schröders Werkzeug und meine Wolldecke flogen in die Richtung unserer Stiefel. Danach mußten wir unsere Hosen ausziehen, die wie vorher unsere Jacken keine Beute brachten. Nach diesem Schlag ins Wasser machten sich die Ganoven daran, den Wagen zu demolieren. Einer von ihnen stieß der Reihe nach sein Messer mehrmals in jeden Reifen, wobei er das Reserverad nicht vergaß. Sein Komplize zerschmetterte die Lampen, um danach mit mehreren Kolbenhieben die Windschutzscheibe zu zertrümmern. - Jetzt kamen wir dran, die wir barfuß in Hemd und Unterhose das erhebende Schauspiel verfolgt hatten. Uns gelang, mehrere Kolbenhiebe mit unseren Armen abzufangen. Dann fuhr das Krad dicht auf, unsere Peiniger stiegen zu, und der Motor heulte auf. Die Bande entfernte sich, um noch rechtzeitig an einem anderen Platz ihr Glück zu versuchen.

Es war nicht einfach, im nächtlichen Dunkel unsere Sachen wiederzufinden. Wir waren froh, als wir uns wenigstens unsere Stiefel anziehen konnten, um Meter um Meter den Platz nach unseren Papieren abzusuchen, die wir schließlich auch fanden. Schröders rechtes Ohr blutete von einem Kolbenhieb. Trotz allem waren wir noch glimpflich weggekommen. Erschlagene Deutsche oder vergewaltigte Frauen waren noch immer Vorkommnisse, über die weder von den Sowjets noch von ihren deutschen Genossen viel Aufhebens gemacht wurde.

„Schröder", brach ich das lähmende Schweigen, „meine Frau fühlte sich so wohl, daß sie am liebsten mit uns heimgefahren wäre. Der Arzt protestierte."

Wir brauchten eine Weile, um mit der Vorstellung fertig zu werden, was geschehen wäre, wenn der Arzt nicht sein "kommt noch nicht in Frage" ausgesprochen hätte.

Schröder faßte sich als erster, er machte sich auf den Weg zu Snehotta. Dessen Bruder kam mit seinem Gespann, um den Wagen abzuschleppen.

Ersatzteile oder Bereifung waren in jener Zeit bestenfalls "unter der Hand" im Rahmen von "Kompensationsgeschäften" zu beschaffen. Schröder rückte mit drei brauchbaren, bisher versteckten Reifen seine letzte Reserve heraus. Es gelang ihm auch, irgendwo eine Windschutzscheibe und passende Lampen auszubauen. Danach fehlten noch immer zwei Bereifungen. - Da sprang Revierförster Helmke mit einem "aufgefundenen" Überläufer ein, den ich bei demselben Mann in Rathenow, bei dem ich seinerzeit mein Motorrad gegen ein Wildschwein eingetauscht hatte, gegen zwei Bereifungen einhandeln konnte.

Aus guten Gründen hatte ich Helmke meine Zielfernrohrbüchse anvertraut. Bald nach der Haussuche waren Borchert und Schneider auf ihrem Weg zum Forstamt Radfahrern begegnet. Sie fuhren einzeln. Sie fielen dadurch auf, daß es immer verschiedene Personen waren, die ohne den auf dem Lande üblichen "Guten Morgen"-Gruß an ihnen vorbeifuhren.

Auch mir waren sie gelegentlich begegnet. Ich hatte sie zunächst für Leute gehalten, die sich nach Brennholz umsahen. Als einer von ihnen mich kommen sah, ging er auf ein paar aufgesetzte Kloben zu, deren Nummern er sich in einem Notizbuch aufschrieb. Ich hatte meinen Wagen angehalten, um ihn darauf aufmerksam zu machen, daß dieses Brennholz bereits verkauft wäre,

das Forstamt jedoch noch welches in Selbstwerbung abzugeben hätte. Statt einer Antwort setzte sich der Mann aufs Rad und verschwand. Kurz danach sah ich von meinem Fenster aus einen mir unbekannten Kerl, der mit auffallendem Interesse aufgesetzte Kloben auf dem Einschlag neben dem Weg nach Zollchow betrachtete. Herr Borchert ging rüber und erkannte ihn als einen der Radfahrer, die ihm morgens begegnet waren. Wieder gab der Mann keine Antwort, sondern radelte davon ...
„Wenn Genosse Albrecht solche Idioten ausschickt, um uns zu überwachen, können wir beruhigt sein", schmunzelte Borchert, als er zurückkam.

Daraufhin hatte ich an einigen Morgen noch vor Sonnenaufgang Posten bezogen. Ich beobachtete einen großen Kerl, der als schemenhafter Schatten den Weg zur bereits erwähnten kleinen Dickung am Obstgarten überquerte und in dieser untertauchte. Es war noch dunkel gewesen, und ich hatte ihn nur kurz wahrgenommen. Später war ich mit Herrn Borchert an die Stelle gegangen, an der ich glaubte, die Gestalt gesehen zu haben. Prompt fanden wir eine frische, tief im Sand eingedrückte Stiefelspur. Borchert hatte einen Ast abgebrochen und maß ihre Länge und Breite.
„Diese Spur fand ich seinerzeit am Saufang, damals glaubten Sie mir nicht, als ich die Hoffmanns verdächtigte ... Diese Spur stammt vom August Hoffmann!"
Die Burschen, die dachten, radfahrend könnten sie einen Jäger fassen, hatte ich nicht ernst genommen. Wenn die Hoffmanns mitspielten, die hier jeden Wildwechsel kannten, war mein Risiko zu groß.

Helmke hatte inzwischen die Ideallösung des Jagens unter den Augen der Sowjets gefunden. Er jagte zusammen mit dem Oberwachtmeister der Volkspolizei von Schollene. Dieser war "Landjäger" in Pommern gewesen, wie damals die berittenen Polizisten auf dem Lande in Ostdeutschland genannt wurden. Seinen Bruder hatten die Sowjets beim Vormarsch durch Pommern erschossen. Wie Helmke war er mit seiner Familie nach ihrer Vertreibung nach Schollene verschlagen worden. Später hatte ihn die neu aufgestellte Volkspolizei übernommen. Helmke und er waren Freunde geworden. Wir durften unbesorgt diesen Oberwachtmeister in unsern "grünen Kreis" aufnehmen.

Gelegentlich meldeten die Revierförster aufgefundenes Fallwild, das Borchert ins Wildhandbuch eintrug; denn wir wollten nach der Haussuche die Liste nicht abbrechen. Neben diesem "Fallwild" stießen meine Revierförster nach wie vor gelegentlich auf verendetes Wild, das tatsächlich von Sowjetsoldaten krankgeschossen und nicht nachgesucht worden war.

Schwarzwild hatte, da es nicht mehr wie früher planmäßig bejagt worden war, stetig zugenommen. Berechtigte Klagen der Bauern über Wildschäden häuften sich. Zu unserer Überraschung gestattete der Kreiskommandant Genthin Ende November groß angelegte Drückjagden auf Schwarzwild durch die Volkspolizei. Forstmänner blieben ausgeschlossen. Wie zu erwarten, waren die Sauen schlauer als das Massenaufgebot an Schützen. Nach drei sinnlosen Knallereien in meinem Nachbarrevier Altenplatow bzw. um Genthin, bei denen nicht ein einziges Schwein zur Strecke gekommen war, befahl der tobende sowjetische Kommandant, uns Forstmänner hinzuzuziehen.

So erschienen eines Tages Jagdkommandos der Volkspolizei bei mir. Polizeimeister Molkenthin händigte mir Schrotflinten für meine Förster mit je vier Brennecke-Patronen aus, die ich quittieren mußte. Ich wies darauf hin, mit vier Patronen würden wir wenig ausrichten können; aber Molkenthin hatte strikte Anweisung, keinem von uns mehr Patronen zu geben. Doch als wir beide in seinem Wagen Platz genommen hatten, zeigte er mir verstohlen eine Handvoll Brennecke, anscheinend aus seiner "schwarzen Kiste", von denen er mir noch mehr zusteckte. Für wie gefährlich galten wir Grünröcke, wenn man uns nur Schrotflinten mit vier Schuß zuteilte!

Brennecke-Geschosse wurden zu normalen Zeiten mit den Flintenläufen des Drillings vornehmlich auf dicht laufende Sauen verschossen. Grundsätzlich wurde von uns der Kugelschuß vorgezogen. Brennecke auf über vierzig Meter zu verschießen, war Munitionsverschwendung.

Außer uns waren noch zehn Volkspolizisten zur Jagd abkommandiert worden, so daß wir zusammen an die zwanzig Schützen waren. In aller Frühe ging's mit einem Lkw und Molkenthins Wagen bis zu den Kamerner Bergen herauf. Erlegtes Schwarzwild, so erklärte uns Polizeimeister Molkenthin, sollte an bedürftige Volksgenossen verteilt werden. Wir wechselten einen vielsagenden Blick.

„Dann wird unser Herr Landrat ja nicht zu kurz kommen ..."

Molkenthin nickte verstehend.

In den nun fast drei Jahren unserer klassenlosen Gesellschaft hatten sich Grenzen einer neuen Gesellschaftsordnung abgezeichnet, nach denen klar war, an welche "Bedürftigen" unsere heutige Strecke verteilt werden würde.

Meiner Rolle als Jagdherr glaubte ich am besten dadurch gerecht zu werden, indem ich den erfahrenen Förstern in ihren Revieren den Ablauf der Drückjagd überließ. Wir waren durchaus am Abschuß von Schwarzwild mit Rücksicht auf die Bauern interessiert und ignorierten den Ballast des Polizeikommandos.

Spätestens nach dem dritten Drücken wurde mir bewußt, daß mir meine guten Förster immer den "Fürstenstand" zugewiesen hatten, denn ich hatte einen seltenguten Anlauf! Leider enttäuschte ich meine Kollegen, indem ich einen Fehlschuß nach dem anderen verpulverte. Als ich mir gerade wieder einen solchen auf einen Keiler, der wirklich nicht besser kommen konnte, geleistet hatte, war es vom alten Förster Clemens von Hohengören beobachtet worden.

„Sowas ist ganz unmöglich, Herr Assessor - ganz unmöglich! Machen Sie mal einen Probeschuß mit Ihrem Schießprügel!"

Schnell befestigten wir mein Taschentuch an einem Stamm. Auf dreißig Meter beschoß ich das Ziel. Wir fanden keinen Einschuß. Weil meine letzte Patrone verbraucht war, mir Molkenthin daraufhin vier weitere ausgehändigt hatte, die ich ebenfalls verpulvert hatte, gab mir Herr Clemens eine von seinen. Mit dem zweiten Schuß hatte ich wenigstens den Stamm, jedoch einen Meter über dem Taschentuch getroffen. - Ich hielt es für richtig, Molkenthin das Trefferergebnis zu zeigen. Wenn ich als Leiter der Jagd an fünf Sauen vorbeigeschossen hatte, dann konnte das nur beabsichtigte "Sabotage" sein ... Ich ließ Molkenthin selbst den nächsten Schuß abgeben. Vor aller Augen schlug sein Brennekegeschoß dicht neben meinem weit über dem Taschentuch ein. - Ich hatte tatsächlich einen ganz üblen Schießprügel erwischt. Nein, wehrte ich ab, die Waffe wollte ich nun nicht mehr wechseln; jetzt kannte ich wenigstens ihren Haltepunkt. Vielleicht würde ich doch noch eine Sau treffen, bevor sie mich umlaufen würde.

Es fand eine Jagd statt, bei der mit den unmöglichen Flinten sämtliche Munition verballert wurde, aber dann und wann doch ein Stück zur Strecke kam. Im Revier von Snehotta, den ich trotz seiner Entlassung hinzugebeten hatte, schoß ich endlich einen Keiler, der selbst mit dem ältesten Vorderlader nicht danebengeschossen worden wäre, denn fast berührte ich ihn, als er nach Schwarzwildart, ohne seine eingeschlagene Richtung zu ändern, mich anrannte. Mein Nachbarschütze rechts war Herr Snehotta, der nächste Schütze links außer Sicht. Als der Keiler zwischen uns zusammenbrach, kam Snehotta in langen Sätzen zu mir rübergelaufen.

„Herr Assessor, dort drüben fand ich den Keiler, den ich vorgestern beschoß. Wir haben ihn auf der Nachsuche nicht gefunden."

„Los ... weg mit meinem! ... Schnell verblenden ... Ihren aufbrechen, den kann der Albrecht fressen. Das fällt den Brüdern gar nicht auf!"

Aus Snehottas Keiler blies uns beim ersten Schnitt der nicht gerade appetitliche Wind ins Gesicht, der Fallwild nach wenigen Stunden aufbläht. Wir hatten beide hinreichend Übung, um nach wenigen Minuten Snehottas

Keiler - "frisch erlegt und aufgebrochen" - aufs Gestell zu ziehen.

„Ich komm' morgen bei Ihnen vorbei."

„Ich hab' ihn gelüftet, keine Eile."

Südlich der Bahnlinie kam mir eine Bache mit fünf Frischlingen, die fast die Größe von Überläufern erreicht hatten, entgegen. Eingedenk des hoch liegenden Treffers überm Taschentuch hielt ich entsprechend tief, und einer brach im Feuer zusammen.

„Den kriegt Molkenthin!" setzte ich Helmke ins Bild, der zu mir herangelaufen war, um mir das Aufbrechen abzunehmen.

In Minutenschnelle war das Stück mit vereinten Kräften fertig gemacht. Ich winkte Molkenthins Fahrer heran, der mit dem Wagen in Sichtweite zurückgeblieben war.

„So, Jungchen, ... den kriegt dein Chef, und du hältst die Klappe ... verstanden?"

Wir bargen das etwa fünfzig Pfund schwere Stück im Kofferraum, bevor es weiterging.

Als bei einsetzender Dämmerung die Jagd von Förster Kutschke abgeblasen wurde, waren unsere blau uniformierten "Jagdgäste" von den vier gestreckten Sauen begeistert, während wir Grünröcke uns einig waren, "unter uns" wäre mit der halben Schützenzahl und unsern "schwarzen" Waffen die vielfache Strecke zusammengekommen.

Bald darauf fand ein Betriebsfest des Forstamts Altenplatow statt, zu dem uns mein Kollege Forstassessor Kroll eingeladen hatte. Solche Feste mit allen Arbeitern, Angestellten und Gästen der örtlichen

Verwaltung wurden damals zur Betonung unserer Volksverbundenheit oft veranstaltet. Um an diesen volkstümlichen Vergnügen nicht den Eindruck des Abseitsstehenden zu erwecken, pflegte ich trotz meiner Behinderung ein paar Tanzrunden mitzumachen. Ich hatte gerade meine Pflichtrunde mit der wuchtigen Frau Gemahlin des Genthiner Bürgermeisters in einem voluminösen schwarzen Seidenkleid hinter mir, als die Kapelle "Damenwahl" ankündigte. Auf mich kam eine nett wirkende Dame zu, die ich zum Tango in die Arme nahm. Sie verstand sich auf Tuchfühlung.
„Ihr Schweinchen war für uns wirklich eine gelungene Überraschung ...", flüsterte sie mir ins Ohr.
„Ich weiß von nichts ...!"
„Mein Mann hat auch keine Ahnung, wie es in den Kofferraum gesprungen sein könnte!"
„Wie schön ist's, an Wunder zu glauben ..."
„An schwarze ...", lächelte Frau Molkenthin.

Vor den Weihnachtstagen 1947 fanden wir eines Morgens unsere Schäferhündin vergiftet in ihrer Hütte liegend vor.
Zum zweiten Mal hatte eine Bande unbemerkt in unserm Stall alle Legehennen und eines unserer beiden Läuferschweine geschlachtet und gestohlen. Wie beim ersten Einbruch stellte der herbeigerufene Polizist aus Groß-Wudicke einen Einbruch fest. Damit war für ihn der Vorfall erledigt. Immerhin erstattete er Polizeimeister Molkenthin Meldung, der zu unserer Überraschung am Nachmittag nach Hohenheide kam. Auf seine Frage nach Verdachtspersonen zuckte ich die Schultern.
„Was nützt es mir, wenn ich wieder einer Handwagen-

spur folgen würde, um den Polen Len beim Verspeisen seines ehrlich erworbenen Schweinebratens zu stören."
Molkenthin verstand.
„Ich wollte mich aus einem ganz bestimmten Grund am Tatort selbst überzeugen, daß bei Ihnen eingebrochen worden ist. Was ich Ihnen jetzt sage, hat unter uns zu bleiben!"
Ich versprach es.
„Landrat Albrecht", fuhr Herr Molkenthin fort, „ist dabei, gegen Sie Anklage wegen Schwarzschlachtung zu erheben ..."
„Wegen Schwarzschlachtung?!"
„Es wurden damals keinerlei Hinweise für Ihre Behauptung gefunden, daß Ihre zwei Läufer gestohlen wurden."
„Abgehackte Hühnerköpfe und Blutlachen im Stall dürften wohl genügt haben, um meine Behauptung eines Diebstahls zu beweisen!"
„Sie könnten", so Landrat Albrecht, „die Schweine selbst geschlachtet haben, um damit Ihrem Ablieferungssoll zu entgehen."
„Für wie verrückt hält mich der Albrecht eigentlich? Wer würde sechzig Pfund schwere Läufer schlachten, die ihm nach einem halben Jahr das dreifache Gewicht gebracht hätten?"
„Ich bedauere, damals nicht selbst nach Hohenheide gekommen zu sein. In der Gerichtsverhandlung kann ich nur auf das damals aufgenommene Protokoll des Volkspolizisten aus Groß-Wudicke hinweisen. Wie Sie wissen, hat sich dieser Bursche inzwischen nach dem Westen abgesetzt. Dessen Feststellung ist damit wertlos geworden. Ich kann daher bei der Verhandlung gegen Sie

hauptsächlich nur das aussagen, was ich heute mit eigenen Augen hier gesehen habe. Darauf können Sie sich verlassen, auch wenn meine Aussage dem Albrecht nicht passen wird. - Doch Schwarzschlachtung ist nicht alles, was sich über Ihnen zusammenbraut. Sie haben weder Ihr Eier- noch Getreideablieferungssoll erfüllt und - was noch schlimmer ist - mit Siemens in West-Berlin ein Kompensationsgeschäft abgeschlossen. - Bitte denken Sie daran, keine unbedachte Bemerkung über die Information zu machen, die ich Ihnen gegeben habe."

Der Einbruch und Molkenthins Vorwarnung trugen nicht zur Stimmung bei, in der wir das dritte Weihnachten nach dem Krieg verbrachten. Wochen und Monate schlichen dahin, ohne daß bei mir eine Anklageschrift eingetroffen war. Vielleicht, begann ich zu hoffen, hatte der Landrat die auf sehr schwachen Füßen stehende Anklage fallen lassen.

Die Zeit der Frühjahrsbestellung 1948 hatte begonnen. Das mir wiederum zu spät bewilligte Saatgut hatte ich nur zum Teil auf der kleinen Fläche einbringen können, die Kienscher mit meinem "Dienstgespann" vorbereitet hatte. Im vergangenen Jahr hatte Herr Bading im Herbst davor mit seinem Traktor mein Land gepflügt, und im Frühjahr Eggen, Eindrillen und später das Mähen und Ausdreschen übernommen.

Nach dem Abschluß der Bodenreform waren die Kommunisten mit der Einrichtung von "Maschinenausleihstationen" einen Schritt weiter gegangen. Das machte den noch verbliebenen Besitzern größerer Bauernhöfe das Überleben noch schwerer.

Die Ausleihstationen von landwirtschaftlichen Maschinen waren von der Presse als eine umwälzende Maßnahme nach dem Vorbild der "Großen Sowjetunion" angekündigt worden. Ihre Durchführung ging denkbar einfach vor sich: Besitzer von Traktoren mit modernen landwirtschaftlichen Maschinen übergaben sie "freiwillig" im Sinne des sozialen Fortschritts den örtlichen Ausleihstationen.

Bei den beiden Bauern Bading und Michael in Vieritz erfolgte die "freiwillige" Übergabe, indem Genossen, die bisher an der Durchführung der Bodenreform gearbeitet hatten, auf ihren Höfen mit Lastwagen erschienen. Sie verlasen ihnen einen im sozialistischen Jargon formulierten Aufruf, nach dem nunmehr besonders Traktoren den Neubauern, die nur in den seltensten Fällen Gespanne besaßen, bei ihren Aufgaben, den Fortschritt voran zu treiben, helfen sollten.

Bading und Michael wußten nur zu gut, daß sie bei Widerstand sofort das gefürchtete Gerichtsverfahren wegen "Sabotage" am Hals haben würden. Ihre Traktoren wurden gestartet, eine Dreschmaschine oder Scheibenegge daran gehängt, und ein Genosse auf dem Traktorsitz winkte ihnen zu, als er mit dem gestohlenen Eigentum davonfuhr. Restliche Geräte wurden auf LKW geladen, um den Traktoren zu folgen. - Weder Bading noch Michael konnten ihre Bestellung durchführen. Als Folge davon blieb auch der größte Teil meiner Felder unbestellt.

Grundsätzlich gesehen, ist der Gedanke, landwirtschaftliche Maschinen mit Schaffung von Ausleihstationen rentabler zu nutzen, nicht von vornherein zu verwerfen. In Betrieben mittlerer Größe werden sie oft nur wenige Tage im Jahr gebraucht, und sie sind für den Eigentümer eine schwere finanzielle Belastung. Doch in der sowjetischen Besatzungszone wurden die Maschinen bevorzugt den Neubauern zur Verfügung gestellt, während die ursprünglichen Eigentümer - wenn überhaupt - zuletzt drankamen. Hinzu kam im sozialistischen System die mangelnde Pflege durch uninteressierte staatliche Arbeiter, so daß bald nur ein Teil der Maschinen zur richtigen Zeit einsatzbereit war.

Unter diesen Umständen fiel es mir zunehmend schwer, mich auf meine Aufgaben eines Forstmeisters zu konzentrieren. Eines Forstmeisters? Nach nun zweieinhalbjähriger Tätigkeit als ein solcher waren meine Bemühungen, endlich mit Nachholung meines Staatsexamens zum Forstmeister ernannt zu werden, erfolglos geblieben. Wer in der Sowjetzone zu einem Staatsexamen, gleichgültig auf welchem Fachgebiet, zugelassen werden wollte, mußte mit dem Parteibuch der SED nachweisen, dieses Privilegs würdig zu sein. Weder mein Freund Kroll von Altenplatow noch ich konnten uns dazu durchringen, vor dem System in die Knie zu gehen.

Nach dem Einmarsch der Roten Armee hatten allerlei Leute aus dem politischen Untergrund oder Konzentrationslagern kommend, ihre Befreier begrüßt und geglaubt, Moskau würde in internationaler Solidarität mit der Arbeiterklasse nun deutschen Kommunisten gestatten, ein auf deutsche Verhältnisse zugeschnittenes Staatssystem aufzubauen. Sie konnten nicht ahnen, daß bereits lange vor dem Krieg deutsche Kommunisten in

Moskau für den Aufbau eines kommunistischen Systems im Sinne der Sowjetunion geschult worden waren. Im Zuge dieser Schulung waren diejenigen, die an der Verwirklichung dieses Ziel in irgendeiner Weise Kritik übten, in Sibirien oder auf andere Art spurlos verbracht. Kaum hatten die Sowjets die rote Fahne auf dem Reichstagsgebäude über dem noch brennenden Berlin gehißt, als sie auch schon einen zuverlässigen Interessenvertreter in ihrer Besatzungszone wußten - den bereits erwähnten Walter Ulbricht.

Er hatte es verstanden, jeden Versuch deutscher Kommunisten und Sozialdemokraten, ein marxistisches System nach deutscher Vorstellung aufzubauen, im Keim zu unterbinden. Bedenkenlos befolgte er die Befehle Stalins und setzte sie noch einen Zahn schärfer in vielen Gebieten um. Spätestens 1948 war zu erkennen, daß Moskau nicht im entferntesten daran dachte, in seiner Besatzungszone demokratische Verhältnisse zuzulassen. Ihre deutschen Regierungsvertreter gaben in ihrer Presse immer wieder zu Kenntnis, daß die Demontagen seitens der Sowjetunion nun eingestellt würden. Die Gewerkschaften neuen Stils unterstützten sie mit tönenden Dankestelegrammen an den "Großen Genossen Stalin".

Der "Große Genosse" indes schien nicht auf die Reparationsleistungen verzichten zu wollen und zog die Schraube der totalen Ausplünderung seiner neuen Kolonie noch stärker an.

Nach wie vor rollten auf allen Gleisen der sowjetischen Zone mit allen möglichen Gütern beladene Waggons, die auf den größeren Eisenbahnknotenpunkten zu endlosen Güterzügen zusammengestellt wurden. Meist bewegten sich die Züge nachts, bis sich das unentwegte Geräusch rollender Räder im Osten verlor.

Mit Vieh vollgepfropfte Waggons, andere, mit technischen Geräten, Maschinen und Möbeln beladene, waren uns zum gewohnten Anblick geworden. Dazwischen konnten wir immer wieder einen verriegelten, von sowjetischem Militär schwer bewachten Waggon erkennen, in dem unglückliche Menschen ihrem furchtbaren Schicksal entgegenfuhren, das sie in den Zwangsarbeiterlagern in Sibirien erwartete.

Meine Hoffnung, im entferntesten Winkel der Provinz Sachsen-Anhalt der bösen Zeit entrinnen zu können, hatte sich nicht erfüllt. Doch die Enttäuschungen und Widrigkeiten wurden durch kleine Begebenheiten ausgeglichen, mit denen meine Revierförster mich gelegentlich überraschten.

So hatte mich der älteste Förster meines Forstamts, der alte Herr Clemens, eines Tages gebeten, nach Hohengöhren zu kommen. Herr Clemens hatte sich trotz seiner fünfundsiebzig Jahre auf Wunsch seiner Gemeinde, deren Wald er seit Jahrzehnten betreute, noch immer nicht in den Ruhestand versetzen lassen.

Er führte mich zuerst in seinen vorbildlich in Ordnung gehaltenen Pflanzgarten. Einige hunderttausend Kiefersämlinge wuchsen hier in schnurgeraden Reihen heran. In den letzten drei Jahren waren keine Kulturen mehr angelegt worden, deshalb war es zum Verpflanzen der Sämlinge allerhöchste Zeit. Weil ich in allen Förstereien das Abräumen von Brandholz vorangestellt hatte, zum Auspflanzen mit dem erforderlichen Pflügen weder Gespanne noch genügend Arbeitskräfte vorhanden waren, hatte ich, nicht zuletzt auch auf meine geplante Zapfensaat hin, noch keine Kulturpläne erstellt. Herr Clemens winkte ab, als ich ihn fragen wollte, auf welche Weise er das wertvolle Pflanzmaterial unter den gegebenen Schwierigkeiten noch verwerten könnte. Er führte mich nur zwei Jagen weiter und wies auf eine vier Hektar große Schlagfläche. Dort standen auf ausgepflügten Streifen dreijährige Kieferpflanzen. Diese Kultur, erklärte der alte Herr, habe er in Zusammenarbeit mit seinem Bürgermeister und dem örtlichen Lehrer durchgeführt. Bauern aus Hohengöhren hatten noch bei mildem Winterwetter die Pflugstreifen fertiggestellt.

Auf einer Gemeindeversammlung hatte Herr Clemens das Wort ergriffen und an die Bauern appelliert, ihren Wald nicht seinem jetzigen Zustand zu überlassen. Daraufhin hatte der Lehrer vorgeschlagen, mit Schulkindern die Pflänzchen zu setzen. Dieser Vorschlag hatte allseitige Zustimmung gefunden. Der von unten heraus getragene Wille, die Spuren des Krieges zu tilgen, hatte um sich gegriffen, so daß sich zur Pflanzzeit auch Frauen einfanden, die sich unter die lärmende Kinderschar mischten. Gegen Ende der Arbeit segneten Regenfälle die gute Tat, so daß jetzt alle Sämlinge in frischem Grün ihrer Zukunft entgegenwuchsen.

Mit seiner gelungenen Kultur hatte der alte Herr Clemens das Zeichen einer wirklich freiwillig geleisteten Arbeit gesetzt, der nicht die Heimtücke der "freiwilligen" Leistungen das Gepräge gab, die von roten Genossen erzwungen worden waren. - Ich konnte an diesem Frühlingstag dem alten Herrn Clemens nur bewegt die Hände drücken.

„Wir schaffen's, Herr Assessor, wir schaffen's. - Ich

erlebe es nicht mehr, aber Sie sind noch jung, Sie werden im Land Schollene grüne Bestände heranwachsen sehen ... das wünsche ich Ihnen ...!"

Auch der alte Herr Schütze von Schollene war nicht untätig geblieben.
„Ich habe zwar meine Zweifel, wenn ich an Ihre Zapfensaat denke. Aber vielleicht haben Sie recht. Für mein Revier kriege ich nie genug Arbeitskräfte, auch nicht, wenn in Hohengöhren Schulkinder einspringen würden. Solange der jetzige Bürgermeister in Schollene das Wort führt, kriege ich von seiner Seite nicht die geringste Unterstützung. Er würde den Lehrern einfach verbieten, Schulkinder für 'solch nutzlose Arbeiten' einzusetzen."
An einer abgeräumten Kahlfläche bat mich Herr Schütze zu halten.
„Dies hier ist eine kleine Überraschung für Sie ..."
Wir gingen über die Fläche, ohne daß mir zunächst etwas auffiel. Dann entdeckte ich die Zapfen, die überall verstreut lagen. Sie waren zum Teil leicht mit losem Sand bedeckt.
„Auf diesen fünf Hektar ließ ich Zapfen auswerfen. Drei mit mir befreundete Bauern besorgten mit Gespannen das Eggen. Das ging wegen der vielen kleinen Stubben nicht voran. Da haben wir starkes Reisig an die Rungen angebunden und damit ging's kreuz und quer über die Flächen. Wenn Sie genau hinsehen, ist der größte Teil der Zapfen mit etwas Sand bedeckt. Sollten Sämlinge hochkommen, dann kommen sie wie Haare auf dem Hund, und wir brauchen nicht zu hacken."

Vier Hektar in Hohengöhren, fünf Hektar im Revier Schollene - überlegte ich, als ich in meinem Arbeitszimmer meine Eintragung auf der Revierkarte machte. Was bedeuten schon diese neun Hektar angesichts der zehntausend, deren Aufforstung bevorstand?
Alles bedeuteten sie! Es war - und das ohne Anweisung von mir - ein Anfang gemacht worden. Ein Anfang, mit dem ich der örtlichen Bevölkerung gegenüber in Zukunft die Trommel rühren konnte: „Seht, was in Hohengöhren und Schollene gelungen ist! - Es geht euch alle an, daß das Land Schollene wieder grün wird! ... Faßt zu!!"

Als ich bald danach wieder einmal von den Kamerner Bergen auf mein Revier herunterblickte und den Kähnen auf der Havel zusah, die still durch die Wiesen dahinglitten, durchströmte mich das Gefühl, mein Revier, das Land Schollene liebgewonnen zu haben, daß ein gütiges Schicksal seine heilende Hand über die Erinnerung an Krieg und Vertreibung gelegt hatte. Was bedeuteten da schon Überfälle, Diebstähle, ein niederträchtiger Landrat oder andere Genossen, die mir heute das Leben schwer machten. Es hieß jetzt durchzuhalten ...

Als Herr Kutschke eines Tages bei mir zu tun hatte, holte er zum Entzücken unserer Kinder einen jungen schwarzen Langhaardackel aus seinem Rucksack. Weil wir doch im Augenblick keinen Hund hätten! Ich hätte am liebsten das Dackelchen sofort zurückgegeben. "Häng in dieser bösen Zeit dein Herz an nichts ...", hatte ich mir beim Anblick unserer vergifteten Schäferhündin vorgenommen. Aber meine Frau und ich brachten es nicht übers Herz, den jubelnden Kindern ihre Freude zu nehmen. So wurde "Waldi" in wenigen Tagen Familienmitglied, mit dem die Kinder nicht müde wurden, im Haus und draußen herumzutollen. Unter den vielen Hunden, die wir besessen haben, blieb uns dieser Dackel neben seiner Rolle als Spielgefährte unserer Kinder deshalb so bleibend in Erinnerung, weil er vom ersten Tag an alles fraß, was er in seiner Futterschüssel vorfand. Nachdem er mit offensichtlichem Appetit selbst gekochte Kartoffelschalen heruntergeschlungen hatte, behauptete ich, dieser Dackel würde ohne weiteres selbst rohe Salatblätter nicht verachten. Es war völlig belanglos, womit wir ihn fütterten, Waldi blieb trotz seines Herumtobens mit den Kindern gleichbleibend kugelrund.

Die gelungenen Kulturflächen der alten Herren Clemens und Schütze und nun die Aufmerksamkeit von Herrn Kutschke gaben mir die Gewißheit, daß ich im Kreis meiner Kollegen aufgenommen war. Ich war sehr glücklich.

An einem heißen Juni-Nachmittag 1948 saßen wir alle im Schatten der Veranda. Unsere Kaffeepause lag hinter uns, meine Büroangestellten waren nach Hause gegangen, während wir nun auf die abendliche Abkühlung warteten. Ich erinnerte mich einiger Akten, die Herr Borchert mir mit der Bitte auf meinen Schreibtisch gelegt hatte, sie für unsere Ausgänge morgen zu unterschreiben. So setzte ich mich an meinen Arbeitsplatz, überflog die Vorgänge und setzte meine Unterschriften darunter. - Plötzlich standen fünf Russen auf dem Hof.

Noch bevor sie auf die Treppe zugingen, wußte ich, wir hatten es nicht mit zufällig vorbeiziehenden Soldaten, sondern mit Banditen in Uniform zu tun. Ich konnte gerade noch zur Veranda eilen, um mit „Fünf Russen!" meine Familie zu warnen. Danach gelang mir noch, im Büro Borcherts Wolldecke über den Telefonapparat zu breiten. Es war eine Impulsivhandlung.

Ich hatte mit der Vermittlung Groß-Wudicke vereinbart, nach Dienstschluß mein Telefon mit dem Volkspolizisten Groß-Wudicke zu verbinden, so daß ich ihn auch nachts erreichen konnte.

Das getan, standen die fünf Banditen bereits im Flur. Es gelang mir, sie ins Büro zu drängen, wo sie sofort daran gingen, Schränke und Schubladen aufzureißen. Sie wandten sich beim Anblick des Aktenkrams enttäuscht ab. Ihr Rädelsführer verlangte Essen. Ich zuckte die Schultern.

„Wir nix Essen haben."
„Wollen Essen … Du bringen!"
Was tun? - Ich rief meine Frau in mein Zimmer, hatte dabei die Tür zum Büro hinter mir geschlossen.
„Ich koch schnell Kartoffeln, ich hab' nichts anderes da."
„Ihr warten … bekommt ihr Kartuschki!"
Ich zog Herrn Kaspricks Tisch von seinem Platz und stellte fünf Stühle dazu. Die Eindringlinge nahmen Platz.
„Wie lange dauern Kartuschki?"
„Müssen kochen!"

Das Schweigen, mit dem "Kartuschki" erwartet wurden, wurde von Minute zu Minute drohender. Endlich war es soweit. Meine Frau trat mit einem großen Kochtopf und einem Packen Zeitungspapier herein. Nicht gerade sanft setzte sie den heiß dampfenden Topf auf die Mitte des Tischs. Vor jeden der "Gäste" breitete sie Zeitungspapier, holte aus ihrer Küchenschürze Messer und Gabeln, die sie in einem Haufen neben den Topf legte. Ohne die Russen eines Blickes gewürdigt zu haben, schloß sie wieder die Tür hinter sich. Die Soldaten musterten enttäuscht "Essen".

„Kartuschki in Uniform!", knurrte ihr Anführer. Aber sie begannen, die Kartoffeln zu schälen. Ich nutzte einen kurzen Augenblick, um nach meiner Frau zu sehen. Sie stand mit Elli und Traute im Flur.

„Ihr müßt verschwinden!"

„Wohin denn?"

Ich konnte in der gebotenen Eile nichts Vernünftiges antworten.

„Ich bleibe", entschied Traute.

„Ich auch", ergänzte Elli.

Zutiefst erschrocken kehrte ich zu der roten Bande zurück ... Wohin? ... Wohin? ...

Ich setzte mich mit dem Rücken zum Fenster auf Borcherts Tisch. Wortlos, nur dann und wann untereinander mir unverständliche Bemerkungen machend, kauten die Uniformierten unsere Kartoffeln. Es war ihnen unschwer anzusehen, was sie im Schilde führten. Das, wovor ich meine Frau bisher hatte bewahren können. Und das kam jetzt auf uns zu ...

„Wieviel Frauen hier?"

„Egal Frauen! ... Nix 'Frau komm'!"

Ihr Anführer, ein untersetzter Asiat, maß mich mit einem drohend tückischen Blick.

„Ich fragen, wieviel Frauen!"

„Ich sagen 'Nix Frauen'!"
Der Rädelsführer schob seinen Stuhl zurück ...
Jetzt! - Mit jäher Bewegung riß ich die Decke vom Telefon, hob den Hörer ab, drehte die Kurbel. Zu meinem Glück meldete sich der Polizist in Groß-Wudicke sofort. Er stammelte etwas von einer Reifenpanne ...
„Mann, sprechen Sie! Legen Sie den Hörer nicht fort, immer nur reden! Kommandantura Genthin!!! ... Bitte Kommandant! Major ... hier fünf deine Soldaten ... Frau komm ...!"
Gottlob war der Polizist so verdattert, daß er immer wieder fragte, was bei mir los wäre, ob ich betrunken wäre ...
„Major sofort kommen!? ... Danke, Major. Bitte auch Kommandant Klietz kommen! ... Werden hier sein gleich? ... Sehr gut, Kommandant, danke Kommandant, auch Wassilij mitbringen ... das sehr gut!"
Während ich dies sinnlose Durcheinander in den Hörer gerufen hatte, war mir die Bestürzung in den Mienen der Banditen nicht entgangen.
Bluff gelungen! ... Angstsprung nach vorn! ...
„Raus!!!" brüllte ich, „Raus!" und ließ auf die Banditen sämtliche Flüche in polnischer Sprache los, die mir in den Sinn kamen. Ich hatte einen Stuhl ergriffen und ging mit ihm auf den Asiaten los. „Raus!!!"
Durch mein Zimmer ... auf den Flur ... jetzt die Haustreppe runter ...
„Ihr weg hier ... Dawai ... Kommandant kommen ... euch erschießen!!!"
Am Hoftor wandte sich der Rädelsführer um, drohte mit der Geste des Kehledurchschneidens „Kommen wieder!"

Sichtlich in Eile, verschwanden sie auf dem Weg nach Zollchow.

Schritt um Schritt ging ich die Steinstufen hoch, lehnte mich, am Ende meiner Nerven, an den Türrahmen. Meine Frau wischte mir die Schweißtropfen von der Stirn. Meine Eltern, Traute und Elli kamen hinzu.

„Junge", hörte ich meinen Vater, „das ging noch gut ab."

„Das wird sich erst herausstellen, was, wenn das Gesindel heute nacht wiederkommt?"

Wir alle schwiegen beklommen.

„Wir können doch nicht fortlaufen, das Haus im Stich lassen ... wohin sollten wir?" fragte meine Frau.

„Wohin ... wohin ... wo gibt's in dieser bösen Zeit einen Winkel, wo wir in Sicherheit wären?" überlegte ich.

Ich ging ins Büro zurück, nahm den Telefonhörer auf und drehte die Kurbel ... Keine Antwort ... Wir waren auf uns allein gestellt! Ich winkte meine Frau beiseite.

„Bitte mach' für mich ein paar Stullen und die Feldflasche fertig. Ich werde über Nacht Posten beziehen. Ich erklär's dir noch. Die Eltern brauchen's nicht zu wissen, kein Grund zur Panik."

Danach ging ich zum Wagen raus, füllte den Tank auf und vergewisserte mich, daß der Reservekanister gefüllt unter dem Hintersitz auf seinem Platz stand. Das Starten klappte mit dem Zündschlüssel. Auch das war wichtig für mein Vorhaben, bei dem kein Versagen passieren durfte. Das getan, fuhr ich den Wagen zur "Hügelgarage", ließ ihn rückwärts hochrollen und stellte den Motor ab. In dieser Stellung war er jederzeit startbereit. - Ins Haus zurückgekehrt, ließ ich die Meinen wissen, für heute nacht angekleidet in die

Betten zu gehen.

„Was hast du vor?" flüsterte meine Frau.

„Dort drüben werde ich hinter einem Stapel Kloben Wache beziehen."

„Doch nicht etwa mit deiner Büchse?"

„Wie anders soll ich verhindern, daß die Banditen heute nacht Nemmersdorf wiederholen? ... Bitte keine 'tausend Ängste', ich habe meinen Plan. Es ist unwahrscheinlich, daß die Bande zurückkommt. Ich will nur auf Nummer Sicher gehen. Alles wird glatt abgehen, gute Nacht ..."

Wie gut, daß ich vor ein paar Tagen meine Büchse zurückgeholt hatte. Helmke hatte bei einem Sturz mit dem Motorrad einen Beinbruch erlitten, er lag im Krankenhaus Klietz.

Als die Sommernacht dann begann, wickelte ich in Deckung hinter dem Kloben meine Stullen aus. Mit wachen Sinnen ließ ich mir Zeit, mein verspätetes Abendbrot in aller Ruhe zu kauen.

Dann faltete ich das Papier zusammen, trank ein paar Schlucke noch warmen Kaffees, den meine Frau sogar mit einigen kostbaren Bohnen bereichert hatte. Die Spannung der letzten Stunden war gewichen. Als "Jäger im Schatten" fühlte ich mich mit meiner Büchse in der Hand so sicher, wie es nur der mit dem Forst vertraute Jäger empfinden kann. Der Nachthimmel hatte sich leicht bewölkt. Doch das Fadenkreuz zeigte mir gleichbleibend klar jede einzelne Treppenstufe, die Klinke der Haustür und die Fensterkreuze in der verputzten Hauswand. Auf siebzig Meter würde ich dort drüben einen runden Bierfilz treffen.

War mein Plan der eines Wahnsinnigen?

Er war gewagt, aber ich hatte den Punkt erreicht oder war zwangsläufig an der Schwelle angelangt, auf mich gerichtete Gewehrmündungen und das grauenerregende "Frau komm!" nicht mehr hilflos ertragen zu können ...

Sollten die Banditen zurückkommen, würden sie bestimmt erstmal die Treppenstufen hinaufgehen, vor der Tür ein Knäuel bilden. Es würde leicht sein, gleich mit dem ersten Schuß zwei zu erwischen, den dritten noch in den Sekunden der Verwirrung. Um die Übriggebliebenen brauchte ich mich nicht zu kümmern. Sie würden nicht nur fortrennen, sie würden in Teufels Küche kommen, bei ihrer Einheit Meldung zu erstatten. Angenommen, um 24 Uhr wäre das Drama beendet. Frühestens um neun Uhr konnte die Polizei mit den Sowjets am Tatort sein. Weitere vier Stunden würden bis zum landesweiten Alarm verstreichen. Also zehn bis zwölf Stunden hatten wir Zeit. Bis dahin würden wir längst im Hannoverschen in Sicherheit sein!

Den Fährmann der Arneburger Fähre bei Klietz konnten wir in einer Stunde erreichen. Weil noch immer Flüchtlinge umherirrten, die nächtens mit dem Schlag an die Pflugschar am Ostufer der Anlegestelle ihr banges Signal durch die Nacht schickten, pflegte der Fährmann in der Bodenkammer eines Hauses am Ostufer der Elbe die Nacht zu verbringen. Er stellte keine Fragen, forderte keinen Lohn, wenn er sich den breiten Gurt um seine Schultern legte, um im Schweigen der Nacht die Fähre durch die Dunkelheit gleiten zu lassen. Im kleinen Arneburg lag kein sowjetischer Posten oder ein Kommando der Volkspolizei. Vor einiger Zeit hatte ich zusammen mit Schröder die Wegstrecke bis Osterburg "für den Fall der Fälle" erkundet. Niemand hatte uns, weder auf der Hin- noch auf der Rückfahrt, angehalten. Mein Dienstausweis der Landesregierung würde außerdem etwaigen Kontrollen genügen, zumal Arendsee in meinem Personalausweis als mein Geburtsort eingetragen war. Noch vor Beginn des täglichen Verkehrs konnte ich Ziessau auf einem unauffälligen Landweg umfahren. Danach würde Vadder Prehm weiter wissen, der wie auch andere Bauern Ziessaus noch immer dann und wann mit seinem Gespann unbehindert ins Hannoversche fuhr.

Mein Plan mochte meiner Verzweiflung und nicht mehr tragbarer Hilflosigkeit unter Druck der bösen Zeit entspringen, er war durchführbar, keineswegs wahnwitzig.

Meine Eltern würden zu Saßmannshausens gehen, mit dem ersten Frühzug über Stendal Osterburg und Arendsee erreichen. Elli und Traute würden wir in Karlstal absetzen, von wo die Töchter Kutschkes sich ihrer annehmen würden. Es gab - wie früher in der amerikanischen Sklavenzeit - in der Sowjetzone eine unsichtbare Kette namenloser Helfer, die Verfolgte von Ort zu Ort in sichere Hände übergaben. Mein Wagen mit meiner Frau, unseren Kindern und ohne Verdacht erregendes Gepäck, dazu meine Ausweise, … nein, mein Wagnis war im Vergleich mit der Vorstellung eines "Nemmersdorf in Hohenheide" das geringere Risiko!

Stunde um Stunde verstrich. Ich widerstand der Versuchung, mich von dem gleichmäßigen Knarren der Ziegenmelker (Nachtschwalben) einlullen zu lassen. Ich vernahm kein Brechen flüchtigen Wildes, die Nacht blieb ruhig. Meine Büchse lag griffbereit auf den Kloben, doch den Stecher brauchte ich nicht zu spannen. -

Mit beginnender Morgenröte verstummten die Ziegenmelker. Heidelerchen dudelten über dem Forst, und im Obstgarten meldete sich unser Gartenrotschwänzchen.

Erleichtert richtete ich mich auf, um sofort wieder in meine Deckung hinunterzusinken. Der Mann, der aus der Richtung von Wudicke kommend im Sand nach Spuren suchte, war kein anderer als der Forstwart Hoffmann. Als ich gestern abend zu meinem Versteck gehend den Weg gekreuzt hatte, hatte ich nicht bedacht, keine Spuren zu hinterlassen. Aber ich mußte aus Gewohnheit Tritte im weichen Sand vermieden haben, denn Hoffmann war daran vorbeigegangen. In Höhe der Kieferndickung, hinter der die große Buche stand, in deren Nähe damals die beiden Banditen die Wegsperre errichtet hatten, verhielt Hoffmann. Er blickte zurück und verschwand zwischen den Kiefern.

Was trieb dieser Kerl? - Ich robbte ein gutes Stück vom Klobenstapel weg, barg erst meine Büchse unter Reisig und Moos - denn niemals versteckte ich sie an einem auffälligen Punkt - und erreichte geduckt das Stangenholz, in dem ich mich an die Dickung heranpirschen konnte. An einer Stelle, von der ich sie gut übersehen konnte, blieb ich reglos an einen Stamm gelehnt stehen. Wer im Forst keine Bewegung macht, dem entgeht nicht die geringste Bewegung dessen, der sich unbeobachtet glaubt. So verharrte ich, mir meines Vorteils sicher, in dieser Stellung. Den Kerl würde ich fassen.

Doch während ich gespannt auf ein verdächtiges Zeichen vor mir wartete, ging mir mein Fluchtplan durch den Kopf, bei dem die Stunden des zeitlichen Vorsprungs die Hauptrolle gespielt hatten. Das "perfekte Verbrechen" gab es also nicht …

Jetzt bewegte sich kaum wahrnehmbar die Spitze einer Kiefer, gleich darauf eine andere links daneben. - Ich löste mich aus meiner Deckung und ging zügig bis an den Weg heran. Dabei brauchte ich nicht sonderlich darauf zu achten, kein Ästchen unter meinen Schuhen zu brechen. Hoffmann war schwerhörig. Erneut verhielt ich, um nun, am Weg angelangt, in die verdächtige Richtung zu blicken. Dann sah ich Hoffmanns Hut. Mit dem Fernglas beobachtete er das Forstamt. Was würde er tun, wenn ich so nahe an ihn herangehen würde, um ihm auf die Schulter zu klopfen? Würde er es wagen, mich anzuspringen? Ich legte mein Glas und meinen Lodenmantel ab. Ich ließ die Klinge meines Jagdmessers in seinen Verschluß klicken und steckte es griffbereit in die Jackentasche. Dem stämmigen Kerl war ich nur gewachsen, wenn ich mich zurückfallen lassen würde, um ihn mit gekonntem Jiu Jitsu über mich hinwegzustoßen. Danach würde er in meine blanke Klinge blicken ... Es war kein Kunststück, sich dem Schwerhörigen auf Tuchfühlung zu nähern.

Für einen Augenblick genoß ich das Bild Hoffmanns, der ahnungslos sein Glas nach rechts und links bewegte. Dann stieß ich den Gummipropfen meines Stockes leicht in seinen Rücken. Zu Tode erschrocken fuhr er herum.

„Herr ... Herr ...", war alles, was er am ganzen Leibe zitternd stammeln konnte.

„Herr Forstassessor, wollen Sie wohl sagen. Sagen Sie's!!"

„Herr Assessor ..."

„Forstassessor!" verbesserte ich. „Wird's bald?"

„Herr Forstassessor!"

Beim Anblick dieses zitternden Schurken im grünen Rock wurde mir übel.
„Verschwinden Sie!"
„Ich wollte ..."
„Sie sollen verschwinden! Auf der Stelle verschwinden Sie! Und wehe, wenn ich Sie nochmal fasse!!!"

Vor einiger Zeit war Herr Borchert bei einer Versammlung der SED in Böhne zufällig Zeuge eines Gesprächs geworden, bei dem mein Name gefallen war. Die Genossen hatten sich mit dem "Rommel in Hohenheide" befaßt, dem der Landrat jetzt zu Leibe gehen würde. Sowie ich erstmal "ausgehoben" sein würde, wäre Hoffmann als mein Nachfolger vorgesehen. Bei der Vorstellung, ausgerechnet diesen Mann, der nicht imstande war, Nummernbücher oder Verlohnungen ohne Borcherts Korrekturen im Büro abzuliefern, als Forstamtsleiter wirken zu lassen, hatte ich lauthals gelacht. Auch Herr Borchert hatte nicht an das glauben können, was er in Böhne aufgeschnappt hatte. Nach dem Zusammenstoß in der Dickung konnten wir uns jedoch den Vers zusammenreimen. Wenn in Halle ein Hilfsförster den Oberlandforstmeister spielen konnte, warum dann nicht ein Forstwart den Forstmeister in Hohenheide? Es war gut zu wissen, was sich hinter meinem Rücken zusammenbraute, selbst wenn ich daran kaum etwas ändern konnte ...

Es war in jenem Sommer 1948, als unsere Traute mit einem Aufschrei „Die Irmgard" aus der Küche stürzte. Auf dem Hof umarmte sie ein in Lumpen gekleidetes Mädchen in groben Holzschuhen.
„Irmchen ... Irmchen!!"

Wir alle waren aus dem Haus gekommen und nahmen ergriffen an dem unerwarteten Wiedersehen der beiden Schwestern teil. Das Mädchen in Lumpen blickte starr an Traute vorbei.

„Aber Irmchen ... kennst du mich nicht mehr? ... Ich bin Traute ... deine Schwester Traute!"

Irmgard ließ ein kleines Bündel mit ihren Habseligkeiten zu Boden fallen. Langsam, unendlich langsam, als käme sie aus einer anderen Welt, tastete sie jetzt mit ihren Händen Trautes Gesicht ab.

„Traute ...", kaum hörbar hatte sie es geflüstert, und noch mal „Traute ...", aber ihre Augen blieben abwesend mit dem Blick in die Ferne gerichtet. Benommen ließ sie sich von Traute in die Wohnung führen. Stumm sah sie auf ihren Teller, den meine Frau mit einer Portion Rührei auf den Tisch stellte.

„So, Irmgard, nun iß erst mal was."

„Ja, iß doch, Irmchen, du bist doch hungrig ...", versuchten Traute und Elli die Verstörte zu ermuntern. Nach einem scheuen Blick führte Irmgard den ersten Happen zum Mund, um nun ihren linken Arm auf die Tischplatte zu legen, sich über den Teller zu beugen. In ihrer Hungergier fuhr sie mit der Gabel ins Rührei und schlang es hinunter. Mit derselben Hast, die Verhungernde zeigen, folgten die beiden unbelegten Röstbrote.

„Elli", fragte meine Frau, „ist vom Mittag noch etwas Suppe übrig geblieben?"

Elli lief zur Küche runter und kam mit einem vollen Suppenteller zurück. Unaufgefordert ergriff Irmgard den Löffel, um mit derselben Gier den Teller zu leeren. Danach bestürmte Traute ihre Schwester mit Fragen, vergeblich, Irmgards Blick blieb leer.

„Aber Irmchen, nun sag uns doch, woher du kommst, - wo du gewesen bist. Ich schrieb dem Roten Kreuz meine Anschrift, sie haben dich zu mir geschickt ...!"
„Und du bleibst bei uns ...", ergänzte meine Frau.
„Irmchen", versuchte es Traute nochmal, „nun erzähl mir doch, wo du solange warst, woher du kommst!"
Kaum hörbar vernahmen wir: „Sibirien ..."

Es dauerte seine Zeit, bis wir aus Irmgards verworrenen Sätzen ihr Schicksal zusammenfügen konnten. Wie vor zweihundert Jahren die Tataren waren die Sowjets bei ihrem Vormarsch in Ostpreußen über die Bewohner des Dörfchens Rehfelde hergefallen. Männer und alte Frauen hatten sie grausam erschlagen. Mädchen und Frauen hatten sie bis zum Verbluten geschändet, schreiende Kinder wie in Nemmersdorf mit Kolbenhieben zum Schweigen gebracht. Wer das Grauen überlebt hatte, hatten die Mordbrenner nach Alt Ukta (Kr. Sensburg) getrieben. Dort wurden die Unglücklichen in Waggons gepfercht. Bis der Zug, in dem sich die vierzehnjährige Irmgard befand, weit hinter dem Ural sein Ziel in Sibirien erreicht hatte, waren von den Insassen ihres Waggons nur noch einige wenige am Leben geblieben.
Ohne Rücksicht auf ihren ausgemergelten Zustand wurden die Frauen sofort im Holzeinschlag eingesetzt. Irmgard hielt über zwei Jahre durch. Nachdem sie sich nicht mehr hatte aufrichten können, wurde sie mit allen Zeichen des Hungerödems in ein Lager überführt, in dem die an den Rand des Todes geschundenen Frauen für die Rückfahrt in den Westen vorbereitet wurden. Den Sowjets schien daran gelegen zu sein, die von ih-

nen ausgespieenen Zwangsarbeiterinnen nicht als Sterbende zurückkehren zu lassen. Kamen sie doch aus dem vor aller Welt gepriesenen Arbeiter- und Bauernstaat.

In diesen Lagern, das soll um der Wahrheit willen gesagt sein, gab es russische Ärztinnen, denen das seelenlose Sowjetsystem Gefühle der Menschlichkeit nicht hatte nehmen können. Eine gute Samariterin hatte sich Irmgards angenommen und Irmgards Leben retten können, nicht aber ihren Geist, den das Grauen bereits in Rehfelde zerstört hatte.

Wir alle gaben uns Mühe, der Unglücklichen den starren Blick zu nehmen. Es war vergebens. Da half selbst das Jauchzen unserer Kinderschar und Trautes rührende Fürsorge nichts. Irmgards Blick blieb in die Ferne gerichtet und verschleiert.

Sie wurde später in eine Irrenanstalt eingeliefert. ---

Unser Familienleben stand noch ganz unter dem Eindruck, den Irmgards furchtbares Schicksal ausgelöst hatte, als Borchert die Tür zu meinem Zimmer aufriß.
„Da sind ganz in der Nähe zwei Schüsse gefallen! Aus der Richtung, in die Ihre Frau und Ihre Schwiegermutter gegangen sind!"
Wir Männer ließen alles stehen und liegen und liefen nach draußen. Vorbei an meiner "Hügelgarage" in die Richtung, aus der die Schüsse gekommen waren. Dieter kam uns mit dem kleinen Jochen an der Hand laut schreiend entgegengelaufen:
„Der Waldi! ... Russen... Waldi!!"
„Lauft nach Hause zur Oma! ... Lauft!!"
Wir kamen gerade noch rechtzeitig dorthin, wo drei Russen um meine Frau und meine Schwiegermutter

herumstanden. Bei unserm Anblick liefen sie davon. Offensichtlich waren sie während ihrer Besatzungszeit von der westlichen Kultur bereits soweit angekränkelt, daß sie sich nicht sofort nach den Schüssen, die wir zunächst für Schreckschüsse gehalten hatten, auf die Frauen gestürzt hatten.

Meine Frau hatte unsere kleine Gundel in ihre Arme genommen, die mit strampelnden Beinchen herzzerreißend schrie. Meine Schwiegermutter zeigte kreideweiß auf den blutüberströmten Waldi. Meine Frau verdeckte mit einer Hand klein Gundels Augen, deren Schreien in einen Weinkrampf übergegangen war. Wir gingen alle zusammen wieder zum Haus zurück. Kienscher nahm einen Spaten zur Hand, um unsern Waldi, den die beiden Schüsse aus nächster Nähe zerfetzt hatten, zu vergraben.

Während der folgenden Wochen wiederholten sich Gundels Schreien und Weinen besonders nachts, wenn sie aus dem Traum geschreckt „Waldi ... Waldi!" aufschrie und sie sich in schrilles Kreischen hineinsteigerte. Sie war zu klein, um den Zusammenhang des Geschehens begreifen zu können. Sie hatte nur den blutüberströmten Waldi gesehen, und die Erinnerung an diesen schrecklichen Anblick hatte sich in ihrem kleinen Hirn festgesetzt.

Es half nichts, wenn wir sie in unserem Bett schlafen ließen und sie beim ersten Aufschrei mit all unserer Liebe umsorgten. Ihre Kinderhändchen krallten sich in unsere Haut, kein Zureden konnte sie aus dem erlittenen Schock reißen. Wir alle begannen uns Sorge um das kleine Wesen zu machen. Da kam meine Frau auf den Gedanken, Gundelchen eine junge Katze zu besorgen.

Was wir alle nicht geschafft hatten, gelang der kleinen, bunten "Spielmieze". Mit ihrem verspielten Wesen nahm sie von Gundels anfänglicher Zurückhaltung keine Notiz, bis eines Tages der Bann gebrochen schien. "Mieze" wurde den ganzen Tag unermüdlich herumgetragen. Mieze teilte mit ihrer Gefährtin den Mittagsschlaf, und Mieze wurde nicht aus Gundelchens Händen gelassen, wenn's abends ins Bett ging. Versuchten wir behutsam, das Kätzchen während Gundels Schlaf von ihrem Kopfkissen zu nehmen, tasteten die Kinderhändchen bald nach der Stelle, wo es sich befunden hatte, und schlaftrunken rief unser Töchterchen „Mieze!" ... bis wir die beiden gewähren ließen und endlich aufatmeten, als eine beruhigende "Normalität" einzog und unsere Kleine scheinbar dieses schreckliche Erlebnis verarbeitet hatte.

In dieser Stimmung bedeutete mir die gerichtliche Vorladung wegen Schwarzschlachtung wenig. Erst als Oberforstmeister Schüler ohne vorherige Anmeldung bei uns vorfuhr und mir mit schonenden Worten meine sofortige Beurlaubung aussprach, schreckte ich auf.

Die Vorwürfe vom nicht erfüllten Ablieferungssolls hatte ich mit Molkenthins Unterstützung und nicht zuletzt durch den Tod meines ärgsten Feindes Madrian niederschlagen können.

Jetzt machte mir Herr Schüler den Ernst meiner Lage klar. Ein Angestellter der Landesregierung, gegen den ein Gerichtsverfahren eröffnet worden war, mußte bis zum Ausgang des schwebenden Verfahrens beurlaubt werden. Daran war nichts zu ändern.

In dieser Lage kam uns Hilfe von einer Seite, mit der wir freilich nicht gerechnet hatten: vom sozialistischem System selbst! Bei allen kommunistisch regierten Staaten pflegen Gefängnisse überfüllt zu sein. So vollgepfropft und laufend mit frisch Verurteilten zum Bersten gebracht, daß der Regierung schließlich nichts anderes übrig blieb, als von Zeit zu Zeit mit gesalbt gnädiger Propaganda-Begleitmusik ihre Großherzigkeit in Form von Amnestien zu verkünden.

Ein solche, wußte Herr Schüler zu berichten, würde in Halle vorbereitet. Allerdings sollten nur die Verurteilten amnestiert werden, die nicht mehr als ein Jahr abzusitzen hatten. Die bevorstehende Amnestie galt auch für Angeklagte noch schwebender Verfahren. Herrn Schüler ging es darum, bei den Richtern in Genthin meine voraussichtliche Gefängnisstrafe auf ein Jahr herunterzuhandeln. Innerhalb der nächsten Tage wollte er sich nochmal die Zeit nehmen, nach Genthin zu kommen, um in meinem Sinne für mich einzutreten. Herr Schüler hatte seine berechtigten Bedenken, ob er sich in meinem Fall, hinter dem ja der Genosse Albrecht im Hintergrund die Fäden zog, durchsetzen könnte. Sehr ernst gestimmt, verabschiedeten wir uns voneinander.

Im Eifer unserer Aussprache hatten wir beide vergessen, einen Vertreter für mich zu bestimmen. Nach einer Unterredung mit Herrn Borchert, der es übernehmen wollte, auch unsern Genossen Betriebsrat in unserem Sinne zu überzeugen, beschloß ich, meine Beurlaubung gar nicht an die große Glocke zu hängen, sondern weiter in meinem Arbeitszimmer "kleinen Dienst" zu verrichten. - Mir widerstrebte, die Zeit bis zu Herrn Schülers Verhandlung untätig verstreichen zu lassen. Während der folgenden schlaflosen Nacht kam mir der Einfall, der sich vielleicht als der rettende Strohhalm erweisen könnte.

Molkenthin ... Er war, selbst wenn er die Uniform der Volkspolizei trug, ein anständiger Kerl, der es sicher oft nicht leicht hatte, sich als solcher durchzusetzen.

Am nächsten Morgen tankte ich meinen Kübelwagen auf und fuhr zu meinen getreuen Kollegen im Nordteil meines Reviers, um sie von meiner Lage ins Bild zu setzen, und daß ich so schnell wie möglich eine gewichtige Wildkeule, sei es von einem Stück Rotwild oder einer Sau, bräuchte.

Am dritten Tag - ich war bereits unruhig geworden - gab der alte Herr Schütze aus Schollene das unter uns vereinbarte Stichwort telefonisch durch. Herr Borchert trug noch am selben Nachmittag das Gewicht einer von mir bezahlten Hirschkeule in unser Wildhandbuch ein. Herr Schütze hatte nur noch diese Keule bergen können, da die Sauen das aufgefundene Fallwild bereits übel zugerichtet hatten.

Mit dieser Keule nebst der abgestempelten erledigten Rechnung im Rucksack drückte ich am nächsten Vormittag auf den Klingelknopf von Polizeimeister Molkenthins Wohnung. Frau Molkenthin erkannte sofort ihren Tangopartner und bot mir im Herrenzimmer einen Platz an. Ich kam ohne Umschweife zur Sache. Aus meiner nicht gerade günstig erscheinenden Lage konnte mich nur der Einfluß ihres Mannes herauspauken. Ich ließ durchblicken, es wäre voraussichtlich der letzte

Hilfsdienst, um den ich ihren Mann bäte. Über kurz oder lang würde Landrat Albrecht mich "aus meinem Hauptquartier" ausgehoben haben. Auch von mir aus gesehen, wäre die korrekt bezahlte Hirschkeule die letzte Aufmerksamkeit, die ich ihr und ihrem Mann als Zeichen meiner Dankbarkeit erweisen könnte. Ich bat, das Wildbret in selbstverständlicher Verschwiegenheit anzunehmen, gleichgültig, ob nun meine Hoffnung auf Amnestie sich erfüllen würde oder nicht.

„Ihr Jäger habt's nun einmal raus, Angehörige des weiblichen Geschlechts zu umgarnen ... Ich will versuchen, was ich kann. Und als Hausfrau danke ich Ihnen von Herzen."

Sie wog die schwere Keule in beiden Händen, gab mir mein verauslagtes Geld und verabschiedete mich mit ihren Wünschen, die ehrlich gemeint waren.

Die Gerichtsverhandlung in Genthin wurde zweimal vertagt, wie auch die inzwischen offiziell verkündete Amnestie erst im Oktober in Kraft trat.

In den ersten Novembertagen rief mich mein Kollege Forstassessor Kroll aus Altenplatow an. Herr Schüler wäre auf dem Wege zu mir. Er befände sich nach seiner zweistündigen Verhandlung mit den Genthiner Richtern, bei denen er schließlich meine Amnestie durchgedrückt hätte, in höchster Erregung. Außerdem machte er einen völlig mutlosen Eindruck wie ein Mann, der am Ende seiner Nerven wäre.

„Machen Sie's ihm nicht schwer ..."

„Was denn?"

„Sie werden versetzt ... das hat der Landrat zur Bedingung gemacht ... Es ist besser, wenn Sie das schon jetzt wissen ..."

Fast drei Jahre hindurch hatte sich mein Chef hinter mich gestellt, wenn sich dienstliche oder persönliche Schwierigkeiten in Hohenheide ergeben hatten. Es war für mich selbstverständlich, nun nach Krolls Wink zu handeln.

Herr Schüler gratulierte mir erst mal zum Genuß der Begnadigung, verhehlte jedoch nicht, daß ein großer Fettfleck in meiner Personalakte verewigt worden war. Mein Kompensationsgeschäft mit Siemens hatte er in seiner geschickt und beharrlich geführten Verhandlung "Papachen" Forstrat Westhus anhängen können, der längst im Westen seine Pension genoß.

„Über die Maßen erstaunt war ich über die Unterstützung, die Sie vom Genthiner Polizeimeister erhielten. Sie könnte für den guten Ausgang ausschlaggebend gewesen sein!"

Ich zeigte Herrn Schüler unsere letzte Eintragung im Wildhandbuch.

„Ich verstehe mich bestens mit seiner Frau."

Herr Schüler sah keinen Zusammenhang.

„So anbrüchig war das Wildbret gar nicht. Bestimmt noch frisch genug, daß durch Molkenthins Wohnung wochenlang Bratendüfte zogen!"

Über Schülers Gesicht huschte ein Lächeln.

„Nun, mein Lieber, eine bessere Verwendung für Fallwild konnte Ihnen ganz bestimmt nicht einfallen ..."

Danach eröffnete mir Herr Schüler meine nicht mehr zu vermeidende dienstliche Versetzung nach Grünewalde! Ich konnte meine Enttäuschung nicht verbergen, so sehr ich mir vorgenommen hatte, es Schüler nicht schwer zu machen. Aber ich faßte mich nach dem ersten Schreck und ließ mich von den Plänen, die die Landesregierung mit Grünewalde hatte, informieren. Danach sollte das Forstamt nicht, wie es die Bodenreform ursprünglich vorgehabt hatte, aufgelöst werden, sondern durch Hinzuschlagen von verstreut liegendem Waldbesitz, wahrscheinlich auch den Kirchenforst Luisenthal bei Magdeburg mit seiner Oberförsterei inbegriffen, weiterhin bestehen bleiben. Mein Vorgänger Oberförster Wald, ein aus dem Sudetenland Vertriebener, war hoffnungslos erkrankt. Ihn hatte ich abzulösen.

Die Aussicht, mit dem alten Oberförster, Herrn Wölk, und seinem getreuen Sekretär Paulini - beide Vertriebene aus Ostpreußen - in Luisental zusammenarbeiten zu können, versöhnte mich mit dem Gedanken, erneut Bürgermeister Meißner und seinen Genossen ausgesetzt zu sein. Zudem befand ich mich in einer Lage, Herrn Schüler für jeden Vorschlag, mit dem er mich überhaupt halten konnte, dankbar zu sein.

Beim Abschied fiel mir auf, daß mein von uns allen hoch geschätzter Chef sich besonders herzlich auch von meiner Frau und meinen Eltern verabschiedete.

„Das klang ja wie ein Abschied auf Nimmerwiedersehen", bemerkte meine Frau, als der Wagen abgefahren war. Ich winkte sie ins Herrenzimmer.

„Das mit der Amnestie hat Schüler in Ordnung gebracht. Meine Versetzung war nicht zu verhindern."

„Deine Versetzung!?"

„Zurück nach Grünewalde."

„Grünewalde?"

„Es war dies die einzige Möglichkeit, mich zu halten."

„Dich zu halten ...? Nach den drei Jahren, in denen du dich hier aufgerebbelt, in denen du nicht mal einen Urlaub angetreten hast? Du mit Herrn Scheunpflug deine

Revierkarte dort an der Wand zustande bekommen hast? 'Dich zu halten' nach all deinem Ärger mit den Bodenreformgenossen, dem die Provinz jetzt all die Waldflächen verdankt, die du mit allen möglichen Winkelzügen als Staatsbesitz retten konntest? Ich verstehe das alles nicht!"

„Laß' sein", winkte ich ab. „Wenn's nach dem Genossen Albrecht gegangen wäre, wäre ich nicht unter die Amnestie gefallen. Ich hätte so schnell wie möglich für immer über die grüne Grenze nach dem Westen flüchten müssen, denn mir hätten drei oder in meinem Fall als Offizier auch fünf Jahre Gefängnis geblüht. Grünewalde", fuhr ich fort, „ist vielleicht gar nicht der schlechteste Ausweg. Bedenke die Stadtnähe mit unproblematischen Schulverhältnissen. Gesellschaftlicher Verkehr wird sich anbahnen, wir brauchen nicht mehr nachts die Türen zu verrammeln, keine Überfälle, kein 'Frau komm'! Bitte sieh auch die guten Seiten, die uns Grünewalde bieten wird ... Wir haben dort die Schröders, Hillmers, Mieters, und mit dem Wrege war ich doch damals ganz gut ausgekommen. Nein, häng' dein Herz nicht an das viel zu einsam gelegene Hohenheide ... Es mag von vornherein falsch gewesen sein, ins Land Schollene zu gehen. Meine Verwundung ist nicht besser geworden. Mit einem kleinen Revier werde ich's leichter haben ..."

Wir beide schwiegen, hingen unseren Gedanken nach. Ich hatte mir Mühe gegeben, zuversichtlich zu erscheinen. Es war erzwungener Optimismus. Ich wußte, daß auch meine Frau das einsame Forsthaus liebgewonnen hatte. Trotz all der Hiebe, die uns getroffen hatten.

„Ich möchte nochmal einen Gang ins Revier tun."
Es hatte Regen, untermischt mit großen Schneeflocken, eingesetzt. Die Flocken glitten naß am Fenster herunter.
„Bei diesem Wetter?"
„Bitte laß mich gehen. Ich möchte ein Weilchen allein sein. Es ist meine letzte Pirsch ..."
„Pirschen willst du? Mit deiner Büchse?"
„Bei diesem Sauwetter treibt sich bestimmt kein Mensch im Wald rum."
Ich nahm meine Frau in die Arme.
„Bitte, laß mich gehen. Noch einmal möchte ich bei meinen Kiefern allein sein ..."
Meine Frau verstand ---

Draußen im Wald prüfte ich mit dem Pfeifenrauch die Windrichtung. Der blaue Rauch blieb über meinem Kopf stehen, kein Windhauch trug ihn fort. Ich zog meine Uhr hervor. Es waren noch gut drei Stunden Büchsenlicht. Ich holte meine Büchse aus ihrem Versteck und barg sie unterm Lodenmantel. Noch nie war ich so früh am Tage mit meiner Waffe unterwegs gewesen. Der Nieselregen mit den grauen Flocken hatte den Forst ins Dämmerlicht eines trüben Novembertages gehüllt. An einer Gestellkreuzung blieb ich stehen, folgte dann dem Rand eines Stangenholzes, das in Richtung eines verlassenen Waldarbeitergehöftes führte.

Die Fenster und Türen des bescheidenen Häuschens, das inmitten einiger Morgen verwilderter Felder lag, waren herausgebrochen. Den Türen waren ihre Eisenbeschläge abgerissen. Sie lagen inmitten hohen Grases, das durch ihre vermorschten Bretter hindurchgewachsen war. Ein Stallgebäude gegenüber der Hausfront war bereits verfallen. Drei alte Apfelbäume hatten in ihren Kronen wilde Triebe hochgehen lassen, und die Zäune, die früher Garten und Kartoffelacker des Anwesens geschützt hatten, waren nur noch an ein paar stehengebliebenen Pfosten zu erkennen, die stumm aus diesem Bild des Verfalls ragten.

Schwarzwild pflegte gelegentlich hier zu brechen. Da Wild an einem so stillen Regentag wie heute früher als sonst austreten könnte, beschloß ich, hier anzusitzen. Ich fand Deckung hinter der Krone einer Kiefer, die ein Artilleriegeschoß zerfetzt hatte. Ich löste ein paar Stücke der losen Borke vom Stamm, die ich mir als Sitzunterlagen auf den Boden legte. Ich hatte mich gerade hingesetzt, als mich leises Klopfen aufhorchen ließ. Es war aus der Richtung des Stallgebäudes gekommen, und jetzt wiederholte es sich, dumpfes Schlagen eines Hammers. Ich schob meine Büchse unter die Äste der Baumkrone und suchte mit dem Glas das Gehöft ab. Erneut klangen die Hammerschläge, aber ich konnte keinen Menschen dort drüben erkennen. Ich überlegte, ob ich nicht einfach meinen Plan ändern sollte, also in einer anderen Richtung, die mich aus der Nähe des Gehöftes bringen würde, meinen Pirschgang fortzusetzen. Doch dann entschloß ich mich, herauszufinden, was dort drüben an einem Regentag wie heute vorgehen könnte.

Ich ließ die Büchse an ihrem Platz und ging mit einem kleinen Umweg auf die Richtung zu, aus der das Klopfen gekommen war. Ich erreichte den verfallenen Zaun, schritt durch hohes Gras und sperrende Klettenstauden, bis ich an der Stallwand angelangt war. Jetzt vernahm ich das leichte Arbeiten einer Säge. Das kaum hörbare

Raspeln schien von der anderen Seite des Gebäudes zu kommen. Der regennasse Boden verschluckte meine Schritte, die ich vorsichtig setzte, bis ich an einer Stelle der Wand verhielt, deren klaffende Bretter mir einen Blick ins Innere des Stalles freigaben.

Ich sah einen alten Mann, der auf der Deichsel einer ausgedienten Hungerharke saß. Er trug eine halblange, abgetragene Winterjoppe, die mit sorgfältig vernähten Flicken ausgebessert war. Unter seinem verwitterten Hut erkannte ich ein scharf geformtes Profil mit dünnen, Verschlossenheit andeutenden Lippen. Vor ihm stand ein abgenutzter Hauklotz, auf den er jetzt eine handbreite Latte legte. Er bückte sich und nahm eine kürzere vom Boden auf, mit der er über der ersten das Zeichen des Kreuzes legte. Dabei fielen mir die schmalen Hände mit ihren feingliedrigen Fingern auf. Der alte Herr prüfte die richtige Lage der Hölzer, dann schlug er mit dem Hammer drei Nägel ein, die das Kreuz banden. Ich konnte erkennen, daß in die Querlatte ein Name mit deutlichen Buchstaben eingestemmt war. Jetzt stand der Mann auf und stellte das Kreuz gegen einen verrosteten Schubkarren.

"Unteroffz. Gerhard Hartwig
Gefallen im April 1945"

Es widerstrebte mir, den alten Herrn dort zu stören. Ich sah jetzt sein Gesicht, ein Antlitz der Generation, die Schmerz, Gram und Entbehrungen gebeugt hatten. Es erschien mir auf einmal so vertraut, und unbewußt, wie unter einem Zwang stehend, trat ich zögernd um die Ecke des Stalles und blieb stumm in der offenen Tür stehen. Ohne ein Zeichen der Überraschung zu zeigen, hob der alte Herr den Kopf und maß mich, der ich da

mit grünem Hut und Loden, auf meinen Stock gestützt, vor ihm stand. Ich nahm meinen Hut ab: „Es ist gut, wenn jemand denen Kreuze zimmert ..."
Der Alte zeigte auf die vier Kreuze, die neben dem Wohnhaus auf einer kleinen, sauber gehaltenen Fläche standen, um die ein grob zusammengefügter Zaun aus angekohlten Kieferstangen errichtet war.
„Sie hatten nur Kreuze aus Birkenholz, die verfallen waren."
„Wir konnten nie mehr für sie tun ..."
„Manche hatten nicht einmal ein Grab ..."
Danach schwiegen wir.
„Wenn wir einem unserer Kameraden sein Kreuz aufgestellt hatten", begann ich, „dann mußte ich den Brief schreiben."
Mein Gegenüber sah mich mit Augen, die tiefen Schmerz bargen, an.
„Für uns trafen zwei Briefe ein, - aus Rußland."
Ich blickte zu Boden, als ich fortfuhr.
„Anfangs, lieber Herr, ich meine, - als wir noch vorwärts stürmten und siegten, wenn ich in dieser Zeit, über der der Sieg strahlte, einen solchen Brief schreiben mußte, ... da, glaube ich, habe ich Worte gefunden, die denen, die ihren Sohn oder Mann verloren hatten, vielleicht Trost brachten. Aber dann kam die Zeit, wo der Offizier vor dem Schreibpapier saß und er sich sagen mußte, daß ein Trost durch seine Zeilen nicht mehr erwartet werden konnte. Das, lieber Herr, schnitt ins Herz. Und daß unsereiner keinen Ausweg sah, während die Kreuze, die bis dahin nur hier und da unseren Weg gezeichnet hatten, nun begannen, große Felder zu bedecken ..."

Der alte Herr nickte.
„Für uns kam's mit Stalingrad. - Ich meine die Zeit ohne Hoffnung. Dort fiel unser Jüngster."
Durch das verfallene Dach sickerten gleichmäßig schwere Tropfen, die mit hell klingendem Aufschlag auf dem verrosteten Ackergerät oder kaum hörbar auf dem Boden niedergingen.
Ich setzte mich auf den Schubkarren.
„Meine ostpreußische Division kämpfte im Nordabschnitt. Stalingrad war weit. - Erst viel später begannen wir zu ahnen, daß unsere Toten umsonst gefallen sein würden."
Nach diesen Worten verschränkte ich meine Arme hinter meinem Kopf und meine Gedanken verloren sich in der Vergangenheit, weit, weit in fernes Land.
„Für mich persönlich", fuhr ich fort, „begann die Zeit der vielen Kreuze, der Stunden vor einem leeren Briefblock mit dem Tag, -- ja so ist es wohl gewesen, an dem der Reiter kam …"
„Ein Reiter kam?"
„Nicht irgendein Reiter ... nein ... ein ganz bestimmter Reiter. So ist er mir in der Erinnerung geblieben ..."
„Das klingt sonderbar. Welche Bewandtnis hatte es denn mit diesem Reiter?"
Der alte Herr blickte mich fragend an, der ich jetzt meine Hände auf meine Knie gelegt hatte, zu Boden sah und mit einer Antwort zögerte. Er legte gütig seine Hand auf meinen Arm.
„Der Krieg hat Sie mit einer Verwundung gezeichnet. Aber nicht sie, sondern seine Grausamkeit, dazu das Schicksal unserer Vertreibung, haben Sie noch immer nicht losgelassen ... Es tut gut, wenn jemand, der um-

herirrt, sich mit einem Gespräch zu befreien versucht."
Betroffen blickte ich auf.

„Ich kann das, lieber Herr, nicht mit ein paar Worten erklären."

„Bitte erzählen Sie!"

„Wir Forstleute", begann ich nach einer Pause, „sind immer ein kleiner Kreis gewesen. Das ergibt sich aus unserer Berufsausbildung. Es wurden nur immer so viel Bewerber angenommen, wie freie Stellen zu erwarten waren. In meiner ostpreußischen Heimat bestand mein Jahrgang nur aus vier Mann. Nur zwei waren im Jahr zuvor, vier im Jahr nach mir angenommen worden. Das sind zusammen nicht mehr als zehn Anwärter. Es hatte sich bei diesen zehn ergeben, daß wir uns größtenteils bereits aus der Schulzeit kannten. Wir alle dienten bei den Ortelsburger Jägern. Danach trafen wir uns auf unseren Forstlichen Hochschulen wieder, wo wir fröhlich die Gläser schwangen, gemeinsam büffelten und Examensängste durchstanden. In den Semesterferien pflegten wir uns gegenseitig einzuladen, also unsere Freundschaft blieb nicht auf unsere Generation beschränkt, sondern sie wurde auf das Elternhaus ausgedehnt. Der Krieg trennte uns. Ein jeder stand bei einer anderen Division. Unsere briefliche Verbindung blieb spärlich. Wer hat im Felde schon viel Lust und Zeit zum Briefeschreiben! Und natürlich waren wir alle prächtig sorglos. ‚Hals- und Beinbruch und Horrido!' riefen wir uns zu, wenn sich unsere Wege an der Front zufällig kreuzten.

Polen- und Frankreichfeldzug, das erste Kriegsjahr in Rußland lagen hinter uns. Das Soldatenglück schien mit uns zu sein, - niemand aus unserem Kreis der zehn war gefallen. Dann, es war im August 1942 ... kam der Reiter ..."

Ich schilderte dem alten Herrn, wie unser Kamerad v. Ulmenstein mir erst die Meldung vom Tod Erich Wipperns, kurz danach die von Siegfried Brandstädters von seinem Meldereiter überbracht wurde. Dem Reiter, der auf mich nicht im Trab, sondern in langsamem Schritt zugeritten war.

„Sehen Sie, lieber Herr, da habe ich an zwei Abenden vor einem leeren Bogen Papier gesessen, und die Briefe waren an den nächsten Tagen noch nicht geschrieben. Als sie schließlich in der Feldpost waren, da wußte ich, daß keines meiner Worte ein Trost für ihre Eltern sein konnte, denn inzwischen lastete über der Zeit bereits der große Zweifel ..."

In das Schweigen nach meinen Worten fielen immer noch die Tropfen, und der regennasse Forst umfing die Stille.

„Danach", fuhr ich fort, „folgten Schlag um Schlag. Fast alle aus unserem Kreis der zehn fielen den Soldatentod. Nur zwei sollten überleben, ein Ritterkreuzträger und ich. Fast bin ich's zufrieden, daß meine Verwundung mich gezeichnet hat; denn in stillen Stunden ist unser alter Kreis bei mir. Die Gefallenen blicken mich an, - ohne Vorwurf, ohne Neid, weil ich weiterleben sollte. Ich war ja bei ihnen geblieben, bis mich die Granate traf ... Irgendwo im Osten sind sie begraben. Ihre Birkenkreuze sind längst verfallen. Kein Blumenstrauß liegt auf ihren Gräbern. Und die, die jetzt in der Sowjetzone oder im Westen das Wort führen, verhöhnen ihr Opfer. Kein einziger Gedenkstein ist den Gefallenen in Deutschland errichtet worden, so daß es

keinen Ort feierlicher Stille im Land gibt, an dem Mütter oder Witwen als Geste ihrer Liebe einen Blumenstrauß niederlegen können. Diese Schande wiegt schwerer als unsere Niederlage. Deshalb, lieber Herr, bin ich Ihnen dankbar, daß hier die paar Kreuze stehen und ihre Gräber gepflegt werden."
Ich war aufgestanden.
„Lieber Herr, es ist naß und kalt. Es ist dies kein Tag für Sie, sich draußen aufzuhalten. wollen Sie nicht jetzt nach Hause gehen?"
Der Alte machte eine wegwerfende Handbewegung.
„Unsere beiden Söhne blieben in Rußland ... Danach begrub ich meine Frau. Mein Herz blieb in Pommern. Übrig blieb ein alter Mann in einer geflickten Jacke und einem Paar Schuhe, die Löcher haben. Es macht nichts, wenn ich heute abend mit einer Erkältung in meine Kammer zurückkomme und nach ein paar Tagen Nachbarn auffallen sollte, daß die Geige des alten Schulmeisters nicht mehr zu hören ist …"
Nach diesen Worten legte er seine Rechte auf meine Schulter:
„Es ist nichts Besonderes dabei, junger Herr Förster, wenn in dieser Zeit ein alter Mann an einem Tag wie heute umherirrt. Es muß schlimm im Herzen eines jungen Menschen aussehen, wenn er hineinläuft in das Schweigen des nassen Forstes, wenn jemand wie Sie umherirrt ... Denn - nicht wahr, man irrt doch umher?"
Ich blickte in ein gütiges Augenpaar und nickte.
„Und warum?"
„Ich kann es nicht sagen. Ihr Herz, sagten Sie, blieb in Pommern. Meines blieb in Masuren. Es ist schwer, ohne den Herzschlag der Heimat zu leben …"

„Das Herz, das ich in Pommern ließ, war ein sehr altes Herz. Es ist leichter, ein altes Herz zurückzulassen, obwohl es schlimm genug ist. Aber ein junger Mensch muß sein Herz festhalten."
„Auch wenn es getreten wird, - wenn es stöhnt und schreit?"
„Gerade dann muß ein junger Mensch es mit beiden Händen halten, mit all seiner Kraft, damit es nicht birst. - Zum Herrgott flehen soll ein junger Mensch, daß sein Herz nicht erstarrt. Und wenn es so schmerzt, daß er es am liebsten aus der Brust reißen möchte, dann soll ein junger Mann sich nicht schämen, um des Friedens seines Herzens willen Tränen zu weinen ..."
Ich schüttelte den Kopf und ...wies auf die Kreuze:
„Es sind ihrer zu viele ... als daß Tränen befreien könnten ..."
„Und deshalb irren die, die keine Tränen finden, noch immer ruhelos auf den Straßen, - oder sie suchen stille Plätze, obwohl sie doch wissen müßten, daß ein gequältes Herz in der Stille nur lauter schreit!"
„Soll ich den Lärm der Zeit suchen?"
„Nein, das sollen Sie auf keinen Fall ... nicht Sie. Aber Sie sollten versuchen, - ja damit sollten Sie beginnen, Ihren Kopf erhoben zu tragen. Befreien Sie sich von dem, was nun längst zurückliegt. Geben Sie der Gegenwart Gelegenheit, die Wunden aus der Vergangenheit zu heilen."
Ich lachte bitter.
„Sie ist wenig dazu angetan."
„Die Bäume dort", wies der Schulmeister auf die verwilderten Apfelbäume, „haben im Mai geblüht. Sogar Früchte trugen sie. Sehen Sie dort in der Astgabel das

Finkennest? Ich habe hier im Frühjahr gesessen, den Immen und dem Finkenschlag gelauscht. Und Sie meinen, die Gegenwart kann nicht heilen? Haben Sie nicht gemerkt, daß die Heide geblüht hat? Kinder lachen in den Dörfern - so hoffe ich - und auch bei Ihnen zu Hause, auch wenn sie keine Schuhe besitzen. Junge Paare lieben sich und lassen sich trauen."
„Sollen wir darüber die vergessen, die nicht heimkehrten oder die noch immer der Stacheldraht hält?"
„Das sollen wir nicht. Aber die Toten wollen nun ihre Ruhe, und um die anderen sollen wir starken Herzens hoffen."
Der alte Herr musterte mich mit einem langen Blick.
„Besiegt zu sein, ist keine Schande. Nicht für den, der sein Blut hergab. - Auch das sollten Sie beherzigen!"
Er wandte sich von mir ab und barg sein Werkzeug auf einem Balken unter dem Dach, dann reichte er mir zum Abschied die Hand.
„Ich habe ihre Gräber in Ordnung gehalten und ihnen die Kreuze gezimmert. Die dort drüben sind die letzten. Meine Zeit ist um ..."
Auf seinen Spazierstock gestützt, folgte er mit langsamen Schritten dem Weg nach Schmetzdorf.

In Gedanken versunken kehrte ich an den Platz meiner Büchse zurück. Ich wischte die Linsen des Zielfernrohrs trocken und schulterte die Waffe so, daß sie waagerecht hing, damit die Flocken die Optik nicht trafen. Ich erreichte eine Gestellkreuzung mit einem Jagenstein, auf den ich mich setzte. Ich überlegte, ob ich hier das Ende des Büchsenlichts abwarten oder wie immer bis zum Rand einer Dickung weitergehen sollte. Hier

befand ich mich in älterem Holz, das durch Brandlücken aufgelichtet war. Bis zur nächsten Dickung waren es an die hundert Meter. Doch weil Wild bei Regenwetter Dickungen meidet und eher in lichten Beständen anzutreffen ist und weil auf keinen Fall anzunehmen war, daß sich heute Menschen im Wald verirren würden, blieb ich auf meinem Platz.
Mich begann zu frösteln.

Die Stille des Forstes, mir sonst vertraut und anheimelnd, erschien mir bedrückend. Ich bemühte mich, nicht mehr an das Gespräch mit dem Schulmeister zu denken. Doch so sehr ich versuchte, mich auf meinen Ansitz zu konzentrieren, die Worte des alten Mannes, der mir so gütig die Hand auf die Schulter gelegt hatte, ließen mich nicht los. Mit langsamer Kopfbewegung blickte ich nach rechts und links und, weil mich kein Dickungsrand im Rücken schirmte, auch nach rückwärts. Ich unterdrückte die innere Stimme, die mich warnte, weil ich heute meinen Grundsatz, mich nie von einer Dickung zu trennen, nicht eingehalten hatte. Dämmerung, fast Dunkelheit hatte eingesetzt. Ich legte meine Büchse, die bis dahin rechts neben mir gelegen hatte, schußbereit auf die Knie.
In diesem Augenblick sah ich ihn, den russischen Soldaten!
Er stand mitten auf dem Gestell hinter mir, keine sechzig Meter entfernt, und winkte mir mit erhobenen Händen zu. Ich handelte sekundenschnell, hatte noch die Kaltblütigkeit, im Anschlagen der Waffe das Fadenkreuz im lichten Kronendach einzupeilen, dann hielt ich das Visier zwischen die mir zuwinkenden Hände, hörte mich „ … aufs Koppelschloß" hervorstoßen und verriß

den Druckpunkt des Abzugsbügels weit über dem Ziel. Noch im Verhallen des Schusses sprang ich, am ganzen Körper zitternd, auf. Denn im Bruchteil der Sekunde, in der mir das Nachtglas das Ziel gezeigt hatte, hatte ich meinen Irrtum erkannt: nicht ein Russe, sondern ein starker Damschaufler, dessen Geweihenden beim Nikken seines Hauptes wie zwei Hände gewinkt hatten, hatte mich genarrt. Der Hirsch war in langen, gesunden Fluchten abgesprungen. - Ich stand neben dem Jagenstein und blickte auf meine Hände hinunter. Ich zwang mich, ein paar tiefe Atemzüge zu tun. Doch dort, meine Hände, sie zitterten. Ich riß die Patronenkammer auf und ließ mechanisch eine neue Kugel in den Lauf gleiten. Ich hob die leere Hülse vom Boden auf. Ich betrachtete sie auf meiner Handfläche, als wenn ich mich vergewissern müßte, daß ich tatsächlich geschossen hatte, dann warf ich sie fort.
„Du Narr", begannen die Hände zu sprechen, „du Narr ... Zwei Jahre hindurch hast du uns gezwungen, das Fadenkreuz im Ziel zu halten. In wieviel Mondnächten hast du es uns befohlen! Waren es zwanzig, dreißig oder waren es noch mehr? Rechne ruhig die Pirschgänge hinzu, nach denen du mit leeren Händen nach Hause gingst. Danach gerechnet mögen es vierzig oder gar mehr gewesen sein. In all den Nächten hast du uns gezwungen, - nicht wahr, es war doch immer dein Befehl - ruhig im Ziel zu verharren. Wie großartig du das immer gekonnt hast! Wie sicher du den Druckpunkt des Abzugshahns nahmst oder den Stecher berührtest, wie sicher warst du, den Kugelschlag zu hören! ... Natürlich hast du gemerkt, daß wir begannen, uns vor deinem Befehl zu fürchten. Wir gaben dir auch ein paar Zeichen.

Doch du knirschtest nur mit den Zähnen, hörtest nicht auf, uns zu befehlen. Hände haben zu gehorchen, - ist es nicht so? Heute haben wir dir einen Denkzettel gegeben! - Ja, denke du jetzt darüber nach, wohin Hände, die nicht mehr gehorchen, dich bringen können!!"

Der Wald lag nun im Dunkel einer schwarzen, wolkenverhangenen Nacht. Ich schritt, gelegentlich mit meinem Stock nach dem Weg tastend, durch die Dunkelheit. Ich hatte Mühe, die Mitte des Gestells einzuhalten. An einer Stelle, an der es nach moderndem Eichenlaub roch, hob ich eine Handvoll auf und zerrieb das Laub zwischen einer Hand. Danach wandte ich mich nach rechts und blieb stehen, als mein Stock einen Stamm traf. Ich tastete mit der Hand die Borke eines Eichenstammes ab und erkannte ihn an seinem Umfang. Ich prüfte mit meinem Stock tastend den weichen Waldboden und fand nach wenigen Schritten den zweiten Eichenstamm. Von hier ging ich einige Schritte in derselben Richtung weiter, bis meine Stiefel im Sumpf einsanken. Auf dieser Stelle blieb ich stehen.

Ich stieß meinen Stock in den Boden und vergewisserte mich, daß seine Krücke neben mir stehen blieb. Ich nahm die Büchse von der Schulter, riß das Schloß auf und nahm es heraus. Zögernd hielt ich es für einen Augenblick in der Hand, dann warf ich es hinaus in die Dunkelheit. Das Metall schlug gegen einen Ast, fiel mit einem Aufschlag ins Wasser. Danach ließ ich das Zielfernrohr aus seiner Montage gleiten. Erneut holte ich aus und schleuderte es in dieselbe Richtung. Der Sumpf verschluckte es mit einem glucksenden Laut. Jetzt trat ich vorsichtig noch weiter vor. Als mir Wasser durch die

Stiefel drang, verhielt ich. In der Hosentasche fand ich die angeschliffene Pfennigmünze, mit der ich die breite Halteschraube löste, die den Stahl der Büchse an den Schaft bindet, und ließ sie fallen. Nun wickelte ich den Gewehrriemen um den Handgriff des Schaftes, holte weit aus, und der Kolben flog ins Dunkle. Danach ergriff ich die Mündung des Laufes, fand Halt am Visier. Am ausgestreckten Arm ließ ich den Stahl ein paar mal kreisen und schleuderte ihn mit ganzer Kraft dorthin, wo ich die offene Wasserstelle wußte. Wie ein Stein schlug der Stahl aufs Wasser. Dann zog ich meine eingesunkenen Füße aus dem Sumpfmoos, trat zurück und fand mit tastender Hand den Griff meines Stockes.

Ich erreichte wieder das Gestell, dem ich mit müdem Schritt folgte. Ich gelangte an die Stelle, die der tote Panzer sperrte. Obwohl es so stockfinster war, daß selbst die Baumkronen nicht mehr gegen den Nachthimmel zu erkennen waren, fühlte ich den schweren Stahlkörper vor mir aufragen, bevor mein Stock auf die Panzerkette traf. Ich ließ seine Spitze entlang der Kette springen und verhielt dort, wo das Geschützrohr über mir stand. Mit dem erhobenen Stock strich ich am Rohr entlang. Ein paar eiskalte Tropfen fielen in meinen Ärmel hinein. Ich zog den Arm schnell zurück und lehnte mich an den leblosen Stahl. Ich versuchte, die Mündung zu erkennen, doch die Nacht hatte sie verschluckt. Mich fror ...

Meine Füße waren naß und kalt, der Lodenmantel regenschwer geworden, und die Nässe sickerte auf meine Knie. An meinem Rücken fühlte ich den toten Panzer, der mit seiner Kälte nach mir griff, und das Schweigen der schwarzen Nacht lastete auf mir mit seiner ganzen

Trostlosigkeit ... Ich horchte zu den Kieferkronen hinauf, ob sie nicht ein leises Wispern für mich hätten, aber der Forst blieb stumm.
Was hatte der Schulmeister vorhin gesagt? „Nicht wahr, man irrt doch umher?"
Hatte ich ihm die richtige Antwort gegeben? Irrte ich umher, weil mein Herz in Masuren geblieben? Weil die vielen, die neunundzwanzig Kreuze es nicht frei schlagen ließen? Weil die Stunden wiederkehrten, in denen die Gefallenen mich anblickten?
Gewiß, - so war es.

Aber waren es wirklich nur die leeren Teller unserer Tischrunde, der Hunger? Hatte es mich nicht noch aus einem anderen Grund in mein Revier getrieben? Jedesmal, wenn ein Stück Wild im Knall und Kugelschlag zusammengebrochen war, in den Minuten, bevor ich mit hastiger Hand die Waffe wieder verborgen hatte, ... da hatte grimmiger Triumph in meinem Gesicht geleuchtet. Aus der stumpfen Masse der Besiegten glaubte ich mich erhoben zu haben. Mit der Büchse in der Hand hatte ich von mir die Schande abwehren wollen, die den Besiegten beugt.
Niemand - so hatte ich geglaubt - hatte mich in die müde ergebene Masse der Besiegten gezwungen.

Heute hatte die böse Zeit zugeschlagen. Der Forst, der mich geborgen hatte, war nicht mehr mein Revier. Meine Hände hatten versagt, und die Waffe, mit der ich dem Schicksal getrotzt hatte, lag versenkt im Bruch. Ich stöhnte, als eine schwere Faust mich in die Knie herunterdrückte. Meine Hände griffen in die Panzerkette und mein Gesicht fiel auf das kalte Eisen, als die Faust meine Schultern niederpreßte. In der Gewalt der Faust schrie ich auf und mit dem Schrei kamen die Tränen. Wildes Schluchzen schüttelte meine Schultern, willenlos ließ ich den Tränen ihren Lauf, bis die Faust, die mich niedergezwungen hatte, ihren harten Griff lockerte. Als gütige Hand strich sie mir tröstend über Kopf und Schultern, ließ den erlösenden Strom der Tränen verebben. Ein Beben ging durch den toten Panzer – „Es ist keine Schande, besiegt zu sein ..."

Vieles hatte sich in Grünewalde verändert. Die sowjetische Kommandantur war aufgelöst und die forstmeisterliche Dienstwohnung von den Besatzern geräumt, die Ländereien einem Vertriebenen aus dem Warthegebiet übereignet worden. Ihm waren bis zum Bau seines "Neubauernhofes" zwei Zimmer und Küche im Obergeschoß zugewiesen worden. Die Schmalenbergers waren in unserem, ihr Junge in Dieters Alter. Wir haben damals mit ihnen in gutem Einvernehmen gewohnt.

Mein Vorgänger Oberförster Wald war Vertriebener aus dem Sudetenland. Er starb wenige Tage nach meiner Übernahme der Dienstgeschäfte. Bevor er für immer eingeschlafen war, hatte ich ihm mein Wort gegeben, seine Frau mit ihrem siebzehnjährigen Sohn weiterhin im Haus wohnen zu lassen. Herr Wald war ein lieber bescheidener Mensch, der an der grausamen Vertreibung zerbrochen war. Da das Haus mit seinen meist viel zu großen Zimmern Platz für alle bot, gelang es mir, nach einigem Hin und Her unsere drei Familien für alle Teile zufriedenstellend unterzubringen.

Bei den mehrmaligen Wechseln der Stelleninhaber während meiner Hohenheider Zeit war verabsäumt worden, für den Forstmeister Acker- und Gartenland zurückzubehalten. Als ich bei den Genossen im Rathaus wegen Landzuteilung vorstellig wurde, stieß ich auf die erwartete Ablehnung. Ich hatte inzwischen im Umgang mit Genossen einiges dazugelernt. Statt einer weiteren Verhandlung verließ ich das Büro mit etwa den Worten „Dann macht in Zukunft euren Mist dort drüben ohne einen Forstmeister!"

Ich wandte mich an Genossen Wrege. Ihm eröffnete ich, ich würde in Halle sofort mein Versetzungsgesuch einreichen. Das war mehr als kühn gesprochen, nein, es war eine glatte Unverschämtheit; denn gerade hatten wir erfahren, daß sich Oberforstmeister Schüler in den Westen abgesetzt hatte. Ich hatte also in Halle niemanden mehr, der sich für mich einsetzen würde. Bürgermeister Wrege fluchte in einem Ton, den man in der englischen Sprache "unprintable" bezeichnet. Wir gingen sofort mit Herrn Schmalenberger auf das früher zum Forstamt gehörende Ackerland. Herr Schmalenberger hatte nichts dagegen, mir einen Morgen bereits gepflügten Feldes, dazu ein Stück Gartenland nebst einem Zipfel des Obstgartens mit einigen Kirschbäumen abzutreten. Er konnte an anderer Stelle mit einer gleichen Fläche entschädigt werden. Wrege versicherte mir, er werde seine Genossen in Schönebeck vor die vollendete Tatsache stellen, was er mit dem Zitat des Götz von Berlichingen glaubwürdig bekräftigte.

So reibungslos, wie ich die Zimmerverteilung und die Frage mit dem Ackerland gelöst hatte, ging's zu meiner Enttäuschung in meinem Büro nicht.

Herr Jakobs hatte mich freudig begrüßt, mir aber bei der ersten Gelegenheit zu verstehen gegeben, daß der Herr Forstsekretär geglaubt hatte, in meine Position aufzusteigen. So wäre er über mein Erscheinen alles andere als erbaut. Ich verhielt mich diesem Herrn gegenüber betont zurückhaltend. Zu dienstlichen Schwierigkeiten sollte es allerdings nicht mehr kommen.

In den ersten Dezembertagen 1948 - kaum drei Wochen nach unserem Umzug - benutzte ich einen Sonntagvormittag, um in Ruhe in Vorgängen aus der Zeit meiner Abwesenheit zu blättern, als das Telefon klingelte. Ein wenig erstaunt über einen Anruf am Sonntag, nahm ich das Gespräch entgegen. Mir wurde ein Telegramm der Landesregierung Halle durchgegeben: „Forstassessor Hundrieser und Büroangestellter Jakobs mit sofortiger Wirkung entlassen."

Drei Jahre hindurch hatte ich Hieb um Hieb abfangen können, drei lange Jahre hatte ich mir Mühe gegeben, als Forstmann zu erreichen, was nur immer den Wald vor seiner Vernichtung retten mochte. Der bösen Zeit zum Trotz hatte ich an Zukunftsplänen gearbeitet, die dem Wohl des mir anvertrauten Reviers gegolten hatten. Oberforstmeister Schüler, der um meine örtlich gegebenen Schwierigkeiten wußte, hatte mir immer wieder Mut gemacht, hatte, was in Hohenheide zustande gekommen war, anerkannt. Jetzt lag ein Blatt Papier vor mir, auf das ich den Text des Telegramms kritzelte, das mir meinen grünen Rock vom Leib gerissen hatte. Es war von einem "Regierungsrat" Schulz abgezeichnet worden. Regierungsrat Schulz? - Ich kannte ihn nicht, noch war mir je seine Unterschrift aus einem Schreiben

von Halle aufgefallen. Überhaupt - seit wann gab es "Regierungsräte" auf einer Landesforstverwaltung?
Herr Schüler, ahnte ich, dürfte guten Grund gehabt haben, in Halle Schluß zu machen. Mit dem ominösen Herrn Regierungsrat mußte auf dem Landesforstamt neuer Wind eingezogen sein, ganz roter Wind ... gegen den anzukämpfen sinnlos, wenn nicht gefährlich war.

Die Frage "Was nun?" war nicht von heute auf morgen zu beantworten, noch konnte ich meine Lage mit "Nichts wird so heiß gegessen, wie es gekocht wird!" abtun. Es war nur gut, daß meine Eltern sich noch vor dem Umzug von Vadder Prehm über die "grüne Grenze" nach dem Westen hatten bringen lassen.

Mein Vater konnte dort seine Pensionsansprüche, die mittlerweile für vertriebene Beamte geregelt worden waren, geltend machen. Als mein Vater einer Prüfungskommission unendlich viele Fragen beantwortet hatte, die zum Ergebnis führten, ihn als Mitläufer Hitlers "entnazifiziert" einzustufen, tat er etwas, was wohl keiner dieser Kommissionen jemals passiert war: „Mitläufer? ... Meine Herren, diese Bezeichnung verbitte ich mir! Ich bin doch kein Gesinnungslump!"
Es bedurfte einiger Überredungskünste, bis sich mein Vater dem Entscheid beugte und entrüstet abtrat.

Weil wir in Grünewalde unseren Haushalt nebst Landwirtschaft verkleinern mußten, hatte Elli eine Stellung in Rathenow angenommen. Traute, die mit unseren Kindern ein besonders herzliches Verhältnis hatte, war bei uns geblieben. In der jetzt eingetretenen Lage war es nur gut, wenn unser Haushalt um drei Personen verringert worden war.

Ich unternahm sofort eine "schwarze" Erkundungsreise in den Westen, ob "drüben" Möglichkeiten einer Anstellung bestanden. In Hannoversch Münden traf ich außer meinem Konsemester Richard Höfer nur wenige Freunde aus meiner Studienzeit an. Höfer hatte wie auch die, die ich dort wiedersah, seinerzeit keinen Studienurlaub zur Ablegung des Referendarexamens bekommen und büffelte, um das Examen nachzuholen. Aber nur ein kleiner Teil von ihnen war später - da Preußen von der Landkarte gestrichen war - von den neu geschaffenen "Ländern" übernommen worden. Höfer war einer der Glücklichen, den sein Landforstmeister als Anwärter des Landes Hannover untergebracht hatte. Außer ihm wußte kaum ein anderer aus meinem früheren Hochschulkreis, wie es nach bestandenem Examen weitergehen würde. Sie hatten nur Aussicht, nach Pensionierung all der aus unseren Ostprovinzen vertriebenen Forstbeamten angestellt zu werden.

Für mich war selbst die Nachholung meines Staatsexamens nicht möglich. Ein Landtagsbeschluß wäre erforderlich gewesen, weil ich in den Monaten der Examensvorbereitung Beamter einer Landesregierung zu sein hatte.

Nach Grünewalde zurückgekehrt, blieb mir nichts anderes übrig, als mich alle zehn Tage in die Schlange der Arbeitslosen zu stellen, um meine Arbeitslosenunterstützung in Empfang zu nehmen. Ich hatte sofort meinen Wagen verkauft, bevor ein Nachfolger zugreifen konnte. Unser Sparkonto hob ich auf Grund von Gerüchten einer bevorstehenden Währungsreform ab. Wir hatten also fürs erste einen Notgroschen.

Wichtiger als dieser waren einige Zentner Futtergetreide von unserer letzten Ernte, unser Schwein, das beim zweiten Einbruch der Diebesbande wohl zu viel Widerstand gequiekt hatte, ein Stamm rassereiner Italienerhühner und meine ansehnliche Putenherde von fast dreißig Stück, die schlachtreif waren.

Die Hühner hatte ich nach dem zweiten Diebstahl in Hohenheide vom Leiter der Landwirtschaftlichen Versuchsstation in Merbitz bei Halle, Landwirtschaftsrat Dr. Jäger, billigst bekommen. Als ich damals bei ihm vorstellig geworden war, hatte er gerade Vorbereitungen getroffen, sich nach dem Westen abzusetzen. Es hatte zu der Zeit ein verstärkter Flüchtlingsstrom aus der Sowjetzone, besonders von Intellektuellen, eingesetzt, dem der Volksmund treffend die Bezeichnung "Abstimmen mit den Füßen" gegeben hatte. Mit Dr. Jäger hatte ich nach unserem persönlichen Kennenlernen bald nach dem Krieg in loser Briefverbindung gestanden.

Dr. Jäger sah eine Möglichkeit, mir vor seinem Verschwinden zu helfen. In Merbitz wurden Geflügelstämme durch Fallnesterkontrolle in ihrer Legeleistung überprüft und durch Zuchtauslese verbessert. Angeblich stand der staatliche Geflügelhof unter Futterschwierigkeiten, so daß er seine Stämme zu reduzieren hatte. Ich mußte mich schriftlich verpflichten, die mir überlassene Herde von zwei Hähnen und fünfundzwanzig Hennen weiterhin unter Fallnesterkontrolle zu halten und die Ergebnisse an Merbitz zu melden. Diese Verpflichtung sollte ich nach Dr. Jäger nicht sonderlich ernst nehmen. Es ginge auf dem Geflügelhof bereits jetzt drunter und drüber, was sich ohne ihn in zeitgemäßes Durcheinander steigern würde. Um mich gegebenenfalls zu decken, genügte der von ihm quittierte Betrag, der mehr einer Anerkennungsgebühr als dem tatsächlichen Wert der Hühner entsprach.

Die große Putenherde war damals einmalig und in unserer Lage von unschätzbarem Wert. Mir war die Aufzucht der empfindsamen Küken mit Zugaben von Ameisenpuppen gelungen, die ich aus den zahlreichen Ameisenhaufen des großen Kiefernreviers herangeholt hatte. Später waren die Puten unter Führung zweier Brutputen im unbegrenzten Auslauf zu unserem Erstaunen ohne Verluste herangewachsen. Anscheinend hatte Tollwut unter Füchsen völlig aufgeräumt. Es wäre unklug gewesen, unsere Herde auch in Grünewalde frei laufen zu lassen, wo sie sich mit Eicheln ohne Getreidefütterung selbst ernährt hätten. Sie hätten bei der Bevölkerung Neid hervorgerufen, uns zu "Kapitalisten" abgestempelt. So hatte ich sie wohlweislich im Stall eingesperrt und sie mit Eicheln, die ich mit unseren beiden Jungens im Revier gesammelt hatte, gerade zur rechten Zeit vor Weihnachten in bester Verfassung zum Schlachten.

Völlig unbewandert auf dem Gebiet des Schwarzmarktes, streckten wir nun vorsichtig unsere Fühler aus. Das Geschäft verlief über Erwarten glänzend. Wir hatten Bedenken gehabt, pro Henne fünfzig, für den erheblich schwereren Puter fünfundsiebzig Mark zu verlangen. Innerhalb weniger Tage, besser ausgedrückt Abende, hatten wir die Puten verkauft. Meine Frau mußte standhaft bleiben, wenigstens eine für die Weihnachtszeit für uns zurückzuhalten. Wenn wir geglaubt hatten, Höchstpreise erhalten zu haben, hatten wir uns geirrt. Als der Verkaufssegen vorbei war, mußten wir uns von

"Experten" sagen lassen, unsere Puten geradezu verschenkt zu haben.

Mit unserem abgehobenen Konto, dem Wagenverkauf und dem Schwarzmarktgeschäft waren an die sechstausend Mark in bar zusammengekommen. Die Arbeitslosenunterstützung konnten wir aus dieser Reserve nach Bedarf auffüllen. Auf diese Weise waren wir zunächst so weit abgesichert, daß wir unsere letzte Reserve, unser Schwein, erst im nächsten Jahr schlachten wollten.

Wir mußten uns freilich sagen, daß unsere Geldreserve nicht ewig reichen würde. Mit welchem Erwerb konnte ich meine Familie über Wasser halten? Und wie lange?

Noch immer hofften nicht nur die Deutschen in der SBZ, sondern ebenso die Deutschen in den westlichen Besatzungszonen auf einen Friedensvertrag, mit dem der geopolitische Irrsinn, der Deutschland in vier Teile zerstückelt hatte, sein Ende finden würde. So war ich nicht der einzige, der in der augenblicklichen Lage nur einen vorübergehenden Zustand sah, dem es darum ging, Wege zu finden, die Zeit bis zum Eintritt erträglicher Zeiten zu überbrücken. In Gesprächen im vertrauten Kreis fielen immer wieder Bemerkungen wie "Wir können doch nicht alle einfach abhauen ...!" oder "Abwarten, so kann's ja unmöglich weitergehen ...!" Damals wußten wir noch nicht, daß sich die Alliierten, so uneinig sie sich bis heute sein mögen, immer eine geschlossene Front bilden würden, wenn es darum ging, Deutschland niederzuhalten. Nie hätten wir uns damals vorstellen können, daß jemals Deutsche heranwachsen würden, die mit Plakaten - in die Luft hüpfend - "Nieder mit Deutschland" oder ähnlichen Blödsinn brüllend und vermummt in Hansnarrenumzügen zu Lenins Wohlgefallen die Straßen Westdeutschlands unsicher machen würden! Daß wir besiegt worden waren, wußten wir. Uns war auch klar, einen Friedensvertrag auferlegt zu bekommen, im Vergleich zu dem das Diktat von Versailles als ein von Großherzigkeit überstrahltes Vertragswerk erscheinen mußte. Wir konnten damals wirklich nicht vorhersehen, daß Deutschland auf Jahrzehnte hinaus ein Friedensvertrag verweigert werden sollte, daß sich die Zonengrenzen zwischen Ost und West mit Mauern, Stacheldrahtverhauen, Minenstreifen, Selbstschußanlagen und ähnlichen Errungenschaften der Sowjetunion zementieren würden.

Diejenigen Bewohner der Sowjetzone, die zwar entwurzelt worden waren, sich aber trotzdem zum Verbleiben entschieden hatten, begründeten ihre Überlegung in einer Vorstellung, die damals keineswegs von der Hand zu weisen war. Was hielt Stalin eigentlich davon ab, nach Zusammenbruch der Deutschen Wehrmacht einfach seinen Vormarsch nach Westen fortzusetzen?
Seine Soldaten hätten nur das Lied anzustimmen brauchen, das die Polen im Sommer 1939 gesungen hatten: "Gekleidet in Stahl und Panzer, werden wir bis an den Rhein, …und über den Rhein marschieren!" - Beim bloßen Anblick der sowjetischen Dampfwalze hätte die westlichen Alliierten panisches Entsetzen gepackt! Wer von den englischen und amerikanischen Soldaten hätte denn auf die Frage, wofür er gekämpft hatte, eine einleuchtende Antwort geben können? Wenn uns die alli-

ierten Soldaten trotzdem besiegt hatten, dann hatte das ihr ungeheures Kriegsmaterial aus den USA besorgt, zu allerletzt ihre Kampfmoral. - Stalin hätte damals mit Platzpatronen antreten können! Es wäre nicht zu einem zweiten Dünkirchen gekommen. Erst hinter den Pyrenäen hätten sich Engländer, Franzosen und Amerikaner verpustet, um sich anschließend auf dem Affenfelsen von Gibraltar zusammenzudrängen!
- Stalin mußte damals von all den unerwarteten Geschenken der Westmächte in Form der großzügigen Überlassung der baltischen Völker, Polens, Ungarns, Rumäniens und halb Deutschlands so benommen gewesen sein, daß er den Moment verpaßte, gleich ganz Europa zu vereinnahmen. Es verabsäumt zu haben, dürfte - aus sowjetischer Sicht gesehen - der einzige Fehler des roten Diktators gewesen sein, der ihm in seinem ganzen Leben unterlaufen war!

In der Annahme, Stalin könnte das Versäumte immer noch nachholen, sagten wir SBZ-Bewohner uns, wir würden dann bereits das Schlimmste überstanden haben. Töricht wäre es, uns nach dem Westen abzusetzen, um womöglich später von den Sowjets als politisch Unzuverlässige nach Sibirien abtransportiert zu werden.
Unzählige Bewohner der Sowjetzone aus den verschiedensten Berufsgruppen waren von den deutschen Sympathisanten des Sowjetsozialismus aus ihrem gesellschaftlichen Niveau herausgerissen worden. Diplomingenieure fegten Straßen, Handwerksmeister standen am Fließband, Professoren hatten ihre Lehrstühle verloren. Wer von den Enteigneten durch die Bodenreform noch in der Sowjetzone geblieben war, durf-

te sich glücklich schätzen, wenn er irgendwo auf dem Lande eine Notunterkunft mit einem Gärtchen ergattert hatte, Gemüse statt Getreide ernten, ein paar Karnickel statt wie früher Herdbuchvieh sein eigen nennen konnte. Ehemalige Offiziere gehörten zu den Verfluchten, die den Krieg sechs Jahre gefochten hatten, statt beim unausweichbaren Präventivschlag Hitlers gegen die an Ostpreußens Grenze aufmarschierten Armeen, vor dem Großen Genossen Stalin, die Waffen niederzulegen. War es nicht naheliegend, wenn wir alle die Hoffnung auf eine bevorstehende Änderung dieses grotesken Zustands hegten?

Es erscheint mir heute in der Rückschau auf die Zeit nach meiner Entlassung unbegreiflich, daß ich mich bisher überhaupt nicht um eine Anerkennung meines Zustandes als schwer Kriegsbeschädigter gekümmert hatte. Unverhältnismäßig kurz hatte ich nach dem Zusammenbruch eine Forstmeisterstelle mit Gehalt und Dienstaufwand übernommen. Es ging uns finanziell so gut, daß ich gar nicht auf den Gedanken gekommen war, obendrein eine Versehrtenrente zu fordern. Lediglich zur Erlangung eines Schwerbeschädigtenausweises, der mich berechtigte, bei Bahnfahrten das Abteil für Kriegsbeschädigte zu benutzen, hatte ich um amtliche Feststellung meines Beschädigtengrades gebeten. Ein dreiköpfiges Ärztegremium hatte mir einen Behinderungsgrad von 66 % zugebilligt. So war ich überrascht, als mich eines Tages der Vertreter für Sozialfragen beiseite nahm, um mich auf meine Ansprüche als Kriegsversehrter aufmerksam zu machen. Mir stand ungeachtet der Arbeitslosenunterstützung eine Grundrente zu, an deren Höhe ich mich nicht mehr erinnere. Weit wichtiger war mein gesetzlicher Kündigungsschutz! Nur nach vorheriger Zustimmung des örtlichen Arbeits- und Sozialamtes konnte ein Kriegsversehrter entlassen werden!

Die Landesforstverwaltung, genauer gesagt der Genosse "Regierungsrat" Schulz, hatte sich in seiner Gesetzesunkenntnis mit meiner Entlassung einen gehörigen Schnitzer geleistet.
Nach Studium des Gesetzes für Kriegsopfer - es war hier noch keine Änderung des vor dem Zusammenbruch gültigen Gesetzes erfolgt - setzte ich meine Frau, die mehr als ich unter unserem Schwebezustand litt, mit der Feststellung außer Fassung, daß ich einen Prozeß gegen die Landesregierung anstrengen würde. Ihre Fassungslosigkeit war zu verstehen. In einem sozialistischen System die Regierung zu verklagen, ist nicht nur schlechthin aussichtslos, sondern gefährlich. - Das Studium des Gesetzestextes hatte mich jedoch so zuversichtlich gemacht, daß ich nicht einmal die Hinzuziehung eines Anwalts für erforderlich hielt.
Ich reichte meine Klage gegen die Landesregierung mit der Forderung meiner Wiedereinstellung plus Nachzahlung meines Gehaltes beim Arbeitsgericht Magdeburg ein. Die Verhandlung fand erst im Mai 1949 statt.
Zum ersten Mal machte ich die Bekanntschaft mit dem besagten Herrn "Regierungsrat". Herr Schulz, ein schon in seinem Äußeren widerlicher Kerl, war in einem ungepflegten Anzug erschienen, der dringend des Aufbügelns bedurfte. Kamm und Bürste schien er schon lange gemieden zu haben. Ein farbloses Pickelgesicht

rundete sein Bild nicht gerade ansprechend ab. Er hatte es nicht für nötig gehalten, weder meine Personalakten noch einen Notizblock mitzubringen. Statt sachbezogener Gründe, die zu meiner Entlassung geführt haben könnten, erging er sich in einer Hetzrede gegen ehemalige Offiziere. Der Vorsitzende, der auf mich mit seinem ergrauten Haar einen vertrauenswürdigen Eindruck machte, unterbrach des Regierungsrats Redeschwall mit der Aufforderung, zur Sache zu kommen. Dieser geriet ins Stottern und mußte auf Befragen des Vorsitzenden zugeben, daß er nichts von einem Kündigungsschutz für ehemalige Offiziere wüßte. Den gäbe es auch nicht, bemerkte der Richter. Es handelte sich in meinem Fall um den Kündigungsschutz für Kriegsbeschädigte. Ob dieser ein Offizier oder Gefreiter wäre, ist vor dem Gesetz ohne Bedeutung. Weil bereits der Ausgang der Verhandlung abzusehen war, beschränkte ich mich nur auf die Feststellung, daß mir von der Landesregierung keinerlei Gründe genannt worden wären, die meine Entlassung gerechtfertigt hätten.

Der Vorsitzende zog sich mit den Beisitzern zur Beratung zurück; die dauerte knapp fünf Minuten. Mit dem Rechtsspruch meiner sofortigen Wiedereinstellung mit Nachzahlung meines Gehaltes endete die Verhandlung.

Nach Halle zurückgekehrt, bekam mein Herr "Regierungsrat" den an Niedertracht nicht zu überbietenden Einfall, mit der Wiedereinstellung meine Versetzung zum Forstamt "Elend" im Harz zu verfügen. Es ist dies ein schwer zugängliches Gebirgsrevier, von dem Herr Schulz ganz richtig annehmen durfte, daß ich hier an meiner Gehbehinderung scheitern würde. Ein Besuch des Forstamts Elend zusammen mit meiner Frau bestätigte meine Befürchtung. Um meine Weigerung, dies Gebirgsrevier zu übernehmen, vor einer zweiten Verhandlung juristisch zu untermauern, wandte ich mich an einen der bekanntesten Rechtsanwälte in Magdeburg, Herrn Dr. Bühling. Wir verstanden uns sofort.

Dr. Bühling gehörte zu denen, die mit ihrer Auffassung "wir können doch nicht alle so mir nichts dir nichts die Ostzone verlassen ..." trotz der Anfeindungen, die sich aus seinen Prozessen für ihn ergeben hatten, in seiner Praxis durchgehalten hatte. Er überflog nur schnell das Gesetz der Kriegsopferfürsorge und übernahm meinen Fall.

Die im Juli 1949 angesetzte Verhandlung fand unter demselben Vorsitzenden statt. Dr. Bühling legte mit der Überlegenheit des erfahrenen Juristen den Herrn, den seine Genossen ohne jede Vorbildung zum "Regierungsrat" ernannt hatten, mit Hieben, die "von oben" kamen, so aufs Kreuz, daß die Beratung von Richter und Beisitzern wie in der ersten Verhandlung nur wenige Minuten dauerte. Wir gewannen auch diesen Prozeß.

Dr. Bühling ging in meiner Verteidigung noch über den Gegenstand des heutigen Rechtsstreits hinaus, indem er dem Vertreter der Landesregierung noch einen folgenden Prozeß androhte, falls diese mir nicht unverzüglich die immer noch zurückgehaltene Gehaltszahlung nachentrichten würde.

Tatsächlich traf nach wenigen Tagen die höchst erfreuliche Summe ein. In der allgemeinen Unkenntnis gesetzlicher Bestimmungen war verabsäumt worden, mir die inzwischen gezahlte Arbeitslosenunterstützung abzuziehen, was ich auf sich beruhen ließ. Ich hatte, so grotesk es klingt, mit meiner Entlassung ein gutes Geschäft gemacht!

Verständlicherweise versah ich nach der monatelangen Unterbrechung meinen Dienst nur halbherzig. Zu sehr hatte ich ins Wespennest gestochen, als daß ich an ein Verbleiben in Grünewalde glauben konnte. Da kam - ähnlich wie damals die Amnestie - Hilfe. Diesmal nicht durch das Regierungssystem selbst, sondern von Seiten allerhöchster Instanz, der Sowjetischen Militäradministration, der "SMA".

Es besuchte mich der Assistent von Forstmeister Pietsch, der auf dem Landesforstamt die Abteilung "Forsteinrichtung" leitete, Diplomforstwirt Drosziok. Wie Forstmeister Pietsch war er Vertriebener aus dem Sudetenland. Beide waren in meinem Alter. Ich hatte sie bei meinen seltenen Besuchen in Halle kennen- und schätzengelernt. Von Drosziok erfuhr ich, was ich bis jetzt für ein Gerücht gehalten hatte ...

Unser Käsehändler-Ministerialdirigent hatte zum Zeitpunkt meiner ersten Entlassung nicht weniger als einundsiebzig forstliche Fachleute, ob Büroangestellte, Revierförster oder Forstmeister, von ihren Dienststellen gejagt. In die frei gewordenen Stellen hatte er "politisch Zuverlässige" ohne die geringste fachliche Vorbildung eingesetzt.

In Hohenheide - ich vergaß dies zu erwähnen - einen Mann, dessen Beruf es gewesen war, mit einem Bauchladen von Haus zu Haus zu gehen, um Schnürsenkel, Hosenträger und was Hausierer sonst noch anzubieten pflegten, loszuwerden.

„Sie kennen doch", lachte Drosziok, „den Spruch 'Herrlich hat's die Forstpartie, der Wald, der wächst auch ohne sie'!"

Das hatte der Wald in seiner Geduld auch fast ein Jahr getan. Doch nun war unser Käsehändler in die Klemme geraten. Die SMA war mit der Frage auf den Plan getreten, wieviel Festmeter Holz nicht nur im nächsten, sondern in den folgenden fünfzehn Jahren aus der Provinz Sachsen/Anhalt eingeschlagen, besser ausgedrückt, herausgeholt werden könnten. Eine Frage, die beim besten Willen nicht von den Genossen des Käsehändlers beantwortet werden konnte. In seiner Bedrängnis - mit der SMA war erfahrungsgemäß nicht zu spaßen - hatte ihm Hilfsförster-Oberlandforstmeister Ulrich geraten, unverzüglich mit einer provinzweiten Forsteinrichtungsarbeit noch vorhandene und die in fünfzehn Jahren zu erwartenden Holzmengen ermitteln zu lassen. --- Aber von wem???

Nun, - von uns, den Entlassenen!

So fuhr jetzt Herr Drosziok von Ort zu Ort, um uns zur Mitarbeit zu gewinnen. Uns würden durch den Personalbearbeiter "Reg.-Rat" Schulz Arbeitsverträge im Zeitangestelltenverhältnis angeboten, die jeweils nach drei Monaten erneuert werden würden. Die jetzt anlaufende Arbeit sollte nach zwei Jahren abgeschlossen sein. Während dieser Zeit war vom "Käsehändler"" beabsichtigt, der SMA stückchenweise unsere Ergebnisse zukommen zu lassen. Gewissermaßen zum Zeichen seiner Ergebenheit und zu ihrer Beruhigung.

Der zur gleichen Zeit wie ich entlassene Landforstmeister Erdmann, der früher das Regierungsforstamt

Merseburg leitete, hatte bereits seinen Vertrag angenommen. Er hatte Herrn Pietsch gebeten, mich seinem Bezirk, der im Zusammenhang mit der Einrichtungsarbeit auch die Forsten nördlich von Magdeburg umfaßte, zuzuteilen. Mit dem Namen des von uns allen geschätzten Landforstmeisters schwanden meine Bedenken. Mit Einrichtungsarbeiten, sagte ich mir, wäre ich aus der leidigen Verwaltung herausgelöst. In zwei Jahren konnte sich vieles geändert haben. Neben meinem Gehalt als Forstassessor würde ich einen annehmbaren Pauschalbetrag für Reisekosten erhalten. Für jeden Forsteinrichter war eine Schreibhilfe vorgesehen, so daß uns nur die Außenarbeiten oblagen.
„Mit diesen Zeitangestelltenverträgen", meinte Drosziok vielsagend, „könnten sich 'Käsehändler' und 'Regierungsrat' eine Mine auf Zeit gelegt haben. In hanebüchener Unkenntnis ihrer Verwaltungsarbeit brauchen sie nur zu vergessen, diese Verträge jedes Mal nach drei Monaten zu beenden. Nach sechs Monaten wird ein Zeitangestelltenverhältnis nach geltendem Gesetz automatisch zu einem ständigen. Nun, Sie haben ja mit ihren Prozessen bewiesen, wie man mit den Brüdern umgeht ..."
Mit Freund Drosziøks Besuch hatte ich zwei Jahre mit laufendem Gehalt gewonnen.

Im September 1949 hielt Forstmeister Pietsch eine Arbeitstagung ab, auf der er uns die Richtlinien für die bereits anlaufende Arbeit gab.
„Fällt Ihnen nichts an der heutigen Versammlung auf?" flüsterte mir Landforstmeister Erdmann zu. Ich fand die Antwort nicht.

„Nun, zum ersten Mal findet hier ein Treffen ohne Zuchthäusler statt ... Wir sind 'unter uns' ..."
Erdmann war beinamputiert. Im Ersten Weltkrieg soll er der jüngste Leutnant des damaligen Heeres gewesen sein. Erdmann verkörperte im Auftreten und mit seinem stets ruhigen Wesen einen Herrentyp im wahrsten Sinne des Wortes. Trotz seiner Entlassung und der Anpöbeleien, denen ehemalige Offiziere nicht nur in der Sowjetzone ausgesetzt waren, zählte er sich zu denen, deren Losung "wir können doch nicht einfach alle abhauen" war. Im Kreis der nun wieder Eingestellten wollte er nichts davon wissen, von uns als Landforstmeister herausgestellt zu werden.
„Ich bin einer von Ihnen, nichts mehr oder weniger. Jetzt sind wir Forsteinrichter. Von unseren Ergebnissen wird es abhängen, wieviel Holz die Sowjets aus dem Land pressen werden ..."
Damit hatten wir den Wink erhalten, der wohl unausgesprochen uns alle beschäftigte.

Ich bin hier dem Leser eine Erklärung schuldig.
In Zeiten einer geordneten Forstverwaltung erhielten Forstassessoren im Verlauf ihrer Ausbildung den Auftrag, das "Betriebswerk" eines Forstamts zu erstellen. Es war dies der Wirtschaftsplan, in dem bis zu zwanzig Jahre im voraus die einzuschlagende Holzmenge festgelegt wurde. Herangewachsene Bestände wurden nach Stammzahl je Hektar, nach Höhe, Stammumfang, Bodengüte in die fünfklassige "Bonität" eingeteilt, deren jährlicher Holzzuwachs aus wissenschaftlich erarbeiteten Tabellen entnommen wurde. Nach dieser äußerst präzise durchgeführten Vorarbeit oblag dem Einrichter,

die jährliche Holzentnahme unter strenger Berücksichtigung der erforderlichen Nachhaltigkeit, des zu erwartenden Zuwachses, so festzulegen, daß auf keinen Fall ein Rückgang der stehenden Holzvorratsmenge stattfand. - Ein oder auch zwei Assessoren benötigten etwa ein Jahr bis zum Abschluß solch einer Arbeit, die nur ein einziges Forstamt betraf. Eine provinzweite Forsteinrichtungsarbeit innerhalb von zwei Jahren abzuschließen, war von vornherein unmöglich. Nach der Richtlinie, die uns Forstmeister Pietsch auf den Weg gab, unterschied sich unsere Arbeit von den Grundsätzen der konventionellen dadurch, daß wir lediglich den unausweichbaren Befehl der SMA auszuführen hatten, uns mit den innerhalb von fünfzehn Jahren einschlagswürdigen Beständen zu befassen. Im Hinblick auf diese hatte Landforstmeister Erdmann seine Bemerkung "von unseren Ergebnissen wird es abhängen" gemacht.

Ein Faktor, die Holzmenge eines hiebsreifen Bestandes abzuschätzen, ist neben Stammzählung und Höhenmessung die Dichte seines Kronendaches. Erschien dem Einrichter dieses gut geschlossen, dann unterstellte er den vollen Tabellenwert. War dem Bestand bereits Holz entnommen, dann war das Kronendach entsprechend aufgelichtet. Der Forsteinrichter pflegte in diesem Fall den vollen Tabellenwert um 0,9 bis 0,6 herunterzumultiplizieren. Ein Bestand mit dem Tabellenwert von zweihundert Festmetern konnte danach also mit nur 180, 160 Festmetern und auch darunter geschätzt werden. Zu allen Zeiten haben sich Forstamtsleiter um einen möglichst geringen Hiebssatz pro Hektar in ihren Revieren bemüht, um mit Reserven in schlechten Zeiten, bei Ausfällen durch Brände, Schädlingsbefall oder ähnliche unvorhersehbare Ereignisse einen Ausgleich schaffen zu können.

Wenn wir Forsteinrichter jetzt auf Befehl der sowjetischen Besatzungsmacht die verlangten Zahlen beizubringen hatten, war uns weiter Raum gegeben, mit einem Blick auf das Kronendach zu einer Schätzung zu kommen, die unter der tatsächlichen Festmeterzahl lag. Selbst wenn wir nur zehn Prozent zu wenig angeben würden, ergab das provinzweit eine ungeheure Schnittholzmenge, die trotz Vorhandenseins unauffällig verschwunden war. Seitens der Landesregierung konnten unsere Ergebnisse wegen Ausfalls von Fachkräften nicht überprüft werden.

Um es vorwegzunehmen: Ich habe damals selbst und bald nach meiner Ernennung zum Obertaxator durch die mir unterstellten Kollegen Zahlen beigebracht, die nach tüchtigem Heruntermultiplizieren vielleicht dazu beigetragen haben mögen, daß die sowjetischen Erwartungen um einiges heruntergeschraubt wurden.
Das war "Sabotage mit Pfiff" ...

Vom ersten Tag meiner neuen Tätigkeit an behielt ich mein Ziel im Auge, uns in den kommenden zwei Jahren einen Erwerb aufzubauen, der uns nicht nur vorübergehend über Wasser halten, sondern der uns - wenn wir schon dazu verurteilt sein sollten, in der Sowjetzone bleiben zu müssen - ein erträgliches, vielleicht sogar zufriedenstellendes Leben bringen sollte.

Meine Frau und ich waren uns darin einig, daß wir ein solches Ziel nur im Abseits auf dem Lande erreichen konnten. Der Erwerbszweig mußte nach meiner Ansicht ein so ausgefallener sein, daß mich Genossen mit der

Geste "der hat nicht alle Tassen im Schrank" abtun und zufrieden lassen würden. Ich war auf den Gedanken gekommen, meine bisher als Liebhaberei betriebene kleine Kanarienhecke zu einer Großzüchterei auszubauen. Es gab damals in der Sowjetzone an Versorgungsgütern aller Art so gut wie nichts zu kaufen. Ich war immer wieder erstaunt gewesen, wie flott ich meine Nachzuchten verkauft hatte. Kanarien hatten einen großen Seltenheitswert, weil die Kriegsjahre so gut wie alle Bestände an Zuchten vernichtet hatten. Bis zu sechzig Mark wurden anstandslos für einen Sänger bezahlt!

Bevor ich diese Idee endgültig in die Praxis umsetzte, fuhr ich zu dem in Liebhaberkreisen bekannten Richard Heydenreich in Bad Suderode im Harz.

Beim Anblick einer großen Villa mit seinem Firmenschild war ich erstaunt, daß diese mit Verkauf von Kanarienvögeln zustande gekommen sein mußte. Wie es damals üblich war, hatte ich einen Karton Eier statt eines Blumenstraußes für die Dame des Hauses zur persönlichen Einführung mitgebracht. Herr Heydenreich war über siebzig Jahre alt, dem man wie seiner Frau die vielen Hungerjahre ansah. Sofort wurde eine Portion Rührei in die Pfanne geschlagen, wofür Frau Heydenreich ihre letzte Fettzuteilung opferte.

Was mir Herr Heydenreich anschließend über seinen jahrzehntelangen Handel mit Kanarien berichtete, war für mich außerordentlich aufschlußreich. Zwar hatte Heydenreichs Hauptgeschäft im Export von Kanarien nach den USA bestanden, in die er alljährlich Zehntausende im Schiffstransport mit einer zuverlässigen Begleitperson versandt hatte. Mit Stolz - solche Menschen hat es mal gegeben - erwähnte er, er wäre mit seinem Umsatz der größte Steuerzahler von Bad Suderode gewesen. Er hatte seine Kanarien von vielen kleinen Züchtern aufkaufen lassen. Dabei hatte er im Gegensatz zu seiner Konkurrenz immer darauf geachtet, den Züchtern, die meist nur ein geringes Einkommen hatten, einen angemessenen Preis zu zahlen. Dadurch hatte er seinen Umsatz so weit gesteigert, daß er zum größten Exporteur Deutschlands geworden war.

Nach seiner Ansicht war es für mich durchaus möglich, auch nach Ausfall des Exportgeschäfts ein Geschäft aufzubauen. Dabei sollte ich mich auf keinen Fall nur auf eine eigene Zucht einstellen, sondern so bald wie möglich mit Ankauf von Züchtern meinen Umsatz steigern. Eigenzucht wäre schön und gut, aber für einen Geschäftsmann zu zeitraubend und vielen Zufällen unterworfen. Seine Zucht an Harzer Rollern hätte er zwar immer betrieben; doch war diese mehr als Aushängeschild für den Namen HEYDENREICH und für Besucher gedacht, die ihn immer in der Erwartung aufgesucht hatten, in Suderode eine führende Zucht vorzufinden. Herr Heydenreich zeigte mir seine Zuchteinrichtung, deren Technik mir bisher unbekannt gewesen war. Dabei wies er resigniert auf einen kleinen Bestand von Kanarien, die er unter viel Mühe durch die Kriegsjahre gebracht hatte. Meiner Frage, ob er mir diese Vögel verkaufen würde, wich er aus. Wir kamen überein, daß ich vor Weihnachten nochmal vorsprechen sollte. Bis dahin würde er sich entschieden haben.

Um etliches klüger geworden, trat ich die Rückfahrt an.

Meine Frau war dabei, ihre Vorbereitungen für ein Ereignis zu treffen, das damals - 1949 - nicht nur in der Sowjetzone für eine Familie geradezu lebenswichtig war: Es ging ums bevorstehende "Schlachtefest"! - Aus unserem aus Hohenheide mitgebrachten Schwein war ein wahres Ungetüm geworden, das dabei war, die Vierzentnergrenze zu überschreiten. Wir hatten es unter Zurückhaltung des knappen Getreides mit allem möglichen gefüttert, was ein Schwein in sich hineinschmatzt.

Meine Frau, Traute und ich hatten Tag für Tag unser Weizenfeld, das uns Herr Schröder gleich nach unserer Ankunft im vergangenen Jahr noch eindrillen konnte, sorgsam gehackt. Tag für Tag beharrlich ein paar Reihen. Jede Distel war im Korb gesammelt worden. Sie wurden klein gehackt und mit Rübenschnitzel der Tangermünder Zuckerfabrik, Knochenmehl aus einer ähnlichen Quelle und einer tüchtigen Zugabe Eichelschrot zu einem schmackhaften Schweinemenue gemischt. Im letzten Vierteljahr hatten wir nach Einbringung unserer Weizenrekordernte von zweiundzwanzig Zentnern Bördeweizen diese Speisung noch mit Kleie und Schrot bereichert. Zum Schluß konnte unsere "Rosinante" nur noch schwerfällig an den Trog heranschnaufen, um nach der Schmatzemahlzeit wieder auf dem Stroh ausgestreckt weitere Pfunde anzusetzen.

Bürgermeister Wrege kam zur Abschätzung des Gewichts, von dem die Höhe unseres Ablieferungssolls abhing.

„Sie hat sicher ihre zwei Zentner", begann ich mit der Schweinevorführung.

„Ja, ja, die mag sie haben."

Wege schrieb das Gewicht mit zweihundertzehn Pfund auf sein Formular.

„Die hat Ihr Schweinchen ganz bestimmt ..."

Ich stimmte dankbar zu. Es war keineswegs so, daß jeder Genosse uns übel gesonnen war.

Tagelang waren meine Frau und Traute dabei, unzählige Büchsen mit Fleisch, Leber- und Blutwurst zu füllen. Unter fachkundiger Hilfe des Hausschlächters, der um diese Jahreszeit mit seinem Handwagen von Haushalt zu Haushalt zog, wurde eine Menge Räucherwurst hergestellt. Im großen Kessel in der Waschküche dampfte Grützwurst in der sogenannten Wurstsuppe. Sie wurde nach Abschluß der Schlachterei - wie es Brauch war - größtenteils im Bekanntenkreis und an Bedürftige verteilt. Zu der Räucherwurst kamen noch Schinken und schwere Speckseiten dazu. Angesichts der Menge, zu der sich das Schweineschmalz vorm Einschmelzen türmte, rang meine Frau die Hände:

„Das langt ja für zwei Jahre!"

Weil wir aber für mindestens ein Jahr keine Marken für Butter erhielten, wirkte sich dieser Fettsegen in Gelbsucht aus, die alle unsere Kinder bald bekommen sollten.

Nach unserem Schlachtfest machte ich mich mit einem schwer gefüllten Rucksack nach Bad Suderode auf. Der alte Herr Heydenreich lag im Bett. Das Ehepaar Heydenreich teilte das Los der Alten, die im sowjetischen System als überflüssiger Ballast seiner Wirtschaft ins Abseits geschoben werden. Sie erhielten als nicht mehr Werktätige so wenig Lebensmittelkarten zugeteilt, um sie bestenfalls gerade noch am Leben zu erhalten. Die geringste Krankheit, die alte Menschen befällt, nimmt solchem Staat jede weitere Fürsorge ab. Ganz einfach und unauffällig geht das.

Noch bevor ich meinen Rucksack ausgepackt hatte, machten mir die Heydenreichs den unerwarteten Vorschlag, ihre Firma zu übernehmen. Herr Heydenreich fühlte sich zu schwach, um unter den gegebenen Verhältnissen sein Geschäft wieder in Gang zu bringen. Frau Heydenreich zeigte mir die vielen Zimmer ihrer Villa, sie hatten bereits in Gedanken das geräumige Obergeschoß als Wohnung für uns vorgesehen. Ihr Neffe, der das Geschäft übernehmen sollte, war gefallen. Ihre einzige Bedingung war ihr Wunsch, in ihrer Wohnung zu bleiben. Je nachdem, wie das Geschäft nach meiner Übernahme sich entwickeln würde, sollte ich ihnen ihre stille Teilhaberschaft vergüten. Da sie keine Erben mehr hatten, wollten sie uns nach ihrem Ableben den ganzen Betrieb mit Haus, Wirtschaftsräumen und Garten hinterlassen.

Das Angebot war so einmalig günstig, daß wir wahrscheinlich zugegriffen hätten. Doch ich hatte bereits einen anderen Plan ins Auge gefaßt: Ich hatte vor, auf unserem Seegrundstück in Arendsee ein Haus zu bauen. Mir ging es nach den jahrelangen Ärgereien mit den roten Genossen darum, mit einem Wohnsitz abseits des politischen Getriebes, einem "Haus in der Heide", der bösen Zeit zu entrinnen. Weil ein Privatbau in der Sowjetzone so gut wie undurchführbar war, hatte ich den Gedanken ganz für mich behalten und auch mit meiner Frau noch nicht darüber gesprochen.

Bei Heydenreichs Vorschlag hatte ich zu bedenken, daß wir fürs Geschäft auf lange Sicht Angestellte haben müßten, die uns sofort als "Kapitalisten" und "Ausbeuter" brandmarken würden. Gerade bürgerliche Kleinbetriebe wurden derzeit beständig abgewürgt. Im Raum von Arendsee hatten wir Aussicht, weniger beachtet zu werden.

So taktvoll wie nur möglich bat ich die Heydenreichs, ihren so gut gemeinten Vorschlag fallen zu lassen. Herr Heydenreich sah meine Bedenken ein. Meine mitgebrachten Büchsen, dazu der Vorrat an Schweineschmalz lösten helle Begeisterung aus.

Herr Heydenreich rappelte sich aus seinem Bett, war bereit, mir seine gesamte Zuchtanlage und auch seine letzten Harzer Roller zu überlassen. Meine Frage nach seinem Preis beantwortete er geradezu entrüstet, ob ich denn keine Ahnung hätte, wieviel unsere Büchsen und das Schmalz auf dem Schwarzmarkt wert wären. Ich hatte auf diesem Gebiet nach dem Verkauf unserer Puten keine weiteren Erfahrungen gesammelt. Um das Gefühl loszuwerden, die Heydenreichs womöglich übervorteilt zu haben, stellte ich ihnen noch Pakete mit Eiern in Aussicht.

Die Zuchtregale waren für einen Transport zu ungefügig. Wir bauten daher die Vorsatzgitter der Käfige als den wichtigsten Teil einer Zuchteinrichtung ab, die Herr Heydenreich per Bahnexpreß an mich aufzugeben versprach. Anschließend verpackten wir Heydenreichs letzten Harzer Roller, zwanzig Weibchen und acht Hähne. Als ich die Hähnchen einzeln in ihren Transportbehälter tat, legte mir Herr Heydenreich bei einem grünen Hahn seine Hand auf die meine:

„Bitte, ... lassen Sie mir diesen Sänger. Ich zog ihn im vergangenen Jahr von meinem besten Paar nach. Sie haben bereits den Bruder von diesem Vogel. Dieser hier wird mich überleben. Er soll meine Erinnerung an die vielen vielen Tausende sein, die durch meine Hände gingen."

Beim Abschied am nächsten Morgen traten dem alten Herrn Tränen in die Augen, als er mir die zwei Transportkästen mit seinen Kanarien "zu treuen Händen" mit den besten Wünschen zum Gelingen meiner Pläne übergab.

Nach vier Monaten seit dem Beginn der Forsteinrichtungsarbeiten drängte Landforstmeister Erdmann darauf, das Land Sachsen/Anhalt in drei Bezirke zu unterteilen, da er allein die Durchführung der Richtlinien nicht gewährleisten könnte.

Herr Erdmann hatte mich als Obertaxator für den Nordteil der Provinz vorgeschlagen. Forstmeister Pietsch dürfte meinem Freund, dem Personalbearbeiter "Regierungsrat" Schulz, die Pistole auf die Brust gesetzt haben, bis er sich mit dieser Ernennung und ihrer Gehaltszulage einverstanden erklärte.

Ich durfte eine zweite Schreibkraft einstellen. Meine erste Schreibhilfe war ein netter Volksschullehrer. Trotz seiner Einstufung als "Mitläufer" Hitlers war er entlassen worden. Er stellte mir einen genauso harmlos "entnazifizierten" Freund vor, der aus seiner Stellung als Bürovorsteher herausgeworfen war. Auf diese Weise waren wir wieder einmal "unter uns".

Ich ließ die Listen mit ihren endlos vielen Zahlen von beiden Herren in ihren Wohnungen in die vorgedruckten Formulare übertragen, die sie mir dann allwöchentlich nach Grünewalde brachten. Mit dieser Regelung waren die armen "Mitläufer" verständlicherweise höchst zufrieden.

Die bösen Jahre hatten mich von jeglichen Skrupeln befreit, die ich zu Beginn meiner forstlichen Tätigkeit eingedenk meines Beamteneides bewahrt hatte. Statt selbst in Beständen herumzuhumpeln, beschränkte ich meine Arbeit auf Besuche bei den Kollegen, die die geforderten Werte in den Revierförstereien ermittelt hatten. Besuche bei den neu eingesetzten "Forstmeistern" hielt ich für nicht nötig. Hatten meine Taxatoren den Kronenschluß eines Bestandes hoch angesetzt, dann korrigierte ich die Zahl durch Herabsetzung von einem oder zwei Zehnteln. Vier Tage in der Woche versah ich meine Außenarbeit per Bahnfahrt und mitgeführtem Fahrrad. Den Rest der Woche widmete ich unserer Kanarienzucht.

Mit Hilfe meiner Frau brachte die Zucht ein Rekordergebnis von über zweihundert jungen Vögeln! Davon verkauften wir nur den größten Teil der Hähnchen, die Weibchen wurden zurückbehalten.

Tischlermeister Zickner in Grünewalde fertigte mir mit "unter der Hand" beschafften Brettern mehrere Regale mit Fächern an, vor denen Heydenreichs Vorsatzgitter befestigt wurden. Durch Zufall konnte ich Blechplatten aufkaufen, die ich mit einer Schneidemaschine beim Goldschmiedemeister Mieter in unserer Nachbarschaft zu Schubfächern für die einzelnen Käfige verarbeiten konnte - 120 Stück!

Ende Februar 1950 waren alle Zuchtkäfige nach unermüdlicher Bastelarbeit fertiggestellt. Nach Verteilen aller Kanarienweibchen in ihr Zuchtabteil lief unsere "Großzucht" an!

Zur Übersicht, was nun in jedem einzelnen Käfig vorging - Nestbau, vorübergehendes Zusetzen eines Hähnchens, Eiablage, Notiz des Schlupftermins, Aufzucht der Jungen und was es alles in einer Zuchtanlage zu beachten gibt - hatte ich mit auswechselbaren verschieden gefärbten Pappkärtchen ein System entwickelt, nach dem auch meine Frau in meiner Abwesenheit die jeweils erforderlichen Handgriffe verrichten konnte.

Ich änderte rigoros meinen bisherigen Tagesablauf. Der Wecker blieb auf vier Uhr früh gestellt. Ich brauchte drei Stunden an jedem Morgen, um Käfig nach Käfig jedes Weibchen individuell zu versorgen. Das war bis zum Frühstück getan. Die Zuchtregale standen an einer Wand unseres Eßzimmers. Die hierdurch entstandene Einengung unserer Wohnung mußte hingenommen werden.

Die forstlichen Erhebungsarbeiten hatten sich eingespielt. Nur noch selten machte ich mich selbst in die Reviere auf. Statt dessen kamen einmal monatlich die mir unterstellten Taxatoren nach Grünewalde, um mir ihre Ergebnisse zu übergeben. Am Monatsende fuhr ich nach Halle, wo Forstmeister Pietsch meinen Listenstapel in Empfang nahm.

Ich hatte mein Gehalt als Forstmeister wieder erreicht, während ich in vollen Zügen von meiner Freiheit - Halle war weit - Gebrauch machte. Mein Ziel war weniger eine bestens abgeschlossene forstliche Arbeit, sondern der Aufbau eines Erwerbs. In den Monaten, in denen die jungen Kanarien heranwuchsen, stellte sich der

Verkauf von Bruteiern aus unserem Leistungsstamm als laufend Geld bringender Nebenerwerb heraus. Jede "unter der Hand" hereinkommende Mark wurde wie auch der Betrag, den wir durch unsere Eigenversorgung von meinem Monatsgehalt einsparten, beiseite gelegt. - Als die Kanarienzucht im Juli abgeschlossen war, besaßen wir fast fünfhundert Jungvögel! Wir konnten sie in einem Kammerraum unserer Wohnung im Freiflug unterbringen. Ihr Verkauf kurz vor Weihnachten würde uns zwischen sieben- bis achttausend Mark "unter der Hand" einbringen!

Jetzt war es soweit, meinem Traum von einem "Haus in der Heide" auf unserem Grundstück am Arendsee nachzugehen. Mein Vater hatte keinen Grund gesehen, dies wunderhübsch gelegene Land nach Aufgabe seiner Anwaltspraxis 1923 zu verkaufen. Außer dem Seegrundstück hatte er noch acht Morgen Land bei Gestien, nur drei Kilometer von Arendsee gelegen, behalten. Er hatte mir beide Grundstücke übereignet.

Als ich in den ersten Julitagen 1950 auf der Station Arendsee ausgestiegen war und mein Fahrrad in Empfang genommen hatte, wurden alle Fahrgäste von Volkspolizisten kontrolliert. Während einige von uns, zu denen auch ich gehörte, nach einem nur flüchtigen Blick auf unseren Personalausweis nicht weiter aufgehalten wurden, führten die Polizisten drei Frauen in eine Polizeibaracke. Warum nicht ich?
Da fiel mir die Eintragung von Arendsee als meinen Geburtsort in meinem Personalausweis ein. Für die Polizisten war ich also ein hiesiger Einwohner. Es war wichtig, das zu wissen!

Ich hatte Tante Beust, unserer alten Nachbarin, meinen Besuch angesagt. Ich radelte eine Strecke der Bahnhofsstraße entlang, die ich vor vielen Jahren als neunjähriger Sextaner jeden Morgen zum Bahnhof gegangen war. Vor der Post bog ich in den sandigen Landweg ein, der zu der engen Gasse führte, auf deren Fußweg wir Kinder mit unseren Rädern so lange hin- und zurückgefahren waren, bis wir beim Nahen des Stadtpolizisten davonsausten. Ich fuhr am Schild "Radfahren verboten" vorbei, ließ den Freilauf bis zur Ecke an der Apotheke Merkel in der "Breiten Straße" auslaufen. Hier hielt ich an. Gegenüber auf der anderen Seite stand mein Geburtshaus. Statt meines Vaters Schild "Rechtsanwalt und Notar" hing das von "Bruno Flaak, Tierarzt" an der Hauswand.

Bruno Flaak hatte seinerzeit eine ungewöhnliche Berühmtheit erlangt, die sogar mit einer Notiz im "Völkischen Beobachter" gewürdigt worden war. Nachdem er mit seinem vierzigsten Semester ein einmalig fröhliches Studentenleben abgeschlossen hatte, bestand er sein Examen als Tierarzt! Selbst die böse Zeit nach dem Krieg prallte an seiner unbeschwerten Sorglosigkeit ab. Bis zu seinem Tod blieb er seinem Wahlspruch "In vino veritas" treu ...

Links neben dem Fachwerkbau stand das Gerichtsgebäude, rechts neben meinem Geburtshaus das völlig von den beiden uralten Weinstöcken umrankte Haus von Onkel und Tante Beust. Onkel Beust war längst gestorben.

Ich ließ mein Fahrrad bis vor die Treppe dieses Hauses weiterrollen. Beim Öffnen der schweren Eichentür erklang die Glocke mit ihrem altgewohnten dunklen

Klang. Die Tür war nicht verschlossen. Die böse Zeit schien Arendsee nur kurz berührt zu haben. Ich trat ins Wohnzimmer rechts. Der gemütliche Raum lag im vollen Licht der Nachmittagssonne. Auf jeder der beiden Fensterbänke stand ein Blumentopf mit rot leuchtenden Geranienblüten. Auf der einen hielt ein großer schwarzer Kater sein Schläfchen. Er blinzelte mich an und schloß wieder die Augen. Onkel Beust's Lehnstuhl stand daneben am selben Platz, an dem er immer mit einer schwarzen Katze auf dem Schoß gesessen hatte. Ich schloß leise die Tür und ging auf den Flur zurück, der mit Lehmziegeln ausgelegt war, auf denen über hundert Jahre kleine Unebenheiten hinterlassen hatten. Tante Beust war auch in der Küche nicht zu finden. So ging ich weiter auf den Hof.

Bevor ich hier die Stufen der Steintreppe herunterging, umfing mich wie ein Bühnenbild die Erinnerung an meine Kindheit. Links hinter der Hofmauer ragte die alte Traueresche unseres Hofes über sie hinaus. Im Geäst ihrer Krone hatte ich einmal meine ersten Märchenbücher gelesen. Von dort hatte ich Onkel und Tante Beusts Tun verfolgt. Wenn Onkel Beust sich zwischendurch auf den hohlen Baumstamm gesetzt hatte, um sich seine Pfeife anzustecken, dann hatte ich kleiner Knirps mein Buch zugeklappt, war von der Mauer heruntergesprungen und hatte mich neben ihn gesetzt. Onkel Beust hörte geduldig zu, was ich von Schneewittchen und den sieben Zwergen oder den Wurzelkindern zu erzählen wußte. Während ich drauflos schwatzte, wartete ich auf den Augenblick, in dem seine rechte Hand in seiner Jackentasche verschwand, um den ersehnten Bindfaden-Zuckerkant hervorzuholen. Der

Baumstamm lag wie damals am selben Platz. Neben dem Schweinestall planschten wie vor fünfundzwanzig Jahren ein paar Watschelenten in einer Pfütze, und auf dem Misthaufen neben dem Kuhstall krähte wie eh und je ein bunter Hahn, um einer Hennenschar zu imponieren. Aus Richtung der Scheune vernahm ich Hiebe eines Beils. Ich ging darauf zu. Vorbei am Baumstamm, an der Entenpfütze, an der Hühnerschar, - jeder Schritt ein Stückchen weiter hinein in die Zeit meiner Kindheit. Die Tür zur Scheune stand offen.

Tante Beust kniete neben einem Haufen Kiefernreisig. Mit einem leichten Handbeil schlug sie das Reisig in eine bestimmte Länge, das sie in Bündeln zusammenband. Mit diesem Reisig wurde Feuer im Herd angefacht. - Als sie mich in der Tür stehen sah, breitete sie ihre Arme aus. Ich eilte auf sie zu, kniete mich zu ihr nieder. Meine alte Tante Beust umarmte mich: „Mien Jung ... mien Jung ... bist wedder to Hus!"

Mein erster Besuch am nächsten Morgen galt Bruno Flaak. Nach dem Tod Dr. Oppermanns, den wir Kinder "Onkel Oppi" genannt hatten, übernahm Bruno dessen Praxis. Er war sein Stiefsohn, den "Tante Oppi" mit in die Ehe gebracht hatte. Ich entsann mich dunkel, wie Bruno, noch als Feldgrauer des Ersten Weltkrieges gekleidet, mit uns Kindern nach seiner glücklichen Heimkehr gespielt hatte, indem er uns immer wieder hoch in die Luft warf und wieder auffing. Als wir 1945 nach unserer Vertreibung in Ziessau eine Bleibe gefunden hatten, befand er sich noch in englischer Gefangenschaft.

Bruno begrüßte mich mit der Herzlichkeit, die Jahrzehnte wegwischte. Er nahm mich am Arm, um unser Wiedersehen im "Berliner Hof" zu begießen. Das Bier war derzeit reichlich dünn, doch ein folgender Korn gab ihm seine fehlende Würze. - Nun war ich nicht nach Arendsee gekommen, um mich hier mit dem standfestesten Zecher des Städtchens vollaufen zu lassen. Doch Brunos Fröhlichkeit wirkte ansteckend, so daß ich dies Stündchen mit ihm nach all meinem Ärger mit der bösen Zeit ganz angenehm empfand. Wie Bruno Flaak mit ihr fertig wurde, demonstrierte er mir, als sein zwölfjähriges Töchterchen das Gastzimmer betrat.

„Vati, Onkel Muchau will wissen, wie die Trichinenbeschau ausgefallen ist."

Muchau war der Fleischermeister, der gegenüber von unserem Haus seinen Laden hatte.

„Meint er das Fleisch für die Russen?"

„Ja, Vati, er muß es sofort wissen!"

„Aber Kindchen, habe ich dir nicht am Mikroskop gezeigt, wie Trichinen aussehen?"

„Ja, ... aber ..."

„Ach was, leg' ein Stückchen vom Zwerchfell unters Mikroskop. Ganz gleich, was du da sehen kannst, geh mit dem Stempel rüber und hau sie auf die Stücke, die dir Onkel Muchau hinlegt ..."

„Ja, Vati ..."

Als die Kleine gegangen war, meinte Bruno unbekümmert: „Ich bin doch nicht verrückt, wegen so einem Quatsch jetzt nach Hause zu gehen. Von mir aus können den Russen Trichinen aus Ohren und Nasen krabbeln. Außerdem glaube ich, die Bande wird selbst von Trichinose nicht umgebracht! Prost ...!"

Es gelang mir, den Frühschoppen rechtzeitig zu beenden, um mich am Nachmittag klaren Kopfes zu unserem Waldgrundstück zu begeben. Bruno hatte mir abgeraten, per Rad am See entlang dorthin zu fahren, weil mich Volkspolizisten mit Fragen nach woher und wohin aufhalten könnten. Er hatte mir sein Ruderboot angeboten. So stieß ich vom selben Bootssteg ab, von dem wir in meiner Kindheit zur Segelfahrt "zum Grundstück" aufgebrochen waren.

Nach nur wenigen Ruderschlägen konnte ich den unvermittelt jähen Abfall des Bodens im klaren Wasser erkennen, der uns Kindern immer unheimlich gewesen war. Der helle Sand ging in tiefgrünen Bodenbewuchs von Wasserpflanzen über, und gleich danach war das bisher helle Wasser des Sees unheimlich dunkel, grundlos. Immer wieder waren Sommergäste im Arendsee in ihrer Unkenntnis dieses steilen Abfallens ertrunken.

Nur leichte Wellen schlugen gegen die Bootsplanken, als ich Ruderschlag um Ruderschlag die Mitte des Sees erreichte. Die Windmühle bei Friedrichsmilde, die uns früher die Richtung gewiesen hatte, stand nicht mehr. An den Dächern von Ziessau erkannte ich, zu weit nach rechts abgekommen zu sein. Aber jetzt sah ich das Sommerhäuschen von Fräulein Dehr, das neben unserem Grundstück lag. Darauf hielt ich zu.

"Kärre ... Kärre ... Kärre-Kärre-Kiek!" schwatzten die Drosselrohrsänger. "Kärre-kiek!", als ich mich dem Ufer näherte und das Boot in einer Schneise im Schilf auf Grund laufen ließ.

Ich war erstaunt, gleich hier an der Grenze zum Dehrschen Grundstück einen von Unkraut freigehaltenen Grenzstein zu finden. Die mir gehörende Seeseite hatte ich nach der Zeichnung im Grundbuch mit achtzig Meter Länge notiert. Ich schritt das Ufer mit seinem dichten Gestrüpp ab und stieß auch hier auf den gut sichtbaren zweiten Stein.

Mein Vater hatte seinerzeit den Bauern Güßfeld von Schrampe gebeten, sich um das Grundstück zu kümmern, wofür er sich gelegentlich Brennholz einschlagen sollte. Das war ein Menschenalter her. Gewissenhaft hatte Güßfeld nach den Grenzsteinen gesehen, die auf dem Lande heilig waren. Kein Pfarrer hätte einem Bauern mehr helfen können, der beim Versetzen eines Grenzsteins ertappt worden wäre. So war es für mich nicht schwierig, auch oben auf den zwei Morgen Heideland mit seinem Stückchen Kiefernstangenholz die beiden restlichen Steine zu finden.

Inmitten blühenden Heidekrauts setzte ich mich mit dem Rücken zur Sonne so hin, daß ich das Grundstück, nein - "mein Land", übersehen konnte. Auf dem mitgebrachten Skizzenblock trug ich meine Zukunftsträumereien ein. Dort am Rand der dreißigjährigen Kiefern, die noch mein Vater hatte pflanzen lassen, war der beste Platz fürs "Haus in der Heide". Seine Südseite würde zum See zeigen. Ich würde hier breite Fenster einbauen lassen, aus denen wir einen ungehinderten Blick auf den Arendsee genießen könnten, den der Kirchturm der Klosterkirche am "Deepen Deel" am Westrand des Städtchens abschließen würde. Um das Haus der Heidelandschaft anzupassen, müßte es einen hohen beherrschenden Holzverbau mit einem Stroh- oder Schilfdach bekommen. Wie in Masuren wurde auch hier das Schilf im Winter gewonnen, um in der Bauindustrie zum Verputz von Innenräumen in Matten verarbeitet zu werden.

Nach mehreren Skizzen hatte ich unser "Haus in der Heide" soweit aufs Papier gebracht, daß ein Bauzeichner danach einen Bauplan anfertigen konnte.

Weil ich mein Fahrrad nicht mitgenommen hatte, suchte ich nicht mehr Herrn Güßfeld oder "Vadder Prehm" auf, sondern ging zum Boot zurück. Als ich dabei war, es vom Ufer abzustoßen, rief mir Fräulein Dehr zu. Ich hatte von ihrer Anwesenheit nichts gewußt, noch hatte ich bisher ihre Bekanntschaft gemacht. Ich wußte von ihr nur, daß sie in Berlin wohnte und nach Aufteilung der Stadt Westberlinerin geworden war. Ich stakte das Boot an ihren Bootssteg heran und hatte nichts dagegen, von ihr zum Täßchen Kaffee in ihrer Veranda eingeladen zu werden.

„Also ich habe Aussicht, einen Nachbarn zu bekommen, wie nett wäre das!" rief sie aus, als ich ihr meine Skizze gezeigt und sie in meine Pläne eingeweiht hatte.

Mit ihrem Täßchen Kaffee, der selbstverständlich aus westlichen Bohnen gebraut war, begann meine Freundschaft mit der alten Dame, die mir in den kommenden Monaten nicht willkommener sein konnte.

Jederzeit konnte ich in ihrem Häuschen übernachten, ein gemeinsames Frühstück oder ein Stündchen Schwatz bei einer Tasse guten Kaffees wurden Selbstverständlichkeiten, von denen ich unbefangen Gebrauch machen durfte. Mich pflegte sie mit "junger Mann" anzureden, ich nannte sie bald "Dehrchen" oder "mein liebes Dehrchen". Nach ihren Erzählungen hatte sie sich in ihren jungen Jahren in Berliner Künstlerkreisen bewegt, aus denen sie einige bekannte Namen nannte. Bei manchen pflegte sich ihr Gesicht zu verklären, denn ... sooo nah hätte sie dem oder dem gestanden. - Dehrchen war eine Lebenskünstlerin. Weil sie morgens das Sonnenlicht geblendet hatte, sie jedoch keine Vorhänge schätzte, hatte sie das Kopfende ihres Bettes gleich neben das Fenster gestellt. An der gegenüberliegenden Wand hatte sie einen großen Wandspiegel so angebracht, daß sie seinen Winkel mit einer Schnur verstellen konnte. Sie war kein Frühaufsteher. Wenn morgens die Rohrsänger ihr "Kärre-Kärre-Kiek" begannen und die Sonnenstrahlen den neuen Tag ankündigten, dann blinzelte Dehrchen noch im Halbschlaf zu ihrem Spiegel rüber und stellte ihn so ein, daß sie den Seeblick genießen konnte, ohne von der Sonne geblendet ans Aufstehen gemahnt zu werden.

In den Tagen, die ich damals noch in Arendsee blieb, machte mich Bruno Flaak mit dem Bauunternehmer Karl Kaske und dem Besitzer des kleinen Sägewerks, Herrn Behrend, bekannt. Den roten Genossen war jeder Privatbetrieb mit einigen Arbeitern zwar ein Dorn im Auge. Doch ohne Baumeister ließen sich keine Neubauernhöfe erstellen, wie auch Bauholz nur von erfahrenen Sägemüllern zugeschnitten werden konnte.

Herr Kaske wollte gern meinen Bau übernehmen, wenn ich all das erforderliche Material herbeischaffen könnte. Er bezweifelte, ob mir das gelingen würde, denn mit offiziellen Zuteilungen konnte ich nicht rechnen.

„Sie verweisen auf die 'freien Spitzen'. An diese kommen nur Schwarzhändler ran. Sie müßten Millionär sein."

„Ich glaube, ein paar Verbindungen zu haben."

„Also schön, versuchen Sie's. Ich wünsche Ihnen Erfolg. Wenn es soweit ist, dann suchen Sie mich mit der Bauzeichnung auf. Es würde mir sogar Spaß machen, nach all diesen primitiven Neubauernbauten zwischendurch auch mal ein richtiges Wohnhaus anzupacken. Darauf können Sie sich verlassen!"

Herr Behrend hatte dieselben Zweifel.

„Nach Ihrer groben Skizze brauchen Sie über zwanzig Meter Schnittholz. Woher wollen Sie eine solche Menge "unter der Hand" beschaffen? Selbst wenn Ihnen das gelingen sollte, müßte ich Ihr Holz in Nachtschichten schneiden, denn ich werde ständig überwacht. Herr Kaske muß Ihr Holz noch während der Schneidearbeiten auf meinem Platz auslegen, damit alles auf den Zentimeter genau paßt."

„Vielleicht läßt sich das an Sonntagen machen?"

„Machen läßt sich alles, Sie sind ein Arendseer Kind, Sie gehören zu uns. Auf meine Arbeiter kann ich mich verlassen ... Wenn Sie mir eines Tages das Bauholz anfahren sollten, dann schneide ich es auch."

Bruno Flaak trug mit seiner ansteckenden Wurstigkeit seinen Teil mit der immer wiederholten Auffassung bei: „Wer sich heute behaupten will, muß bescheißen. Wer davor zurückschreckt, wird untergemahlen. Merk dir, Hubert, bescheißen, bescheißen und nochmals bescheißen! - Prost! ... ich sage Prost ... wenn Hubert bescheißen kann, dann schafft er's! Wetten daß?"

Nun, zu einer Wette kam es nicht. Doch niemand hatte rundweg abgelehnt. Kaske und Behrend hatten ihre Hilfsbereitschaft durchklingen lassen, sie würden mich nicht im Stich lassen.

Noch am selben Abend fuhr ich zu den Geschwistern Röhl nach Gestien. Ihr Vater war Lehrer des Dorfes gewesen. Seine vier Töchter hatten nicht geheiratet. Sie hatten nach ihres Vaters Tod sein Grundstück mit Ackerland und Obstgarten übernommen. Mit unter Geschwistern seltener Eintracht hatte jede von ihnen eine Aufgabe übernommen, die ihnen ein stilles, zurückgezogenes Leben in harmonischer Zufriedenheit vermittelte. Meine Eltern hatten sie in meiner Kindheit oft besucht. Wir Kinder wurden von den "Tanten Röhls" in geradezu rührender Liebe verwöhnt. Wir bekamen neben Gläsern mit Ziegenmilch, Kuchen, Keksen, frische Walnüsse und Obst, als besondere Leckerei von Tante Elfriede eine Honigwabe, von der sie jedem von uns ein Stückchen auf einen Glasteller tat.

Tante Elfriede hieß im Dorf und auch in Arendsee die "Röhl'sche Bienenkönigin". Sie versorgte ein Bienenhaus mit etwa dreißig Völkern und war wegen ihres Lindenblüten- und Heidehonigs allseits bekannt. Ich konnte mich noch entsinnen, wie Tante Elfriede sich von den althergebracht strohgeflochtenen Bienenkörben auf die neuen modernen Holzbeuten umstellte. Sie hatte wohl meinem Vater die Bienchen so schmackhaft gemacht, daß er sich vier dieser neuen Holzbeuten kaufte. Sie bekamen einen Platz in unserem Garten, wo Tante Elfriede sie mit Völkern aus ihrem Bienenstand besetzen sollte. Es kam damals unser Umzug nach Ostpreußen dazwischen, jedenfalls war aus meines Vaters Plan nichts geworden.

Heute war ich nicht in Erwartung einer Honigwabe zu den "Tanten Röhl" nach Gestien gekommen. Mir lag an

einer ganz bestimmten Information. Mein Vater hatte unsere acht Morgen Land bei Gestien an den Bauern Ißler jahrzehntelang für eine geringe Pachtgebühr verpachtet. Herr Ißler hatte Jahr um Jahr die Pachtsumme überwiesen. Doch als er sich auf sein Altenteil zurückgezogen und sein Sohn den Hof übernommen hatte, verlangte dieser die Herabsetzung der Pacht von dreißig auf zehn Mark im Jahr. Zur Vermeidung von unnötiger Scherarei und weil mein Vater mit dem alten Ißler immer gut ausgekommen war, hatte er nachgegeben. Von Tante Beust hatte ich gehört, daß der junge Ißler zu den Genossen der Bodenreform gehörte, der seinen Hof mit Land und vor allem Wald enteigneter Bauern vergrößert hatte. Von den Röhls wollte ich wissen, welchen Wald er sich angeeignet hatte.
„Der Wilhelm Ißler?" riefen die Geschwister wie aus einem Mund, „der hat sich als der größte Schweinehund vom ganzen Dorf entpuppt! Der hat sich acht Morgen alter Kiefern aus dem Besitz der Familie Tornau selbst zugesprochen. Kein anderer vom Dorf wollte von den Enteigneten was haben, nur dieser junge Ißler!"
Ich hatte genug gehört.

Am nächsten Vormittag sprach ich bei den Ißlers vor. Vater Ißler begrüßte mich mit selbstverständlicher Freundlichkeit. Er versicherte mir, unser Land immer, wie es sich gehört, bestellt zu haben. Davon könnte ich mich selbst überzeugen. - Zusammen mit seinem Sohn radelten wir dorthin.
Fünf Morgen waren mit Kartoffeln und Roggen bestellt. Auf drei Morgen standen kümmerliche Kiefern, die, niedrig und krumm gewachsen, wohl nie einen

anderen Anblick geboten hatten. Sie begannen dort, wo das pflugwürdige Ackerland in eine Anhöhe überging. Sie konnten nichts für ihren miserablen Wuchs, weil sie auf ärmstem Sandböden stockten.

„Und dafür mußten wir jahrzehntelang dreißig Mark Pacht bezahlen", zeigte Wilhelm Ißler auf die Kusseln. „Bestimmt nicht für diese Kiefern. Auf dem Ackerland dort sind doch die Kartoffeln und auch das Stück mit dem Roggen gut geraten."

Ich wollte zwischen uns keine Mißstimmung aufkommen lassen. Mir ging es um Bauholz, das der junge Ißler jetzt besaß ... Der kam mir mit der Frage entgegen, ob ich ihm nicht mein Land verkaufen möchte.

„Daran habe ich noch gar nicht gedacht. Ich will auf unserm Grundstück am Arendsee bauen. Wenn ich mit meiner Familie hier seßhaft werden sollte, dann liegt es näher, Ihnen den Pachtvertrag zu kündigen. Auch wir können mit dem Land etwas anfangen."

„Was könnten denn Sie schon damit machen?"

„Nun, vielleicht Sauerkirschen anpflanzen, und für eine Spargelkultur ist doch der Boden wie geschaffen!"

Es war den Ißlers anzusehen, daß ihnen meine Pläne gar nicht paßten. Wir redeten lange hin und her, was ich geduldig über mich ergehen ließ. Endlich ließ ich die Katze mit dem Vorschlag aus dem Sack, mein Land gegen 24 Festmeter Schnittholz herzugeben. Schneller als erwartet ging der junge Ißler darauf ein. Für ihn spielte es ja keine Rolle, von den vielleicht 300 Festmetern Schnittholz, die er den Tornaus gestohlen hatte, 24 Festmeter davon gegen acht Morgen Land einzutauschen.

Ich mußte beim Anblick des Ißlerschen Waldes den Geschwistern Röhl beipflichten. Wilhelm Ißler hatte das beste Stück Wald um Gestien herum ergattert. Die Kiefern waren zwar nicht mit unseren masurschen zu vergleichen. Ich billigte ihnen aber die dritte Bonität zu. Die früheren Besitzer hatten lange Jahre keine Einschläge vorgenommen. Nach dem dicht geschlossenen Kronendach gab ich dem Wald den Vollbestandsfaktor "eins". Wenn ich hier selbst mit Kluppe und Höhenmesser vierundzwanzig Festmeter auszeichnen würde, würde nach der Abfuhr der Stämme mein Eingriff keine Spuren hinterlassen haben.

Kleinwaldbesitzern war nach geltenden Bestimmungen Holzeinschlag für den eigenen Gebrauch gestattet. Allerdings wurde der zuständige Revierförster eingeschaltet. Er hatte dafür zu sorgen, daß kein Wald zu stark ausgelichtet wurde. Der für diesen Bezirk verantwortliche Förster war mir durch meine Taxatorentätigkeit bekannt. Er gehörte noch zu der alten Grünen Gilde, die sämtliche Kniffe der Fallenstellerei kannte.

Förster Jäkel, aus dem Sudetenland vertrieben, verstand sich darüber hinaus meisterhaft auf Vogelfang. Seine diesbezüglichen Kenntnisse wandte er jetzt nur noch zum Fang von Stieglitzen, Hänflingen und Dompfaffen an, die immer die begehrtesten Käfigvögel für Liebhaber gewesen sind.

Eines Morgens hatte er mich mit der Gewandtheit, einen balzenden Wachtelhahn einzufangen, verblüfft. Der Hahn hatte für uns unsichtbar in einem Roggenfeld geschlagen. Herr Jäkel lockte ihn mit einem sehr sorgsam zurechtgefeilten Geflügelknochen, auf dem er den Wachtelruf nachahmte, näher zu uns heran. Bevor mein Kollege erneut lockte, holte er ein etwa drei Meter langes, niedriges Netz aus seinem Rucksack. Mit zwei

Stöcken spannte er es vor uns auf. Prompt lief der Wachtelhahn ins Netz, kaum daß er den Ruf seines Rivalen vernommen hatte. Förster Jäkel gab ihm seine Freiheit zurück.

„Wachtelhähne wurden früher bei uns viel wegen ihres gut klingenden Schlages in Käfigen gehalten. Damit ist es jetzt vorbei. Ich wollte Ihnen nur mal zeigen, womit ich daheim gelegentlich meine Freizeit vertrieb."

Mit Herrn Jäkel durfte ich offen reden. Er kannte Ißlers "Neubauernwald" und pflichtete mir bei, nach Abfuhr meines Schnittholzes würde niemandem der Einschlag auffallen.

„Aber Sie haben doch selbst Wald! Ich kann Ihnen doch gestatten, das Holz dort zu schlagen!"

„Vierundzwanzig Festmeter Schnittholz aus meinen Krummkiefern?"

„Davon hat doch mein 'Forstmeister' keine Ahnung! Er gibt Ihren Antrag an mich weiter und kümmert sich einen Dreck darum, wo die Stämme in Wirklichkeit herkommen."

Bruno Flaak sollte recht behalten ... "wer sich heute behaupten will, muß bescheißen ..."

Gegen Jahresende 1950 zeichnete ich mein Bauholz aus. Ißler fuhr es in mehreren Fuhren des Nachts zum Sägewerk an. Im März waren die Stämme nach Baumeister Kaskes Maßen zugeschnitten. Noch im selben Monat lag es auf meinem Grundstück.

Während dieser Zeit sprach ich auf dem Wirtschaftsamt Osterburg wegen Bezugsscheinen für Bausteine vor. Gleich mein erster Vorstoß brachte einen unerwarteten Erfolg. Der Leiter des Amts war der Bruder des

Verwalters der Tangermünder Zuckerfabrik, dem ich im Revier Klietz zwei Jahre hindurch Brennholz vermittelt hatte. Er kannte mich dem Namen nach. Sein Bruder hatte seinerzeit Brennholz für ihn "unter der Hand" abgezweigt.

„Selbstverständlich helfe ich Ihnen ... Bitte übersehen Sie diesen Schmuck", wies er auf das Abzeichen der SED. „Wir alle haben's uns angesteckt, sonst wäre es uns wie Ihnen ergangen ..."

Herr Huse führte ein paar Telefongespräche mit einigen Ziegeleien und schrieb drei Bezugscheine für je siebentausend Steine aus, die ich von drei verschiedenen Betrieben abholen konnte. Er bedauerte, mir bei der Abfuhr nicht behilflich sein zu können. Die müßte ich selbst organisieren.

Sie stellte sich im Laufe der nächsten Wochen als sehr problematisch heraus. Die Besitzer von Lastwagen waren durchweg für Fuhren staatlicher Bauvorhaben verpflichtet worden. Nur "unter der Hand" konnten sie Privatfuhren übernehmen. Mit unermüdlichen Vorstellungen bei diesen Fahrern und Zahlung von Schwarzmarktpreisen konnte ich letzten Endes auch dies leidige Problem lösen. Zu allem Überfluß konnten die Fahrer mit ihren klapprigen Fahrzeugen nicht bis zum Bauplatz heranfahren. Zu unserem Grundstück führte nur ein Fußgängerweg. Der Versuch, von Friedrichsmilde abbiegend den Bauplatz zu erreichen, endete in zu weichem Sandboden. Wohl oder übel mußten die Steine knapp hundert Meter entfernt abgeladen werden. Herr Kaske wußte Rat. In der Nähe von Ziemendorf stand eine längst liegen gebliebene Lore mit einigen Gleisstücken. Niemand wußte, wem sie gehörte.

„Frag' nicht viel rum!" meinte Vadder Prehm, „ich lade das Gerümpel auf und fahr's dir an ..."

Ich beschäftigte inzwischen zwei alte Arbeiter, die aus Danzig vertrieben waren und mit ihren Familien in Ziessau wohnten. Dort hatten sie zwei "Behelfsheime" bezogen, die noch während des Krieges für Ausgebombte gebaut worden waren. Sie waren froh, in der Nähe Arbeit gefunden zu haben. Geduldig fügten sie Gleis an Gleis. Tatsächlich reichten sie auf den Meter genau bis an den Bauplatz heran. Lore um Lore wurde beladen, von den beiden rübergeschoben, wieder entladen, zurückgerollt, bis ich schließlich Herrn Kaske die Steinestapel und das Bauholz wie zugesichert am Ort der Tat vorzeigen konnte.

„Das haben Sie großartig hinbekommen. Aber nun müssen Sie noch eine Menge verschieden starker Nägel, Beschläge und was alles noch gebraucht wird, vom "Westen" rüberholen. Da kann Ihnen keiner helfen, das müssen Sie selbst machen. Auch auf dem Schwarzen Markt wüßte ich keine Quelle."

Mit diesen Grenzgängen begann gewissermaßen mein Endspurt.

Bei meinen Aufenthalten zu Hause mußte ich unsere Kanarien an Einzelkunden in vorher dafür fertig gemachte Pappkartons verpacken und per Bahnexpreß oder Postversand abschicken. Ich hatte unter dem Preis meiner Konkurrenz inseriert und schien damit einen guten Anfang gemacht zu haben. Über zweihundert Sänger waren bis Weihnachten verkauft. Die entsprechende Zahl von Weibchen hatte ich an Mitglieder des Magdeburger Kanarien-Vereins billig mit der Versicherung der Käufer aus der Hand gegeben, daß sie mir ihre Nachzuchten anbieten würden. Fahrten nach Halle waren nicht zu vermeiden; kurzum, es wurde das alles für mich eine zermürbende Hetze. Doch die Gewißheit, mein Baumaterial auf Nummer sicher am Bauplatz zu haben, gab mir die Zuversicht zum Durchhalten.

So konnte mich der unvermutet hereinschneiende Bescheid der Landesregierung, in dem meine sofortige Kündigung ausgesprochen war, nicht mehr erschüttern. Herr Dr. Bühling schmunzelte:
„Diesmal haben die Herren gleich zwei Schnitzer gemacht. Weil Ihre Zeitangestelltenverträge nie nach drei Monaten gekündigt worden sind, sind Sie schon lange wieder ein fest Angestellter mit gesetzlicher Kündigungsfrist. An Ihrem Zustand als Schwerkriegsbeschädigter hat sich nichts geändert. - Selbstverständlich klagen wir! Die Verhandlung wird wie bisher nur wenige Minuten dauern ..."

Überraschend schnell wurde noch im Januar 1951 die Verhandlung in Magdeburg angesetzt.

Ich hatte meinen einzigen Wintermantel, den hellgrauen Offiziersmantel Erich Dörings, angezogen. Ehemalige Wehrmachtsbekleidung zu tragen, war in der Sowjetzone verboten. Das Verbot wurde durch kleine Veränderungen wie Ersatz der Knöpfe, einem Aufschlag statt des geschlossenen Kragens und ähnlichen Kunstgriffen umgangen. Den Sowjets war unsere Bekleidung gleichgültig, ihre deutschen Genossen fühlten sich jedoch bei ihrem Anblick provoziert.

Herr "Regierungsrat" mußte sich ähnlich wie in den vorangegangenen Prozessen vom selben Vorsitzenden

sagen lassen, die Sitzung hätte sich nicht mit Bekleidungsfragen eines ehemaligen Offiziers sondern mit einer Rechtsverletzung zu befassen. Die läge seitens der Landesregierung vor. Dr. Bühling schmunzelte süffisant, als der Vorsitzende in knapp gehaltener Begründung meine Kündigung für gesetzeswidrig erklärte. - Beim Verlassen des Sozialgerichts begegnete ich dem alten Herrn, der nun in drei Prozessen zu meinen Gunsten entschieden hatte. Im Vorbeigehen drückte er mir die Hand:
„Dies war heute meine letzte Verhandlung. Leben Sie wohl ..."

Wenige Tage danach bat mich der Leiter des Sozialamtes Schönebeck zu sich. Er übergab mir einen erneuten Kündigungsbescheid aus Halle:
„Mir blieb nichts anderes übrig, als der Landesregierung zuzustimmen. Ein Regierungsrat Schulz verlangte ihre sofortige Entlassung. Er hatte einen Vertreter des Staatssicherheitsdienstes mitgebracht, der mich im Fall meiner Weigerung mit allem Möglichen bedrohte."
Herr Possehn hatte sich in meinem Fall immer strikt an das Gesetz gehalten. Das war mehr gewesen, als ich in der bösen Zeit von einem Angestellten der Stadtverwaltung zu erwarten gehabt hatte. Ich hielt ihm gegenüber meinen Dank nicht zurück.

Geradezu befreit atmete ich auf, von nun ab auf mich selbst gestellt zu sein.
„In Zukunft nenne ich mich 'frei schaffender Künstler'!"
„Lebenskünstler", ergänzte meine Frau.
„Schön, - das beweise ich dir sofort!"

Weil meine Frau bei dem Vorhaben meines Hausbaus zu viele Bedenken bekommen hätte, hatte ich mich bisher nur auf gelegentliche Andeutungen beschränkt, ihr auch die gelungene Materialbeschaffung verschwiegen. Bevor ich nun an Grenzüberschreitungen heranging, mußte ich ihr reinen Wein einschenken:
„Hier ist ein nachträgliches Weihnachtsgeschenk für dich, ich bekam's leider nicht mehr rechtzeitig hin. Ich meine diese Zeichnung."
Vor den erstaunten Augen meiner Frau breitete ich ein Duplikat des Bauplans unseres "Haus in der Heide" auf dem Tisch aus. Ein Technischer Zeichner in Schönebeck hatte sie mir für eine Weihnachtsgans angefertigt. Er hatte noch ein hübsches Bild skizziert, wie unser Haus nach Fertigstellung inmitten der dortigen Heidelandschaft aussehen würde.
„Wir werden ein eigenes Haus haben? Ein Haus am Arendsee? ... Ich soll mit den Kindern endlich hier aus der primitiven Enge in ein eigenes Haus ziehen ... Ich kann es nicht fassen ..."
Schluchzend fiel sie mir um den Hals ...
„Beruhige dich, ... nur jetzt keine Aufregung. Ja, ja, es ist wahr. Holz und Steine, sogar Zement liegen auf unserem Grundstück. Sobald es sich einrichten läßt, wird mit dem Bauen begonnen. Im nächsten Jahr um diese Zeit wird eingezogen. Vielleicht finden wir noch vorher in der Nähe eine Übergangswohnung, dann kannst du jeden Tag hingehen und die Bauarbeiten verfolgen. Herr Gerboth aus Schrampe hat sogar einen Brunnen gebaut. Die Pumpe gibt klares, sauberes Wasser."
„Das Dach soll mit Stroh gedeckt werden? ... Wie schön ... dann wird es sich wie ein richtiges Landhaus der

Landschaft anpassen ... Ich kann's noch immer nicht glauben ... endlich hier raus!"

Meine Frau hatte es nach dem Auftreten meines Nachfolgers in Grünwalde nicht leicht gehabt. Der Herr war ein alter, stets grimmig dreinschauender Oberförster aus Schlesien. Rücksichtslos hatte er die Witwe Wald aus ihren zwei Zimmern hinausgesetzt. Wir mußten Trautes Mädchenzimmer und unsere Küche für ihn freimachen. Neben der Küche befand sich ein dunkler Nebenraum, hier ließ Herr Kohde für uns einen winzigen Herd aufstellen. Um in diese "Küche" zu gelangen, mußte meine Frau durch unsere frühere Küche gehen, in der sich das Familienleben Kohdes abspielte. Fortan mußten unsere Mahlzeiten eine Treppe hoch in unser Wohnzimmer hinaufgetragen werden. Das war für eine Hausfrau ein zermürbender Zustand.

Der Herr Oberförster hatte sich ostentativ vom gemeinsamen Los, das Vertriebene verband, abgesetzt. Ich hatte mich mehrere Male gezwungen gesehen, diesem Herrn in die Parade zu fahren. Solange ich mich in einem Angestelltenverhältnis befunden hatte, war es mir gelungen, mich nicht so ohne weiteres an die Wand drücken zu lassen. Nach meiner Entlassung war vorauszusehen, daß mir nun bald unsere Wohnung gekündigt werden würde.

Mit der Aussicht, in absehbarer Zeit ein eigenes Haus zu besitzen, hatte meine Frau den Auftrieb bekommen, den unangenehmen Kohdes gegenüber als Dame aufzutreten, die über sie einfach hinwegsah.

Ich konnte unserer Traute im Westen in der Nähe von Bonn eine Stellung als Hausgehilfin beschaffen. Ich wollte sie zusammen mit meiner Schulfreundin Irene Otto über die Grenze bringen.

Irenes Mann war aus englischer Gefangenschaft entlassen worden, ihr Töchterchen, unser Ferienkind Dietlind, befand sich bereits bei ihrem Vater, der in Lüchow eine Anstellung als Studienrat erhalten hatte.

Noch in den ersten Märztagen 1950 machten wir uns auf. Wegen der Polizeikontrolle auf dem Bahnhof Arendsee stiegen wir eine Station davor in Kläden aus dem Zug. Unbehelligt zogen wir abends über unser Grundstück gehend los. Bei "Vadder Prehm" machte ich Pause, um mich über den Weg der Polizeistreifen zu informieren.

„Hinter der abgebrannten Schonung mußt du aufpassen. Du kannst ruhig an den breiten Weg herangehen. Dort warte eine Streife ab. Warte, sag ich dir, warte. Das ist sicherer, als sofort den Weg zu überschreiten. Die Brüder verraten sich immer mit ihren Zigaretten. Wenn sie weiterziehen, ist die Luft rein ..."

Ich hielt mich an Vadder Prehms Rat. Geduldig wartete ich vor dem Streifenweg. Rechts flammte bald ein Streichholz auf, zwei Polizisten verloren sich in dieser Richtung. Wir liefen über den Weg und gingen über Viehwiesen weiter, bis sich der bekannte Kugelbaum mit dem Grenzgraben abzeichnete. Der stand weit genug vom Waldrand entfernt, wo die Grenzpolizei eine Postenstellung ausgebaut hatte. Ob diese Stellung besetzt blieb, wußte kein Grenzgänger zu sagen. Aber jeder machte einen Bogen um sie, der Kugelbaum war der Richtpunkt. Das Wasser des Grabens ging nicht über

meine Schaftstiefel. So konnte ich mich in die Mitte stellen und meinen Begleiterinnen Sprunghilfe geben.
„War das alles? Sind wir schon 'drüben'?" fragte Irene.
„Ja, wir sind 'drüben'!"
„Das war ja ein Spaziergang! ... Dort, wo ich bisher rüberging, mußten wir einen Fluß durchwaten, und wir alle waren bis über die Hüften naß!"

Irene war bisher nördlich von Salzwedel von "berufsmäßigen" Grenzgängern rübergebracht worden. Nach ihren Freudenausbrüchen schien ich von dem Metier mehr zu verstehen ...

Die westlichen Grenzpolizisten ließen uns nach oberflächlicher Kontrolle nach Schmarsau weitergehen. In der "Flüchtlingsscheune" wühlten wir uns ins Stroh, um den Morgenzug nach Lüchow abzuwarten.

Dort begrüßte uns Herr Otto hocherfreut in seiner Wohnung. Für Irene war es ihr letzter Gang über die Grüne Grenze gewesen, für sie lagen die bösen Jahre in der Sowjetzone hinter ihr. Nach einem tüchtigen Frühstück brachte Irene unsere Traute zum Zug nach Hannover. Auch sie war froh, der Sowjetzone entkommen zu sein.

Unsere Kinder fragten noch oft nach ihr. Sie schrieb uns zufrieden von ihrer neuen Stellung, die sie bald nach ihrer Heirat mit einem Tischler aufgab.

In Lüchow kaufte ich eine Menge Nägel, deren Gewicht mir beim Rückweg zu schaffen machen sollte. In Städten, die wie Lüchow nicht weit von der Zonengrenze entfernt lagen, hatten sich die Geschäfte darauf eingestellt, unsere Ostmark mit der Umtauschrate vier Ostmark gegen eine Westmark anzunehmen. - Als ich mich nach ein paar Stunden Schlaf und einer gemütlichen Kaffeestunde bei beginnender Dämmerung zum Zug nach Schmarsau aufmachen wollte, hatte Schneetreiben eingesetzt. Straßen und Dächer waren weiß. Wie sollte ich im Schnee den Gang über die Grenze ungesehen schaffen? Ich bat Herrn Otto um ein Nachthemd. Er war ein hochgewachsener stattlicher Herr, sein langes Hemd konnte ich mühelos über meine Joppe ziehen. Ich barg es im Rucksack und machte mich unter allen guten Wünschen der Ottos auf den Weg.

In Schmarsau angekommen, war die Nacht hereingebrochen. Es waren außer mir noch vier weitere Grenzgänger ausgestiegen, die eilig aus dem Licht der Bahnhofslampen verschwanden. Bald hinter dem Bahnhof überholte mich Oberleutnant Bollmann:
„Verflucht noch mal, der verdammte Schnee! ... Ich bleibe bei Ihnen! Zweie sehen mehr als einer ..."
„Sehr nett von Ihnen, aber mit meiner Behinderung bin ich ein schlechter Begleiter ..."
Bollmann staunte nicht schlecht, als ich mir meine weiße Tarnkappe überzog.
„Ich brauche mehr Zeit als Sie, es ist besser, jeder geht seinen eigenen Weg."
„Daß ich darauf nicht auch gekommen bin! Ich laufe zurück zu meinem Schwager in Schmarsau und hole mir dort ein Hemd. Großartig die Idee!"
Bollmann barg seinen Rucksack und Koffer mit einer Menge Schnapsflaschen im Straßengraben. Mit „Hals- und Beinbruch!" lief er davon.

Meine Jahre als "Jäger im Schatten" hatten mich gelehrt, mit heiklen Situationen am besten allein fertig zu werden. Wer gesunde Beine hat, kann sich mit Davonlaufen in Sicherheit bringen. Ich nicht. So ließ ich mir Zeit, den Grenzgraben zu erreichen. Jedoch mied ich diesmal die Viehweiden und hielt mich dicht am Schletauer Weg, den ich im Schnee gut erkennen konnte. Ganz langsam, von Baum zu Baum gehend, erreichte ich den Streifenweg. Etwa dreißig Meter davor setzte ich mich auf meinen Rucksack und lehnte mich mit dem Rücken gegen eine Kiefer. Es war erst Mitternacht, ich hatte viel Zeit. Lieber auf eine Streife warten, der ich unsichtbar war, als beim Überqueren des Wegs aufgegriffen zu werden.

Würde ich jemals gefaßt, dann würde ich den gefürchteten Stempel des unerlaubten Grenzübergangs in meinen Personalausweis bekommen, mit dem ich bei nochmaligem Zusammenprall mit der Grenzpolizei vogelfrei sein würde. Als künftiger Bewohner des Grenzgebiets konnte ich mir diesen Stempel unter keinen Umständen leisten!

„Wie dämlich sind sie doch", atmete ich auf, als nicht weit von mir endlich das erwartete Streichholzflämmchen aufflackerte.

Die beiden Grenzpolizisten zogen an mir vorbei. Sie waren noch zu sehen, als ich langsam den Weg überquerte. Der breite Schletauer Weg war jetzt bestimmt unbewacht, auf ihm würde ich müheloser gehen können. Doch was hieß bei einem Gang über die Grüne Grenze "bestimmt"? Ich entschied, lieber den Umweg über die verbrannte Schonung zu machen, von dort Ziessau auf dem Fußpfad hinter den Scheunen zu umgehen. Sollten morgen meine Fußspuren von Grenzpolizisten verfolgt werden, dann hatten die Ziessauer nichts damit zu tun. Ich ging noch ein Stück an Friedrichsmilde vorbei. Dann ließ ich mich von einer Kusseldickung aufnehmen, wo ich meine Spuren in verschiedenen Kreuz- und Quergängen vertrampelte. Meine Spur auf der letzten Wegestrecke verwischte ich mit Kiefernreisig, bis ich neben Dehrchens Häuschen ins Wasser trat. Mit der Gewißheit, niemand konnte mich hier in Verbindung mit der Spur des Grenzgängers bringen, langte ich den Hausschlüssel von seinem Haken, den mir Dehrchen anvertraut hatte. In den Wintermonaten blieb sie in ihrer Westberliner Wohnung. Erleichtert ließ ich den Rucksack zu Boden gleiten. Bevor ich mit schmerzenden Beinen ins Bett kroch, machte ich ein tüchtiges, wohl vorbereitetes Feuer im Herd. Ein Weilchen blickte ich ins Herdfeuer. Dann gönnte ich mir ein paar Schluck aus der Flasche, die mir die Ottos auf den Weg gegeben hatten, und wachte erst auf, als die Sonne Dehrchens Spiegel traf und die dünne Schneedecke draußen längst weggewischt hatte.

Ich brühte eine kleine Kanne mit Lüchower Bohnenkaffee auf, schlug ein paar Eier in die Pfanne und begab mich nach dem Frühstück hinauf zum Bauplatz. Ich war seit Januar nicht mehr hier gewesen. Zu meiner Erleichterung hatte sich niemand an unserm Material vergriffen. Als ich mir die Ziegelsteine betrachtete, stellte ich zu meinem nicht geringen Schrecken fest, daß sich ein Drittel, siebentausend Steine, von der Lieferung aus Heiligenfelde aufgelöst hatten! Die dortige Ziegelei hatte mir Steine aus ihrer "freien Spitze" verkauft.

Was hier passiert war, war in der Sowjetzone nichts Ungewöhnliches. Der Betrieb hatte einfach seine Zementzuteilung weit genug gestreckt, um eine "freie Spitze" zu erreichen.

Selbst Herrn Kaske war im Herbst nicht aufgefallen, daß die Ziegel nicht in Ordnung gewesen waren. Jetzt stand ich vor einem Haufen grauen Sands, mit dem nichts mehr anzufangen war. Es dauerte drei Wochen, bis die Ersatzlieferung angefahren und die Steine wieder mit der Lore an den Bauplatz gerollt waren.

Nach dieser Panne kam die Enttäuschung dazu, daß trotz Bemühens des Leiters des Osterburger Wirtschaftsamts kein Schilf für mich verfügbar war. Herr Kaske hatte mir geraten, mich lieber um Schilf statt um Stroh zu bemühen, weil die Bauern in der Umgebung selbst nicht genug davon hatten.

An dem zurechtgeschnittenen Dachstuhl konnte nichts mehr geändert werden, wenn wir nun auf Dachpfannen zurückgreifen mußten.

Die Lieferung von Dachpfannen klappte über Erwarten gut. Ein Dachdeckermeister in Arendsee, mit dem ich als ABC-Schütze zusammen die Schulbank gedrückt hatte, sprang hilfsbereit mit dem letzten Vorrat aus seiner "schwarzen Kiste" ein.

„Morgen früh wird angefangen!", entschied Herr Kaske in den ersten Maitagen 1951.

Tante Beust hatte im letzten Jahr mein Bett jederzeit bereit gehabt. Wir beide saßen an diesem Abend in ihrem gemütlichen Wohnzimmer. Ich war in der letzten Nacht wieder einmal mit einem schweren Rucksack aus Lüchow zurückgekommen. Ich lehnte mich auf Onkel Beusts Lehnstuhl zurück, Tante Beust hatte einen Hocker mit einem Kissen herangeschoben, auf das ich mein verwundetes Bein legen konnte.

„So, mien Jung, nun ruh dich man aus."
Auch sie hatte ihr bißchen Tagewerk hinter sich. Gute Freunde brauchen nicht viel Worte zu machen. Hin und wieder fielen der guten Seele die Augen zu; sie schreckte dann immer wieder hoch und murmelte: „Du siehst's, ... ich bin nicht mehr die Jüngste!"
Im früheren Gasthof Schünemann gegenüber war kürzlich eine "HO-Gaststätte" eingerichtet worden. Kein Arendseer betrat sie. Die wenigen Genossen hatten sie bereits verlassen. Die Breite Straße war menschenleer und still. - Da kamen hastige Schritte näher, jemand lief die Treppe zur Haustür hoch, die Glocke klang, und die völlig aufgelöste Frau Kaske stürzte ins Zimmer:
„Sie haben ihn wieder abgeholt! ... Sie haben meinen Karl verhaftet! Ach, Tante Beust! ... Das ist nun das vierte Mal! ... Dies Lumpenpack!"
Frau Kaske kniete vor Tante Beust nieder und barg ihren Kopf im Schoß der alten Frau. Sie schluchzte fassungslos, während Tante Beust versuchte, Frau Liesbeth zu beruhigen.
„Erzähl' Kind, ... sag uns doch, was passiert ist."
„Karl und ich hatten gerade unser Abendbrot gegessen, da kamen sie, - eine ganze Horde mit zwei Wagen. Sie zerrten Karl aus dem Haus, stießen ihn in eins der Autos und fuhren davon!"
Sie sah zu mir herüber.
„Karl konnte mir noch zurufen, Sie sollen sofort zu Wilhelm nach Kaulitz fahren, noch heute ...!"
In der lähmenden Stille, die nach Frau Kaskes Worten eintrat, holte Tante Beust eine Weinflasche und Gläser aus dem Wandschrank.

„Hier, Kind, trink einen Schluck …"
Sie füllte auch sich und für mich ein Glas mit ihrem Heidelbeerwein. Frau Kaskes Schluchzen verstummte. Niemand sprach. Über dem Schweigen hing unser aller "was nun?". Es galt in erster Linie dem Verhafteten, mit dem Baubeginn morgen war's ohnehin aus …
„Karl hat doch nichts verbrochen. Aber jedesmal, wenn er beim Bauen einen Termin nicht einhalten kann, schreien diese Proleten 'Sabotage' und sperren ihn ein. Bis jetzt haben sie ihn immer wieder rausgelassen, weil es ohne ihn dann überhaupt nicht weitergeht. Aber ich verbringe Tage in tausend Ängsten. So kann es doch nicht ewig weitergehen. Sie müssen sich sofort zu Wilhelm aufmachen, ihn ins Bild setzen. Ich weiß nicht, warum Karl es mir noch zurief. Bitte radeln Sie nach Kaulitz! Noch heute! Ach ja, beinahe hätte ich's vergessen, hier ist der Bauplan."

Wortlos machte ich mich daran, die elastische Binde um meinen verwundeten Unterschenkel zu wickeln, pumpte noch ein paar Stöße Luft in die Bereifung meines Fahrrades, trug es die Treppenstufen runter und radelte in die Nacht hinaus. Auf der Chaussee nach Kläden und auch im Dorf begegnete ich niemandem. Eine Stunde vor Mitternacht stand ich vor der großen Villa Wilhelm Kaskes, dem größten Haus von Kaulitz, das sich der Baumeister kurz vorm Krieg gebaut hatte. Mein Klingeln schien niemand zu hören. Erst als ich mehrmals Kiesel gegen die Fenster des ersten Stocks geworfen hatte, bewegten sich Vorhänge.
„Ich komme runter", rief eine Frauenstimme durch einen Fensterschlitz. Frau Kaske öffnete im Morgenrock

die Tür. In den "bösen Jahren" wurden nicht viele Fragen gestellt, wenn jemand nachts Einlaß begehrte. Es wurde auch kein Licht eingeschaltet, denn solche Besuche durften keine Aufmerksamkeit erregen.

Baumeister Wilhelm Kaske hatte ich bereits einmal bei seinem Bruder Karl getroffen. Das Herrenzimmer der Kaskes zeigte mit seinen Fenstern auf den Garten hinter dem Haus. Frau Kaske zog die Vorhänge vor die Fenster und stellte einen Leuchter mit einer brennenden Kerze auf den Tisch, während ich berichtete, was in Arendsee geschehen war.

Wie sein Bruder war Wilhelm Kaske ein breitschultriger, hochgewachsener Herr, der während meines Berichts im Nachthemd angetan im Zimmer hin und her schritt. Frau Kaske hielt ihm seinen Morgenrock hin, den er wortlos überzog. Plötzlich brach's aus ihm heraus, seine Empörung, seine aufgespeicherte Wut, seine ganze Verachtung, mit der er bisher mit der bösen Zeit auf seine Art fertig geworden war:

„Sechs Jahre sind nun genug. Seit sechs Jahren leben wir in der Ungewißheit, Karl und ich, was die Roten mit uns vorhaben ... An einem Tag bedrohen sie uns mit Enteignung, am nächsten stehen ein paar von ihnen stinkfreundlich vor uns und bitten uns geradezu, ein Bauvorhaben zu übernehmen oder eins in Ordnung zu bringen, das sie selbst in ihrer Blödheit versaut haben. Uns werden Termine gestellt, von denen wir glauben, sie einhalten zu können. Dann werden plötzlich Lieferungen eingestellt. Im Handumdrehen sind wir nun 'Saboteure' geworden, denen man mit Verhaftung beibringt, daß mit Genossen nicht zu spaßen ist. - Grete", wandte sich Herr Kaske an seine Frau, „bitte stell' 'ne

Flasche auf den Tisch, bevor mir übel wird."
„Ich mach' schnell ein Schinkenbrot für euch", zog sich Frau Kaske zurück. Herr Kaske füllte zwei Schnapsgläser mit Wodka, die er gleich nachfüllte, nachdem wir einander zugeprostet hatten.
„Verfluchtes Gesöff so mitten in der Nacht. Was wir brauchen, wäre eine gute Flasche Sekt, doch Sekt paßt nicht in diese Scheiß-Zeit ... Also den Karl haben sie mal wieder eingesperrt. Keine Angst, nach ein paar Tagen werden sie ihn wieder laufen lassen. Doch was wird aus dem Bau? Wir haben oft darüber gesprochen und - das kann ich Ihnen jetzt sagen - nicht daran geglaubt, daß Sie sich all das Baumaterial zusammengaunern könnten. Wenn ich das so sage, brauchen Sie nicht zusammenzuzucken. Der Bruno Flaak sagt's goldrichtig. ‚Wer von uns nicht bescheißt, wird untergemahlen'!"
Frau Kaske hatte ein paar Brote mit Butter und Schinken gebracht. Herr Kaske unterbrach sein Hin- und Hergehen und setzte sich mir gegenüber an den Tisch. Während wir uns über die Stullen hermachten, sprach Herr Kaske kein Wort. Er hatte meinen Bauplan neben sich ausgebreitet und die Kerze näher herangezogen. Nach dem letzten Happen blickte er von der Zeichnung auf, wischte sich ganz ruhig den Mund und sagte „Prost!".
Danach schlug er mit aller Kraft seine Faust auf den Tisch: „Ich übernehme Ihren Bau! Und zwar morgen früh, wie es zwischen Ihnen und Karl vereinbart war, geht's los ... Mit meiner und Karls Mannschaft, jawohl ... mit achtzehn Mann! Sie haben sich nicht verhört, mit achtzehn Mann! Die habe ich bis morgen früh acht Uhr am Bauplatz. Danach wird morgens um sieben begon-

nen, so wahr ich Wilhelm Kaske heiße. - Wie die Wilden müssen wir in den ersten Tagen schaffen. Bevor die Herrn Genossen davon erfahren, müssen Fundament, der kleine Keller fertig und mit den Wänden ein Anfang gemacht sein. Danach kann Karl weiterbauen; denn wie gesagt, sie können es sich nicht leisten, uns aus der Welt zu schaffen. - Da ist noch etwas", fuhr Herr Kaske fort, „was Sie so 'unter der Hand' unauffällig hinkriegen müssen: Auf unsere Männer ist Verlaß. Aber ich kann ihnen nicht Redeverbot geben. Trotz Ihrer offiziellen Baugenehmigung darf so lange wie möglich nichts von Ihrem Bauvorhaben nach außen dringen. So um die Feierabendzeit stellen Sie für die Kerle ein paar Pullen hin. Sagen Sie Prost und nochmals Prost, bis jeder genug Schlagseite hat, daß er zu Hause ins Bett fällt ... Wenden sie sich an den jungen Bollmann. Der wird beständig dafür sorgen, daß der Stoff nicht ausgeht. Das mag Sie 'ne Stange Geld kosten, doch der Betrag ist bestens angelegt ... Kommen Sie unbehelligt nach Arendsee zurück ... Bis auf morgen ... Gute Nacht!"

Es war fast zwei Uhr nachts geworden, als ich vom "Depot" kommend die Breite Straße erreicht hatte. Die "HO-Gaststätte" war hell erleuchtet. In ihrem Licht erkannte ich auf der Straße zwei volltrunkene sowjetische Soldaten, die unter dem Gejohle ihrer Tawarischs einen erbitterten Kampf mit Messern austrugen.

Das taten sie oft oder immer, sowie sie genug Wodka geschluckt hatten. Sie pflegten Uniformjacken und Hemden auszuziehen und gingen entblößten Oberkörpers einander mit gezückten Messern an. Je mehr Blut floß, um so erbitterter steigerte sich die Messerstecherei unter gutturalem Gegröle der Zuschauer. Gelegentlich schritten Offiziere ein. Ein andermal mochten sie achtlos vorbeigehen, - ein Mann mehr oder weniger spielte bei den Sowjets keine Rolle.

Ich wich in den "Horning" aus, einen kleinen Platz, auf dem früher Märkte stattgefunden hatten. Am Horning endete der Fußpfad, der zwischen den Gärten und dem Wendland entlang führte. Tante Beust hatte die Gartentür verriegelt. Ich kletterte über den Zaun, schob den Riegel beiseite, holte mein Fahrrad nach und schob den Riegel wieder vor. Die Hintertür der Scheune hatte Tante Beust nicht verschlossen. Ich humpelte über den Hof zur Treppe. Bevor ich die Haustür öffnete, zog ich mir die Stiefel aus. Geräuschlos ging ich auf Strümpfen die Treppe hoch. Aber Tante Beust hatte mich gehört:
„Nun schlaf dich man aus ...!"
„Tante Reust, bitte weck mich um sieben ... Der Wilhelm Kaske fängt morgen früh an."

Am nächsten Morgen mußte ich zu meinen beiden Stöcken greifen, um die Treppe bis zur Küche runterzuhumpeln. Mein Bein war geschwollen, und in der Narbe zuckten und rissen die Nervenstränge, der Schmerz, der immer nach einer Überanstrengung einsetzte und den ich so fürchtete.
„Mien Jung, leg dich wedder ins Bett!"
Ich schüttelte den Kopf.
„Der Wilhelm Kaske fängt um acht Uhr an. Bis dahin muß ich drüben sein ... Ich nehme Brunos Boot."
„Ja, mien Jung, da muß der Bauherr wohl dabei sein ..."

"Der Bauherr" hatte Tante Beust gesagt. Du bist der Bauherr ... ruderte ich über den See ... der Bauherr muß dabei sein ...!

Herr Kaske stand oben am Gartentor, zu dem die Steinstufen vom Dehrschen Häuschen hinaufführten. Er kam mir entgegengelaufen, um mir auf den letzten Stufen zu helfen. Oben angelangt, nahm er mir einen der Stöcke aus der Hand und legte meinen Arm um seine Schulter.
„Herr Hundrieser, Sie haben's geschafft! Auch diese Treppe. Wir lassen Sie nicht im Stich! Kommen Sie, nein, lassen Sie, nein, lassen Sie sich stützen ..."
Am Bauplatz erhoben sich bei unserem Anblick die achtzehn Männer der Gebrüder Kaske. Mit ein paar schlichten Worten stellte mich Herr Kaske als den Bauherrn vor:
„Er ist ein Arendseer Kind. Er wurde mit seiner Familie aus Ostpreußen vertrieben. Karl wurde mal wieder abgeholt. Ob vertrieben oder eingesperrt, wir müssen zusammenhalten. Ich habe Herrn Hundrieser mein Wort gegeben, sein Haus wird von uns, komme was komme, bis zum letzten Ziegelstein und der letzten Dachpfanne zu Ende gebaut werden. Ich habe", schloß Wilhelm Kaske, „unserm Bauherrn versichert, daß wir Kaskes unseren Männern vertrauen."
„Bravo!" rief einer der beiden Vormänner und streckte mir seine Hand hin. „Wir machen mit!"
Unter Beifallsgemurmel wurde ich umringt, jeder der Arbeiter gab mir die Hand. „Auf uns können Sie sich verlassen!"

Auf einen solchen Empfang als "Arendseer Kind" war ich nicht vorbereitet gewesen, ich war zutiefst gerührt.

Eine Weile sah ich Herrn Kaske zu, der mit den beiden Vorarbeitern Mann um Mann in seine Arbeit einwies. Jedem von ihnen war anzusehen "wir machen mit"!
Ich machte mir Sorge um mein verwundetes Bein, dessen schmerzendes Zucken nicht aufhören wollte. Ich winkte Herrn Kaske zu mir heran:
„Es hilft nichts, ich muß mich jetzt hinlegen. Ich geh'runter ins Sommerhäuschen. Am Nachmittag möchte ich mir ein Fahrrad ausleihen. Sie wissen, ich muß zum Bollmann."
„Sie schaffen doch nicht die steile Treppe!"
Er winkte zwei Männer zu uns heran.
„Keine Widerrede, wir tragen Sie runter. Sie sind doch völlig am Ende!"
Von kräftigen Armen gepackt, wurde ich die Treppe runtergetragen und auf Dehrchens Bett gelegt. Ich zog noch meine Stiefel aus, dann fiel ich in einen tiefen Erschöpfungsschlaf, aus dem ich erst am Nachmittag aufwachte. Die Schmerzen hatten nachgelassen.
Du hast's geschafft ... dort oben wird unser Haus gebaut, unser "Haus in der Heide" ... es ist geschafft!

„Für achtzehn Mann brauchen Sie heute sechs Flaschen", meinte Oberleutnant Bollmann sachverständig. „Nehmen Sie besser noch eine mehr. Danach reichen vier bis fünf Pullen. überlassen Sie mir den Nachschub. Verrechnet wird später."
Früher als es üblich war, ließ Herr Kaske die Arbeit beenden. Der erste Tag sollte festlich abgeschlossen werden. Die Männer konnten mit dem, was schon geschaffen worden war, zufrieden sein. Ich ließ die Flaschen kreisen.

Nein, es war keineswegs ein heimtückischer Plan Kaskes, die Männer schweigsam zu machen. Sie sollten nach ihrer Heimkehr nicht viel mit ihren Frauen schwatzen, die ihrerseits mit ihren Nachbarinnen den Hausbau ins Gespräch bringen könnten. Mit ein bißchen Schlagseite nach des Tages harter Arbeit sollten unbedachte Äußerungen gar nicht erst aufkommen. Das Verfahren klappte so gut, daß mein Hausbau in Arendsee erst bekannt wurde, als das hochragende Dach vom Nordufer des Sees zum Städtchen als heller Fleck hinübergrüßte.

Wenige Tage nach Beginn der Bauarbeiten wurde Karl Kaske wieder laufen gelassen, und er führte den Bau zu Ende.

Ende Juli 1951 war's soweit, mit den Innenarbeiten zu beginnen.

Bis zum Herbst war auch unser Umzug aus Grünewalde geschafft. Uns war vom Brunnenbauer Gerboth eine Übergangswohnung angeboten worden, die kürzlich in seinem geräumigen Haus, das zwischen uns und Schrampe lag, frei geworden war. Um unseren Hausrat, das Geflügel, die Zuchtregale und Kanarien bis Arendsee zu transportieren, waren sechs Lkw-Fuhren für die über hundert Kilometer lange Strecke erforderlich gewesen. Das Fahrzeug wurde von einem Holzgasmotor angetrieben, der bei der geringsten Steigung in den ersten Gang geschaltet werden mußte. Mit fürchterlichem Gerassel und kochendem Kühlerwasser kam er zu unser aller Erleichterung nach fünf- bis sechsstündiger Fahrt bei Gerboths oder in der Nähe unseres Hauses zu stehen. Frau Gerboth war eine stets gut gelaunte Dame, mit der sich meine Frau bestens verstand. Auch die

Kocherei für zwei Familien in Gerboth's Küche führte zu keinerlei Reibereien. Kurzum, die Zeit bis zum Einzug in unser "Haus in der Heide" verlief besser, als wir angesichts der unvermeidbaren Enge erwartet hatten.

Herr Gerboth war mit dem Leiter des für Arendsee zuständigen Elektrizitätswerks gut bekannt. Zu unserer grenzenlosen Freude wurden wir an die Hauptleitung zwischen Schrampe und Ziessau, die unweit Friedrichsmilde an unserem Grundstück vorbeiführte, angeschlossen. Allerdings mußte ich den erforderlichen Leitungsdraht selbst beschaffen. Mein Vetter Walther gab die Rolle von Siemens per Bahnexpreß an Ottos in Lüchow auf, von wo ich sie wie auch das Zubehör der Innenleitung in zwei schwarzen Grenzgängen heranschaffte.

Ein Töpfermeister aus Arendsee hatte sich an den Bau der Kachelöfen und eines riesig erscheinenden Küchenherdes gemacht, für die er schmunzelnd das erforderliche Material bereitstellte. Ich hatte ihm "Vater Munk" als Hilfskraft beigegeben.

"Vater Munk" war ein Vertriebener aus dem Sudetenland. Er hatte sich ein Sommerhäuschen, das neben dem Dehrschen Grundstück zu verfallen drohte, mit unendlicher Mühe wieder bezugsfertig gemacht. Dort wohnte er mit seiner Frau und Schwiegermutter. Letztere war neunzig Jahre alt und gelähmt. Das Ehepaar Munk sorgte rührend für das verhutzelte alte Weiblein, das sie an Sonnentagen in einen Liegestuhl vorm Haus hinauszutragen pflegten. Für das alte Großmütterlein schien die grausame Vertreibung ein böser Traum gewesen zu sein. In ihrem Liegestuhl glaubte sie sich daheim in ihrem Gärtchen. Mit einem glücklichen Lächeln, längst der Welt entrückt, wartete sie ergeben darauf, von ihrem Herrgott abberufen zu werden.

Da der Bau vor unserem Einzug austrocknen mußte, konnten wir erst im Frühjahr 1952 einziehen. - Unsere Kanarienzucht sollte später in einer Baracke, die man damals gelegentlich kaufen konnte, untergebracht werden. Bis dahin konnte ich freilich nicht warten. So hatte ich ein Zimmer der Südseite unter ständigem Heizen so weit trocken, daß ich Mitte Februar die Zuchteinrichtung und ein Bett für mich aufstellen konnte. Für unser Geflügel hatten Kaskes Männer aus groben Verschalbrettern einen Schuppen gebaut, der vorerst seinen Zweck erfüllte. Unser Schlafzimmer und zwei Zimmer für die Kinder im Obergeschoß und die darüber liegenden Dachkammern sollten erst später hergerichtet werden. So zogen wir in den ersten Apriltagen mit dem Gefühl in unser "Haus in der Heide", der bösen Zeit ein Schnippchen geschlagen zu haben. Meine Frau war inzwischen mit dem hübschen Städtchen vertraut geworden. Hier waren wir keine Fremden, wir gehörten dazu.

Einen Hauch "dazuzugehören" verspürte meine Frau, als wir einmal im "Berliner Hof" für ein Täßchen Kaffee eingekehrt waren.
„Das ist ja Bohnenkaffee!"
„Nicht so laut", trat ich ihr leicht auf den Fuß, „Fremde kriegen 'Muckefuk' (Gerstenkaffee), Einheimische das, was du in der Tasse hast."
Nachdem die Gäste vom Nachbartisch gegangen waren, stellte der Wirt den verbotenen Sender RIAS aus West-Berlin ein.

„RIAS kannst du hier jederzeit hören, solange nur Arendseer im Lokal sind."
„Ganz anders als in Schönebeck."
„Ja ... ganz, ganz anders. Unter den Altmärkern werden wir uns wohlfühlen. Sie werden mit der 'bösen Zeit' auf ihre Art fertig. Sie halten zusammen und schweigen ..."

Mein Geburtstag sollte der bösen Zeit zum Trotz ostentativ gefeiert werden, - begann doch für uns ein völlig neuer Lebensabschnitt!

Ich bat Bäckermeister Willi Uhder, den größten "Salzwedler Baumkuchen" zu backen, den sein Spezialofen fassen konnte. Willi Uhder kannte ich noch aus der Zeit, in der er Lehrling in der Bäckerei seines Vaters gewesen war. Willi sagte zu, vorausgesetzt, ich könnte all die erforderlichen Zutaten beschaffen. Er schrieb eine Riesenmenge Eier, dazu einige Pfund Butter, Weizenmehl und Zucker auf einen Zettel. Bis auf die Butter konnten wir mit eigenen Vorräten aufwarten. Die fehlende Butter wurde - wie es damals üblich war - im Tauschgeschäft gegen Eier besorgt.

Der große Tag begann bei herrlichem Frühlingswetter. Wir hatten Tante Beust mit Ernst Pengel, die Geschwister Röhl, Ehepaar Flaak und Willi Uhder eingeladen. Zur Pfingstzeit sollte unser Einzug im größeren Bekanntenkreis noch einmal gefeiert werden. Von den Geschwistern Röhl hatten die Bienenkönigin und die jüngste der Schwestern, Tante Elisabeth, zugesagt.

Im Hochgefühl, unsere Gäste im eigenen Haus zu empfangen, begrüßten wir die Ankommenden. Ernst Pengel hatte sich für den weiten Weg einen Einspänner ausgeliehen. Die beiden Tanten Röhl kamen in ihrem

Ponygespann, einem kleinen Kastenwägelchen, das sie ein wenig abseits vom Haus anbanden. Willi Uhder war mit seinem Prachtstück von Baumkuchen über den See gerudert. Bruno Flaak war vernünftig genug gewesen, seinen Wagen von antikem Wert neben der Lore zu parken, bevor er im losen Sand versinken würde.

Zuerst wurde unser Haus von draußen gebührend bewundert. Danach begaben wir uns alle nach drinnen. Hier wurden besonders der große Küchenherd und die beiden Kachelöfen bestaunt. Der Ausblick auf den Arendsee löste allseits Ausrufe wie „... ganz wunderbar", „... herrlich!" aus. Wir waren alle glücklich, wir alle!

Ein "Arendseer Kind" war heimgekehrt, war "wedder to Huus"!

Meine Frau hatte die Küche mit silbernen Weidenkätzchen und Kiefernzweigen ausgeschmückt. Auf dem Küchentisch war ihre beste Tischdecke gebreitet, auf der jetzt der Baumkuchen festlich prangte. Sie schenkte westlichen Bohnenkaffee in die Tassen ihres guten Kaffeegeschirrs aus, während unser Bäckermeister mit kundiger Hand daranging, unter den staunenden Augen unserer Kinder den Baumkuchen in dünne Scheiben aufzuschneiden. Es wurde eine gelungene fröhliche Kaffeerunde "unter uns".

Als wir Männer uns jeder eine richtige Zigarre, die natürlich wie auch die Kaffeebohnen aus dem "Westen" stammten, angezündet hatten, nahm mich Tante Elfriede Röhl mit geheimnisvollem Lächeln am Arm und führte mich zu ihrem Wägelchen!

„Nun, - kommen dir diese Beuten bekannt vor?", wies sie auf vier wohlverpackte Bienenvölker, die in ihren

Kästen ärgerlich brummten.
„Vaters?"
„Ja, die hat dein Vater noch gekauft, bevor ihr nach Ostpreußen gezogen seid. Es sind jetzt deine!"
„Nein", wehrte sie meinen Dank ab. „An die dreißig Jahre habe ich mit diesen Beuten gearbeitet. Heute sind sie zu dir zurückgekommen. Wir müssen sie gleich aufstellen, die Immen sind ungeduldig geworden!"
Wir fanden weit genug vom Haus einen windgeschützten Platz. Die praktische alte Dame hatte eine schwere Holzplanke und zwei Holzklötze mitgebracht.
„Komm, pack zu!"
Im Nu hatten wir die Beuten vom Wagen gehoben und auf die erhöhte Planke gestellt. Tante Elfriede zog ihren Bienenschleier vors Gesicht. Kaum hatte sie die Ausgänge geöffnet, mußte ich den erregt ins Freie brummenden Bienen ausweichen. Tante Elfriede trat neben mich:
„So, mien Jung ... an diesen Völkern sollst du lernen, mit Bienen umzugehen. Ich werde im Juli achtzig. Ich muß meinen Stand aufgeben. Du sollst ihn übernehmen. Frag jetzt nicht, wie wir handelseinig werden. Dafür ist später noch Zeit genug. Komm' in den nächsten Wochen zu mir rüber, da werde ich dir zeigen, wie du in dieser Gegend imkern sollst. Bis dahin freu dich, wenn deine Immen summen ...!"

Berlin-Dahlem, den 4. Juni 1952

Meine liebe Gisela! *

Ich bin, um Dir diesen Brief schreiben zu können, zu Henny nach Dahlem in den amerikanischen Sektor gefahren. Ich kann nicht wissen, wie Du über die letzten Ereignisse, von denen wir im neuen "Sperrgebiet" der Zonengrenze Wohnenden betroffen wurden, orientiert bist. Bevor ich auf den eigentlichen Zweck dieses Briefes eingehe, muß ich Dir schildern, was sich bei uns in Arendsee in der letzten Woche ereignet hat.

Wenn ich nicht wüßte, daß Du die Verhältnisse in der Sowjetzone aus eigenen Erlebnissen kennst, würde ich diesen Brief wahrscheinlich gar nicht schreiben. Denn so unglaublich ist das, was wir in den letzten Tagen erleben mußten.

Du weißt von den Eltern, daß wir in den ersten Apriltagen in unser neues Haus eingezogen sind. Du, die Du selbst jahrelang heimatlos herumgeirrt bist, wirst unsere Gefühle verstehen, als wir endlich unter eigenem Dach die erste Mahlzeit einnahmen. Das Haus erhebt sich auf der Anhöhe unseres Grundstückes, darunter sich der schöne Arendsee breitet. Von Arendsee aus gesehen ist unser Haus ein freundlicher heller Punkt, der zwischen alten Eichen und Kiefern über den See leuchtet. Oft habe ich, während die letzten Arbeiten am Haus zu Ende geführt wurden, oben vom Berg hinab auf den See geblickt und meine Freude am Wiedersehen mit lieben Bekannten unseres verlorenen Ostpreußens gehabt. Dort auf dem Wasser war ein Vogelzug, wie ich

* Schwester des Verfassers

ihn seit vielen Jahren nicht mehr beobachten durfte. Da zogen die Großen Säger, typische Vertreter der masurischen Vogelwelt, Schellenten, die früher durch unsern Sensburger Park klingelten, und die entzückenden schwarz/weißen Reiherenten trieben dicht am Ufer ihr munteres Dasein. Unvergeßlich wird mir der Tag bleiben, an dem ein Flug Schwäne mitten auf dem See einfiel. Gehört doch das Singen ihrer weiten Schwingen zu unserer Heimat wie der Ruf der Kraniche über den schwankenden Mooren. Und auch die Kraniche waren eines Tages da. Sie zogen in ihren bekannten Keilen nach Osten, manche von ihnen fielen auf den Wiesen ein. Welch lang versunkene Bilder wurden wieder in mir lebendig, welch stille Freude empfand ich bei ihrem mir so vertrauten Ruf!

Endlich hatte ich wieder das Gefühl, eine Bleibe zu haben; endlich war ich nach zweijähriger Arbeit am Ziel. Unsere Kinder sollten in der Gewißheit heranwachsen, eine Heimat zu besitzen.

Du kennst Annelotte und mich, um zu wissen, daß mit dem Einzug in unser Haus Wochen unermüdlicher Arbeit begannen. Aber es war nach langer Zeit ein frohes Schaffen. Es war uns gelungen, Abstand von der "bösen Zeit" zu bekommen. In unserer Einsamkeit störten uns weder blöde Plakate noch belehrende Lautsprecherwagen. Von Woche zu Woche nahmen Haus und Grundstück ein freundlicheres Aussehen an. Annelotte wirkte innen und im Garten, während ich ähnlich wie früher auf unserm Sensburger Grundstück Bäume fällte, Obstbäume pflanzte, Hecken anlegte oder Nistkästen aufhängte. Von unserm Eifer angesteckt, wirkten die Kinder auf ihre Art. Beete wurden angelegt, und ich mußte an Blumen heranschaffen, was der gute Ernst Pengel hergeben konnte. Im weißen Sand wurden Burgen gebaut, unter großem Hallo wurden sogar ein paar Plötze und Barsche geangelt. Hühner- und Entenküken schlüpften, kurzum, es herrschte ringsherum ein fröhliches Treiben.

Zu meinem Geburtstag hatte Willi Uhder einen prächtigen Salzwedler Baumkuchen gebacken. Er kam mit seinem Prachtstück über den See gerudert, bestimmt der sicherste Weg. Wir hatten nur liebe Bekannte aus unserer Kindheit eingeladen. Ernst Pengel mit Tante Beust, die Geschwister Röhl und Ehepaar Bruno Flaak, denn um Pfingsten wollten wir nochmal in größerem Kreis unsern Einzug feiern. Stand meine Geburtstagsfeier noch im Zeichen des Umzuges mit seinem unvermeidbaren Durcheinander, so sollte Pfingsten für uns erstmalig ein wirkliches Familienfest werden.

Doch es kam anders...

Am Montag, den 26. Mai, wurde ein fünf Kilometer breiter Streifen entlang der Zonengrenze zum "Sperrgebiet" erklärt. Alle dort Ansässigen wurden aufgefordert, sofort ihre Personalausweise abstempeln zu lassen. Zu gleicher Zeit hatte man ohne jede Begründung sämtliche Bürgermeister der Grenzdörfer abgelöst und durch linientreue Kommunisten ersetzt.

Am Dienstag wurde bekanntgegeben, alle "Staatenlosen" würden innerhalb von achtundvierzig Stunden aus dem Sperrgebiet entfernt. Hier muß ich sagen, daß unser Nachbar ein aus dem Sudetenland Vertriebener im Alter von etwa siebzig Jahren ist. "Vater Munk", der mit seiner Frau und seiner neunzigjährigen Schwiegermutter nach ihrer Vertreibung ein bescheidenes, arbeitsames Leben führte. Er hatte sich ein kleines Haus neben dem Dehrschen Grundstück wieder zurechtgezimmert, hatte sich ein Gärtchen angelegt und jeder, der irgendeine Arbeit zu verrichten hatte, für die eine geschickte Hand erforderlich war, holte sich den stets bereiten "Vater Munk".

"Vater Munk" klopfte bei uns an. Er war bleich und zitterte am ganzen Leib. Er konnte nur immer stammeln: „Herr Nachbar, das geht doch nicht! Sehen's nur unsere alte Mutter. Sie ist doch seit zwei Jahren gelähmt ... Nein, das können sie doch nicht machen ... Mein Brennholz, meine Kartoffeln, unser Garten, die Hühner ...!"

Was soll man in solcher Not sagen!

Dann fuhr ein Lastwagen vor, begleitet von einer Horde Leute. Dahinter folgte ein Krankenwagen, - wie human ...

"Vater Munk" kam nicht viel zur Besinnung. Sein geringer Hausrat war schnell auf den Wagen geworfen. Munks Hund zerrte jaulend an seiner Kette. Nie werde ich das Bild vergessen, wie der alte Mann an den Hund trat, einen steinebeschwerten Sack am Halsband befestigte und mit schleppendem Schritt, seinen Hund unterm Arm, auf den Seesteg trat. Mit einem Schwung wurde der Hund ins Wasser geschleudert, ... um in qualvollen Sätzen aufjaulend wieder das Ufer zu erreichen. Da habe ich mich abgewendet, um den zweiten Kampf Vater Munks mit seinem Hund nicht mit ansehen zu müssen. - Wie dann Vater Munk sich von uns verabschiedete, war sein Gesicht kalkweiß. Nur mühsam

konnte er hervorbringen: *"Herr Nachbar, ... Gott wird sie strafen."*
Danach fuhren die beiden Fahrzeuge an und hinterließen eine entsetzliche Stille.

Am folgenden Tag mußten alle Bauern unter strenger Bewachung von Volkspolizisten einen zehn Meter breiten Streifen unmittelbar an der Zonengrenze freimachen. Diese Arbeit ging schweigend vor sich. Schweigend fuhren Sensen in unreifes Getreide, und wenn ein Mäher seine Sense schärfte, klang der Ton wie Hohngelächter über dieses sinnlose Werk der Zerstörung. Noch am selben Tag wurden Gespanne und Traktoren eingesetzt, um den freigemachten Streifen umzupflügen. Dort sollten später Minen verlegt werden. Bei diesem Unterfangen sind zwischen Böhmenzien und Kaulitz elf Trecker mit Mann und Maus über die Zonengrenze in den Westen gefahren.

Am Donnerstag in der Frühe, es mag kurz nach sechs Uhr gewesen sein, war ich gerade dabei, in der Nähe unseres Hauses Grünes für meine Vögel zu holen, als eine alte Frau in völlig aufgelöster Verfassung laut heulend an mir vorbeistürzte. Ich halte sie an und frage, was denn um Himmels willen los ist. Ich kann keine vernünftige Antwort bekommen:
"Wir müssen räumen ... wir werden abtransportiert ...!"
Sie nennt ein paar Namen aus Ziessau und Friedrichsmilde, "alles ist voll Polizei und Lastwagen ... der ganze Sperrbezirk muß räumen ...!", rast sie mit aufgelöstem Haar weiter.

Ich stehe wie vom Donner gerührt. "Alles muß räumen!" Ich kann keinen Gedanken fassen. Ich bin auf einmal unbeschreiblich müde. Als ich ins Haus zurückgehe, jage ich Annelotte unbeabsichtigt einen furchtbaren Schreck ein: „Mann, Hubert, was hast du? ... Was ist denn passiert?"

Ich kann keine vernünftige Antwort geben, kann nur wiederholen, was ich gerade von der Frau gehört hatte. Annelotte hat Mühe, sich zu halten. Die Kinder merken, daß irgendwas Ungewöhnliches los ist und kommen aus ihren Betten. Totenstill ist's bei uns. Doch über dieser Stille hängt das Lärmen von Motoren aus Richtung Friedrichsmilde. Nein, wir träumen nicht. Es ist etwas ganz Entsetzliches im Gange ...

Mit einem Aufschrei reiße ich mich aus meiner Erstarrung, dann rase ich mit dem Fahrrad zu Gerboths, wo wir vorher gewohnt haben. Dort sind Polizisten und deutsche Bolschewisten dabei, Hausrat auf einen Lkw zu laden. Herr Gerboth, dem ich gestern einen Krankenbesuch gemacht habe, sitzt als ein zusammengesunkenes Häuflein auf einer Bank vorm Haus und sieht stumm vor sich hin. Wohin es gehen soll, weiß kein Mensch. Aber es geht fort. Irre Panik hat alle ergriffen.

Ich schreie auf: „Himmel Herrgott, sitzt doch nicht wie die Lappen, weigert euch doch!"
Die Herumstehenden blicken mich entsetzt an, wie unvorsichtig war diese Äußerung! Ich halte mich nicht länger auf, sondern fahre nach Schrampe. Auf dem Weg dahin begegne ich der Räumungskommission, bestehend aus einem Polizeikommando, deutschen Genossen, dem neuen Bürgermeister und dem zwangsweise mitgeführten Gemeinderat.

„Die Sperrzone wird geräumt", *flüstert mir Güßfeld zu. Er nennt einige Namen aus Schrampe, die heute drankommen.*

Ich muß weitergehen. Als ich wieder zu Hause ankomme, ist Annelotte fort. Sie ist mir nachgelaufen. Wie ich sie in Friedrichsmilde suchen will, kommt sie mir bereits entgegen, fällt mir aufatmend in die Arme.

Wir können lange keinen Gedanken fassen, nur daß wir uns über den Ernst der Lage mit allen ihren Konsequenzen klar sind. Am schlimmsten war, daß kein Mensch wußte, wohin man uns abtransportieren wollte. Die Höfe der Betroffenen wurden in aller Frühe von Polizeikommandos umstellt, die Unglücklichen kurzerhand verhaftet. Sie durften nur ein wenig Hausrat zusammenraffen, die Lkws fuhren an und verschwanden mit ihrer unseligen Last ... In Schrampe ereilte sieben Höfe der Räumungsbefehl, in Friedrichsmilde zwei und in Ziessau drei. Später erfuhren wir, daß allein im Kreis Osterburg 78 Familien abtransportiert wurden.

Annelotte und ich zwingen uns, den ersten Schock abzuschütteln. Ehe wir uns dem Räumkommando mit unserm Abtransport ins Dunkle eines ungewissen Schicksals preisgeben, wollen wir noch in der nächsten Nacht über die Zonengrenze nach dem "Westen" gehen.

Diese Möglichkeit stand uns sogar offen: Es hatte beim Räumen irgendwie nicht geklappt. Die Zonengrenze war nicht stärker als vorher besetzt. Ja, in Schrampe hatte man das Polizeikommando herausgezogen, die Ablösung war noch nicht eingetroffen. Welche Überlegungen wir anstellen mußten, um uns zu diesem Entschluß durchzuringen, kann nur verstehen, wer sich selbst in einer solchen Situation befunden hat.

Es folgte ein Tag in höchster Aufregung. Alle ehemaligen Offiziere würden geschnappt, hieß eines der vielen Gerüchte, die in Umlauf waren. Oberleutnant Bollmann entging seinen Häschern, indem er durch ein Fenster sprang, seine Verfolger irreführen konnte und den Grenzgraben erreichte. Dafür wurden seine alten Eltern abtransportiert. Wir begannen, alles zu verbrennen, was uns belasten konnte. Meine Kriegstagebücher - bisher durch alle Fährnisse gerettet - hinein ins Feuer! Meine Kriegsbriefe an Annelotte - weg damit. Hier Spenglers "Der Untergang des Abendlandes" (wie recht hat er behalten!), Bücher von Dwinger, nur weg damit! Wo ist der Schlüssel zum Schreibtisch? Nimm die Axt, - so weg die ganze Platte! ... Unsere Winterbekleidung? Alles hinein in einen Sack, vielleicht können wir sie Bekannten schicken. - Was wird mitgenommen? So, das wird erst mal auf einen Haufen gelegt. Wolldecken? ... Geht nicht, wird zu viel. - Was sollen wir zu Mittag essen? Runter mit der Glucke, die ich gestern auf Perlhühner gesetzt habe. So, die Eier werden abgekocht.

Zwischendurch schnell zu Vadder Prehm. Wie sieht's an der Grenze aus? Unverändert. Gut, zurück und weiter gepackt.

Ich nehme Dieter auf meinen Schoß: „Also paß auf, wir beide führen heute nacht. Du gehst zusammen mit mir vor, weit dahinter kommt Mutti mit den Kleinen. Wenn der Weg frei ist, läufst du zurück zur Mutti und führst sie nach. Wenn ich aber rufe wie ein Käuzchen, bleibt alles stehen, dann geht's erst weiter, wenn ich zurückgekommen bin. Das schaffen wir doch?"
„Ja, Vati ..."

*Doch ganz bleich vor Aufregung ist das Kerlchen geworden. Den drei andern bleibt nicht verborgen, daß es fortgeht. Jochen packt tüchtig zu. Dieter wirkt am Ofen beim Verbrennen. Da kommt Gundelchen zu mir.
„Vati ... meine Puppen ..."
„Aber Kindchen, natürlich nehmen wir deine Puppen mit, die können doch nicht allein hier bleiben!"
Wie sie aufatmet ...
Die Meerschweinchen werden ausgesetzt. Helmut und Gundel laufen zu ihren Beeten und gießen. Helmut bringt der Mutti ein paar Tausendschönchen. Die müssen selbstverständlich in eine Vase gestellt werden. Jochen läßt die beiden Tauben aus dem Habichtsfang. Sie irren ums Haus herum. Die ganze Natur scheint in Aufruhr geraten zu sein. Hatte morgens die Sonne geschienen, so geht jetzt Regen untermischt mit Hagel nieder. Die Pute mit ihren Kleinen sucht vergeblich irgendwo Schutz. Annnelotte hält mich zurück, als ich rausgehen will, um die Tiere zu töten, damit sie wenigstens einen schnellen Tod haben. Scharen von Krähen umkreisen das Gehöft, als wüßten sie um unsere Not. „Hier sind wir ... wir, die Aasvögel!" Ich kann sie nicht mehr hören, ihr ekelhaftes Krächzen wird mich noch lange verfolgen. Weil sie seit Jahren nicht mehr abgeschossen wurden, haben sie sich zu ungezählten Tausenden vermehrt.
Am Nachmittag sind wir mit der Packerei soweit fertig, daß ich noch schnell nach Arendsee radeln kann. Ich verabschiede mich von Tante Beust, die jetzt bei Pengels wohnt. Ernst löst mir noch einen Scheck ein, den ich gerade reinbekommen hatte. Unter Tränen werde ich umarmt, es ist ein schwerer, ganz schwerer Ab-*

schied. Tante Beusts "Mien Jung ... mien Jung ... bist wedder to Hus ..." ist der lähmenden Gewißheit gewichen, daß für uns erneut der Weg in die Fremde beginnt.

Arendsee befindet sich in Aufregung. Die Menschen laufen irgendwie sinnlos herum. Gruppen gehen auseinander, wenn ein Spitzel in Sicht ist. Durch die Breite Straße poltern die beladenen Lastwagen mit ihrer unglücklichen Last.

Bei Benneke steige ich vom Rad und blicke noch einmal zurück. Dann fahre ich langsam am See entlang nach Hause. Unterwegs höre ich, daß nur die abtransportiert wurden, die mal beim illegalen Grenzübertritt gefaßt worden sind. Annelotte hat dasselbe gehört. Nochmalige Nachfrage in Ziessau. Ja, angeblich soll die Aktion abgeschlossen sein.

In Kaulitz soll Widerstand geleistet worden sein. Jedenfalls wurde das Dorf daraufhin nicht weiter belästigt.

Kommt Hilfe aus dem Westen? Alles hängt am Radio, doch nichts kommt durch, was uns Hoffnung geben könnte. Nach einem anderen Gerücht sollen die Verhafteten in Lager bei Weißenfels gebracht worden sein. „So etwas ist doch nicht möglich, man kann doch nicht Tausende in Lager stecken!"

Ich lache ... „Wenn Millionen Russen in Sibirien in Verbannung sind, dann kommt es den Stalinisten nach Vernichtung der baltischen Völker, nach Niederschlagung jedes Widerstandes wohl kaum auf ein paar zehntausend Deutsche an!"

Wir beschließen zu warten. Wir sind wie gelähmt, als wir in die Betten gehen. Freitag und Sonnabend vergehen, nichts ereignet sich. Wir befinden uns im Sperrgebiet. *Niemand aus Arendsee darf uns besuchen. Interzonenbesuche sind ohnehin untersagt.*

Am Sonnabendnachmittag scheint seit langer Zeit wieder die Sonne. Der See liegt glatt wie ein Spiegel. Annelotte hat sich neben mich gesetzt, der ich auf einem Stubben sitze und zum "Deepen Deel" hinüberblicke. Vom Glockenturm am Depot wird der Pfingstsonnabend eingeläutet. Das Land liegt still und lauscht. Jeder denkt an die, die die bekannte Glocke nun nicht mehr hören. Ein Taucherpaar zieht zwei kleine Furchen auf dem Wasser. „Quorr ... Ärrr ..." lockt das Männchen. Die sinkende Sonne läßt das helle Brustgefieder zu uns heraufleuchten. Nach langem Schweigen erklingt der Gesang eines Schwarzplättchens. Auf dem verlassenen Grundstück Vater Munks schlägt die Nachtigall. ... Unendlich wohltuend ist diese Ruhe. Keiner stört den anderen in seinen Gedanken. Ich muß an ein Wort Selma Lagerlöffs denken: „Wehe dem, um dessen willen der Wald seufzt und die Berge weinen!" Wir denken beide an Vater Munk, der nur sagen konnte: „Gott wird sie strafen!"
Wir sind geblieben ... Wir befinden uns heute nicht mehr im Zustand einer Betäubung. Zwar verhalten wir uns nicht anders als die gesamte Bevölkerung des Sperrgebiets: Keiner hat Lust zum Schaffen. Keiner glaubt, was die Träger des Systems ausstreuen: daß eine solche Maßnahme nie wieder zu befürchten ist. Alles schweigt. Zu Pfingsten lagen die Dörfer wie ausgestorben da. Keine Tanzkapellen, kein Maibaum vor den Türen, wie es sonst Brauch war. Kein Kinderlachen ist zu hören. Ein jeder tut nur das Allernotwendigste.

Die "HO"-Gaststätte in Arendsee betritt kein Einheimischer.
Annelotte und ich haben beschlossen, unsere Kinder nicht unter sozialistischem Diktat aufwachsen zu lassen. Wir sind bereit, hier alles aufzugeben, wenn damit nur die persönliche Freiheit erkauft ist. Doch uns widerstrebt, unvorbereitet und ohne ein Ziel loszugehen.

Und damit, liebe Gisela, komme ich zu der Bitte, die wir aus unserer Situation heraus an Dich richten.
Setz' bitte alle Hebel in Bewegung, Dich in Kanada in meinem Sinne umzusehen. Bei unserm Abschied im Januar habe ich Dir Einzelheiten darüber gesagt, Du schriebst Dir die Stichworte auf. Damals stand ich nicht unter Zeitdruck. Jetzt jedoch muß ich Dich bitten, auf dem schnellsten Weg Klarheit zu schaffen. Ein Arbeitsvertrag wäre die Lösung. Doch einen solchen dürfte ich erst erreichen, wenn ich selbst drüben bin. Beschränke Dich daher auf Beschaffung der Anschriften, die ich später anschreiben kann. Nie könnte uns in Kanada das erschüttern, womit wir in der Sowjetzone tagtäglich fertig werden müssen. Ich glaube noch jung genug zu sein, um den Meinen eine neue Heimat erarbeiten zu können. Allmählich legt das stalinistische System seine Maske ab: „Erwerbt das Scharfschützenabzeichen!", rief Ulbricht in Leipzig den kommunistischen Jugendverbänden zu!

Es tut mir leid, Dir all das Schreckliche schreiben zu müssen. Laß uns den Kopf trotz allem oben behalten!

Die innigsten Grüße von uns allen
Dein Hubert

Der Sonntag am 8. Juni war ein selten schöner Sommertag gewesen. In der folgenden Nacht schlugen die Nachtigallen unermüdlich, und die Drosselrohrsänger begannen ihr "Kärre ... Kärre ... Kiek!", bevor die Sonne aufging. Ich stand auf und trat vors Haus. Vom Kaaper Moor schwang der Fanfarenruf eines Kranichs herüber. Fast hatte ich vergessen, daß ich ein Gelege finden wollte, um Aufnahmen zu machen. Leise zog ich mich an. Auf dem Küchentisch ließ ich einen Zettel zurück, daß ich zu den Kranichen ins Kaaper Moor gefahren wäre, zum Frühstück wieder zu Hause sein würde.

Nach nur kurzer Fahrt stellte ich mein Fahrrad an einem Torfstich ab, fand einen Platz unter einer Fichte, wo ich die aufgehende Sonne abwarten wollte. Den klugen Vögeln war nur beizukommen, wenn ich sie zuerst sah. Pirschen wäre zwecklos gewesen. Aus den Torfstichen stiegen Nebel auf, die die aufgehende Sonne beiseite schob. Wiesenpieper begannen ihren kurzen Balzflug mit ihrem bekannten Trillern. Ein Wiedehopf dicht hinter mir rief "Hup-hup ... hup-hup". Da, nicht weit vor mir trompetete ein einzelner Kranich. Die Zeit der Balz, bei der beide Partner rufen und ihr Trompeten im verschlungenen Doppelruf ausklingen lassen, war vorbei. Ihre Jungen waren vermutlich bereits geschlüpft.

Ich blieb in meiner Deckung und beobachtete das Gelände vor mir mit dem Glas. Meine Geduld wurde belohnt. Ein männlicher Kranich in vollem Schmuck seines Frühjahrsgefieders näherte sich zwischen Birkenstämmen und Kaddigbüschen dem Rand des nächsten Torfstichs. Hier verhoffte er, und vermittelte mir ein Bild, das ich nie vergessen habe. Er warf seinen Hals zurück, eine Bewegung, die sich im glatten Moorwasser in unbeschreiblicher Schönheit spiegelte, breitete leicht seine Flügel und schmetterte, übergossen von den ersten Sonnenstrahlen, sein "O-Krü ... o-krü ... o-o-krüh!" in den Morgen hinaus. Danach wandte er sich um, war wieder zwischen den Birkenstämmchen verschwunden. Ganz in der Nähe mußte sich das Weibchen vermutlich mit seinen beiden frisch geschlüpften Jungen befinden, die das Paar erst nach Abtrocknen des Taus zur Nahrungssuche herumführen würde.

Bei meinen jagdlichen Streifzügen im Nordabschnitt der Ostfront war ich Kranichen oft begegnet. Ihr Fanfarenruf hatte mich im Bunker geweckt. Aber bei ihrer Balz hatte ich sie nicht gesehen.

Fünfzehn Jahre mochten vergangen sein, daß ich balzende Kraniche im Moor des Materschobensees bei Ortelsburg zuletzt beobachtet hatte. Noch lange blieb ich an meinem Platz und wehrte dem Herzen, das wieder einmal dort war, wo es einst so glücklich geschlagen hatte …

Warum schreckte jetzt Rehwild? ... Warum ging ganz in meiner Nähe eine Bache mit ihren Frischlingen flüchtig ab? Aus Richtung Ziemendorf bellten die Hofhunde. Eine unerklärliche Unruhe drang in das stille Moor. Ich pirschte zu meinem Fahrrad zurück. Jetzt vernahm ich Hundegebell auch aus Richtung Ziessau. Warum dies Gebell zu einer Zeit, in der die Dörfer noch schliefen? Als ich an einer Gestellkreuzung verhielt, vernahm ich näherkommendes Motorengeräusch. Und da, - links von mir fuhren drei Lkws auf dem Landweg nach Böhmenzien. Ich hatte mich nicht geirrt, denn sie hinterließen eine Staubwolke, die deutlich zu erkennen war.

Würgende Angst ergriff mich!
Sie sind zurückgekommen, sie sind wieder da, die Häscher!!
Vorsichtig näherte ich mich dem breiten Landweg, der von Arendsee nach Ziessau führt. Rechts stand ein Einzelposten der Volkspolizei! Mein Rückweg war abgeschnitten! Was jetzt, was nun?
Da fiel mir der Fischerkahn ein, den Fischereimeister Borkowski gelegentlich in einer Schneise im Schilf liegen ließ, wenn sein Fischerknecht keine Hechte in den Reusen gehoben hatte. Der Schilfgürtel lag jenseits des Weges. Um das Seeufer zu erreichen, müßte ich den Weg überqueren und mein Rad erst durch dichtes Gestrüpp tragen. Ich wog meine Chance ab, riskierte die wenigen Sätze dorthin, als der Posten, mir den Rücken zugewandt, ein Stück in Richtung Ziessau bummelte. Mit größter Anstrengung bahnte ich mir mit hoch erhobenem Rad den Weg bis zur Schneise. Früher hätte ich beim Anblick des Kahns "Fortes fortuna adjuvat" (den Tapferen hilft das Glück) ausgerufen. Doch die Zeit, in der ich mich zu den "fortes" gezählt hatte, war längst vorbei.
Ich schob den Kahn ins Wasser hinaus. Behutsam, jedes Geräusch in den Holmen vermeidend, ruderte ich dicht am Deckung gebenden Schilfgürtel entlang. Ein verwunderter Fischereimeister stand auf seinem Bootssteg. Herr Borkowski stellte keine Fragen, wie ich zu seinem wohl verborgenen Kahn gekommen war.
„Sie sind wieder da!" empfing er mich. „Diesmal, Landsmann, sind wir alle dran."

Fischereimeister Borkowski hatte vor unserer Vertreibung in Masuren einen umfangreichen Fischereibetrieb besessen. Vor einigen Jahren war ihm gelungen, hier am Arendsee eine Zuchtstation für Maränenbrut zu errichten. Die Landesregierung hatte ihm sogar das erforderliche Gebäude und auch ein Haus für seine Familie gebaut. Damit war er in eine persönliche Abhängigkeit zum Regierungssystem geraten, die er im vertrauten Gespräch mit mir oft genug verflucht hatte. Doch ein Vertriebener hatte zuzugreifen, konnte keine Bedingungen stellen. Er deckte sich den Rücken mit guten Beziehungen zur sowjetischen Besatzungsmacht.
Als Vierzehnjährigen hatten ihn die von Hindenburg geschlagenen Russen auf ihrem Rückzug aus Ostpreußen 1914/15 mit sich verschleppt. Nach zwei Jahren war ihm die Flucht durch Litauen gelungen. In seiner Zeit mit den Russen hatte er Russisch gelernt. Eine Sprachkenntnis, die er jetzt zu seinem Vorteil nutzte.
„Ich habe bereits den Kommandanten von Osterburg angerufen. Er wird zur Stelle sein, sollte ein Räumungskommando bei uns erscheinen."
Herr Borkowski warf mit einer kleinen Handschippe frisch gefangene Maränen in einen Eimer.
„Ich befürchte, es sind Ihre letzten Maränen. Heute räumen sie auf. Seit zwei Stunden sind sie in Ziessau. Die Alvensleben sind in letzter Minute ins Hannoversche geflüchtet. Danach haben sie die Schmidts verhaftet. Mein Junge hat es beobachtet. Wer dann noch rankommt, weiß niemand ..."

Zu Hause angekommen, fand ich meine Frau mit den Kindern beim Frühstück in der Küche vor. Sie hatte das

Brummen der Lastwagen nicht vernommen.
„Hier, unsere letzten Maränen", stellte ich den Eimer ab. „Bitte komm mit nach draußen ... Hörst du den Lärm in Friedrichsmilde?"
Meine Frau erblich.
„Sie sind wiedergekommen ..."
„Heute nacht müssen wir rüber, falls wir dazu noch Zeit haben. Bitte bleib ruhig, laß die Kinder nichts merken."

Der Vormittag schlich unter ansteigendem und abklingendem Motorengebrumm dahin. Vadder Prehm kam gegen Mittag zu uns rüber. Er konnte nicht sagen, warum man seine Frau und ihn bisher nicht belästigt hatte. Er sah, daß wir Vorbereitungen zur Flucht über die Grüne Grenze trafen.
„Ihr dürft es auf keinen Fall heute nacht versuchen! Ich habe von euch geträumt, wie ihr alle samt euren Kindern in den Arendsee gelaufen seid und euch ertränktet ... Das ist ein böses Vorzeichen! ... Nein, nicht heute nacht ... Ihr schafft's nicht. Bis dahin wird die Grenze dicht sein. Wartet ab, sage ich, fordert das Schicksal nicht heraus ..., wartet ab ..."
Böse Träume lassen sich beiseite schieben. Doch Vadder Prehms Warnung machte uns jetzt unsicher.
„Vadder Prehm", wandte ich ein, „einer Herausforderung unseres Schicksals können wir nicht mehr ausweichen. Je länger wir zögern, um so sicherer ist die Verstärkung der Grenztruppen. Nein, Vadder Prehm, wir können nicht anders, bevor uns hier Polizei umstellt hat ...!"
„Du magst recht haben. Doch ich kam, um euch zu warnen ..."

„Vadder Prehm, du könntest doch vor aller Augen mit deinem Fuhrwerk zu deiner Wiese an der Grenze fahren, um Grünfutter zu holen."
„Das könnte ich versuchen ..."
„Wenn du zurückgekommen bist, laß uns wissen, wie's an der Grenze aussieht."

Als Vadder Prehm am Nachmittag zurückkam, war er wieder der zuversichtliche Kerl, der er immer gewesen war.
„Vom 'Schramper Schuppen' bis hin zum Waldrand habe ich keine Streifen sehen können."
Das war immerhin eine Strecke von über einem Kilometer.
„Ich bin noch ein Stück auf dem Streifenweg im Wald entlang gebummelt. Auch hier weder Posten noch Streifen. Bis zum Schletauer Weg bin ich nicht mehr gegangen, das wäre zu verdächtig gewesen."
„Es könnte bei der Grenzpolizei irgendwas nicht geklappt haben. Sie haben ja Hunderte ihrer Männer für die Räumung herausgezogen und dadurch die Grenze entblößt. Dabei mag die Strecke vom Schletauer Weg bis zum Schramper Schuppen unbesetzt geblieben sein", folgerte ich. „Vadder Prehm, --- wir danken für alles, was du für uns getan hast. Lebewohl! ... Heute nacht treten wir an!"
Kaum war Vadder Prehm gegangen, da kam der zwölfjährige Junge von Güßfeld ins Haus gestürzt.
„Vater und Mutter haben sie verhaftet! Vater hat von Polizisten gehört, daß ihr morgen früh drankommt! Das soll ich euch bestellen!"
Fort war er.

„Das gibt uns ein paar Stunden Vorsprung ..."
„... und wir wissen, woran wir sind", ergänzte meine Frau.

Alles war vorbereitet. Es gelang uns, Gundelchen und Helmut zu einem Nachmittagsschlaf zu überreden, aus dem sie erst abends erwachten. Um 22 Uhr wollte ich antreten. Doch es wurde eine Stunde später, bis das Gepäck auf das Fahrrad und in unsern Rucksäcken verteilt war.

Das Wetter hatte sich aufgeklärt, ein zunehmender Mond leuchtete am Himmel. Ich ließ mir meine Bedenken nicht anmerken, wie wir wohl bei diesem ungünstigen Wetter durchkommen würden. Doch der Mond hatte einen gelben Schein, vielleicht zog Bewölkung heran.

Zwei Säcke mit je sechzig Pfund waren im Rahmen und auf dem Gepäckträger des Fahrrades befestigt. Ich trug meinen Rucksack mit der Schreibmaschine und meinem Lodenmantel. In einer Büchertasche befanden sich unsere Papiere und Fotos, in einer Leinentasche unsere Schuhe. Außerdem gehörten noch zwei Taschen und Schultornister der Jungen zum Gepäck. Gundelchen hatte den Beutel mit ihren beiden Puppen an sich gedrückt. Der kleine Helmut hatte darauf bestanden, seinen kleinen Rucksack mit Spielzeug mitzunehmen. Unaufgefordert nahm ihm aber Gundel bei Aufbruch diesen ab. Wie ich unsere Kolonne betrachtete, da wurde mir doch schwach bei dem Gedanken, wie wir mit all dem Gepäck über Koppelzäune steigen und über Gräben setzen sollten. Aber nun konnte jede Minute Verzögerung Unheil bringen ... wir traten an ...

Vor Ziessau überschritten wir ungesehen den Landweg nach Friedrichsmilde und folgten nun dem Fußweg, der hinter dem Dorf entlangführte. Gleich hinter Ziessau stellte sich uns ein Roggenfeld entgegen. Die noch grünen Halme schlangen sich um unsere Füße, während die Grannenähren den Kindern ins Gesicht schlugen. Meine Frau und ich schoben unser überbeladenes Fahrrad mit aller Kraft voran. Als wir endlich das Feld hinter uns hatten, begannen die Viehweiden. Sie waren mit Koppeldraht und Stacheldraht eingezäunt und von einander durch Gräben getrennt. Weil das Vieh diese Gräben nicht zertrampeln durfte, gingen an jeder Seite der Gräben die Zäune entlang. Um also von einer Koppel in die andere zu gelangen, mußten wir jedesmal erst einen Zaun, dann den Graben und erneut einen Zaun übersteigen. Ich hatte vorgehabt, immer den obersten Zaundraht durchzuschneiden. Zu meinem Schrecken hatte ich die Kneifzange zu Hause liegen lassen. Es blieb uns nichts anderes übrig, als vor jedem Zaun das Rad abzuladen, die beiden Säcke, das Fahrrad und die restlichen Gepäckstücke bis zur nächsten Viehweide rüberzutragen. Dort wurde alles wieder aufgeladen und bis zum nächsten Zaun und Graben weitergeschoben. Koppel um Koppel wurde auf diese Weise überwunden.

   Es dauerte nicht lange, bis wir erschöpft eine Pause einlegen mußten. Ich drängte weiter. Wir waren ja bereits mit Verspätung aufgebrochen, weitere Verzögerungen mußten unter allen Umständen vermieden werden! So rieben wir unsere Kräfte an all den Zäunen und Gräben buchstäblich auf. Endlich erreichten wir den Rand der abgebrannten Schonung. Erneut eine Pause.

   Beim Blick auf meine Uhr erschrak ich: Es war ein

Uhr früh geworden. Wir waren mit über einer Stunde Verspätung hier angelangt! Bis zum Streifenweg waren es von hier noch fünfhundert Meter. Ich hatte keine Zeit mehr für die geplante Erkundung, bei der ich den Streifenweg in Richtung des Schletauer Hauptweges aufklären wollte. Ich ließ meine Frau mit den Kleinen zurück. Mit Dieter an der Hand schob ich mich im Schatten des Waldrandes bis in Nähe der Gefahrenzone vor. Ich drückte Dieter in Deckung: „Wart' hier, Jungchen, ich gehe nur ein Stückchen auf dem Weg drüben entlang. Gleich bin ich zurück, warte ..."

Am Streifenweg angelangt, hatte ich guten Blick nach links, wo keine Bäume das Wiesengelände überschatteten. Ich stieg über einen Koppelzaun und durch den Graben. Vorsichtig erkundete ich ein Stück auf dem Streifenweg. Angestrengt hielt ich an und lauschte in das Waldesdunkel hinein. Kein Zigarettenglimmen oder verdächtiges Geräusch. Im Laufschritt zurück. Ich erstarrte, als vor mir ein Rebhuhn hochburrte. Es mußte vor mir hergelaufen sein. Weiter! Dieter war geduckt in seiner Deckung verblieben.

„Lauf zurück zur Mutti! Sie soll sich beeilen!"
Ich war über den Lärm, mit dem sich die Meinen näherten, erschrocken.

Fast eine weitere Stunde war vergangen, bevor wir nun durch die Gefahrenzone hindurch mußten. Zuerst hatten wir erneut einen Zaun, dahinter einen breiten Graben zu überwinden. Jetzt standen wir allesamt auf dem Streifenweg! Nicht verhalten ... weiter! Mit aller Kraft schleuderte ich einen Sack über den Zaun. Er blieb am Draht hängen, der ganze Zaun quietschte, bevor der Sack in den Graben rollte. Nach diesem weithin hörbaren Quietschen konnte uns nur noch Eile retten! In hohem Bogen warf ich den zweiten Sack über Zaun und Graben. Ich stemmte das Fahrrad hoch, schwang meine Beine über den Zaun, verlor das Gleichgewicht und fiel mit dem Rad in den Fäusten hinein in den Graben. Schnell hochgerappelt und vor Anstrengung taumelnd, halfen meine Frau und ich den Kindern rüber. Wieder wurde das Fahrrad beladen, Taschen aufgesammelt. Ich konnte den Schmerz in meinem verwundeten Bein nicht mehr ertragen und bat meine Frau, mir den Rucksack abzunehmen.

Der Morgen kündigte sich an. Bange Blicke nach allen Seiten, dann begann unser Rennen um die Freiheit. Dort, - der Schatten des Kugelbaums! Noch dreihundert Meter ... los ... lauft! ... lauft! ... Näher und näher zeichnete sich das Symbol der Freiheit ab. Lauft! ... gleich sind wir drüben! ... Lauft! ... In den quer verlaufenden Furchen des Grenzstreifens brachten meine Frau und ich unser Fahrrad nicht mehr vorwärts. Es entglitt uns, wir fielen neben ihm hin. Mit letztem Kräfteaufwand rissen wir uns hoch. Mit Anheben und Vorwärtsschieben überwanden wir Furche um Furche und gingen am Rand des Grenzgrabens in die Knie.

„Erst die Kinder rüber!"

Ich hatte mich in den Graben gestellt, dessen Wasser meine Schuhe füllte. Ich habe vergessen, in welcher Reihenfolge ich die Kinder hinübertrug, weiß nur, daß Gundelchen die letzte war, die mir ihre Ärmchen entgegenstreckte. Ein letztes Werfen der elend schweren Säcke, hinüber mit dem Fahrrad, Taschen und Bündel flogen hinterher. Ein schneller Blick zurück, nichts war liegengeblieben. Noch durften wir nicht anhalten.

Keuchend hasteten wir weiter, bevor wir in Deckung von Wacholdern hinfielen.
Wir haben's geschafft!!!
Doch ich drängte weiter, bis wir bis zum Schletauer Weg - jetzt im Westen - gelangten. Am Rand des Hochwaldes brachen wir zusammen. Unsere Kinder hatten sich brav gehalten. Wir hatten ihre Taschen mit Bonbons gefüllt, die sie sicher ein wenig abgelenkt hatten. Doch jetzt waren sie todmüde und im Nu zu zweit aneinandergekuschelt eingeschlafen. Meine Frau deckte sie mit ihren Mäntelchen zu und legte sich zwischen sie. Auch ich war erschöpft und am Ende meiner Kräfte. Ich riß mir noch meine schadhaften Stiefel von den Füßen, warf die vollgesogenen Socken fort. Aus dem Rucksack zog ich ein trockenes Paar hervor und zog es an. Wie ich meiner Frau raten wollte, dasselbe zu tun, war sie bereits eingeschlafen. Ich deckte sie mit meinem Lodenmantel zu und schob mich dichter an den Waldrand heran.
Mit der Gewißheit "Wir haben's geschafft!" schlief auch ich ein.

"Oo ... Krü ... O ... Krü ... O-Krü ... O-Krü ...", riefen die Kraniche auf dem Kaaper Moor. Ich war wach geworden, hielt die Augen geschlossen und lauschte.
"O ... Krü ... Krü-O-Krü!"
Die Nebelschwaden an den Dickungsrändern wurden dünner. Die ersten Strahlen der Sonne ließen den Tau auf dem dunklen Grün der Kiefernzweige funkeln und glitzern. Wie toll begannen Kuckucke ringsherum zu balzen. Dazwischen tönte das "Hup ... hup ... hup" der

Wiedehopfe. Unzählige Heidelerchen dudelten. Buchfinken schlugen, Schwarzplättchen und Laubsänger fielen in das Morgenkonzert ein. Noch immer erschöpft, öffnete ich die Augen. Ohne die Stellung meines Kopfes zu verändern, blickte ich zu den Kiefernkronen auf, die ganz leise unter der leichten Morgenbrise zu wispern begannen. - Wie alt, fragte ich mich, mag ich gewesen sein, als ich zum ersten Mal in meinem Leben meine Schritte verhielt, zu Baumkronen aufblickte und wahrnahm, daß Bäume zu Menschen sprechen können. Meine Gedanken gingen Jahr um Jahr in die Vergangenheit zurück bis zu dem Tag, an dem der alte Förster Schwarz im Sorquitter Forst (Kr. Sensburg) zu den Baumwipfeln hinauf gewiesen hatte: „Hörst du ihr Rauschen nicht? ... Es kommt ein Gewitter hoch!"
Er hatte mich Zwölfjährigen zum Fahrrad begleitet und hinzugefügt: „Der Wald hat seine Sprache ... Du mußt aber immer leise sein, sonst verstehst du sie nie. Die Wipfel der Bäume sprechen. Heute so, morgen so. Nachts anders als bei Tage. Die Kiefern anders als die Fichten, die Eichen anders als die Erlen und Birken im Bruch ..."
Seit dieser Begegnung hatte ich begonnen, der Sprache des Waldes zu lauschen. Den Wäldern meiner ostpreußischen Heimat, Wäldern, in die mich der Krieg verschlagen hatte, bis ich zu den Menschen gehörte, die die geheimnisvolle Sprache verstehen.

‚Ich bin sehr traurig, weil ich euch verlassen muß!'
‚Wir sind doch bei dir, hörst du uns nicht?'
‚Ich höre euch ... Doch wenn ich jetzt aufstehe, dann höre ich euch nie, nie wieder!'

‚Warum mußt du denn fortgehen?'
‚Ach, das versteht ihr nicht!'
‚Wie klug dünkst du dich. Weißt du nicht, daß unsere Sprache aus der Zeitlosigkeit kommt und keine Grenzen kennt?'
Danach schwiegen sie. Aus der Ferne schwang erneut der Trompetenruf der Kraniche herüber. Ich stöhnte auf und bedeckte mit den Händen meine Augen.
‚Warum weinst du?', wisperten die Kiefern ganz leise und zart.
‚Weil ich die Kraniche liebe.'
‚Das ist doch kein Grund zum Weinen!'
‚Doch, die Kraniche rufen aus dem Land, das ich liebe. Heute höre ich sie zum letzten Mal ...!'
Ich warf mich herum, barg mein Gesicht im Moos und griff mit den Händen in den trockenen Sand. Meine Schultern begannen zu beben. Die Kronen blickten traurig zu mir hinunter, der ich ihre Sprache verstand, und schienen ratlos. Endlich ergriff eine von ihnen wieder das Wort:
‚Der Ruf der Kraniche gehört zu unserer Sprache, der Sprache aus der Zeitlosigkeit, wie das Pfeifen des Pirols oder der Klang der ziehenden Wildgänse über uns. Wir kümmern uns nicht um die Grenzen, die ihr Menschen euch gesetzt habt. Unsere Kronen rauschen darüber hinweg. Wohin dein Weg dich führen mag, ... wir begleiten dich!'
‚Ihr begleitet mich?'
Jetzt winkten die Kronen mir zu. Aus ihrem Wispern wurde Rauschen, und das Rauschen sang.
‚Wir begleiten dich! ... Wir begleiten dich!'
‚Aber der Ruf meiner Kraniche kann mir nicht folgen.

Wo gibt es Röhricht, in dem die Rohrsänger 'Kärre--Kärre--Kiek!' schwatzen? Wo Seen, über denen Schwanenflügel singen und darüber Adler kreisen?'
‚Unsere Kronen rauschen, ob du über Grenzen der Menschen gehst oder du deinen Fuß auf ein fernes Land setzt. Wo unsere Kronen wispern oder rauschen, grüßen Vogelruf und Stimmenjubel den neuen Tag!'
Da neigten sich die Wipfel zu mir herunter.
‚Für den, der unsere Sprache versteht, gibt es keine fremden Rufe. Du mußt nur dein Herz öffnen!'
‚Ein blutendes Herz kann sich nicht öffnen!'
‚Leb wohl!' rauschte der Forst, ‚Leb wohl! ... Wir haben schon unzählige zerbrochene Herzen geheilt ... Leb Wohl!'

Es war Zeit geworden, die Meinen zu wecken. Wir mußten jetzt zur "Flüchtlingsscheune" in der Nähe des Schmarsauer Bahnhofs weitergehen. Dort konnten wir bis zur Abfahrt des Morgenzuges nach Lüchow rasten. Bevor wir aufbrachen, stellte ich meine fortgeworfenen, unbrauchbaren Schuhe einen großen Schritt von einander entfernt auf den Schletauer Weg, ihre Fußspitzen zeigten in Richtung der Sowjetzone.
„Kommt!" rief ich den Kindern zu, „Seht nur, die ollen Stiebel wollen zurückgehen!"
Im Nu waren die Kinder auf den Beinen und feuerten die Schuhe zum Laufen an.
Noch nach Jahren, als ihre Erinnerung an diese denkwürdige Nacht verblaßt war, wurde ich von meinen Kindern gefragt: „Weißt du noch, Vati, wie deine ollen Stiefel auf dem Weg standen und sie zurück zur Ostzone laufen wollten?"

Vor Schmarsau begegneten wir zwei westlichen Grenzpolizisten. Sie unterzogen unser Gepäck einer höchst überflüssigen Überprüfung. Dann mußten wir ihnen unsere Personalausweise übergeben, die wir uns vor Abfahrt des Zuges vom Büro der Wache abholen sollten. An der Scheune angelangt, wühlten wir uns allesamt ins Stroh. Die Kinder schliefen sofort ein. Meine Frau weinte still in ihr Taschentuch, während ich ihr mit Worten wie „Es ging alles gut ab ... die Hauptsache ist doch, daß wir alle beisammen sind" gut zuredete, bis auch sie einschlief.

Ich blieb im Halbschlaf liegen, bis ich die Fuhrwerke vernahm, die ihre Milchkannen zur Molkerei brachten.

Leise erhob ich mich. Vom Fahrrad holte ich unsere Milchkanne, aus der ich mein Rasierzeug und Zahnbürste nahm. Den restlichen Inhalt der Kanne stülpte ich über einer Kiste aus. Ich trat ins Freie und rasierte mich. Danach hielt ich kurz meinen Kopf unter den kalten Pumpenstrahl. Nach dieser Erfrischung nahm ich unser Gepäck vom Fahrrad und radelte mit der leeren Kanne durchs Dorf bis zur Molkerei, vor der die Fuhrwerke der Bauern mit frischer Milch vorfuhren.

Es fiel mir schwer, mit meinem schmerzenden Bein die Stufen heraufzugehen, die zur Rampe und dem Teil der Molkerei führten, wo hinter einem Ladentisch ein Angestellter in weißem Mantel Butterstücke zum Verkauf fertig machte. In der Tür blieb ich unschlüssig stehen. Der Mann, der mit der Butter hantierte, musterte mich mit einem langen Blick. Dann nickte er mir aufmunternd zu. Auf meine beiden Stöcke gestützt, erreichte ich Schritt um Schritt den Ladentisch. Ich nickte wortlos auf die Frage, ob ich aus dem Sperrbezirk käme. Im Nu war ich von Bauern und Arbeitern der Molkerei umringt, die von mir Gewißheit von Verwandten und Bekannten haben wollten. Ich nannte die Namen der Familien, die aus Ziessau, Friedrichsmilde und Schrampe abtransportiert worden waren. Ich nannte meinen Namen, aber niemand kannte mich, noch wußten sie von dem neuen "Haus in der Heide".

Ich blickte an meiner Bekleidung herunter. Meine Hosen waren vom Stacheldraht zerfetzt, der Stoff meines grünen Rocks war aufgerissen. Ich musterte die Männer, die um mich herumstanden. Sie waren in ihr tägliches Arbeitszeug gekleidet, niemand hatte zerrissene Sachen an wie ich. Mir war, als hätte sich unter mir ein Abgrund geöffnet, in den ich jetzt mit meinem zerrissenen Zeugs hineinstürzte. Was anderes war ich hier als ein namenloser Flüchtling, der nur wertlose Ostmark in der Tasche hatte? Ich reichte dem Mann hinter dem Ladentisch die leere Milchkanne herüber: „Wir brachten unsere vier Kinder rüber."

Erstaunt blickte ich auf, als der Deckel der Kanne plötzlich blechern zu scheppern begann und unter diesem Geräusch in dem kleinen Spielraum, den er in der Öffnung hatte, hin- und hersprang. Meine Hand, über die sich zwei blutige Kratzer zogen, schien von meinem Körper losgelöst. Sie zitterte, und darunter hüpfte der Kannendeckel. Schnell setzte ich die Kanne auf die Tischplatte. Das scheppernde Geräusch verstummte. Ich fühlte die Blicke der Umstehenden auf mich, den Fremden, gerichtet. Vor Erschöpfung schlugen jetzt meine Zähne aufeinander. Ich sah durch das Fenster auf die breite Dorfstraße. Während meine linke Hand die Kanne herunterdrückte, wies ich mit der Rechten nach

draußen: „Als ich --- fünf oder sechs Jahre alt war, --- da hab ich --- dort drüben auf der Treppe des Hauses links --- mit der kleinen Ruth Luer gespielt ---, der Tochter von Doktor Luer, meinem Patenonkel --- vor --- über dreißig Jahren!"
Unter dem heiß zuckenden Schmerz meiner Verwundung verlor ich mein Gleichgewicht. Kräftige Arme fingen mich auf. Sie trugen mich zu einem Stuhl, an dessen Lehne meine Hände Halt fanden und dem hilflosen Schütteln ein Ende setzten. Ich fühlte ein Glas mit frischer Milch an meinen Lippen, das ich begierig leerte.
„Wo ist er?" hörte ich eine bekannte Stimme. Oberleutnant Bollmann schob sich durch den Kreis der Männer. Er stutzte einen Moment, als er mich erschöpft in meiner zerrissenen Bekleidung vor sich sah. Dann fragte er:
„Stimmt das --- mit meinen Eltern?"
„Ihre Eltern", antwortete ich, „wurden sofort verhaftet und fortgebracht, kaum daß Sie den Häschern entwischt waren."
Wie von einem Kolbenschlag getroffen fuhr Bollmann zurück: „Meine Mutter ... mein Vater verhaftet ... durch meine Schuld!"
Es wurde totenstill im Raum.
„Ich gehe zurück und stelle mich!"
Ich richtete mich auf: „Bollmann, Sie werden diesen Wahnsinn nicht tun!" Ich sagte es im Befehlston.
„Ich gehe trotzdem!"
„Bollmann, - was würden Sie erreichen? ... Die Gastwirtschaft und den Hof sind Ihre Eltern und Sie auf alle Fälle los. Also selbst wenn man Sie dafür hat - Ihre Eltern könnten nicht mehr in den Sperrbezirk zurück. Was

wollen die Bolschewiken mit ihnen anfangen? Zu Arbeitssklaven taugen sie nicht mehr. Man wird sie also sowieso bald wieder freilassen. Das einzige, was Ihre Eltern jetzt aufrecht erhält, ist die Gewißheit, daß Sie in Sicherheit sind. - Um Ihrer Eltern willen müssen Sie im Westen bleiben. Finden Sie einen Arbeitsplatz. Bereiten Sie vor, Ihre Eltern eines Tages nachzuholen. Nur jetzt keine Kurzschlußhandlung!"
Meinen Worten folgte Beifallsgemurmel. Oberleutnant Bollmann lehnte sich kreideweiß an die gekachelte Wand und schwieg.
Dann trat er auf mich zu: „Kommen Sie, ich bringe Sie zur Scheune zurück. Nein, lassen Sie sich stützen, ... so, kommen Sie."
Ich ergriff die Milchkanne, die bis zum Rand gefüllt war. Neben der Kanne lagen zwei Stück Butter und ein frisches Landbrot. Ich wandte mich zu den Männern um, die mich hatten vergessen lassen, nun in der Fremde zu leben. Ich dankte ihnen mit einer stummen Verbeugung. Draußen fand ich mein Fahrrad auf einem Fuhrwerk liegen. Die Zügel des Gespannes hielt ein alter Bauer. Er zog mich zu seinem Sitz herauf und brachte mich wortlos zurück zur Scheune.

In Lüchow angekommen, nahmen uns die Ottos mit rührender Hilfsbereitschaft auf.

Am nächsten Morgen machte Herr Otto mit seiner Klasse einen Schulausflug im Omnibus, der über Uelzen ging. Als wir Lüchow hinter uns gelassen hatten, fingen die Schüler in ihrer unbeschwerten Art zu singen an. Lieder, die wir lange nicht gehört hatten. "Es stehen

drei Birken auf der Heide ...", "Halli-hallo, ... wir fahren, wir fahren in die Welt!"
Wir fuhren "in die Welt", doch wohin ... wohin ...?

Die Dame, deren Arbeit darin bestand, die Ankömmlinge im Notaufnahmelager Uelzen in zunächst grobe Dringlichkeitsstufen einzuteilen, bevor eine Prüfungskommission über die genaue Einstufung der einzelnen Flüchtlinge entschied, blätterte in meinem Soldbuch, als ich hereingerufen worden war und ihr gegenüber Platz genommen hatte. Sie tat diese Arbeit nun schon jahrelang. Sie empfand wohl immer erst tiefes Mitleid mit den Menschen, die Tag für Tag auf den Bänken vor der Tür saßen, bis sie einzeln der Reihenfolge nach in dieses Zimmer traten. Doch trotz ihres Bemühens, ihr Herz mitfühlen zu lassen, waren ihre Augen wachsam geblieben. Zu oft war es geschehen, daß sich politische Flüchtlingsfälle als etwas ganz anderes entpuppt hatten, und es hatte gelegentlich böse Enttäuschungen gegeben.

So nahm sich die Dame auch diesmal Zeit, mein Soldbuch Seite um Seite durchzulesen, ebenfalls die Papiere, die ich aus meiner forstlichen Tätigkeit vorzuweisen hatte, bis sie zu mir herüberblickte:
„Warum befindet sich in Ihrem Soldbuch kein Foto von Ihnen?"
Sie hatte die Frage in unverkennbarem Ostpreußisch gestellt.
„Dies, gnädige Frau, bin ich nach dem Krieg bereits mehrmals gefragt worden. Ich kann nicht sagen, ob ich es verpatzt habe oder ob ich die Schuld den Schreiberlingen des Regimentsgeschäftszimmers in die Schuhe schieben kann. In der Eile der Erstaufstellung wurden

von uns keine Fotos ins Soldbuch geklebt. Es befanden sich jedoch später Fotos in den Soldbüchern unserer Ersatzleute. Ich habe mich nie darum gekümmert. Wir trugen ja die Erkennungsmarke ..."
Die Dame nickte.
„Bitte nennen Sie mir den Namen Ihres Regimentskommandeurs!"
Befremdet sah ich auf.
„Oberst v. Monteton."
Jetzt sah mich mein Gegenüber ernst an: „Oberst ... Digeon v. Monteton ...?"
Ich neigte mich leicht vor:
„Gefallen als Generalmajor und Ritterkreuzträger ... Woher ... wie kommt es, gnädige Frau, daß Sie ihn gekannt haben?"
„Unser Gut lag im Kreis Bartenstein, v. Monteton war oft unser Gast."
Frau Helene Stepuhn schob mir meine Papiere zu.
„Machen Sie sich keine Sorge um ihre Einstufung. Wenn Sie einen besonderen Wunsch haben, wohin Sic eingewiesen werden wollen, will ich das besorgen."
Sie sah mich mit guten Augen an und fügte hinzu: „In der Bundesrepublik warten an die zweitausend Forstleute auf Anstellung ..."

***

Jahrzehnte später, an einem kanadischen Wintertag:

Auf dem Land, in dem viele tausend Seen schweigen, glitzert der blendende Pulverschnee, als die Sonne hinter der dunklen Wand der Hemlocktannen sinkt. Die Hemlocks folgen den gewundenen Ufern, um sich weit in der Ferne zu schließen. Sie bedecken die Hänge und Anhöhen, bis sie dort stehen bleiben, wo die gefrorene Fläche des nächsten Gewässers beginnt. Soweit die Strahlen der Sonne über dem Schweigen spielen, lassen sie Flächen glitzernden Eises und Schnee leuchten. Dort, wo steile Felswände eine Bucht formen, hebt sich eine uralte Rüster über den Bestand. Die schwindenden Sonnenstrahlen lassen die Hemlocks in die Abenddämmerung sinken. Sie färben die kahlen Äste der Rüster leuchtend braun. Auf den knorrigen Armen der Krone steht als schwarze Burg ein Seeadlerhorst.

Wenn die vielen Flüsse, die See um See verbinden, im Frühjahr mit ihren schnellen Wassern das Eis der Seen brechen, - wenn die Zeit gekommen ist, in der die Seen sich mit gewaltigem Dröhnen ihrer Fesseln entledigen, dann kreisen hoch über der Bucht die Adler. - Selbst wenn die stolzen Flieger zählen könnten, sie könnten nicht die Anzahl der Seen nennen, auf die sie herunterblicken. Lange weite Gewässer gehen in eine Kette kleiner Seen über, die wieder durch einen Fluß mit den nächsten Wassern verbunden werden. Ein grenzenlos weites Land, so unendlich nach Norden reichend, daß die Hemlocktannen zurückbleiben. Fichten treten an ihre Stelle, bis sie als eisenharte Stangenhölzer am Rand der Tundra stehen bleiben. Eisenhart sind sie, weil ihre engen Jahresringe selbst mit Hilfe eines Vergrößerungsglases kaum zu zählen sind.

Auf dem verschneiten Eis der Bucht, über die der Adlerhorst ragt, liegen fünf wolfsgraue Hunde im Geschirr vor einem Schlitten, auf dem ein Mann sitzt. Sie haben sich im Halbkreis um das Loch im Eis gelegt, über dem die Hand des Mannes seine Grundangel mit langsamer, regelmäßiger Bewegung bedient. Zeigt ein Ruck der Schnur einen Biß an, wird sie mit ausholenden Armbewegungen eingeholt, bis die zappelnde Beute bei den Fischen landet, die bereits steifgefroren auf dem Eis liegen.

Der Mann hat dem Wind, der scharfe Eiskristalle über die glatte Fläche schickt, den Rücken zugewandt. Die Pelzränder seines Parkas sind unter seinem Atem vereist. Er wendet sich langsam in seiner Pelzbekleidung und blickt hinüber zum Adlerhorst, der nur noch verschwommen als dunkler Punkt zu erkennen ist. Mit steifer Bewegung löst er sich von seinem Sitz, über dem aufgeschlagenen Eis stehend, zieht er die Schnur ein. Dann schlägt er die Arme um seinen Oberkörper, bis das Frösteln daraus verjagt ist. - Er sammelt seine Beute ein, die er in einem Sack am Schlitten befestigt.

Die Hunde, die jeder seiner Bewegungen gefolgt sind, haben sich erhoben und schütteln sich den Schnee aus den Grannenhaaren ihres sauber glänzenden Fells ...

Ein Aufklatschen der kurzen Peitsche gegen die Filzstiefel des Mannes läßt die Tiere wieder auf den Schnee sinken, ihre Köpfe zwischen die Vorderläufe gepreßt. Jetzt faßt der Mann mit beiden Händen den Stützbügel des Schlittens. Breitbeinig stellt er sich auf das Fußbrett zwischen die breiten Kufen. Es folgt ein leises Kommando an den silbergrauen Leithund. Der Rüde schiebt sich kraftvoll vor und spannt die Mittelleine des Gespanns. Kaum ist diese gestrafft, folgt das zweite Kommando, das die Hunde hochschnellen und fortstürmen läßt.

Der Ruck des jähen Anfahrens wirft den Oberkörper des Mannes nach hinten. Seine Hände halten den Bügel fest umklammert, und mit einer starken Vorwärtsbewegung bringt der Mann sein Gewicht darüber. Mit weiten Sätzen fegen die Hunde auf dem bekannten Pfad dahin. Er folgt der Wand der Hemlocks, löst sich von ihnen, um eine Bucht zu überqueren, er schlängelt sich zwischen einige kleine Inseln, die wie Burgen aus dem Eis ragen.

Es ist Februar, die Balzzeit der Uhus. Dumpf klingt ihr Eulenruf aus den Felshängen.

Jetzt führt der Leithund den Schlitten vom Eis des Sees durch ein Waldstück. Der Mann blickt zu den Kronen der Tannen hinauf, unter denen er mit seinen Hunden als lautloser Schatten dahingleitet. In den Wipfeln wispert der Wind, und aus den Zweigen singt's: „Wir begleiten dich ...! Wir begleiten dich ...!"

Der Leithund wirft das Gespann in einer scharfen Wendung wieder hinaus auf die weite verschneite Fläche des Sees.

Aus der Ferne blinkt das Licht einer Hoflampe. Ein scharfes Kommando reißt die Hunde vorwärts. Nochmal und nochmal gellt der Ruf. Der Mann hebt seinen Oberkörper vom Stützbügel und stellt sich aufrecht auf das Trittbrett. Mit lauter Stimme klingt es durch die Dunkelheit: *„Ich bin ein freier Wildbretschütz und hab ein weit Revier! Horridooo ... horridooo ... horrido ... horrido ...! HO ... RÜD ... HO!!"*

Tabellarischer Lebenslauf
Hubert Hundrieser

Geboren am14. April 1914 in Arendsee/Altmark.

1924 Versetzung seines Vaters als Leiter des dortigen Finanzamts nach Sensburg/Ostpreußen.

Besuch des Sensburger Gymnasiums bis 1930, 1935 Abitur am Ortelsburger Hindenburg-Gymnasium.

Ornithologische und jagdkundliche Veröffentlichungen u. a. in der Jagdzeitschrift "Wild und Hund" haben Hundrieser bereits als Schüler in der Fachwelt bekannt gemacht, seine Jahresarbeit "Fischadler in meiner masurischen Heimat" bringt ihm außer der Befreiung vom mündlichen Abitur auch die Zulassung zum höheren Forstdienst durch das Reichsforstamt ein.

Im Mai 1935 Beginn der Ausbildung als Forsteleve im Forstamt Krutinnen/Ostpreußen, die durch die Einberufung zum Wehrdienst im Herbst 1935 beim Ortelsburger Jägerbataillon "Graf York von Wartenburg" unterbrochen wird.

1937 Aufnahme des Forststudiums an der Forstlichen Hochschule Hannoversch-Münden. Juni 1939 Teilnahme an einer Wehrübung des Ortelsburger Jägerbataillons. Keine Rückkehr an den Studienort, sondern nach Kriegsausbruch im September 1939 Teilnahme an den Feldzügen gegen Polen und Frankreich.

Nach Beendigung des Frankreichfeldzugs Sonderurlaub zum Abschluß des Studiums an der Forstlichen Hochschule Eberswalde. In Eberswalde Eheschließung mit Annelotte Koppe aus Leuna. Aus der Ehe gehen vier Kinder hervor.

Ab 22. Juni 1941 Teilnahme am Krieg gegen die Sowjetunion in verschiedenen Abschnitten im Norden und Süden der Ostfront. Verschiedene Tapferkeitsauszeichnungen, Beförderung zum Hauptmann und zuletzt zum Bataillonskommandeur. Zum zweiten Mal schwer verwundet bei den Abwehrkämpfen im nordöstlichen Grenzraum Ostpreußens Ende Oktober 1944.

Ende Januar 1945 Flucht mit seinen Familienangehörigen vor der Roten Armee von Pillau aus auf dem Kohlendampfer "Lappland" über die Ostsee.

Erlebt das Kriegsende am Arendsee. Forstamtstätigkeit an verschiedenen Forstämtern der SBZ bzw. späteren DDR. Mehrfache Kündigungen des Dienstverhältnisses aus politischen Gründen, die Hundrieser sämtlich im Klagewege abwehren kann.

Zur Schaffung einer unabhängigen Existenzgrundlage Hausbau auf ererbtem Grundstück in Arendsee, 1952 Einzug. Errichtung eines 5 km breiten DDR-Grenzstreifens, drohende Zwangsentfernung aus dem Sperrgebiet veranlassen Hundrieser bereits im Juni 1952 zur Flucht mit seiner Familie in die Bundesrepublik.

Wegen Aussichtslosigkeit, hier eine Anstellung in der staatlichen oder privaten Forstwirtschaft zu erhalten, 1953 Auswanderung nach Kanada. Da auch hier keine Chance zur Ausübung des Forstberufs besteht, Schaffung einer Farm mit Geflügel- und Kleintierzucht bei Gananoque/Ontario.

In Gananoque Niederschrift der dreibändigen Lebenserinnerungen "Es begann in Masuren", "Grünes Herz in Feldgrau - Kriegstagebuch eines ostpreußischen Forstmanns" und "Grünes Herz zwischen Hoffnung und Abschied".

Hubert Hundrieser stirbt in Gananoque am 25. April 1991.

Annelotte und Hubert Hundrieser in Kanada

Hubert Hundrieser mit seiner Kanarienzucht, 1950

Forstamt Hohenheide, 1946

Das "Haus in der Heide" im Rohbau, Arendsee, 1952

Zwei Erfolge für Waleri Ripperger

Auf verschwiegenen Wechseln
407 S., 273 überwiegend farbige Fotos, 30 €,
Bestellnr.: 14422
Der langjährige Forstmann pirscht wahrhaft auf verschwiegenen Wechseln, u. a. im Müritz Nationalpark und im Naturpark Nossentiner/Schwinzer Heide, analysiert und dokumentiert das Jagdgeschehen in Russen- und Staatsjagdgebieten der DDR, geht dabei auf Verhaltensweisen prominenter Jagdgäste, wie E. Honecker, G. Mittag und W. Stoph, ein. *Gut recherchierte Fakten!*

Weidmanns Heil, Max Schmeling!
418 S., 300 größtenteils farb. Fotos, 22 €
Bestellnr.: 04430
Ein zeitgeschichtliches Dokument, ein außergewöhnliches Buch - in Zusammenarbeit mit Max Schmeling und seinem engsten Freundeskreis entstanden.

Beide (Pl. 2) Jagdbuch des Jahres der Zeitschrift "Wild und Hund" Hochgelobt in "die Pirsch" "DJZ" ... bilden Sie sich Ihre eignene Meinung!

Der erfolgreichste deutsche Boxer des 20. Jahrhunderts ist für die meisten Menschen ein Begriff. Wenige wissen jedoch, daß sich der zur Legende gewordene Sportler 77 Jahre leidenschaftlich dem Weidwerk gewidmet hat. Waleri Ripperger durfte mit ihm gemeinsam 2003/04 gedanklich überaus interessanten Jagdpfaden folgen.

Ein Jahr an der Memel Hans-Joachim Steinbach
308 S., 271 Farb- u. sw-Abb., 29 €, Bestell.-Nr.: 74420
Bilder und Beschreibungen des "verbotenen Landes" zwischen Weichsel und Memel. Der Autor, Jäger und freier Journalist, besuchte in den 90er Jahren das Land seiner Vorfahren, das ihn sofort in seinen Bann zieht und nicht wieder los läßt. Einblicke in die 700jährige Geschichte Ostpreußens.
BILDBAND 29 x 22

Naturnahe Wildtiermalerei Joachim Kolmer
149 S., 30 sw-Fo., 143 Farbabb. u. 40 sw, 30 €,
Bestell.-Nr.: 34420
Als Liebhaber der naturnahen Wildtiermalerei suchte der Autor die Bekanntschaft mit Malern dieses Genres. Er stellt 14 verschiedene Künstler vor, beschreibt ihren Werdegang und gibt Einblick in die Vielfalt ihrer Werke. Ölgemälde, Aquarelle, Sepia- oder Bleistiftzeichnungen, usw.
BILDBAND 32 x 23

Lieferungen DIREKT vom WAGE-Verlag an privat portofrei!